Née à Chicago, Kathy Reichs est anthropologue judiciaire à Montréal et professeur d'anthropologie à l'université de Charlotte, en Caroline du Nord. Elle fait partie des cinquante anthropologues judiciaires certifiés par l'American Board of Forensic Anthropology et collabore fréquemment avec le FBI et le Pentagone. Elle s'impose en France dès son premier roman *Déjà dead* (1998, récompensé par le prix Ellis), dans lequel apparaît pour la première fois son héroïne Temperance Brennan, également anthropologue judiciaire. Depuis, elle a publié aux éditions Robert Laffont *Passage mortel* (2000), *Mortelles décisions* (2002), *Voyage fatal* (2003), *Secrets d'outre-tombe* (2004), *Os troubles* (2005) et *Meurtres à la carte* (2006). *À tombeau ouvert*, son huitième roman, est paru en 2007 aux éditions Robert Laffont.

Kathy Reichs participe également à l'écriture du scénario de *Bones*, récente adaptation des aventures de Temperance Brennan pour la télévision. Un roman inspiré de cette série, *Puzzle macabre*, vient de paraître au Fleuve Noir.

OS TROUBLES

DU MÊME AUTEUR
CHEZ POCKET

Dans la série Temperance Brennan :

DÉJÀ DEAD
PASSAGE MORTEL
MORTELLES DÉCISIONS
VOYAGE FATAL
SECRETS D'OUTRE-TOMBE
OS TROUBLES
MEURTRES À LA CARTE
À TOMBEAU OUVERT

KATHY REICHS

OS TROUBLES

Traduit de l'américain
par Viviane Mikhalkov

ROBERT LAFFONT

Titre original :
Bare Bones

Publié avec l'accord de Scribner/Simons
& Schuster, New York

Le papier de cet ouvrage est composé de fibres naturelles, renouvelables, recyclables et fabriquées à partir de bois provenant de forêts plantées et cultivées durablement pour la fabrication du papier.

ISBN : 978-2-265-15706-3

Dédié à tous ceux qui se battent pour sauvegarder notre précieuse vie sauvage,

en particulier à

United States Fish and Wildlife Services
World Wildlife Foundation
Animals Asia Foundation

1.

J'étais là, à envelopper les pauvres restes d'un malheureux bébé et, pendant ce temps-là, le criminel qui l'avait tué et que j'aurais moi-même volontiers tué de mes propres mains brûlait la gomme en direction de Charlotte, au nord de l'endroit où je me trouvais.

Je ne le savais pas, alors. Je n'avais même jamais entendu son nom et j'ignorais tout du jeu effroyable auquel il se livrait.

À ce moment-là, je n'avais qu'une seule idée en tête : que dire à Gideon Banks ? Comment lui annoncer que la plus jeune de ses filles avait disparu, laissant derrière elle un bébé carbonisé ?

Depuis le début de la matinée, mes cellules cérébrales se livraient bataille. Tu es spécialiste en anthropologie légale, assénaient les accros de la logique. Prévenir la famille n'est pas de ton ressort. Le médecin examinateur fera état de tes résultats, et le détective chargé de l'enquête les transmettra à qui de droit. Par téléphone.

Juste, rétorquaient les avocates de la miséricorde. Mais là, c'est différent : tu connais Gideon Banks.

Accablée de tristesse, j'ai déposé le résidu d'os dans un récipient dont j'ai fermé solidement le couvercle et j'ai inscrit le numéro du dossier sur le plastique. Des restes insignifiants.

Un tout petit paquet. Une vie interrompue avant même d'avoir été vécue. Un tout petit paquet.

Tandis que je rangeais le récipient dans l'armoire des pièces à conviction, mes cellules chargées de constituer la mémoire m'ont présenté pour la énième fois l'image d'un Noir ridé, avec des cheveux crépus tout gris et une voix rappelant le bruit du Scotch qu'on arrache : Gideon Banks.

Zoom arrière : un homme fluet en chemise de flanelle écossaise effectuait de larges demi-cercles avec sa serpillière sur un sol carrelé.

Cette image, mes cellules du souvenir n'avaient cessé de l'adresser à mes cellules visuelles tout au long de la matinée.

J'avais bien essayé d'en faire apparaître d'autres, c'était toujours celle-là qui finissait par s'imposer.

Pendant presque vingt ans, jusqu'à sa retraite voilà trois ans, Gideon Banks avait travaillé à l'université de Caroline du Nord, campus de Charlotte, où j'enseignais. Sa tâche consistait à veiller à la propreté de mon bureau et de mon laboratoire. De temps à autre, je lui exprimais ma gratitude en lui écrivant une carte pour son anniversaire ou en lui offrant un petit cadeau à Noël. Je savais peu de chose sur lui, sinon que c'était quelqu'un de consciencieux, de poli, de profondément religieux et totalement dévoué à ses enfants. Un homme grâce à qui nos couloirs étaient propres.

C'est tout. En dehors de notre lieu de travail, nos vies ne se croisaient pas.

Et maintenant, sa fille Tamela avait, paraît-il, enfourné son nouveau-né dans un poêle à bois et pris le large.

Je suis retournée dans mon bureau de l'autre côté du couloir. Ayant déposé mes notes sur la table, j'ai allumé mon ordinateur portable. Je venais à peine de commencer à rédiger mon rapport quand une silhouette s'est encadrée dans la porte restée ouverte.

— Aller chez lui, c'est un peu beaucoup, non ?

J'ai sauvegardé ce que je venais de taper et j'ai levé les yeux.

Tim Larabee, le médecin légiste en chef du comté de Mecklenburg, avait encore ses gants verts de chirurgien et, sur l'épaule droite, une tache de sang rouge mat de la forme du Massachusetts. J'ai répondu :

— Je me suis déjà organisée. Ça ne me dérange pas. Pas plus que des escarres purulentes sur les fesses !

— Si vous voulez, je peux lui parler.

— C'est à moi de le faire, je le connais personnellement. Gideon Banks va être bouleversé. Avec Dieu et son église baptiste, la famille est la pierre angulaire de sa vie.

Les yeux de Tim Larabee m'ont exprimé toute sa compassion. Le patron aurait pu être bel homme, n'était son amour forcené pour la course à pied. Ses entraînements quotidiens lui valent d'avoir aujourd'hui un corps ratatiné, des cheveux clairsemés et la peau du visage tannée comme un vieux cuir. Son bronzage permanent semble s'être incrusté dans le creux de ses joues et autour de ses yeux. Résultat, ils paraissent trop enfoncés.

— Peut-être que ce n'est pas aussi affreux que ça en a l'air ? a-t-il dit encore.

Je lui ai lancé un regard en coin. Nous en avions débattu une heure plus tôt.

— D'accord, d'accord, a-t-il lancé en levant sa main aux veines apparentes. M. Banks appréciera certainement que vous vous déplaciez en personne. Qui est-ce qui vous emmène ?

— Skinny Slidell.

— Vous en avez de la chance !

— J'y serais bien allée seule, mais il n'a rien voulu savoir.

— Un homme si délicat !

— Il doit se dire que c'est l'occasion rêvée pour obtenir la médaille de la générosité.

— Ou pour se faire mettre.

Je lui ai envoyé mon stylo à la figure. En bon fan de base-ball, il l'a frappé en plein vol ct me l'a réexpédié.

— Méfiez-vous.

Sur ce, il s'est retiré. J'ai entendu la porte de la salle d'autopsie s'ouvrir et se refermer sur lui.

J'ai jeté un œil à ma montre. Trois heures quarante-deux.

D'ici à vingt minutes, Slidell serait là. Dans mon cerveau, les différents bataillons de cellules en guerre ont convenu d'une trêve, le temps d'une grimace collective. À propos de Slidell, il y avait consensus.

J'ai fermé l'ordinateur et me suis calée dans mon fauteuil.

Que dire à Gideon Banks ?

Pas de bol, monsieur Banks. Pour autant qu'on le sache, votre petite dernière a mis bas et s'est servie de son bâtard roulé dans une couverture pour allumer son poêle à bois.

Ça va, Brennan !

Nouvelle image mentale : Banks sortant une photo Kodak d'un portefeuille en cuir craquelé. Zoom sur six petits visages noirs. Les garçons, la boule à zéro ; les filles, des tresses dans le cou. Et toute la descendance, pourvue de dents bien trop grandes pour leurs sourires.

Retour au plan large du vieil homme penché sur la photo : Gideon m'affirmant avec fierté que ses enfants iraient tous à l'université.

L'avaient-ils fait ?

Aucune idée.

J'ai retiré ma blouse de laboratoire et l'ai suspendue au crochet derrière la porte.

Si les petits Banks avaient usé leurs fonds de culotte sur les bancs de l'université, ils ne s'étaient pas pris de passion pour l'anthropologie, la matière que j'enseignais. De toute la couvée, un seul avait suivi mon cours sur l'évolution humaine : Reggie. Parmi la progéniture, il occupait une place au milieu.

Mes cellules adéquates ont extirpé de mon stock de souvenirs le portrait d'un jeune entouré de copains, une casquette de base-ball vissée sur le crâne, la visière au ras de ses sourcils fins comme des lames de rasoir. Toujours au dernier rang dans l'amphi. A pour l'intelligence, C+ pour les efforts.

Combien d'années y avait-il de cela ? Quinze ? Dix-huit ?

À l'époque, j'avais beaucoup d'étudiants. Mon intérêt principal, c'était les morts des temps anciens. Aux étudiants de licence, j'enseignais la bioarchéologie, l'ostéologie, l'écologie des primates.

Et puis, un beau jour, une ancienne étudiante en DES d'anthropologie, devenue entre-temps enquêtrice à la brigade criminelle de la police de Charlotte-Mecklenburg, était venue me trouver dans mon labo avec des ossements récupérés dans une tombe peu profonde. Elle voulait savoir s'il était possible de déterminer l'appartenance de ces restes que l'on croyait ceux d'un enfant porté disparu.

Réponse : oui. L'examen avait confirmé les soupçons.

Cette affaire avait été mon tout premier contact avec le milieu des coroners. Aujourd'hui, je suis anthropologue légale dans les villes de Charlotte et de Montréal et je n'enseigne plus qu'une seule matière, l'anthropologie légale.

Lorsque j'enseignais à plein temps, il me fallait déployer des talents chorégraphiques certains pour arriver à tenir le calendrier scolaire malgré mes fonctions auprès de deux juridictions aussi éloignées l'une de l'autre. Maintenant, la distance n'est plus un problème, sauf pendant mes périodes de cours. Faire la navette n'est pas très compliqué : quelques semaines dans le Nord, quelques semaines dans le Sud. Plus longtemps, si une enquête l'exige ou si je suis appelée à témoigner au tribunal.

Caroline du Nord et Québec ? C'est une longue histoire.

Mes collègues de l'université considèrent mon métier comme des « travaux pratiques », puisque j'applique mes connaissances théoriques à l'étude des corps, entiers ou morcelés, quand leur état ne permet plus de les soumettre à une autopsie. De fait, mon travail consiste à rendre leur identité à des ossements, à des cadavres décomposés, momifiés, brûlés ou tronqués qui, autrement, seraient ensevelis dans des tombes anonymes. Dans certains cas, j'arrive même à déterminer quand et comment ces morts ont perdu la vie.

Dans l'affaire présente, la totalité des restes carbonisés que je venais d'examiner tenait dans une tasse. C'était ceux du bébé de Tamela Banks. Pour un poêle à bois, un nouveau-né n'est jamais qu'une petite bûche toute bête, pas très différente des vraies.

Monsieur Banks, je suis désolée de devoir vous le dire, mais... Mon portable a retenti.

— Salut, doc... Je suis en bas.

Skinny Slidell. Des vingt-quatre détectives de la brigade criminelle de la police de Charlotte-Mecklenburg, c'est peut-être celui que j'aime le moins.

— Je descends.

Cela faisait plusieurs semaines que j'étais à Charlotte quand un tuyau livré à la police avait conduit à l'abominable découverte dans le poêle à bois. Les ossements avaient abouti sur ma table à disséquer. Slidell et son coéquipier avaient catalogué l'affaire dans la rubrique des homicides. Ils avaient fouillé les lieux, retrouvé des témoins, enregistré des déclarations. Toutes les pistes menaient à Tamela Banks.

Lestée de mon sac et de mon ordinateur en bandoulière, j'ai pris la direction de la sortie. En chemin, j'ai passé la tête dans la salle d'autopsie. Larabee a levé les yeux de sa victime, un gars abattu avec une arme de poing. De son doigt ganté, il m'a signifié de me méfier.

D'un drôle ! J'ai levé les yeux au ciel.

Le MCME, la morgue du comté de Mecklenburg, occupe l'une des extrémités d'une boîte à chaussures en brique, dépourvue de signe distinctif, qui commença son existence sous l'avatar de la jardinerie Sears. L'autre bout abrite des bureaux annexes de la police de Charlotte-Mecklenburg. Du point de vue architectural, c'est une bâtisse dénuée de charme, malgré le léger arrondi de ses coins. Elle est entourée d'une étendue d'asphalte qui pourrait recouvrir la totalité de Rhode Island.

À peine ai-je eu franchi les doubles portes vitrées que mes narines ont eu la joie d'inhaler un cocktail de gaz d'échappement, de pollution et de bitume surchauffé. La chaleur irradiait des murs du bâtiment et du perron en brique qui relie comme un tentacule le bâtiment au parking.

Une ville chaude. Un été en ville.

De l'autre côté de College Street, dans un terrain laissé à l'abandon, une Noire aux jambes éléphantesques était assise dans l'herbe, adossée à un sycomore, et débattait avec ardeur d'un sujet capital avec un être invisible, tout en s'éventant à l'aide d'un journal.

Sur le trottoir, un homme en T-shirt des Hornets

s'offrait une séance de musculation en poussant un caddie bourré de sacs en plastique vers le bâtiment des services du comté. Arrivé à hauteur de la femme, il s'est arrêté et s'est essuyé le front avec le bras avant de vérifier sa cargaison.

Remarquant que je le regardais, il m'a saluée de la main. Je lui ai fait bonjour à mon tour.

La Ford Taurus de Slidell tournait au ralenti au pied des marches du perron, les fenêtres soigneusement relevées. On entendait vrombir la climatisation. J'ai ouvert la portière arrière et repoussé les dossiers, la paire de chaussures de golf remplies de bandes pour magnétophone, les deux sachets de Burger King et le tube de crème à bronzer écrasé qui encombraient le siège, afin d'y caser mon ordinateur.

Erskine Slidell dit Skinny, le Maigre, se considère sûrement comme appartenant à la « vieille école ». Laquelle ? Mystère, car Dieu seul sait quel département se lancerait dans un combat en vue de s'attacher ses services. Avec ses Ray Ban tape-à-l'œil, son haleine parfumée aux Camel et ses discours émaillés du sempiternel mot à six lettres, Slidell est la caricature du flic revue et corrigée par Hollywood. Il paraît que c'est un bon. J'ai du mal à le croire.

Au moment où je me suis approchée de sa voiture, il passait en revue ses incisives du bas dans le rétroviseur. Avec ses lèvres écartées, il avait tout du singe grimaçant de peur.

En entendant s'ouvrir la portière arrière, il a sursauté. Sa main s'est agrippée au miroir et ne l'a plus lâché de tout le temps qu'il m'a fallu pour poser mes affaires et prendre place sur le siège du passager. Une minutie d'astronaute pour régler la position de son rétroviseur. À croire que la réorientation du télescope Hubble était entre ses mains.

— Doc...

Ray Ban rivées sur le miroir.

— Détective...

Simple hochement de tête de ma part.

J'ai déposé mon sac à mes pieds et refermé la portière.

Satisfait de son angle de vue, Slidell a fini par lâcher le rétro et passer une vitesse. Il a quitté le parking et traversé College Street pour prendre la rue Phifer.

Nous avons roulé en silence. La température à l'intérieur de la voiture était bien de quinze degrés inférieure à celle de dehors. L'air y était lourd de miasmes. Vieilles frites et hamburgers. Transpiration. Crème à bronzer. Natte en bambou sur laquelle Slidell carrait son ample derrière.

Et son parfum à lui. Skinny a l'odeur et l'aspect du monsieur photographié sur les affiches antitabac pour illustrer la situation « avant ». Depuis quinze ans que je travaille pour le comté de Mecklenburg, j'ai eu l'occasion de collaborer avec lui sur plusieurs affaires. Chacune d'elles a été pis que la précédente. Celle qui nous réunissait aujourd'hui promettait de me faire accomplir un pas de plus sur la voie du déplaisir.

Les Banks habitaient à Cherry, au sud-est de la ville, tout près de ce boulevard périphérique version Charlotte qui a pour nom la I-77. Contrairement à bien d'autres quartiers intra-muros, Cherry n'a pas joui de la renaissance dont ont bénéficié ces dernières années Dilworth et Elizabeth, à l'ouest et au nord. La mixité ne s'y est pas développée et les *yuppies* n'y ont pas établi leurs pénates. Au contraire, les fortunes de Cherry ont émigré plus au sud, et la communauté est restée engluée dans ses racines ethniques. Noire à l'origine, elle le demeure aujourd'hui.

Au bout de quelques minutes, Slidell a dépassé une station de lavage Autobell et a quitté Independence Boulevard pour s'engager à gauche dans une rue étroite, puis à droite dans une autre. Des chênes et des magnolias de trente, quarante ou cent ans étendaient leurs ramures au-dessus de modestes habitations en brique. Du linge séchait sur des fils. Des arroseuses tournoyaient en tictaquant ou gisaient silencieuses au bout de tuyaux de jardin. Bicyclettes et *Big Wheels* dans tous les jardinets et sur les chemins en caillebotis.

Slidell s'est arrêté au milieu de la rue et m'a désigné du pouce un petit bungalow avec des chiens-assis. Du marron pour la façade, du blanc pour les encadrements de portes et de fenêtres.

— C'est le trou à rats où on a retrouvé le bébé dans le poêle, il m'a foutu des frissons. J'ai cru que j'allais attraper la gale, à remuer ce dépotoir.

— Ce sont les acariens qui transmettent la gale.

Ma voix était plus fraîche que l'intérieur de sa voiture.

— C'est bien ce que je dis : un merdier à pas y croire.

— Fallait porter des gants.

— Ça, c'est sûr. Et un masque à gaz en plus. Ces gens...

— Quelles gens, détective ?

— Y en a vraiment qui vivent comme des porcs.

— Gideon Banks est un homme qui se tue à la tâche pour élever ses six enfants tout seul.

— Sa femme s'est tirée ?

— Melba Banks est morte d'un cancer du sein il y a dix ans.

Au moins une chose que je savais sur la vie de Gideon Banks.

— Pas de pot !

Il s'est interrompu. La radio grésillait un message. Je n'en ai pas compris un mot.

— C'est pas une raison pour que la Tamela, elle baisse sa culotte sans penser aux conséquences. L'était en cloque ? Et alors ? L'avortement, c'est pas pour les chiens.

Slidell a éteint le moteur et tourné ses Ray Ban sur moi.

— Il y a certainement une explication.

J'avais beau le dire, je n'y croyais pas vraiment. D'ailleurs, j'avais passé la matinée à soutenir l'inverse à Tim Larabee. Mais Slidell m'énervait tellement qu'il fallait bien que je me fasse l'avocat du diable. Mon objection ne l'a pas démonté.

— Ben voyons. Et la chambre de commerce va lui décerner la médaille de la meilleure maman de l'année.

— Vous l'avez déjà rencontrée ? ai-je demandé en haussant le ton.

— Et vous ?

Moi non plus. Mais j'ai préféré répondre par une autre question plutôt que l'avouer.

— Vous avez rencontré quelqu'un de la famille ?

— Non, mais j'ai des dépositions de gens qui sniffaient des lignes pendant que la Tamela, elle incinérait son môme dans la pièce à côté, a rétorqué Slidell en fourrant ses clefs dans sa poche. *Excusez-moi* * [1] si j'ai pas eu l'occasion de passer chez Madame prendre le thé avec ses amies.

— Que vous n'ayez jamais eu affaire à aucun des enfants Banks, c'est bien la preuve qu'ils ont été élevés avec des valeurs solides. Gideon Banks est droit comme un I...

— Le connard que Tamela baisait, y ressemble plutôt à un Z.

— Le père du bébé ?

— À moins que mam'zelle Feu-au-cul se soit amusée

1. Les mots en italique suivis d'un astérisque sont en français dans le texte original. *(N.d.T.)*

avec d'autres connards pendant que le supposé papa fourguait sa came.

Du calme, Tempe ! Ce type est un cancrelat.

— Qui c'est, lui ?

— Un certain Darryl Tyree. Tamela partageait avec lui son petit coin de paradis, du côté de South Tryon.

— Il vend de la drogue ?

— Et pas des produits pour approvisionner les drugstores Eckerd ! a lâché Slidell en donnant un coup sur la portière pour l'ouvrir.

J'ai ravalé mon envie de lui river son clou. Encore une petite heure, et ce serait fini.

Et puis, assez pensé à moi ! Si quelqu'un était à plaindre, c'était Gideon Banks. Qu'était-il donc arrivé à Tamela et à son bébé ?

J'ai rejoint Slidell sur le trottoir.

— Putain. Fait une chaleur à brûler le cul d'un ours polaire.

— On est en août.

— Quand je pense que je pourrais être à la plage.

Ouais, et sous quatre tonnes de sable !

À la suite de Slidell, j'ai remonté un étroit bout d'allée encombré d'herbe récemment tondue jusqu'à un petit perron en ciment. Du pouce, le policier a enfoncé un bouton rouillé près de la porte, tout en extirpant un mouchoir de sa poche arrière pour s'éponger le visage.

Pas de réponse.

Il a frappé sur le cadre en bois de la moustiquaire placée devant la porte d'entrée.

Rien.

Il a frappé encore. Son front luisait, ses cheveux se séparaient en paquets humides.

— Police, monsieur Banks !

Il a tapé du plat de la main. Le grillage a cliqueté dans son cadre.

— Gideon Banks !

De l'eau gouttait d'un climatiseur installé dans la fenêtre à gauche de la porte. Une tondeuse à gazon pleurnichait au loin. Des accents de hip-hop voguaient jusqu'à nous du haut de la rue.

Slidell a cogné encore. Sous son aisselle, un croissant plus foncé est apparu sur sa chemise grise en polyester.

— Y a quelqu'un ?

Le compresseur de l'air conditionné cliquetait gentiment. Un chien a aboyé.

D'un coup sec, Slidell a ouvert la moustiquaire.

Whrrrrp !

Tambourinade sur le bois de la porte d'entrée.

Boum ! Boum ! Boum !

Il a relâché l'écran antimoustique et aboyé de nouveau :

— Police ! Y a quelqu'un ?

De l'autre côté de la rue, un rideau s'est soulevé brièvement.

Pour de vrai, ou était-ce un tour que me jouait mon imagination ?

Une goutte de sueur a rejoint au bas de mon dos celles qui avaient déjà trempé mon soutien-gorge et s'attaquaient maintenant à ma ceinture.

C'est alors que mon portable a sonné.

J'ai pris l'appel.

Un appel qui devait me propulser dans un vortex d'événements au terme desquels j'en viendrais à supprimer une vie.

2.

— Tempe Brennan, au téléphone.

— Des travers de porc bien grillés avec le gras qui te dégouline entre les doigts !

Katy !

— Le barbecue de demain !

Et d'illustrer sa description de grognements de cochon pour bien se faire comprendre.

— Je suis occupée, je ne peux pas te parler.

Le portable collé à mon oreille, je me suis tournée de biais par rapport à Slidell pour entendre ma fille malgré les grésillements sur la ligne.

Il frappait toujours. Mais contre le cadre de la moustiquaire maintenant, et avec une force digne d'un officier de la Gestapo.

— Monsieur Banks !

— Je passe te prendre demain à midi, a dit Katy.

— Mais je ne connais strictement rien aux cigares !

Parlant le plus bas possible, j'ai tenté de lui faire valoir mon point de vue. Je ne sais pourquoi, elle tenait absolument à ce que je l'accompagne à un pique-nique organisé par le propriétaire d'un magasin de cigares et de pipes.

— Tu resteras près du barbecue.

Boum ! Boum ! Boum !

Le grillage dansait dans son armature.

— Bien sûr, mais...
— Tu adores la musique folk.
Katy sortait la grosse artillerie pour me convaincre.
À ce moment, la porte d'entrée s'est ouverte et une jeune femme noire à l'air bougon est apparue de l'autre côté de la moustiquaire. Côté tonnage, Slidell était largement enfoncé, même s'il l'emportait de trois centimètres pour la taille. Ça ne l'a pas empêché d'aboyer :
— Gideon Banks est là ?
— Vous êtes ?
— Katy, je dois vraiment te laisser, ai-je chuchoté.
— Boyd en rêve depuis des jours. En plus, il a un secret à te dire.
Boyd est le chien de mon ex-mari. En général, quand la conversation dévie sur lui, c'est qu'il y a un problème.
Slidell en était à plaquer son badge contre le voile antimoustique.
— Je passe te prendre à midi ?
Pour ce qui était de l'obstination, ma fille n'avait rien à envier au policier qui m'accompagnait.
— D'accord, ai-je lâché, et j'ai coupé la communication.
De l'autre côté de la moustiquaire, la femme étudiait l'insigne, les poings sur les hanches, comme un gardien de prison.
J'ai rempoché mon téléphone.
Les yeux de la femme ont dévié du badge de mon compagnon vers son visage pour s'arrêter sur moi.
— Papa est en train de dormir.
— Je crois qu'il vaudrait mieux le réveiller, me suis-je empressée de dire avant que Slidell ne donne libre cours à sa fureur.
— C'est à propos de Tamela ?
— Oui.
— Je suis sa sœur. Genève. Comme la Suisse.

À en juger d'après le ton de sa voix, ce n'était pas la première fois qu'elle sortait cette réplique.

Elle a envoyé valdinguer la moustiquaire de la main gauche avec la force d'un joueur de tennis. Le ressort a grincé avec un bruit de piano.

Tout en retirant ses lunettes, Slidell s'est glissé dans l'entrebâillement. J'ai suivi. Je me suis retrouvée dans un petit salon plongé dans la pénombre. Une arche en face de la porte d'entrée donnait sur un couloir où l'on distinguait, à droite, une cuisine et une porte fermée ; à gauche, deux autres portes fermées ; tout au bout, droit devant moi, la salle de bains.

Six enfants. Le matin, la cavalcade pour les toilettes et la douche.

La jeune femme a laissé retomber son bras. L'écran antimoustique est revenu dans son cadre en cliquetant. Elle a pris le temps de refermer soigneusement la porte intérieure avant de se retourner face à nous. Elle avait la peau d'un brun profond qui rappelait le chocolat, et le blanc des yeux qui tirait sur le jaune, comme les pignons. Je lui ai donné dans les vingt-cinq ans.

Difficile de trouver une entrée en matière dans ce genre de situation.

— C'est un joli nom, Genève. Vous connaissez la Suisse ?

Elle m'a lancé un long regard, les traits dénués d'expression. Ses cheveux étaient tirés en arrière et la transpiration marquait de pointillés son front et ses tempes. Visiblement, le climatiseur était censé refroidir plusieurs pièces.

— Je vais chercher papa.

Elle a désigné de la tête un vieux canapé sous une fenêtre ouverte dont les rideaux pendaient mollement, imprégnés de chaleur et d'humidité.

— Voulez v'z'asseoir ?

C'était plus un constat qu'une question.

— Merci.

Genève est partie vers l'arche d'une démarche de canard qui faisait remonter son short en boule entre ses cuisses. Son trognon de queue-de-cheval tout raide faisait presque un angle droit avec son crâne.

Nous avons pris place, chacun à un bout du canapé. J'ai entendu une porte s'ouvrir. Deux secondes plus tard, le son grêle d'une radio a été baissé au beau milieu d'un gospel.

J'ai regardé autour de moi.

Du lino par terre. Un fauteuil à dossier ajustable recouvert de vinyle. Des tables basses en Formica imitation chêne. Des palmiers en plastique.

Dans ce décor du plus pur style Wal-Mart, on notait cependant l'intervention d'une main attentionnée.

Les rideaux à volants derrière nous sentaient la lessive et l'assouplisseur, et la déchirure de mon accoudoir avait été raccommodée avec soin. Pas un grain de poussière nulle part.

Les étagères et les tables débordaient de photos et d'objets d'art sommaires : un oiseau en terre cuite peint dans des couleurs criardes, un plat en céramique avec l'empreinte d'une petite main d'enfant et le prénom Reggie inscrit au-dessous en demi-cercle, une boîte fabriquée à partir de bâtons de sucettes, des douzaines de trophées bon marché, des protections d'épaule et des casques enchâssés dans du plastique doré. Une photo de quelqu'un en train de sauter. Une coupe remportée à un tournoi de fastball.

J'ai examiné les photos les plus proches de moi, encadrées dans des sous-verre comme on en vend dans les bazars Tout-à-un-dollar : Noël, anniversaires, équipes sportives.

Slidell a soulevé un coussin, les sourcils en arc de cercle, et l'a reposé entre nous. « Dieu est amour » y était-il brodé en bleu et vert. Un ouvrage signé Melba ?

Six enfants sans maman. La tristesse qui couvait en

moi depuis que j'avais examiné les restes du bébé de Tamela s'est intensifiée.

Ce coussin, ces photos, ces souvenirs scolaires et sportifs... Oui, n'était le Jésus noir accroché au-dessus de l'arche, j'aurais pu me croire à Beverly, dans la banlieue sud de Chicago, là où j'habitais enfant. Beverly, c'était pour moi une maison entourée de grands arbres qui donnaient de l'ombre, une école où les parents venaient vendre des gâteaux le jour de la kermesse, une véranda où les journaux s'empilaient le matin après le passage du facteur. Ce petit bungalow en brique avait été mon *Green Gables*, mon *Ponderosa*, mon *Enterprise*. Jusqu'à mes sept ans. Jusqu'à ce que le désespoir ramène ma mère dans sa Caroline natale, à la mort de son petit garçon, traînant dans son sillage son mari et ses filles chéries.

Cette maison, je l'avais adorée ; je m'y étais sentie aimée, protégée. Ces mêmes sentiments, je les sentais planer ici, chez Gideon.

Slidell a sorti son mouchoir et s'est épongé le visage tout en me lançant du coin de la bouche :

— J'espère pour lui que le vieux a réquisitionné la chambre avec le climatiseur. S'il en a une à lui, parce que avec six gosses, il a pas forcément cette chance.

Je l'ai ignoré.

Dans cette maison minuscule et par cette chaleur, les odeurs stagnaient. Oignons. Friture. Encaustique. Cire lustrante pour le lino.

Qui se charge de le faire briller ? me suis-je demandé. Tamela ? Genève ? Banks lui-même ?

J'ai regardé le Jésus noir. Même tunique jusqu'aux pieds, même couronne d'épines, mêmes mains ouvertes. Seuls la couleur de sa peau et ses cheveux crépus le différenciaient du Jésus accroché au-dessus du lit de ma mère.

Slidell a poussé un soupir bruyant et introduit un doigt dans son col pour l'écarter de son cou.

J'ai fixé le linoléum au dessin de gravier gris et blanc.

Comme les os et la cendre récupérés dans le poêle à bois.

Qu'est-ce que j'allais lui dire ?

Une porte s'est ouverte à ce moment-là. Au grésillement de *Going on in the Name of the Lord* a succédé un frottement de semelles en feutre sur du linoléum.

Gideon Banks m'a paru plus petit que dans mon souvenir, tout en os et en tendons. Non, ce n'est pas ça. Je biffe la phrase. Ce que je veux dire, c'est qu'il aurait dû me paraître plus grand puisqu'il était chez lui : un roi dans son royaume. Un *pater familias*. Le souvenir que j'avais de lui était-il faux ou l'âge avait-il tassé Gideon... ? L'âge ou les soucis.

Arrivé sous l'arche, il a marqué une hésitation. J'ai vu ses paupières se crisper derrière ses verres épais. S'étant redressé, il s'est avancé jusqu'au fauteuil à dossier ajustable et s'y est laissé tomber, les mains serrées autour des accoudoirs.

Slidell s'est penché en avant, prêt à ouvrir la bouche. Je suis intervenue avant qu'il n'ait le temps de proférer un son.

— Merci de nous recevoir, monsieur Banks.

Banks a hoché la tête. Il portait des chaussons Hush Puppies, un pantalon de travail gris et une chemise orange à encolure en V et manches courtes d'où sortaient ses bras maigres comme des brindilles.

— C'est joli, chez vous.

— Merci.

— Vous habitez ici depuis longtemps ?

— Ça fera quarante-sept ans en novembre.

— Je n'ai pas pu m'empêcher de regarder vos

photos, ai-je poursuivi en désignant la collection. Vous avez une belle famille.

— Il n'y a plus que Genève et moi à vivre ici, maintenant. Genève, c'est ma deuxième. Elle me donne un coup de main. Tamela, c'est ma plus jeune. Elle est partie il y a quatre mois.

Du coin de l'œil, j'ai remarqué le mouvement de Genève dans l'arche.

— Je pense que vous savez pourquoi nous sommes ici, monsieur Banks.

Je tâtais le terrain, ne sachant pas trop comment aborder le sujet.

— Oui. Vous recherchez Tamela.

Slidell s'est raclé la gorge, façon de me signifier d'abréger les politesses.

— Croyez bien, monsieur Banks, que je suis extrêmement désolée de devoir vous l'apprendre, mais les cendres récupérées dans le poêle du salon de Tamela...

— Ce n'était pas chez elle, m'a interrompue Banks.

— D'accord, est intervenu Slidell. L'appartement est loué à un certain Darryl Tyree. Mais des témoins affirment que votre fille y a vécu avec lui pendant presque quatre mois.

Les yeux de Banks n'avaient pas quitté mon visage. Des yeux emplis de douleur.

— Ce n'était pas chez elle.

Il a répété cela sur un ton ni fâché ni buté. Plutôt celui de quelqu'un qui tient à ce que les choses soient exposées correctement.

Ma chemise me collait dans le dos. Le tissu du canapé, de mauvaise qualité, m'irritait la peau des bras. J'ai pris une profonde respiration et j'ai recommencé au début.

— Les cendres récupérées dans le poêle de cette maison comportent des fragments d'os provenant d'un nouveau-né.

Mes paroles ont semblé le prendre de court. Il a hoqueté. Son menton a tremblé une fraction de seconde.

— Tamela n'a que dix-sept ans. C'est une gentille fille.

— Oui, monsieur.

— Elle n'a pas d'enfant.

— Si, monsieur, elle en avait un.

— Qui vous l'a dit ?

— Nous tenons l'information de plusieurs sources, est encore intervenu Slidell.

Banks est resté un moment sans rien dire. Puis :

— Pourquoi est-ce que vous fouillez parmi les cendres d'un poêle ?

— Un informateur a déclaré qu'un nourrisson y avait été incinéré. Quand on reçoit des dépositions de ce genre, en général on vérifie !

Slidell s'est abstenu de préciser qu'il tenait le tuyau d'un petit dealer arrêté récemment qui cherchait un moyen de se négocier une réduction de peine. Un certain Harrison « Sonny » Pounder.

— Qui vous a dit ça ?

— Aucune importance, a jeté Slidell sur un ton irrité. Ce qui compte, c'est qu'on remette la main sur Tamela.

Banks s'est levé. Traînant les pieds, il est allé prendre une photo sur l'étagère et me l'a remise tout en se rasseyant dans son fauteuil.

J'ai examiné le portrait, sentant son regard peser sur moi. Genève, restée debout sous l'arche, guettait aussi ma réaction.

Tamela, en jupette plissée et haut doré frappé d'un W noir. Mains sur les hanches, accroupie sur une jambe, l'autre tendue derrière elle, elle se tenait au milieu d'un cercle de majorettes en tenue blanc et or. Sourire éclatant, regard radieux, deux barrettes en strass dans ses cheveux crépus coupés court. J'ai demandé :

— Votre fille était majorette ?

— Oui.

— Ma fille aussi voulait être majorette quand elle avait sept ans. Dans l'équipe Pop Warner Football, pour les petits. Et puis elle s'est dit qu'elle préférait participer au jeu plutôt que d'être supporter.

— Ils ont tous leur idée sur la vie, j'imagine.

— Oui, monsieur. C'est bien vrai.

Banks m'a tendu une seconde photo, un Polaroïd.

— M. Darryl Tyree, a-t-il dit.

Un jeune homme grand et mince avec des chaînes en or autour du cou et un foulard noir sur la tête, tenant Tamela par l'épaule. Un bras grêle comme une patte d'araignée. La jeune fille avait les traits tirés. On la sentait tendue. Malgré son sourire, toute joie avait disparu de ses yeux.

J'ai rendu les photos et demandé doucement :

— Savez-vous où elle est, monsieur Banks ?

— C'est une grande fille maintenant. Elle dit que je n'ai pas à lui poser de questions.

Silence.

— Si seulement nous pouvions lui parler, il y a sûrement une explication à tout ça.

Re-silence, plus long cette fois.

— Vous connaissez M. Tyree ? a demandé Slidell.

— Tamela allait finir l'école, la même que Reggie, que Harley, que Jonah et que Sammy. L'avait jamais eu de problème avec la drogue ou les garçons.

Nous avons laissé ses paroles planer un instant.

— Et après ? a poignardé Slidell, comme Banks ne se décidait pas à reprendre.

— Darryl Tyree est arrivé.

Banks a quasiment craché le nom. Sa première manifestation de colère.

— Elle a pas mis longtemps à oublier ses livres et à dépenser toutes ses économies pour lui. Elle était comme folle quand il ne lui donnait pas signe de vie.

Banks a fait passer son regard de Slidell à moi.

— Elle croyait que je savais pas, mais je savais très bien qui c'était, son Darryl Tyree. Je lui ai dit que c'était pas une fréquentation pour elle. Je lui ai dit que je ne voulais plus le voir tournicoter autour de la maison.

— Et c'est alors qu'elle est partie ? ai-je demandé.

Banks a hoché la tête.

— Quand cela s'est-il produit ?

— Vers Pâques. Ça fait en gros quatre mois.

Des larmes ont scintillé dans ses yeux.

— J'ai bien vu qu'elle avait des idées dans la tête. Je croyais que c'était Tyree. Doux Jésus, je savais pas qu'elle attendait un enfant.

— Vous saviez qu'elle vivait avec M. Tyree ?

— J'y ai pas demandé, le Seigneur me pardonne. Mais j'ai bien pensé qu'elle était partie chez lui.

— Vous imaginez pourquoi votre fille aurait pu vouloir faire du mal à son bébé ?

— Non, madame. Tamela est une gentille fille.

— Peut-être que M. Tyree ne voulait pas de l'enfant et qu'il a mis la pression sur votre fille ?

— Ça s'est pas passé comme ça.

D'un mouvement commun, nous nous sommes tous tournés vers Genève.

Dans sa chemise informe et son short affreux, elle nous dévisageait d'un air morne.

— Que voulez-vous dire ?

— Tamela me parle, si vous voyez ce que je veux dire.

— Elle vous confie ses secrets ? lui ai-je demandé.

— Ben ouais. Ses secrets. Ce qu'elle peut pas dire à papa.

— Et qu'est-ce qu'elle ne peut pas me dire ?

Banks avait parlé d'une voix haut perchée, presque cajoleuse.

— Des tas de trucs, papa. Elle pouvait pas te parler de Darryl. Tu te mettais à crier, tu voulais tout le temps qu'elle prie.

— Fallait bien que je pense à son âme...

Slidell n'a pas pris de gants pour interrompre l'échange.

— Tamela vous a parlé de ses relations avec Darryl Tyree ?

— M'a dit des choses.

— Elle vous a dit qu'elle était enceinte ?

— Ouais.

— Quand ça ?

Genève a haussé les épaules.

— C't'hiver.

Les épaules de Banks se sont affaissées.

— Vous savez où est votre sœur ?

— Qu'est-ce qu'on a retrouvé dans le poêle à Darryl ? a demandé Genève sans s'arrêter à la question de Slidell.

— Des fragments d'os carbonisés, ai-je répondu.

— Et v'z'êtes sûre que c'est des os d'bébé ?

— Oui.

— P't'être que le bébé, il était mort-né ?

— On peut toujours le croire.

Je n'avais aucun doute sur le sujet, mais je n'avais pas la force de soutenir le regard si triste de Genève. J'ai ajouté doucement :

— C'est pour ça qu'il faut absolument retrouver Tamela. Pour découvrir ce qui s'est passé. Pour savoir comment ce bébé est mort, s'il n'a pas été tué. J'espère de tout mon cœur que c'est le cas.

— Peut-être que le bébé, il est né trop tôt ?

— Je suis experte en os, Genève. Je peux reconnaître l'évolution du fœtus tout au long de sa croissance.

Me rappelant à temps le principe de base essentiel : faire simple, j'ai ajouté :

— D'après l'état des os retrouvés, le bébé de Tamela est né à terme.

— Qu'est-ce que ça veut dire ?

— Que la grossesse a duré les trente-sept semaines normales ou presque. Assez longtemps pour que le bébé survive.

— Y a p't'être eu des problèmes pendant l'accouchement.

— Possible.

— Comment que vous l'savez qu'c'était le bébé à Tamela ?

Slidell a sauté à pieds joints dans la conversation et s'est mis à énumérer, en comptant sur les saucisses qui lui tiennent lieu de doigts :

— Numéro un, plusieurs témoins ont déclaré que votre sœur était enceinte ; numéro deux, les os ont été trouvés dans le poêle d'un appartement où elle vivait ; numéro trois, elle a disparu et Tyree aussi.

— Ça pourrait être le bébé de quelqu'un d'autre.

— Et moi, je pourrais être mère Teresa !

Genève s'est de nouveau tournée vers moi.

— Et ce truc avec l'ADN ?

— Il n'y avait pas assez de résidus, et ils étaient trop brûlés pour que l'analyse donne des résultats.

Genève n'a pas réagi.

— Vous savez où votre sœur est partie, mademoiselle Banks ?

Le ton de Slidell s'était fait plus brusque.

— Nan.

— Y a-t-il une chose que vous puissiez nous dire ? ai-je insisté.

— Juste une.

Le regard de Genève est passé de son père à moi, puis à Slidell. Une femme blanche et un flic blanc : pas terrible, comme choix.

La femme a dû lui paraître la moins terrible des trois, car c'est sur moi qu'elle a décidé de lâcher sa bombe.

3.

J'ai passé le retour dans la voiture de Slidell à me convaincre que c'était les aléas du métier, que je ne devais pas me laisser mener par les sentiments.

Facile à dire quand vos émotions vous entraînent dans une sarabande. Tristesse pour Tamela et son bébé. Énervement à l'égard de Slidell, trop dur avec les Banks. Angoisse à l'idée de ne pas accomplir tout ce que j'avais encore à faire en deux jours de temps.

Et même moins, puisque j'avais promis à Katy de passer le samedi avec elle.

Or, dimanche, j'avais un invité qui arrivait. Et lundi, je partais en vacances. Sans la famille, pour la première fois depuis des années.

Qu'on me comprenne bien, j'adore les séjours au bord de la mer avec toute la famille. Chaque année, ma sœur Harry et son fils Kit font exprès le voyage de Houston, la tribu lettone de mon ex-mari débarque de Chicago au grand complet et Peter en personne vient même nous rejoindre pendant quelques jours si nous ne sommes pas en froid. Nous louons une maison de douze chambres à Nags Head, à Wilmington, à Charleston ou à Beaufort ; nous faisons des balades à vélo ; nous nous dorons sur la plage ; nous regardons *What about Bob ?* à la télé ; nous lisons des romans. Tout cela permet à notre vaste famille de resserrer les liens.

Cette semaine au bord de la mer est un moment de retrouvailles et de détente que tout le monde apprécie.

Mais mes petites vacances à venir entraient dans une catégorie différente.

Très différente.

Pour la énième fois, j'ai repassé dans la tête ce qu'il me restait encore à faire avant le départ : rédiger des rapports ; remplir le frigo ; faire la lessive, le ménage, ma valise ; déposer Birdie chez Peter.

Sauf que... Peter ne m'avait pas donné signe de vie depuis plus d'une semaine. Pas normal, ça ! C'est vrai que nous vivons séparés depuis plusieurs années, mais nous nous voyons régulièrement. À défaut de le voir, j'ai de ses nouvelles. Soit par notre fille, Katy, soit à cause de son chien, Boyd, ou de mon chat, Birdie. Tantôt ce sont ses parents qui me téléphonent de l'Illinois où ils habitent, tantôt c'est quelqu'un de ma famille qui l'appelle, du Texas ou de Caroline. Bref, tous les cinq ou huit jours, il survient toujours une bonne raison pour que nous nous parlions. Et puis, disons-le, j'aime beaucoup Peter. J'adore passer du temps avec lui. Du temps, pas la totalité de mon temps. Je ne suis pas faite pour ça, tout simplement.

J'ai inscrit sur un papier de demander à Katy si son père était en voyage. Ou amoureux.

L'amour...

Bon, revenons à la liste.

Épilation ?

Ah, mon Dieu !

Et aussi changer les draps dans la chambre d'amis.

Non, je n'arriverais jamais à régler tout ça.

D'autant que j'avais déjà les muscles du cou complètement noués et que Slidell ne m'avait pas encore déposée sur le parking de la morgue où je devais récupérer ma voiture.

La chaleur accumulée à l'intérieur de ma Mazda n'a pas contribué à soulager les ondes de douleur qui me vrillaient l'arrière du crâne. Pas plus que les embouteillages pour regagner le haut de la ville.

Ou le bas. Car mes compatriotes de Charlotte ne se sont pas encore entendus sur l'orientation qu'ils souhaitent donner à leur ville.

Devinant qu'il se passerait encore un bon bout de temps avant que je me mette au lit, j'ai fait un détour par La Paz, un restaurant mexicain de South End, pour faire provision d'*enchiladas*. Et aussi de guacamole et de crème aigre pour Birdie.

J'habite près de Myers Park, dans la partie sud-est de Charlotte, un ancien manoir du XIXe siècle du nom de Sharon Hall, transformé en condominium. Il se compose de plusieurs bâtiments. Les voisins qui occupent la demeure principale appellent la petite maison où j'ai établi mes pénates « l'Annexe aux écuries » ou plus simplement « l'Annexe ». C'est une étrange construction dont personne ne connaît la destination d'origine, car elle ne figure sur aucun des plans du domaine. Le manoir y est représenté, de même que les écuries et le hangar où l'on remisait les attelages. Les plans du jardin y sont eux aussi reproduits dans les moindres détails. Mais nulle part n'apparaît l'Annexe.

Qu'importe ! L'endroit me convient parfaitement, même si c'est une maison de poupée. Une chambre à coucher et une salle de bains à l'étage ; une cuisine, une salle à manger, un salon, et un bureau qui tient lieu de chambre d'amis au rez-de-chaussée. Cent trente mètres carrés. Du charme et du caractère, selon la formule consacrée.

À sept heures moins le quart, je me garais à côté du patio.

L'Annexe était plongée dans un merveilleux silence. Je suis entrée par la cuisine. Pas un bruit, si ce n'est le ronron du réfrigérateur et le léger tic-tac de l'horloge de grand-mère Brennan.

— Birdie ?

Le chat ne s'est pas montré.

— Birdie ?

Pas de chat !

M'étant délestée de mes courses, de mon sac et de mon ordinateur, j'ai sorti un Coca Light du réfrigérateur. Quand je me suis retournée, Birdie s'étirait dans l'encadrement de la porte de la salle à manger.

— L'appel du bouchon qui saute ! Rien de tel pour te faire venir, hein, mon grand ?

Je suis allée le caresser entre les oreilles.

Il s'est assis, une patte levée en l'air, et a entrepris de lécher les parties intimes de son anatomie.

J'ai descendu une bonne rasade de Coca. Ça ne valait pas le pinot, mais tant pis. Finies, mes folies avec le pinot. Ou avec le chiraz, l'Heineken ou le merlot bon marché. La lutte a été longue et pénible, mais maintenant le rideau est baissé pour de bon.

Est-ce que l'alcool me manque ? Et comment ! Tellement, parfois, que j'en ai l'odeur dans les narines et le goût dans la bouche pendant mon sommeil. Mais s'il est quelque chose que je ne regrette pas, c'est bien les lendemains de fête. Les mains qui tremblent, le cerveau prêt à éclater, le dégoût de soi, l'angoisse à propos de ce qu'on a pu dire et faire, et dont on a perdu tout souvenir.

Dorénavant, je suis mariée au Coca. Le roi des breuvages.

J'ai passé le reste de la soirée à rédiger mes rapports.

Birdie m'a tenu compagnie un certain temps. Quand il a eu terminé son guacamole et sa crème aigre, il s'est allongé sur le divan, les pattes en l'air, et s'est endormi.

Outre le bébé de Tamela Banks, j'avais effectué trois

autopsies depuis mon retour de Montréal, et je devais remettre un rapport écrit pour chacune d'elles.

Un cadavre en partie transformé en squelette avait été découvert sous une pile de pneus dans une décharge de Gastonia : une femme blanche d'un mètre soixante, un mètre soixante-cinq, âgée de vingt-sept à trente-deux ans. De nombreux travaux dentaires. D'anciennes fractures au nez, au maxillaire supérieur droit et à la mâchoire. Des marques de coups sur les côtes et le sternum provoquées par un objet pointu. Des traces de défense sur les mains. Probablement un meurtre.

Un bras arraché découvert dans le lac Normand. Appartenant selon toute vraisemblance à quelqu'un qui faisait du bateau. Un adulte. Probablement blanc, probablement de sexe masculin. Mesurant entre un mètre soixante-huit et un mètre quatre-vingts.

Un crâne réapparu sur le rivage à Sugar Creek. Enterré là depuis pas mal de temps, dans un petit cimetière oublié. Un individu de sexe féminin et de race noire. Âgé. Sans dents.

D'autres cadavres ne cessaient de repasser devant mes yeux pendant que je rédigeais mes conclusions. Ceux que j'avais mis au jour au Guatemala quelques mois plus tôt, au printemps. Je revoyais une position. Un visage. Une cicatrice plus atroce que l'enfer. Et parallèlement, je me rappelais autre chose. Quelque chose qui déclenchait en moi un frisson d'excitation, immédiatement suivi d'un pinçon d'inquiétude. Ce séjour au bord de la mer était-il vraiment une bonne idée ?

Non sans mal, je suis venue à bout de tous mes rapports.

À une heure et quart, j'ai fermé l'ordinateur et me suis traînée à l'étage.

Ce n'est qu'une fois entre mes draps, après ma

douche, que j'ai enfin pris le temps de réfléchir à la nouvelle lâchée par Genève Banks. Une véritable bombe.

— Darryl, il est pas le père du bébé.

— C'est qui, alors ?

Un même cri était sorti simultanément de Slidell, de Banks et de moi.

Genève avait répété sa phrase ahurissante.

— C'est le bébé de qui ?

Elle n'en avait aucune idée. Tamela lui avait dit que l'enfant n'était pas de Darryl Tyree. Elle n'en savait pas plus.

Ou ne voulait pas en dire plus.

Les questions se pressaient dans ma tête.

Cette déclaration innocentait-elle Tyree ou l'accablait-elle davantage ? Tyree aurait-il assassiné l'enfant, en apprenant que ce n'était pas le sien ? Aurait-il forcé Tamela à le tuer elle-même ?

Serait-il possible que l'enfant soit mort-né, comme Genève l'avait supposé ? Qu'il ait été atteint d'une déficience génétique ? Qu'il y ait eu un problème avec le cordon ombilical au moment de la naissance ? Et Tamela, désespérée, aurait choisi le moyen le plus simple d'incinérer son bébé : le brûler dans le poêle. Oui, c'était possible. Mais, en tout état de cause, où avait-elle accouché ?

J'ai senti Birdie atterrir sur mon lit. Après avoir exploré diverses possibilités, il a fini par se coucher au creux de mes genoux.

Mon esprit est reparti sur cette idée de vacances au bord de la mer. Où cela allait-il me mener ? À une nouvelle relation ? Était-ce vraiment ce que je voulais ? Que voulais-je, au juste ? Quelque chose qui dure ou seulement une partie de jambes en l'air ? Dieu m'est témoin que j'avais été plutôt sevrée jusqu'ici. Mais de là à m'engager à nouveau, à placer une nouvelle fois ma confiance en un homme, je n'étais pas sûre d'en être capable. D'ailleurs, je n'étais plus sûre de rien. La trahison de Peter m'avait anéantie. Voir notre mariage se terminer ainsi avait été trop douloureux.

Retour à Tamela. Où était-elle ? Tyree lui avait-il fait du mal ? Se cachait-elle avec lui quelque part ? S'était-elle enfuie avec quelqu'un d'autre ?

Une dernière pensée m'est venue tandis que je dérivais vers le sommeil, et elle était tout sauf rassurante : le soin de trouver les réponses à toutes ces questions avait été confié à ce crétin de Slidell.

Quand je me suis réveillée, un soleil écarlate traversait le feuillage du magnolia devant ma fenêtre. Birdie était parti.

J'ai regardé mon réveil : six heures quarante-trois.

— Pas question ! me suis-je entendue marmonner.

J'ai remonté mes genoux près de ma poitrine et me suis enfoncée plus profondément sous l'édredon.

Un poids m'a frappée dans le dos. Je n'ai pas réagi.

Une langue râpeuse comme une brosse à récurer m'a léché la joue.

— Va-t'en, Birdie !

Quelques secondes plus tard, c'était au tour de mes cheveux de subir les assauts du chat.

— Birdie !

Un répit, puis le tiraillement a repris.

— Tu vas arrêter !

Je t'en fiche ! Je me suis retournée d'un bond, le doigt pointé sur son nez.

— Ne mange plus mes cheveux !

Il m'a considérée de ses yeux ronds et jaunes.

— Allez, c'est bon.

Soupirant avec bruit, j'ai repoussé l'édredon et enfilé mon uniforme d'été : short et T-shirt.

Je sais bien qu'en répondant à ses incitations je ne fais que renforcer les mauvaises habitudes de mon chat, mais je ne supporte pas qu'il me tire les cheveux. Le truc marche à tous les coups et il le sait, le mâtin.

J'ai nettoyé le guacamole qu'il avait jugé bon de recycler sur le plancher de la cuisine, et j'ai mangé un bol de Grape-Nuts et bu mon café en parcourant l'*Observer*.

Tard dans la nuit, il y avait eu un carambolage sur la I-77 après un concert au parc Paramount Carowinds. Deux morts et quatre blessés dans un état critique. Un homme avait été descendu dans un jardin, boulevard Wilkinson. Un bon Samaritain avait été inculpé de cruauté envers les animaux pour avoir jeté six chatons dans son compacteur de déchets. Le conseil municipal continuait de s'étriper à propos de l'emplacement du nouveau stade.

Tout en repliant le journal, j'ai pesé les choix qui s'offraient à moi.

Lessive ? Courses ? Aspirateur ?

Merde.

Une tasse de café à la main, je me suis installée dans le bureau et j'ai passé la matinée à peaufiner mes rapports.

À midi pile, Katy est passée me prendre.

Si je reconnais à ma fille d'immenses qualités – elle travaille bien à l'université, peint avec talent, sculpte le bois, fait de la danse à claquettes et a beaucoup d'humour –, je n'irai pas jusqu'à placer l'exactitude au premier rang de ses talents.

Pour autant que je sache, elle ne sacrifie pas au rite de « picorer du porc », pour reprendre l'expression des gens du Sud.

Donc...

Officiellement, Katy habite chez son père dans la grande maison où elle a grandi. Cependant, nous nous voyons souvent quand elle revient à Charlotte, en

Virginie, où elle fait ses études. Nous allons ensemble à des concerts de rock, passons quelques jours dans une station thermale, assistons à des tournois de tennis, jouons au golf, dînons au restaurant, prenons un verre dans un bar, allons voir un film. Jusqu'à ce jour, elle ne m'avait encore jamais proposé de barbecue à la campagne avec concert de musique country.

Hmm.

En la voyant traverser le patio, je me suis émerveillée une fois de plus d'avoir mis au monde un spécimen de l'espèce humaine aussi réussi. Je ne suis pas moi-même un vieux pain de viande racorni, mais c'est un fait que Katy est une splendeur. Avec ses cheveux blond maïs et ses yeux vert jade, elle a cette beauté qui pousse les hommes à se lancer dans des concours de bras de fer ou à exécuter des plongeons de cygne à partir de pontons branlants.

C'était une de ces journées étouffantes du mois d'août qui vous rappellent les étés de votre enfance. À Beverly où j'ai grandi, seuls les cinémas étaient climatisés. Maisons et voitures étaient surchauffées. La ferme pleine de recoins où nous avons déménagé à Charlotte n'était pas plus fraîche que notre bungalow de Chicago. Les années 1960 restent pour moi l'ère des ventilateurs. Il y en avait au plafond et devant toutes les fenêtres.

Le temps chaud et poisseux m'évoque toujours les trajets d'autrefois, quand nous allions à la plage en autocar, les parties de tennis sous un ciel bleu implacable, les après-midi à la piscine, les chasses à la luciole pendant que les adultes prenaient le thé dans la véranda.

Bref, la chaleur, j'y suis habituée et j'aime ça. Néanmoins, je n'aurais pas fait la fine bouche si la Volkswagen de Katy avait été climatisée. Nous roulions, les fenêtres grandes ouvertes et les cheveux dans les yeux.

Sur la banquette arrière, Boyd mettait le nez au vent, sa langue aubergine sortie sur le côté de sa gueule. Trente-cinq kilos d'épaisse fourrure brune. Toutes les cinq minutes, il changeait de vitre, nous expédiant au passage des jets de salive sur les cheveux.

La brise ne faisait guère plus que de brasser l'air chaud, rabattant sur nous des tourbillons d'odeurs canines.

— J'ai l'impression de rouler dans un séchoir à linge, ai-je dit alors que nous tournions de Beatties Ford Road vers la NC 73.

— Je vais faire réparer la clim.

— Je te donnerai l'argent pour.

— Ce ne sera pas de refus, ma bonne dame.

— Qu'est-ce que c'est que ce pique-nique, exactement ?

— Une coutume des McCranie. Ils en font un tous les ans pour leurs amis et les bons clients de leur magasin de pipes et cigares.

— Et comment se fait-il qu'on soit dans le lot ?

Katy a levé les yeux au ciel, sa spécialité depuis l'âge de trois ans.

Pour ce qui est de rouler des yeux, je suis assez douée moi-même mais, comparées à celles de Katy, mes mimiques ne valent pas un clou. Elle, c'est une championne. Elle agrémente les siennes de nuances incroyables que je serais bien incapable d'imiter. Dans le cas présent, elle n'a pas visé les hautes sphères, son roulement d'yeux s'est limité à un basique : « Tu sais bien. »

— Parce que les pique-niques, c'est amusant, a-t-elle complété.

En changeant de vitre, Boyd s'est arrêté à mi-chemin pour me nettoyer de ma crème bronzante sur tout un côté du visage. Je l'ai repoussé et me suis essuyé la joue.

— À quoi devons-nous le plaisir de respirer cette bonne haleine de chow-chow ?

— Papa est en voyage. Est-ce que ce panneau indique bien Cowans Ford ?

— Oui, Cowans Ford. Sympa...

Cowans Ford. Un gué utilisé au début du XVIIe siècle par la tribu des Catawbas et plus tard par les Cherokees, me suis-je rappelé. Daniel Boone s'y était battu au cours de la guerre entre la France et les Indiens. Événement marquant de l'histoire locale.

C'est également ici qu'à la tête de l'armée patriotique, le général William Lee Davidson trouva la mort dans une bataille contre les habits rouges de lord Cornwallis, en 1781. Moyennant quoi, il est entré lui aussi dans l'histoire du comté de Mecklenburg.

Enfin, c'est à Cowans Ford que la compagnie d'électricité Duke Power a construit un barrage sur le fleuve Catawba, au début des années 1960. D'où le lac Normand, qui s'étire maintenant sur près de cinquante-cinq kilomètres.

Aujourd'hui, la centrale nucléaire McGuire, construite par la Duke pour améliorer le rendement de l'usine hydroélectrique, jouxte quasiment le monument érigé à la mémoire du général Davidson et le Cowans Ford Wildlife Refuge, une réserve naturelle de plus de neuf cents hectares.

Partager avec une centrale nucléaire une terre qu'il a sanctifiée, le général doit s'en retourner dans sa tombe !

Katy a bifurqué sur une route plus étroite qui s'enfonçait entre des pins et des feuillus.

— Boyd aime la campagne, a dit Katy.

— Boyd aime n'importe quoi du moment qu'il y trouve à manger.

Elle a jeté un coup d'œil sur la photocopie d'un itinéraire tracé à la main fixé à son pare-soleil.

— Encore quatre kilomètres et demi. Une vieille ferme sur la droite.

Cela faisait presque une heure que nous roulions. J'ai demandé :

— Ce type habite ici et il a son magasin à plus d'une heure de route ?

— Le McCranie's fondé à l'origine se trouve dans le centre commercial de Park Road.

— Excuse-moi, je ne fume pas la pipe.

— Ils ont aussi des milliards de cigares.

— Quelle chance ! J'ai justement oublié de faire mon réassort pour l'année !

— Je m'étonne que tu n'aies jamais entendu parler de McCranie's. C'est une institution à Charlotte. Un endroit où se retrouvent toutes sortes de gens depuis des années. Le vieux M. McCranie s'est retiré des affaires, mais ses fils ont repris le flambeau. Celui qui vit ici s'occupe du nouveau magasin qu'ils ont ouvert à Cornelius.

— Et ?

— Et quoi ? a réagi Katy en tournant vers moi un regard aussi vert qu'innocent.

— Il est mignon ?

— Il est marié.

Roulement des yeux, version non expurgée. Ça ne m'a pas empêchée de susurrer :

— Mais il a un ami, n'est-ce pas ?

— Faut bien en avoir, des amis ! a-t-elle chantonné.

— Rrrrrrrrrrou ! a lancé notre bon chow-chow qui venait de repérer un retriever à l'arrière d'une camionnette venant en sens inverse.

Et de se précipiter sur la vitre à demi-ouverte de Katy, sortant la tête aussi loin que le lui permettait l'ouverture. Ses aboiements n'ont laissé planer aucun doute sur ce qu'il aurait infligé à son congénère s'il n'avait pas été enfermé dans cette foutue bagnole.

— Assis ! lui ai-je ordonné.

Il a obtempéré.

— Et je vais faire la connaissance de ce charmant ami ?

— Exactement.

Quelques minutes plus tard, nous avons aperçu des véhicules encombrant les deux bas-côtés de la route. Katy s'est garée en bout de file à droite et a coupé le moteur.

Quand elle est descendue, Boyd est devenu comme fou, se jetant d'une vitre à l'autre sans plus savoir s'il devait rentrer sa langue ou la laisser pendre hors de sa gueule.

Katy a sorti du coffre des chaises pliantes et me les a tendues avant d'accrocher une laisse au collier du chien. Boyd lui a presque arraché l'épaule dans son ardeur à rejoindre la partie de campagne.

En tout, il y avait bien cent personnes sous les immenses ormes du jardin devant la ferme jaune, et aussi derrière, sur la bande de gazon d'une vingtaine de mètres entre la maison et les bois. Les unes occupaient des chaises sur la pelouse, les autres se promenaient çà et là ou discutaient à deux ou trois, tenant en équilibre des assiettes en carton et des cannettes de bière.

Beaucoup de gens arboraient des casquettes de sport, un grand nombre fumaient le cigare.

Des enfants jouaient à lancer des fers à cheval près d'une grange qui n'avait pas dû recevoir la moindre couche de peinture depuis l'époque où Cornwallis était passé par là. D'autres se pourchassaient, jouaient au ballon ou s'envoyaient des frisbees.

L'orchestre country s'était installé entre la maison et la grange, aussi loin que le lui permettaient les rallonges électriques. En dépit de la chaleur, les quatre musiciens étaient en costume-cravate. Le chanteur du groupe miaulait *White House Blues*. Ça ne valait pas Bill Monroe, mais ça pouvait aller.

Un jeune homme s'est matérialisé devant nous juste au moment où nous ajoutions nos chaises au demi-cercle en face de la scène.

— Salut, Kater !

Kater ? Pour rimer avec serpillière ? Je me suis empressée de décoller ma chemise de mon dos trempé de sueur.

— Salut, Palmer.

Palmer ? Mais peut-être qu'en vrai il s'appelait Palmy.

— Maman, je te présente Palmer Cousins.

— Bonjour, docteur Brennan.

Le jeune homme a retiré ses lunettes avant de me tendre la main. De taille moyenne, il avait d'abondants cheveux noirs, des yeux bleus étourdissants et un sourire qui n'avait rien à envier à celui de Tom Cruise dans *Risky Business*. Il était si beau que j'en suis restée presque déconcertée.

— Tempe, ai-je répondu en lui tendant la main.

Une poignée de main à vous broyer les os.

— Katy m'a beaucoup parlé de vous.

— Vraiment ?

Coup d'œil à ma fille. Elle regardait Palmer.

— Comment s'appelle le toutou ?

— Boyd.

Il s'est penché pour gratter le chow-chow derrière l'oreille. Celui-ci lui a passé un grand coup de langue sur la figure. Trois petites claques sur le flanc, et Palmer est remonté au niveau des humains.

— Bon chien. Puis-je aller chercher des bières pour ces dames ?

— Pour moi, oui, a gazouillé Katy. Un Coca Light pour maman, elle est alcoolo.

J'ai lancé à ma fille un regard qui aurait solidifié un baril de goudron en ébullition.

— Pour le chaud, je vous laisse vous servir vous-mêmes, a lancé Palmer en s'éloignant.

En entendant le mot « chaud », notre chow-chow a dû se croire le point de mire de nos activités, car il a bondi en avant et s'est lancé dans une sarabande autour des jambes de Palmer, arrachant sa laisse à la main de Katy.

Ayant récupéré son équilibre, le jeune homme a levé vers nous son visage parfait, bien qu'un peu éberlué.

— Ce n'est pas dangereux de le laisser en liberté ?

— Seulement pour le buffet. Mais on va le tenir à l'œil.

Tout en parlant, Katy a détaché la chaîne du collier. Palmer a levé le pouce pour signifier qu'il avait pigé. Fou de joie, Boyd est parti dans une nouvelle danse.

Près de la maison, des tables de jardin pliaient sous les Tupperware. Sur l'une, salade de chou, salade de pommes de terre, haricots cuits au four et salade verte. Sur l'autre, des montagnes de travers de porc dans des plats jetables en aluminium. Près du bois, des volutes de fumée s'élevaient toujours du cuiseur géant qui avait dû marcher toute la nuit.

Une autre table était réservée au sucré. Une quatrième à d'autres hors-d'œuvre.

— Tu ne crois pas qu'on aurait dû apporter quelque chose ? ai-je soufflé à Katy pendant que nous passions en revue ce menu campagnard hautement respectueux des canons édictés par Martha Stewart, la reine des convenances.

Elle a tiré de son sac un sachet de biscuits Newton à la figue et l'a déposé sur la table des desserts.

J'ai roulé les yeux à ma façon à moi.

Quand nous sommes revenues à nos chaises, le

joueur de banjo faisait entendre sa version de *Rocky Top*. Rien à voir avec Peter Seeger, mais pas mauvais.

Au cours des deux heures suivantes, un défilé de gens est venu nous faire la causette. Des avocats, des pilotes, des ingénieurs, un juge, des mordus d'ordinateur. On se serait cru à l'une de ces rencontres organisées dans les lycées pour présenter aux élèves différentes professions. Il y avait même un ancien étudiant qui avait choisi de devenir charpentier. J'ai été étonnée de connaître autant de policiers de la CMPD, la police de Charlotte-Mecklenburg.

Plusieurs McCranie sont venus nous remercier d'avoir accepté leur invitation et nous souhaiter une bonne journée. Des cousins de Palmer sont également passés nous dire bonjour.

J'ai appris que ledit Palmer avait été présenté à Katy par Lija, sa meilleure amie depuis le CM2, qui venait d'obtenir sa licence de socio à l'université de Georgie et travaillait maintenant aux urgences de Charlotte.

Mais l'information de loin la plus importante, c'était que le jeune homme en question était célibataire, âgé de vingt-sept ans, diplômé en biologie de l'université de Wake, chargé de mission au FWS, le service fédéral pour la préservation de la faune et de la flore sauvages, et basé à Columbia, en Caroline du Sud.

Et qu'il était aussi un client régulier de chez McCranie's quand il revenait dans sa bonne ville de Charlotte : raison pour laquelle je me retrouvais en ce moment à grignoter des travers de porc grillés au milieu d'un champ de trèfle.

Quand il ne dormait pas à nos pieds, Boyd courait avec divers groupes d'enfants ou se promenait parmi la foule en quémandant des restes à ceux des invités qui lui semblaient les plus compatissants. Il était dans sa phase sieste lorsqu'une bande de gamins est accourue pour réclamer sa compagnie.

Il a ouvert un œil et déplacé son menton sur ses pattes. Une petite fille de dix ans en tenue pourpre de Bible Girl, avec cape et chapeau, lui a mis sous le nez un petit gâteau à la farine d'avoine. Boyd ne s'est pas fait prier plus longtemps.

En les regardant disparaître derrière la grange, je me suis souvenue que le chien avait un secret à me dire, d'après Katy.

— De quoi Boyd voulait-il discuter avec moi ?

— Ah, oui. Papa a un procès à Asheville, c'est pour ça que je garde le chien. (Et de gratouiller l'étiquette de sa Budweiser avec l'ongle de son pouce.) Il pense rester là-bas encore trois semaines. Et, hum... (Long tunnel dans le papier humide.) Et moi, je crois que je vais passer le reste de l'été dans le haut de la ville.

— Dans le haut de la ville ?

— Oui, Lija vient de louer un appart dans une supermaison à Third Ward, et sa nouvelle colocataire ne peut pas venir avant septembre. Comme papa n'est pas là... (Il ne restait plus rien de l'étiquette. Un boulot efficace.) Eh bien, je me suis dit que ce serait amusant, tu sais, d'aller passer chez elle deux ou trois semaines. Surtout que ça ne me coûtera rien.

— Uniquement jusqu'à la reprise des cours ?

— Évidemment.

Cela fait maintenant six ans que Katy suit des études à l'université de Virginie. Selon l'accord passé entre elle et nous, son père et moi, c'est la dernière année que nous payons pour sa scolarité.

— Tu n'as pas l'intention de laisser tomber la fac ?

Roulement des yeux digne de concourir pour la Coupe du monde, suivi d'un aimable :

— Vous avez les mêmes scénaristes, papa et toi ?

Je voyais déjà où elle voulait en venir.

— Si je devine bien, tu veux que je prenne Boyd ?

— Uniquement jusqu'au retour de papa.

— Je pars lundi au bord de la mer.

— Tu vas chez Anne, à Sullivan Island, n'est-ce pas ?

— Oui. (Ton plus que méfiant.)

— Boyd adore la plage.

— Boyd adorerait Auschwitz pourvu qu'on lui donne à manger.

— Anne ne dira rien si tu le prends avec toi. Et il te tiendra compagnie. Comme ça, tu ne seras pas toute seule.

— Boyd n'est pas le bienvenu dans cette super-maison du haut de la ville ?

— Ce n'est pas qu'il soit malvenu, c'est que le proprio de Lija...

Des aboiements frénétiques nous ont interrompues. Boyd ! Quelque part dans les bois. Tout de suite après, un cri à glacer les sangs. Puis un autre.

4.

J'ai bondi de ma chaise, le cœur battant.

Autour de moi, les pique-niqueurs me sont apparus comme sur un écran coupé en deux : ceux debout près de la maison, qui continuaient à se promener, à bavarder et à manger, sans se rendre compte qu'un drame s'était peut-être produit dans les bois ; et ceux installés près de la grange, frappés d'immobilité, la bouche ouverte et la tête tournée vers l'endroit d'où semblaient venir les affreux hurlements.

J'ai foncé, slalomant parmi les chaises de jardin, les couvertures et les invités. Katy et d'autres couraient derrière moi.

Boyd n'avait jamais fait de mal à un enfant, il n'avait même jamais grogné à la vue d'un enfant. Mais il faisait chaud. Il était énervé. Est-ce qu'un gamin l'aurait provoqué, excité au point de lui faire perdre la tête ? Le chien aurait-il soudain changé du tout au tout ?

Doux Jésus !

Mon esprit m'envoyait des images de victimes attaquées par des animaux, des estafilades béantes, des crânes déchiquetés. La terreur me donnait des ailes.

Contournant la grange, j'ai repéré une coupe parmi les arbres. J'ai bifurqué pour suivre le tracé d'une rigole à sec. Les branchages et les feuilles s'accrochaient dans mes cheveux, m'égratignaient les bras et les jambes.

Les cris étaient de plus en plus stridents, les silences de plus en plus courts. Les hurlements se mêlaient en un crescendo de terreur et de panique.

J'ai continué à courir.

Brusquement, les appels ont cessé. Un calme subit, encore plus terrifiant.

Boyd aboyait toujours sans relâche, furieusement.

Une sueur glacée a dégouliné de mon front sur mon visage.

Quelques instants plus tard, j'ai aperçu trois enfants recroquevillés derrière une énorme haie. Par un trou dans le feuillage, j'ai pu voir deux petites filles blotties l'une contre l'autre, dont la Bible Girl vêtue de pourpre, qu'un petit garçon essayait de rassurer en lui entourant les épaules de son bras. Elle avait les yeux fermés et les poings pressés contre ses joues. Et elle haletait.

Le garçon et l'autre petite fille, plus jeune, avaient les yeux rivés sur Boyd, et leurs traits crispés exprimaient une répulsion mêlée de fascination.

Plus loin, près de la haie, un Boyd effréné se jetait en avant pour bondir aussitôt en arrière, grondant à l'intention de quelque chose que je ne voyais pas mais qui semblait se trouver non loin du taillis. Toutes les quelques secondes, il laissait échapper une série d'aboiements brefs et haut perchés, la gueule levée au ciel. Avec sa fourrure hérissée autour du cou, il ressemblait à un loup. Je me suis faufilée à travers la haie.

— Tout va bien, les enfants ?

Trois hochements de tête muets et solennels m'ont répondu.

— Personne n'est blessé ? a crié Katy hors d'haleine en émergeant à son tour des buissons, Palmer et un fils McCranie sur les talons.

Trois dénégations de la tête et un petit sanglot.

Puis la Bible Girl s'est jetée dans les bras de McCranie qui l'a serrée contre lui.

— Tout va bien, Sarah. Tu n'as rien, l'a-t-il rassurée en lui caressant l'arrière de la tête, entre ses couettes. Ma fille est un peu émotive, a-t-il ajouté.

J'ai reporté mon attention sur le chien.

Et compris d'un coup la situation.

— Boyd !

Il a effectué un demi-tour dans les airs. Nous voyant, Katy et moi, il s'est rué vers nous, m'a mordillé la main et s'est élancé à nouveau le long de la haie en aboyant de plus belle.

J'ai crié : « Stop ! », pliée en deux pour tenter de faire passer mon point de côté.

Boyd a une façon bien à lui de me faire savoir qu'il me trouve totalement à côté de la plaque : il me regarde en faisant monter et descendre les longs poils qui lui tiennent lieu de sourcils, l'air de dire : *Tu es folle !*

C'était précisément ce qu'il était en train de me signifier.

— Boyd, assis !

Il m'a tourné le dos et a repris ses aboiements.

Sarah McCranie était toujours agrippée à son père.

Quant à ses petits amis, ils me dévisageaient avec des yeux ronds comme des soucoupes.

J'ai répété mon ordre.

Boyd a penché la tête et recommencé à jongler avec ses sourcils. *T'es conne ou tu le fais exprès ?*

— Boyd !

Toujours pliée en deux, j'ai tendu la main, l'index à hauteur de sa gueule.

Il a soufflé bruyamment par les naseaux, puis s'est enfin assis.

— Qu'est-ce qui lui prend ? a réussi à proférer Katy entre deux halètements.

Manifestement, elle était aussi essoufflée que moi.

— Il croit qu'il a retrouvé la colonie perdue de Roanoke[1], cet abruti.

Boyd était reparti vers la haie. Les oreilles aplaties, il a poussé un grondement sourd qui semblait sortir du plus profond de son thorax.

— Mais qu'est-ce qu'il a ?

Je me suis élancée dans les broussailles sans prendre la peine de répondre à Katy. Quand je suis arrivée près du chien, il a bondi sur ses pattes et m'a regardée, les yeux emplis d'attente.

— Assis.

Il a obéi.

Je me suis accroupie à côté de lui.

Il s'est relevé, la queue raide et tremblante.

J'ai senti mon cœur chuter dans ma poitrine.

La dernière fois qu'il avait agi ainsi, il avait découvert un écureuil mort depuis deux ou trois jours.

Je l'ai fixé. Il a soutenu mon regard. Le blanc autour de ses pupilles était bien plus grand que d'habitude, preuve de son agitation. La crainte s'est faufilée en moi.

J'ai baissé les yeux sur le monticule de terre et de feuilles à mes pieds : aujourd'hui, sa trouvaille était beaucoup plus volumineuse.

M'emparant d'un bâton, je l'ai planté au milieu du tas. Un sac en plastique s'est crevé et une puanteur de chair en décomposition s'est échappée. Des mouches ont rappliqué illico. L'air poisseux n'a pas tardé à bourdonner, traversé en tous sens par des lueurs irides-centes.

1. Pendant la guerre de Sécession, l'armée de l'Union, basée sur une île proche des côtes de Caroline du Nord, accueillit des esclaves noirs en fuite et leur accorda la liberté. Au printemps 1863, une colonie comprenant des églises et une école était formée sous l'égide du pasteur blanc Horace James, puis reconnue par le gouvernement de l'Union. *(N.d.T.)*

Une fois de plus, ce chien autodidacte avait tapé dans le mille et découvert un cadavre.

— Merde.

— Qu'est-ce que c'est ?

Bruissement de branchages dans mon dos : Katy se frayait un chemin jusqu'à moi.

— Qu'est-ce qu'il a trouvé ?

Elle ne s'était pas baissée jusqu'à ma hauteur qu'elle rebondissait déjà en l'air, comme dans un saut à l'élastique.

— La vache, qu'est-ce que c'est ?

Un cri, la main sur la bouche, tandis que Boyd se mettait à tourner autour de ses jambes.

— Quelque chose qui est en train de se décomposer !

Observation magistrale s'il en était. Émanant de Palmer qui nous avait rejointes.

— Un homme ? a-t-il demandé en se bouchant le nez.

— Faut voir.

J'ai désigné les espèces de doigts qui sortaient d'une déchirure dans le plastique, probablement faite par Boyd.

— À première vue, ce n'est pas une patte de chien ou de cerf... Il n'y a pas beaucoup d'animaux aussi grands que ça, ai-je ajouté en considérant la taille du sac à demi déterré.

J'ai écarté la terre et les feuilles.

— Pas de poils.

Boyd s'est avancé pour flairer le sac. Je l'ai repoussé du coude.

— Toi alors, maman ! T'as vraiment le don !

— Moi aussi, j'imaginais autre chose quand tu m'as parlé d'un pique-nique.

— Vous allez vous taper toute la récupération ? est intervenu Palmer.

— Ce n'est peut-être rien du tout. Mais au cas où ce serait quelque chose, il faut bien respecter la procédure.

Katy s'est mise à râler. Je l'ai arrêtée :

— Ça va ! Ça ne me plaît pas plus qu'à toi. Je suis censée partir en vacances lundi, je te rappelle.

— C'est vraiment pénible. (Coup d'œil à Palmer.) Pourquoi est-ce que tu ne fais pas simplement des gâteaux... comme toutes les mères ?

— Parce que j'aime les biscuits à la figue !

Sur ce, je me suis relevée.

— Il vaudrait peut-être mieux ramener les enfants à la maison, ai-je lancé au père de Sarah.

— Pas question ! s'est écrié le petit garçon, le visage rouge et luisant de transpiration. C'est un macchab, hein ? On veut vous voir le sortir de terre. On veut savoir qui c'est que vous croyez qui a fait le coup !

— Le macchab ! On veut voir le macchab ! a renchéri la petite Shirley Temple en pantalon rose, debout à côté de lui.

J'ai maudi intérieurement les séries télévisées.

— Vous savez quoi ? Ça me serait drôlement utile si vous pouviez discuter entre vous de ce que vous avez vu et me faire ensemble une déposition par écrit. Vous voulez bien ?

Les deux enfants se sont regardés l'un l'autre, les yeux à présent gros comme des assiettes.

— Une déposition ! s'est écriée Shirley Temple en applaudissant de ses petites mains potelées. On va vous en écrire une super de super.

Le camion technique est arrivé à quatre heures. Joe Hawkins, le médecin légiste d'astreinte ce week-end, a débarqué quelques minutes plus tard. La plupart des invités au pique-nique avaient remballé couvertures et chaises pliantes et quitté les lieux.

Katy et Palmer avaient fait de même, emmenant Boyd avec eux.

Le cadavre gisait de l'autre côté de la haie séparant la propriété des McCranie de la ferme voisine. La maison, inoccupée selon le père de Sarah, appartenait à un certain M. Foote. Comme personne ne répondait à nos appels, nous avons pris sur nous d'emprunter la voie privée et de garer notre camion dans la propriété.

Laissant les techniciens décharger pelles, tamis et tout le matériel dont nous aurions besoin pour l'examen des lieux, j'ai discuté avec Hawkins. Ennuyée de devoir déranger tant de gens un samedi, j'ai tenté de minimiser la situation.

— Ce n'est peut-être qu'une carcasse d'animal.

— Ou une dame avec la hache de son mari plantée dans la tête, a-t-il répondu en sortant un sac mortuaire du fourgon. Les devinettes, c'est pas notre boulot.

Joe Hawkins dissèque des cadavres depuis 1954, l'année où Marilyn Monroe et Joe DiMaggio se sont mariés. Il aura bientôt l'âge de partir à la retraite. Des histoires, il en a des centaines. À l'époque, les autopsies, c'est au sous-sol de la prison qu'il les pratiquait, dans une salle juste équipée d'une table et d'un évier. Dans les années 1980, quand le département des enquêtes criminelles de Caroline du Nord a fait l'objet d'une restructuration fondamentale et que le médecin examinateur du comté de Mecklenburg s'est vu attribuer une morgue toute neuve, il n'y a transporté qu'un seul souvenir du passé : un portrait dédicacé du grand Joltin' Joe. Il orne aujourd'hui son petit bureau.

— Si jamais on a tiré le gros lot, c'est vous qui prévenez doc Larabee, m'a dit encore Hawkins. Ça marche ?

— Ça marche.

Tout en le regardant claquer les doubles portes du fourgon, je n'ai pu m'empêcher de penser que son métier avait déteint sur lui. D'une maigreur cadavérique, il a tout ce qu'exige d'un acteur une agence de casting avant de lui confier le rôle d'un médecin légiste : les yeux bouffis, les cernes sombres, les sourcils broussailleux et les cheveux teints en noir, coiffés en arrière.

— Vous croyez qu'on aura besoin de lumière ? a demandé l'un des deux techniciens, une jeune femme d'une vingtaine d'années au teint brouillé et au nez chaussé de lunettes de grand-mère.

— On verra plus tard.

— Tout est prêt ?

J'ai regardé Hawkins. Il a hoché la tête.

— Alors, allons-y, a lancé Mlle Bésicles.

J'ai conduit l'équipe jusque sur les lieux. Pendant les deux heures suivantes, nous avons dégagé, photographié et étiqueté selon les règles de l'art le moindre objet découvert autour du sac-poubelle.

Pas une feuille d'arbre ne remuait. Mes cheveux collaient à mon cou et sur mon front. Sous la combinaison en Tyvex que Hawkins m'avait apportée, mes vêtements étaient à tordre. Malgré les couches de Deep Wood dont je m'étais enduite, les moustiques se régalaient du moindre millimètre de ma peau laissé à l'air libre.

Vers cinq heures, nous avions déjà une assez bonne idée de ce qui gisait à nos pieds : non pas un, mais deux sacs-poubelle noirs enfouis dans un trou peu profond et recouverts de terre et de feuilles, que le vent et la pluie avaient en partie mis à nu. Boyd s'était chargé du reste.

Nous ne les avons ouverts ni l'un ni l'autre, c'était inutile. Par les déchirures et les trous s'en échappait une puanteur douceâtre et fétide reconnaissable entre toutes : l'odeur de la chair en décomposition.

Les restes se limitant à ces deux sacs, la récupération

a pu être expédiée rapidement. À six heures, les deux paquets étaient enfermés dans des sacs mortuaires et ceux-ci placés dans le fourgon de la morgue. Après s'être assuré que Lunettes-de-grand-mère, son collègue et moi-même saurions nous débrouiller sans lui, Hawkins est parti pour la morgue.

Une heure de tamisage du sol n'a strictement rien donné.

À sept heures et demie, je rentrais en ville dans le camion technique.

À neuf heures, j'étais sous ma douche, épuisée, découragée, et regrettant de ne pas avoir choisi un autre métier.

Juste au moment où je commençais à remonter la pente, il fallait que deux fois cinq litres de sauce tomate entrent dans ma vie.

Merde !

Et aussi un chow-chow de trente-cinq kilos.

Re-merde !

Tout en faisant mousser mon troisième shampoing, j'ai pensé à la journée du lendemain et au monsieur censé débarquer chez moi. En aurais-je fini avec l'examen des sacs-poubelle à l'heure d'aller le chercher à l'aéroport avec ses valises ?

Je me suis représenté son visage. Mon ventre a eu un minisursaut.

Oh ! là, là !

Cette aventure à venir était-elle une aussi bonne idée que ça ? Je n'avais pas vu ce type depuis le Guatemala, où nous avions travaillé ensemble. À ce moment-là, partir en vacances avec lui m'avait semblé une idée de génie. Nous avions subi tous les deux une pression énorme. Le pays. Les circonstances. La tristesse face à la multitude de morts.

Je me suis rincé les cheveux.

Mais ces vacances n'avaient jamais eu lieu. Son bip avait sonné, et il avait obéi à l'appel du devoir, le cœur empli de regrets.

L'image de Katy est passée devant mes yeux : son air heureux pendant le pique-nique, puis son agacement dans les bois. Était-elle sérieuse à propos de ce Palmer Cousins ? Envisageait-elle d'abandonner ses études pour être près de lui ?

Qu'est-ce qui me dérangeait au sujet de ce garçon ? Le fait qu'il soit beau comme un dieu ? Si j'en venais à juger les gens d'après leur physique, j'étais mal barrée. D'ici peu, je serais une ronchon à l'esprit étriqué.

Non, je n'allais pas m'occuper de ce Cousins. Katy n'était plus un bébé. À elle de choisir sa vie. De toute façon, je n'avais plus aucun moyen d'y contrôler quoi que ce soit.

Tout en me savonnant avec du gel de bain aromatisé à la menthe et à l'amande douce, j'ai recommencé à m'inquiéter à propos des sacs-poubelle.

Avec un peu de chance, ils contiendraient des ossements d'animal. Oui... mais s'ils contenaient autre chose ? Si la phrase de Joe Hawkins n'était pas une plaisanterie et que je tombe sur un cadavre avec une hache plantée dans le crâne ?

En l'espace d'un battement de cœur, l'eau chaude m'a paru glacée. Je suis sortie de la douche. Une serviette autour de mon corps, une autre autour de mes cheveux, je me suis dirigée vers mon lit.

Tout ira bien.

Faux.

Car les choses sont passées au pire avant même d'avoir mal tourné.

5.

Dimanche matin, sept heures trente-sept. Température : vingt-trois degrés ; humidité : quatre-vingt-un pour cent. Nous nous acheminions vers un record. Dix-sept jours d'affilée qu'il faisait plus de trente-deux degrés à midi.

J'ai passé la porte d'entrée du MCME et franchi le poste de contrôle à l'aide de ma carte sécurisée. Pas de Mme Flowers à l'horizon, mais une présence malgré tout imposante. Des objets et des Post-it alignés à distance égale les uns des autres, des piles d'une verticalité impeccable et pas un stylo ou un trombone qui traîne. Seule touche personnelle : la photo d'un cocker.

Du lundi au vendredi, Mme Flowers filtre les visiteurs par la vitre au-dessus de son bureau. Aux uns, elle accorde le délicieux bourdonnement de la porte qui s'ouvre, aux autres elle interdit l'accès. Sa tâche consiste également à taper les rapports à la machine, à classer les documents et à faire en sorte qu'aucun des dossiers stockés dans ses armoires ne s'égare.

J'ai tourné à droite après les petits compartiments utilisés par les médecins légistes, et suis allée consulter le tableau affiché sur le mur du fond où, quotidiennement, les affaires en cours sont inscrites au stylo magique noir.

Les sacs-poubelle découverts par Boyd y étaient déjà répertoriés sous le numéro MCME 437-02.

Les lieux étaient exactement comme je m'y attendais en ce jour de la semaine : déserts et silencieux.

En revanche, ce que je n'avais pas espéré trouver dans la kitchenette, c'était un pot plein de café bien chaud.

Il y a vraiment un Dieu compatissant, me suis-je dit en me servant une tasse.

Ou un charitable Joe Hawkins.

Il est apparu au moment où j'entrais dans mon bureau.

Je l'ai salué en soulevant ma tasse.

— Vous êtes un saint.

— Je me suis dit que vous viendriez peut-être de bonne heure ce matin.

Pendant la récupération, je lui avais fait part de mon projet d'escapade au bord de la mer.

— Vous voulez le butin d'hier ?

— S'il vous plaît. Et aussi le Polaroïd et le Nikon.

— Les radios ?

— Oui.

— La grande salle ou celle qui pue ?

— Celle qui pue.

La morgue dispose de deux salles d'autopsie comportant chacune une seule table. Celle qui pue, plus petite et munie d'un système de ventilation spécial, est réservée aux cas particulièrement nauséabonds. Aux cadavres décomposés, à ceux qui ont traîné longtemps dans l'eau. Ma spécialité.

J'ai pris un formulaire dans l'un des casiers derrière mon bureau et inscrit le chiffre assigné à l'affaire. Puis j'ai ajouté une courte description des restes et du lieu où ils avaient été retrouvés. Après quoi, je suis allée au vestiaire passer une blouse et un pantalon de chirurgien. Direction : la salle qui pue.

Les sacs m'y attendaient déjà. De même que les appareils photo et les articles nécessaires pour accessoiriser ma tenue : tablier et masque en papier, lunettes en plastique, gants en caoutchouc.

Et maintenant, à la pêche !

J'ai pris des photos 35 mm avec le Nikon et des doubles au Polaroïd, et j'ai demandé à Hawkins de faire des radios des deux sacs. Je ne voulais pas avoir de surprise.

Vingt minutes plus tard, il est revenu avec les sacs sur un chariot et une demi-douzaine de clichés qu'il a accrochés sur le négatoscope. Méli-mélo de gris sur gris. Nous l'avons examiné ensemble.

Des os mélangés à un sédiment caillouteux. Aucune masse opaque.

— Rien en métal, a indiqué Hawkins.

— Tant mieux.

— Mais pas de dents, a poursuivi Hawkins.

— Tant pis.

— Et pas de crâne.

— En effet.

Ayant enfilé mes diverses protections, sauf les lunettes, j'ai ouvert le sac retrouvé en premier et l'ai vidé sur la table.

— Fichtre Dieu ! Ça m'a l'air d'un sacré turbin, s'est exclamé Hawkins à la vue des huit tronçons qu'il contenait.

Des mains et des pieds en bonne partie décomposés. Je les ai placés dans une cuvette en plastique et j'ai demandé à Hawkins de m'en faire des radios. Il est reparti en hochant la tête : « Fichtre Dieu ! Fichtre Dieu ! »

Avec précaution, j'ai étalé le reste des ossements du mieux que j'ai pu. Certains avaient perdu toute leur chair et ne tenaient les uns aux autres que par des tendons et des muscles tannés comme du cuir.

Vers la fin du miocène – il y a de cela à peu près sept millions d'années –, une lignée de primates a commencé à se tenir debout. Ce changement dans la locomotion a bien évidemment nécessité certains bricolages sur le plan de l'anatomie mais, au fil des périodes, la plupart des maladresses ont été rectifiées et, au pliocène, c'est-à-dire il y a environ deux millions d'années, les hominidés marchaient bon train et n'attendaient plus que l'apparition du petit cousin qui inventerait les Birkenstocks.

Le passage à l'état de bipède n'a pas apporté que des bienfaits, naturellement. Il a eu pour corollaires la lombalgie, l'accouchement difficile, la perte par le gros orteil de sa faculté de saisir. Mais tout bien considéré, l'adaptation à la position verticale s'est plutôt bien effectuée. À l'époque où nos ancêtres *Homo erectus* battaient la campagne en quête de mammouths – il y a de ça, disons, un million d'années –, ils avaient le dos en S, les hanches larges et courtes et la tête posée tout droit sur le cou.

Les ossements que j'avais sous les yeux ne correspondaient pas à ce type. Les hanches étaient étroites et rectilignes, les vertèbres volumineuses avec des processus épineux longs et inclinés vers le bas. Les os des membres étaient courts, épais et n'étaient pas faits comme chez l'homme.

J'ai poussé un soupir de soulagement.

Les victimes dont les restes avaient été rassemblés dans ce sac appartenaient à une espèce qui marchait à quatre pattes.

Les os suspects se révèlent souvent, après examen, de simples os d'animaux – reliques d'un bon repas en famille : veau, porc, agneau, dinde ; vestiges d'une partie de chasse l'année précédente : cerf, élan, canard ; restes d'animaux domestiques ou de compagnie : Minou, Médor, Rosette.

La trouvaille de Boyd n'entrait dans aucune de ces catégories. Mais j'avais ma petite idée.

J'ai entrepris de trier les ossements. Humérus droits. Humérus gauches. Tibias droits. Tibias gauches. Côtes. Vertèbres. J'étais presque au bout de mes peines quand Hawkins est revenu avec les radios.

Son regard a confirmé ce que mon intuition me soufflait.

Curieusement, si ces « mains » et ces « pieds » avaient des caractéristiques communes avec ceux de l'espèce humaine, ils présentaient des différences notoires sur le plan du squelette : pour les mains, des scaphoïdes et des cubitus qui avaient fusionné ; pour les pieds, des phalanges et des métatarses bosselés. Enfin, des phalanges allant croissant du carpe ou du tarse à l'extrémité des doigts.

J'ai désigné ce détail à Hawkins :

— Chez l'homme, dans le pied, c'est le second métatarse qui est le plus long, alors que, dans la main, ce peut être le deuxième ou le troisième métacarpe.

— On dirait que cette créature-là a tout faux, a-t-il répondu.

Je lui ai montré la plante des pieds et fait remarquer qu'un homme aurait le pied plus arqué.

— Alors qu'est-ce que c'est, doc ?

— Un ours. Chez les ours, c'est le quatrième métatarse qui est le plus long. Pour les pattes avant comme pour les pattes arrière.

— Un ours ?

— Je devrais dire des ours. Parce que j'ai trois fémurs gauches. Ce qui signifie au moins trois individus.

— Et où sont leurs griffes ?

— Pas de griffes, pas de phalanges distales et pas de fourrure. Autrement dit, ils ont été écorchés.

Hawkins a ruminé cette pensée pendant un moment.

— Et les têtes ?

— Ma langue au chat.

J'ai éteint la lumière du négatoscope et suis revenue à la table d'autopsie.

— La chasse à l'ours est autorisée dans cet État ? a demandé Hawkins.

Je l'ai dévisagé par-dessus mon masque.

— Là aussi, je donne ma langue au chat.

Cela m'a pris environ deux heures pour trier le contenu du premier sac, établir l'inventaire et tout photographier.

Conclusion : le sac-poubelle renfermait des restes partiels de trois *Ursus americanus*. Des ours noirs. Identification de l'espèce grâce à l'ouvrage de Gilbert, *Mammalian Osteology*, et du *Mammal Remains from Archaeological Sites* d'Olsen. Deux ours adultes et un jeune. Sans tête, griffes, phalanges distales, dents ni fourrure. Sans aucun indice sur la cause de leur mort. Des entailles donnant à penser que la peau avait été retirée à l'aide d'une lame non dentelée à double tranchant, probablement un couteau de chasse.

Entre les deux sacs, j'ai pris une pause pour téléphoner à US Airways. Comme de juste, le vol était attendu à l'heure prévue. Il suffit que vous soyez en retard pour aller chercher quelqu'un à l'aéroport ou prendre vous-même un avion pour que les compagnies aériennes soient d'une précision frisant la nanoseconde.

J'ai regardé ma montre. Onze heures vingt. Si le sac numéro deux ne contenait pas de surprise, je serais dans les temps.

J'ai ouvert une cannette de Coca Light et sorti une barre caramel-noisettes de la boîte que je cache dans l'un des placards de la cuisine. Tout en mangeant, j'ai regardé le pèlerin dessiné sur le papier d'emballage. Il me décernait un sourire rayonnant. Pourquoi y aurait-il un problème ?

De retour à la salle d'autopsie, j'ai jeté un coup d'œil aux radios du sac-poubelle numéro deux. À première vue, rien de suspect. J'ai défait les liens et j'ai renversé le contenu du sac sur la table.

Un magma sirupeux d'os, de sédiments et de chair en décomposition en a dégouliné sur l'acier inoxydable. Un miasme affreux a rempli la salle.

Ayant rajusté mon masque, j'ai commencé à examiner le fouillis.

Encore de l'ours.

Tiens, un os long tout petit ! Et drôlement léger entre mes doigts. L'enveloppe externe était trop mince et la cavité contenant la moelle beaucoup trop grande pour qu'il s'agisse d'un os d'ours.

Un os d'oiseau.

J'ai recommencé à trier.

Ursus.

Avis.

Le temps a passé. Mes épaules commençaient à me tirer douloureusement. À un moment, j'ai entendu le téléphone. Trois sonneries. Ou bien Hawkins avait répondu, ou bien ma messagerie avait pris l'appel.

Une fois les os répartis selon les lois de la taxinomie, j'ai entrepris l'inventaire de ceux qui provenaient d'un ours. Là encore, ni tête, ni griffes, ni chair, ni fourrure.

Une heure plus tard, mon décompte d'ours atteignait six individus.

J'ai réfléchi.

La chasse à l'ours noir était-elle autorisée en Caroline du Nord ? Six individus, ça faisait quand même beaucoup. Y avait-il des quotas ? Ces animaux avaient-ils été tirés au cours d'une seule partie de chasse ? Compte tenu de la décomposition plus ou moins avancée des différents restes, l'hypothèse d'abattages successifs me paraissait la plus plausible.

Mais pourquoi emballer six carcasses d'ours décapités dans des sacs-poubelle et les enterrer dans les bois ? Aurait-on tué ces ours pour leur fourrure et conservé leurs têtes pour en faire des trophées ?

Y avait-il une saison pour la chasse à l'ours ? Quand ces animaux avaient-ils été abattus ? Pendant la période de chasse légale ? Difficile de préciser depuis combien de temps ils étaient morts. Jusqu'à ce que Boyd les découvre, les sacs en plastique avaient fait barrage aux insectes et autres prédateurs susceptibles d'accélérer le processus de décomposition.

Je m'apprêtais à examiner les os d'oiseau quand un bruit de voix m'est parvenu. J'ai suspendu mon geste et prêté l'oreille.

Joe Hawkins. Une autre voix d'homme. De nouveau Hawkins.

Les mains en l'air, car je n'avais pas retiré mes gants, j'ai poussé la porte avec mon derrière et jeté un coup d'œil dans le couloir.

Hawkins et Tim Larabee étaient en plein débat devant la salle d'histologie. Le médecin examinateur semblait agité.

J'allais battre en retraite quand il m'a repérée.

— Tempe. Quelle chance que vous soyez là ! Je viens de vous appeler sur votre portable.

Il était en jean et chemise de golf à col et lisérés noirs, style gentleman-farmer, et ses cheveux étaient humides, comme s'il sortait de sa douche.

— Je n'emporte pas mon sac en salle d'autopsie.

Il a regardé la table derrière moi.

— C'est ce que vous avez rapporté de Cowans Ford ?

— Oui.

— Un animal ?

— Ouais.
— Bon. J'ai besoin de votre aide sur autre chose.
Pitié !
— J'ai reçu un appel du commissariat de Davidson. Un avion de tourisme vient de s'écraser vers une heure de l'après-midi.
— Où ça exactement ?
— À l'est de Davidson, là où le comté de Mecklenburg fait une pointe, près de Cabarrus et I^{re}dell.
— Tim, je suis...
— L'avion a percuté une paroi rocheuse de plein fouet et s'est embrasé tout de suite.
— Combien de personnes à bord ?
— On ne sait pas.
— Vous ne pouvez pas demander à Joe de vous donner un coup de main ?
— Si les victimes sont carbonisées ou en morceaux, il me faudra l'œil du spécialiste.
Non, mais ce n'était pas possible !
J'ai regardé l'heure à ma montre. Trois heures moins vingt. Dans une heure et demie, l'avion allait atterrir.
Larabee dardait sur moi un regard empli d'espoir.
— Je dois me changer et passer deux ou trois coups de fil.
Larabee a posé sa main sur le haut de mon bras et l'a serré.
— J'étais sûr de pouvoir compter sur vous.
Vous, oui. Mais pas le détective Ryan. Dans une heure et demie, ce roi de la drague et des regards de bon toutou sera obligé de prendre un taxi. Seul.
J'ai prié le ciel pour être rentrée à la maison avant qu'il ne se soit écroulé de sommeil.

6.

À quatre heures de l'après-midi, la température était de trente-quatre degrés et l'humidité *grosso modo* la même. Nouveau record pour tous les gens qui s'intéressaient à ça.

Le lieu de l'accident était presque à une heure de route de Charlotte, aux confins nord-est du comté, dans une région entièrement dédiée à la culture du maïs et du soja, contrairement au lac Normand, à l'ouest de ma ville, où fleurissent les scooters des mers, les Hobie Cats et autres J-32.

Quand Larabee a garé sa Land Rover où j'avais pris place, Joe Hawkins était déjà sur place et fumait un cigarillo, appuyé contre le fourgon de la morgue.

— Où est-il tombé ? lui ai-je demandé en passant mon sac en bandoulière.

Du bout de son cigarillo, il a désigné un endroit sur le côté.

— C'est loin ?

J'étais déjà en nage.

— Deux cents mètres environ.

Le temps de traverser trois champs de maïs, Larabee et Hawkins trimbalant la caisse d'équipement, moi mes affaires personnelles, notre petit trio était hors d'haleine, couvert d'égratignures et de cloques, pris de démangeaisons et trempé comme une soupe.

La figuration habituelle était déjà rassemblée, moins nombreuse qu'à l'ordinaire. Flics. Pompiers. Un journaliste, des autochtones venus au spectacle, aussi épatés que des touristes à bord d'un autocar à impériale.

Une bande, comme on en utilise pour barrer l'accès aux scènes de crime, délimitait déjà le périmètre autour de l'épave. Vu de loin, il m'a paru étonnamment petit.

Deux camions-citernes étaient stationnés à l'extérieur, dans un champ de maïs traversé d'une double cicatrice se terminant sous leurs roues : les épis écrasés sur leur passage. Ils étaient au repos maintenant, mais on pouvait voir que les pompiers n'avaient pas lésiné sur l'eau.

Pas commode de récupérer des restes carbonisés sur un sol détrempé.

Un type en uniforme semblait diriger les opérations. L'étiquette en laiton sur sa chemise annonçait Wade Gullet, police de Davidson.

Une mâchoire carrée, des yeux noirs, un nez fort et des cheveux poivre et sel. Le type même du chef malgré son mètre soixante.

Nous nous sommes présentés à lui.

Poignées de main à la ronde. Gullet a hoché la tête dans ma direction :

— Heureux de vous voir, doc... Messieurs.

Et de récapituler les faits connus. En gros, ce que Larabee nous avait déjà appris dans le couloir de la morgue.

— Le propriétaire du champ nous a appelés à onze heures dix-neuf pour déclarer qu'il voyait par la fenêtre de son salon un avion qui avait un drôle d'air.

— Un drôle d'air ?

— Il volait en rase-mottes ou alors il faisait des piqués affolés d'un côté et de l'autre.

J'ai regardé la paroi rocheuse derrière Gullet : elle culminait à tout casser à soixante mètres au-dessus du champ. Le point de l'impact était à cinq mètres du sommet environ : des traces rouges et bleues qui se transformaient en une traînée brûlée dans la végétation jusqu'à l'épave tout en bas.

— Ayant entendu une explosion, le fermier est sorti en courant et a aperçu de la fumée qui montait des vingt hectares qu'il possède au nord. Quand il est arrivé, l'avion était au sol et en feu. Ce type... (coup d'œil au carnet à spirale), M. Michalowski, n'a vu aucun signe de vie. Il est rentré dare-dare chez lui pour appeler le 911.

— Vous avez une idée du nombre de gens à bord ? a demandé Larabee.

— Je dirais moins qu'un pack de six, vu que ça m'a tout l'air d'être un quatre-places.

Question discours, Gullet et Slidell : même combat. Il a rabattu la couverture de son calepin d'une secousse de la main et a fourré son bien dans sa poche de poitrine.

— La tour de contrôle s'est chargée d'informer la FAA, le NTSB ou toute autre agence fédérale qu'il faut prévenir dans ces cas-là. Entre mes gars et les pompiers, je pense qu'on devrait arriver à se débrouiller pour la récup. Dites-moi juste ce qu'il vous faut de votre côté, doc.

J'ai repéré deux ambulances sur le bas-côté où nous nous étions garés.

— Vous avez prévenu un hôpital ?

— Le CMC de Charlotte a été alerté. Avec les infirmiers, on a jeté un coup d'œil quand l'incendie a été maîtrisé. Plus personne qui respire encore dans ce fouillis.

Profitant de ce que Larabee lui expliquait la procédure, j'ai glissé discrètement un regard sur ma montre. Quatre heures vingt. Mon invité était en train d'arriver chez moi.

Pourvu qu'il ait bien reçu mon message. Pourvu qu'il ait trouvé un taxi facilement. Pourvu aussi qu'il ait trouvé la clef que j'avais demandé à Katy de fixer sur la porte de la cuisine.

Pourvu surtout que Katy n'ait pas oublié de le faire !

Relaxe, Brennan ! S'il y a un problème, il t'appellera.

J'ai décroché mon portable de ma ceinture. Pas de tonalité.

Et merde !

— Prêt pour la visite ? lançait Gullet à Larabee.

— Ça ne brûle plus nulle part ?

— Tout est éteint.

— Alors, allons-y.

À ce moment-là, j'ai haï mon travail. Emboîtant le pas à Larabee et Gullet, j'ai traversé le champ entre deux rangées de maïs et je me suis glissée sous la bande de délimitation.

De près, l'avion était en meilleur état que je ne le craignais. Le fuselage, en accordéon et calciné à l'avant, était quasiment intact à l'arrière. Des morceaux d'aile roussis et tordus étaient éparpillés autour de l'épave parmi des morceaux de plastique fondu et une constellation de fragments non identifiables. De minuscules éclats de verre miroitaient comme du phosphore dans le soleil de l'après-midi.

— Hé ! ho !

Au cri, nous nous sommes retournés.

Une femme en pantalon, bottes et chemise bleu foncé s'avançait vers nous à grandes enjambées. Les grosses lettres jaunes sur sa casquette nous ont informés qu'en sa personne débarquait le NTSB, l'Office national pour la sécurité des transports.

— Désolée du retard. J'ai sauté dans le premier avion.

Ayant passé la courroie de sa caméra vidéo autour de son cou, elle nous a tendu la main.

— Sheila Jansen, de la sécurité aérienne.

Poignées de main à la ronde. La dame avait une force d'anaconda.

Elle a retiré sa casquette et s'est essuyé le visage de son avant-bras. Sans son couvre-chef, elle ressemblait à une pub pour le lait : blonde, pétulante de santé et d'une vitalité exaspérante.

— Fait plus chaud qu'à Miami.

Pour faire chaud, il faisait chaud ; nous en avons tous convenu.

— Tout est en l'état, monsieur ? a demandé Jansen, un œil fermé, l'autre déjà vissé à l'œilleton d'un petit appareil photo numérique.

— Sauf les flammes, a répondu Gullet.

— Des survivants ?

— Personne qui soit venu se signaler à nous.

— Combien de passagers à l'intérieur ?

Elle s'est écartée de plusieurs pas à droite, puis à gauche pour filmer la scène sous différents angles.

— Au moins un.

— Vos agents ont piétiné le secteur ?

— Oui.

— Dans une minute, je suis à vous, a lancé Sheila Jansen en saisissant maintenant sa caméra.

D'un geste de la main, Larabee lui a signifié de ne pas s'en faire pour nous.

Nous l'avons regardée filmer ou photographier l'épave, le rocher et les champs alentour. Un quart d'heure plus tard, elle revenait vers nous.

— C'est un Cessna 210. Le pilote est à sa place, il y a un passager à l'arrière.

— À l'arrière ? me suis-je étonnée. Pourquoi ça ?

— Parce que le siège passager à l'avant a été retiré.

— Mais pourquoi ?

— J'aimerais bien le savoir.

— On a le nom du propriétaire du coucou ? a demandé Larabee.

— L'immatriculation sur la queue est intacte, je vais demander une recherche.

— D'où a-t-il décollé ?

— Ce sera peut-être difficile à déterminer. Quand on aura le nom du pilote, on questionnera la famille et les amis. En attendant, je vais me renseigner auprès du radar afin de savoir si l'avion a été enregistré. Évidemment, s'il volait en VFR, il n'y aura pas d'identifiant, et ce sera coton de retracer sa course.

— En VFR ? ai-je demandé.

— Excusez-moi. Les pilotes se divisent en deux catégories : ceux qui volent aux instruments et ceux qui n'ont que leurs yeux pour se repérer. Les pilotes qui naviguent aux IFR, c'est-à-dire en se guidant sur les données de leurs instruments, peuvent sortir par tous les temps. Les autres, ceux qui naviguent sans instruments, ne peuvent pas voler au-dessus des nuages, ni à plus de cinq cents pieds du plafond par temps couvert. Pour se diriger, ils ont besoin de repères sur la terre.

— Le bon truc. Personne pour t'emmerder, tu es le roi du ciel, a ricané Gullet.

Je n'ai pas relevé.

— Les pilotes ne sont-ils pas tenus de présenter un plan de vol avant de décoller ?

— Si, quand ils décollent d'un aéroport GA avec ATC. C'est la nouvelle réglementation depuis le 11 Septembre.

L'investigateur Jansen avait en stock plus de sigles qu'il n'y a de nouilles en forme de lettres dans les soupes pour enfants. Pour ma part, je savais que ATC signifiait Air Traffic Control et qu'il y avait donc intervention des contrôleurs aériens. En revanche, je n'avais pas la moindre idée de ce qu'était un aéroport GA.

— C'est l'abréviation de Category A General Aviation Airport, aéroport civil de catégorie A. Tout appareil qui en décolle est tenu d'observer des règles spécifiques, notamment si l'aéroport est situé à proximité d'une grande ville.

— Le pilote doit-il présenter une liste de passagers ?

— Non.

Nous avons tous regardé l'épave. Au bout d'un moment Larabee a rompu le silence :

— Autrement dit, ce coucou a pu sortir en promenade tout seul ?

— M'étonnerait qu'on retrouve un plan de vol. *A priori*, je pencherais pour un transport de drogue qui a foiré. Les pilotes qui font dans ce créneau ne sont pas des fanas des réglementations et autres plans de vol. Ils préfèrent décoller de petits aéroports paumés et voler en dessous des radars de contrôle.

— Vous allez faire venir l'Agence de lutte contre les stupéfiants ? a demandé Gullet.

— Ça dépendra de ce que j'aurai découvert.

Elle a réglé son appareil numérique et ajouté :

— Je fais encore quelques gros plans et vous pourrez commencer à dégager les morts.

Et c'est ce qu'on a fait pendant les trois heures suivantes.

Aidée de Larabee, je me suis occupée des victimes pendant que Sheila Jansen parcourait le site et photographiait ou filmait toutes sortes de choses, s'arrêtant pour dessiner des croquis ou pour enregistrer ses hypothèses sur un dictaphone.

Debout près du cockpit, Hawkins nous passait le matériel et prenait des photos.

Gullet faisait des allées et venues pour nous offrir à boire et satisfaire sa curiosité.

Tout au long de cet après-midi, d'autres personnes sont venues et reparties pendant que je dégoulinais de sueur au milieu d'un nuage de mouches. J'étais trop concentrée sur ma tâche pour leur prêter attention.

Le pilote était brûlé au-delà de toute identification possible : la peau noircie, plus un cheveu sur la tête et les paupières ratatinées en demi-lunes. Un filin à demi calciné reliait son abdomen à l'armature du siège, comme s'il maintenait son corps en place.

— C'est quoi ? a demandé Gullet pendant l'une de ses petites visites.

— Probablement son foie, a répliqué Larabee, sans relever les yeux des tissus carbonisés qu'il était occupé à gratter.

Après ça, Gullet nous a fait grâce de ses questions.

Un drôle de résidu recouvrait tout dans l'habitacle. Une matière noire et floconneuse que je n'avais jamais vue dans aucun avion accidenté au cours de ma carrière. J'ai demandé à Larabee s'il avait une idée de ce que cela pouvait être.

— Pas la moindre, a-t-il répondu, l'esprit ailleurs.

Il était occupé à dégager le pilote. Le cadavre, une fois libéré, a été enfermé dans un sac et placé sur une civière pliante. Puis un flic en uniforme a aidé Hawkins à le porter jusqu'au véhicule de la morgue.

Avant de s'intéresser au passager, Larabee a donné le signal d'une pause afin d'enregistrer lui aussi ses observations sur son dictaphone.

J'ai sauté à terre. Ayant retiré mon masque, j'ai remonté la manche de ma combinaison et consulté ma montre. Pour la dix millionième fois.

Sept heures cinq.

J'ai vérifié mon portable.

Toujours pas de liaison. Dieu bénisse la campagne !

— Et un de fait ! a déclaré Larabee en enfournant

son magnéto dans une poche intérieure de sa combinaison.

— Vous aurez besoin de mes services pour le pilote ?

— Nan, a répondu Larabee.

Hélas, ce n'était pas le cas pour l'homme assis à l'arrière.

Quand un véhicule qui se déplace rapidement, comme une voiture ou un avion, s'arrête brutalement, les passagers qui ne sont pas solidement attachés deviennent ce qu'on appelle en biomécanique des objets « autopropulsés ». Or tout solide se trouvant à l'intérieur d'un objet plus grand brutalement stoppé continue de se déplacer à la vitesse initiale à l'intérieur de son contenant jusqu'à ce qu'il soit arrêté à son tour.

Dans un Cessna, le résultat n'est pas joli à voir.

Contrairement au pilote, le passager n'avait pas sa ceinture et il était allé donner de la tête dans la vitre, laquelle était éclaboussée de fragments d'os et de cheveux.

Sous l'impact, le crâne avait éclaté. Le feu avait fait le reste.

Tout à l'heure, à la vue de ce torse sans tête et carbonisé, baignant dans ce magma affreux, j'avais déjà ressenti dans mon ventre un bouleversement de plaques tectoniques entrant en collision.

Des cigales chantaient au loin et, dans cet air immobile, les pleurs de leur scie mécanique avaient des échos angoissés.

Après un long moment d'apitoiement sur moi-même, j'ai remis mon masque et me suis décidée à remonter dans le cockpit. Ayant escaladé les débris jusqu'à l'arrière, je me suis attelée à tamiser le magma afin de séparer les fragments d'os de la matière cérébrale qui avait rebondi après l'impact sur la vitre.

Champ de maïs et spectateurs ont quitté mon champ de vision. Le concert des cigales s'est estompé et je n'ai plus entendu par intermittence que des voix, une radio, une sirène au loin.

Laissant à Larabee le soin d'examiner le corps de la seconde victime, je me suis chargée de trier ce qui restait de sa tête.

Des dents. Une bordure d'orbite. Un morceau de mâchoire. Et tout ça, enduit de cette répugnante substance noire et floconneuse que je n'arrivais pas à identifier.

Le passager baignait dedans, contrairement au pilote qui n'en avait été qu'aspergé. J'en remplissais à la file des récipients que Hawkins ne cessait de m'apporter.

À un moment, j'ai entendu des ouvriers mettre en marche un générateur et des lumières.

L'avion puait le fuel et la chair carbonisée. Dans cet habitacle imprégné de suie, je me croyais plongée au cœur du Dust Bowl si bien décrit par Steinbeck. Mon dos et mes genoux m'élançaient ; je ne cessais de changer de position dans le vain espoir de trouver une posture confortable.

Pour avoir moins chaud, je m'efforçais de visualiser des images de fraîcheur.

Une piscine : l'odeur du chlore, le rebord rugueux sous mes pieds, la sensation de froid lors du premier plongeon.

La plage : les vaguelettes autour de mes chevilles, le vent sur mon visage, le sable frais et salé collé à ma joue, un souffle d'air conditionné sur ma peau luisante de Coppertone.

Un sorbet.

Des cubes de glace tintant dans un verre de citronnade.

Quand nous avons eu fini, les dernières lueurs rosées du jour disparaissaient déjà sous l'horizon.

Hawkins a fait un ultime voyage jusqu'au fourgon

pendant que Larabee et moi nous nous débarrassions de nos combinaisons et rangions la caisse de matériel.

Arrivée sur la route goudronnée, je me suis retournée pour jeter un dernier regard au site.

Le crépuscule avait gommé toute couleur du paysage. La nuit d'été prenait possession des lieux, recouvrant les arbres, le maïs et la falaise d'une palette de gris et de noirs différents.

Au centre de la scène, dans l'éclat rougeoyant des lampes de chantier, l'avion mort et l'équipe chargée de sa récupération, tels les récitants d'une tragédie antique. Spectacle macabre. Shakespeare dans un champ de maïs. Cauchemar d'une nuit d'été.

J'étais tellement éreintée que j'ai dormi pendant la plus grande partie du retour à Charlotte.

— Je vous dépose au bureau pour que vous repreniez votre voiture ? a demandé Larabee.

— Ramenez-moi à la maison.

Voilà à quoi s'est réduite notre conversation.

Une heure plus tard, Larabee me déposait près du patio.

— Je vous vois demain ?

— Oui.

Ben voyons, je n'ai pas de vie personnelle.

J'ai claqué la portière violemment.

La cuisine était toute noire.

Y avait-il de la lumière dans le bureau ?

J'ai longé la maison sur la pointe des pieds pour aller regarder par la fenêtre de l'autre côté.

Noir total.

En haut ?

Idem.

— Bon, ai-je marmonné, en me trouvant stupide. Tant mieux s'il n'est pas là.

Je suis entrée par la cuisine.

— Hou, hou ?

Pas un bruit.
— Birdie ?
Pas de chat.
Laissant tomber mes affaires par terre, j'ai délacé mes bottes et les ai retirées, puis j'ai rouvert la porte et les ai déposées dehors.
— Birdie ?
Rien.
Je suis allée dans le bureau.
J'ai allumé la lumière et suis restée bouche bée.
Et consternée.
J'étais crasseuse, épuisée. Quant à mon sens de l'hospitalité, il s'était envolé à des années-lumière.
— Ben, qu'est-ce que tu fous là ?

7.

Ryan a ouvert un œil très bleu.

— C'est tout ce que tu trouves à me dire ?

— C'est à lui que je parle.

J'ai pointé un doigt noir de suie sur le chien effondré à un bout du canapé, les pattes avant débordant du coussin. Ryan était allongé à l'autre bout, les jambes posées sur le dos du chow-chow, une cheville sur l'autre.

Sans chaussures.

Au son de ma voix, Boyd s'est assis tout droit.

J'ai désigné le sol du doigt.

Il s'est laissé descendre à terre. Les deux quarante-cinq fillette de Ryan se sont retrouvés sur le coussin.

— Infraction à la loi sur le mobilier ?

Les deux yeux bleus étaient grands ouverts maintenant.

— Je suppose que tu as trouvé la clef ?

— *No problemo.*

— Comment est-ce que ce clébard est entré ici et comment est-ce qu'il a pu te laisser exécuter ton petit tour de valse à l'intérieur ?

Boyd et Ryan ont échangé un regard.

— Je l'ai appelé Hooch. J'ai vu ça au ciné. J'ai trouvé que ça lui allait bien.

Boyd a dressé les oreilles.

— Qui a fait entrer Hooch ici, et comment Hooch t'a-t-il laissé entrer ?

— Hooch s'est souvenu que nous nous étions rencontrés à Bryson City. Quand le TransSouth Air s'est crashé.

J'avais complètement oublié. Comme son coéquipier était mort dans la catastrophe, alors qu'il convoyait un prisonnier de Georgie à Montréal, Ryan avait été invité par le NTSB à participer à l'enquête. C'est là qu'il avait fait la connaissance de Boyd, dans les montagnes de Caroline.

— Et comment Hooch s'est introduit dans la maison ?

— C'est ta fille qui l'a amené.

Boyd est venu placer son museau sous la main de Ryan.

— Bon gros.

Bien joué, Katy ! J'ai ravalé un sourire. Un invité à la maison ne pouvait pas refuser de prendre le chien.

— Bon toutou.

Après une caresse à Boyd derrière l'oreille, Ryan a posé les pieds sur le plancher et m'a lancé un coup d'œil. Un sourire a étiré les coins de sa bouche.

— Très en beauté.

Mes vêtements étaient dégoûtants, mes ongles noirs de boue et de suie, mes cheveux collés en paquets par la transpiration et mes joues grenat d'avoir été piquées par des millions de moucherons. Ajoutez à cela que je puais le maïs, le fuel et la chair carbonisée.

Comment ma sœur Harry m'aurait-elle décrite ? « Rangée mouillée après une chevauchée éreintante. »

Cela dit, je n'étais pas d'humeur à supporter des critiques sur ma tenue.

— J'ai passé l'après-midi à récurer de la cervelle frite, Ryan. À ma place, je ne crois pas que tu aurais l'air d'un mannequin de chez Dior.

Boyd m'a lancé un coup d'œil surpris, mais il a gardé ses réflexions pour lui.

— Tu as dîné ?

— On n'avait pas retenu les services d'un traiteur.

Au son de ma voix, le chien a préféré fourrer son nez sous la main de Ryan.

— Hooch et moi pensions justement aller prendre une pizza.

Boyd a remué la queue. Qu'est-ce qui lui plaisait tant, son nouveau nom ou la pizza ?

— Il s'appelle Boyd.

— Monte te débarbouiller. Pendant ce temps-là, Boyd et moi, nous allons voir ce que nous pouvons mettre à grésiller.

Mettre à grésiller ?

S'il est né en Nouvelle-Écosse, Ryan a passé toute sa vie d'adulte au Québec et, bien qu'il ait pas mal voyagé, il professe sur la culture américaine des opinions quelque peu limitées. À ses yeux, mes congénères se divisent en gros pleins de soupe, en cow-boys et en gangsters. De temps à autre, il cherche à m'impressionner en utilisant un sabir tiré de *Gunsmoke*.

Je n'ai pas réagi. J'ai seulement espéré qu'il n'avait pas l'intention de m'en donner une démonstration maintenant. Pour couper court au risque, j'ai déclaré :

— J'en ai pour un instant.

— Prends tout ton temps.

Il avait laissé de côté les « Oui, ma-âme » traînants, version *Autant en emporte le vent*. C'était déjà ça.

Faux espoir. Un « mam'zelle Kitty » m'a quand même rattrapée pendant que je montais l'escalier.

Nouvelle séance de grattage de couenne, mais dans une salle de bains emplie de vapeur. Pour me nettoyer le corps et l'âme de cette odeur de mort, gel douche à la lavande, shampoing au genévrier et démêlant au romarin. Ces derniers temps, j'ai un penchant pour les plantes aromatiques.

Tout en me lavant, j'ai réfléchi au monsieur installé à l'étage en dessous.

Andrew Ryan, lieutenant détective à la Sûreté du Québec, section des crimes contre la personne.

Cela fait maintenant presque dix ans que nous travaillons ensemble, lui en tant qu'enquêteur criminel, moi en tant qu'anthropologue légale, tous les deux spécialistes reconnus dans nos institutions respectives de Montréal. Lui : la police provinciale du Québec ; moi : le bureau du coroner. Ensemble nous avons enquêté sur des tueurs en série, des gangs de motards, des cultes de la saint-glinglin et d'autres criminels moins remarquables. Je m'occupe des victimes, il déblaie le terrain. Rapports toujours strictement professionnels.

Au fil des ans, j'en ai entendu des vertes et des pas mûres sur Ryan. Motos, alcool, bagarres dans des bouges, dont une embrouille avec un motard qui l'a laissé entre la vie et la mort, la gorge tailladée par un goulot de bouteille. Abandon des amitiés peu recommandables après un long rétablissement et entrée dans la police. Depuis, parcours sans faute.

Sur sa vie actuelle, les ragots courent aussi. Ryan, le baiseur du commissariat, le tombeur de ces dames.

Pendant longtemps, tout cela ne m'avait pas concernée. J'avais une règle immuable : pas d'amour au bureau.

Mais pour le respect des règles, mieux vaut ne pas s'adresser à Ryan. Il avait insisté, j'avais résisté. Et puis, voilà presque deux ans, j'avais fini par admettre que Peter et moi étions plus doués pour être amis que pour être mari et femme, et j'avais accepté de développer des relations plus personnelles avec Ryan.

Des relations plus personnelles ?

Doux Jésus ! On croirait entendre ma mère.

J'ai versé un peu plus de lavande sur mon gant de crin et recommencé à faire mousser le savon.

Comment faut-il dire pour les gens qui ont plus de quarante ans ?

Sortir ? Faire la cour ? Pas facile.

Quoi qu'il en soit, Ryan avait disparu avant même qu'un lien se tisse entre nous. Envoyé en mission clandestine. À son retour, nous nous étions revus plusieurs fois pour dîner, voir un film ou faire un bowling. Mais nous n'étions jamais arrivés au stade des « relations plus personnelles ».

Ryan... Un type grand, mince, avec des yeux plus bleus que le ciel de Caroline.

Quelque chose a fait la culbute dans mon ventre.

Oh ! là, là !

Finalement je n'étais peut-être pas aussi fatiguée que ça.

Au printemps dernier, à la fin d'une difficile enquête au Guatemala qui s'était révélée très pénible sur le plan émotionnel, j'avais décidé de faire le plongeon. Et c'est ainsi que j'avais accepté de partir quelques jours en vacances avec lui.

À la plage, tout irait forcément bien. N'est-ce pas ?

Hélas, je n'avais pas eu l'occasion de le vérifier. Au lieu de nous envoler pour Cozumel, nous étions montés dans l'avion pour Montréal. Ryan était parti en planque à Drummondville ; moi, je m'étais attelée à mes examens de squelettes.

Courtisus interruptus. Je me suis rincée.

Et maintenant le don juan détective avait ses fesses posées sur le canapé de mon salon.

De jolies fesses.

Petite crispation au ventre, suivie d'une seconde, plus forte.

Et toutes les courbes aux bons endroits.

Là, une crispation sérieuse.

J'ai fermé l'eau de la douche et j'ai sauté hors du bac, la main tendue vers une serviette. Il y avait tant de vapeur dans la pièce que je ne me voyais même plus dans le miroir.

Une bonne chose. Sinon le désespoir m'aurait terrassée à la vue de ma peau émaillée de piqûres de moustiques.

J'ai enfilé mon vieux peignoir en éponge, cadeau de ma sœur pour mon doctorat à Northwestern University. Manche déchirée et taches de café. De toute ma collection de vêtements, c'est celui dans lequel je trouve le plus grand réconfort.

Birdie était roulé en boule sur mon lit.

— Bonjour, mon Birdie.

Il a levé vers moi des yeux emplis de reproche, si jamais les chats en sont capables.

Je me suis assise à côté de lui et je l'ai caressé des oreilles à la queue.

— Ce n'est pas moi qui ai invité le chien.

Il n'a pas répondu.

— Qu'est-ce que tu penses du type en bas ?

Il a recourbé ses deux pattes sous sa poitrine et m'a adressé son fameux regard de sphinx.

— Tu crois que je devrais sortir mon bikini string ?

Je me suis allongée à côté de lui.

— Déballer mon grand tralala de chez Victoria's Secret ?

Un tralala pas du tout de chez Victoria's Secret, à vrai dire. Dégotté dans un magasin de lingerie de la ville de Guatemala. En vue de ce séjour à la mer, qui finalement n'avait pas eu lieu, j'avais fait main basse sur toute la collection. Résultat des courses : ces splendeurs aguichantes étaient toujours dans leurs sachets roses, imitation Victoria, avec leurs étiquettes. J'ai fermé les yeux pour réfléchir à la question.

Quand je les ai rouverts, le soleil me griffait le visage de ses rayons chauds à travers le magnolia, une bonne odeur de bacon me chatouillait les narines et un agréable remue-ménage bourdonnait dans mes oreilles en provenance de la cuisine Après un moment d'ébahissement, la mémoire m'est revenue.

J'étais recroquevillée, les genoux remontés près du menton, le plaid de grand-mère jeté sur moi.

J'ai regardé le réveil.

Huit heures vingt-deux.

J'ai poussé un gémissement.

Roulant au bas de mon lit, j'ai sauté dans un jean et un T-shirt et j'ai filé dans la salle de bains me donner un coup de brosse. D'avoir dormi les cheveux mouillés, j'avais le côté droit de la tête raplapla et le gauche comme une crinoline coupée en deux.

J'ai passé ma brosse sous l'eau. Sans résultat. Je ressemblais à Little Richard avec un chapeau en cheveux.

Affreux.

J'avais descendu la moitié de l'escalier quand, ô terreur... Mon haleine !

Re-brosse. À dents, cette fois.

Un Boyd aux yeux aussi brillants qu'un type bourré de crack m'a accueillie alors que je posais le pied sur la dernière marche. Je l'ai caressé entre les oreilles. Il est reparti vers la cuisine.

Ryan était au fourneau. En jean.

Un jean, et rien d'autre. Taille basse, le jean.

Hmm.

En panne d'une meilleure entrée en matière, j'ai lancé un banal « Bonjour ! »

Il s'est retourné, une fourchette à la main.

— Bonjour, princesse.

— Je suis vraiment déso...

— Café ?

— Siou plaît.

Il a rempli une tasse et me l'a tendue. Boyd gambadait dans la pièce, excité par l'odeur de friture. En haut, Birdie cuvait sa rancœur.

— Je devais être...

— Hooch et moi avions une terrible envie d'œufs au bacon... Assieds-toi ! a dit Ryan en désignant la table de sa fourchette.

J'ai obtempéré. Boyd aussi. Voyant Ryan transférer du bacon sur une serviette en papier, il a réalisé son erreur et s'est remis sur ses pattes, les yeux fixés sur lui.

— Tu as trouvé un oreiller et une couverture ?

— Oui, ma-âme.

J'ai bu une gorgée de café. Mmm, délicieux.

— C'est délicieux.

— Merci bien, ma-âme.

Pas de doute, j'étais bonne pour la journée cow-boy.

— Où tu as trouvé le bacon et les œufs ?

— Hooch et moi, on est sortis courir un peu. On est tombés sur Harris-Tooter. Drôle de nom pour une épicerie.

— C'est Harris-Teeter.

— Bien sûr. C'est plus raisonnable pour battre le rappel des produits[1].

J'ai aperçu un carton de pizza vide sur le plan de travail.

— Je suis désolée. Je me suis vraiment écroulée hier soir.

— Tu étais crevée, tu t'es effondrée. Pas de quoi en faire un plat.

Il a donné à Boyd une tranche de bacon et s'est retourné.

1. Jeu de mots intraduisible, *tooter* évoquant un mouvement de tape-cul et *teeter* un coup de Klaxon. *(N.d.T.)*

— Naturellement, ce n'était pas tout à fait ce que j'avais à l'esprit, a-t-il ajouté en levant ses sourcils lentement, ses yeux bleu layette plantés dans les miens.

Ah, Seigneur !

Des deux mains, j'ai fait bouffer mes cheveux derrière mes oreilles. Le côté droit est resté désespérément plat.

— Malheureusement, je vais devoir travailler aujourd'hui.

— Comme nous nous en doutions, Hooch et moi, nous avons établi un programme.

Ryan cassait les œufs dans la poêle et lançait les coquilles dans l'évier d'un adroit mouvement du poignet.

— Pour le réaliser, nous aurions besoin d'un moyen de locomotion.

— Tu peux me déposer à la morgue et garder la voiture, ai-je répondu sans chercher à connaître ses projets.

J'ai enchaîné sur l'avion accidenté. Ryan a convenu que ça ressemblait à des trafiquants de drogue. Quant au résidu noir, il n'avait aucune idée sur sa nature.

— L'enquêtrice du NTSB n'avait jamais vu ça non plus ?

J'ai secoué la tête.

— Larabee pratiquera l'autopsie du pilote. Il m'a demandé de m'occuper de la tête du passager.

Boyd m'a gratté le genou de sa patte. Comme je ne réagissais pas, il a tenté sa chance auprès de Ryan. Nous avons bu une deuxième, puis une troisième tasse de café tout en parlant d'amis communs, de la famille de Ryan, de ce que nous ferions à mon retour à Montréal à la fin de l'été. Conversation légère et frivole, à des millions de kilomètres des ours en décomposition et des Cessna écrasés. Je souriais de toutes mes dents sans aucune raison. Je serais bien restée à la maison pour regarder de vieux films à la télé en mangeant des sandwichs au jambon et à la moutarde avec des condiments, ou pour me balader avec Ryan là où nos pas nous porteraient.

Hélas, ce n'était pas possible.

J'ai tendu la main par-dessus la table pour lui caresser la joue.

— Je suis vraiment contente que tu sois là !

De petits rires ont percé derrière mon sourire.

— Moi aussi, je suis ravi d'être là, a répondu Ryan.

— Il me reste seulement quelques ossements d'animaux à étudier, ça ne devrait pas me prendre longtemps. Demain, nous pourrons partir au bord de la mer.

Tout en vidant ma tasse, je me suis représenté les débris de crâne extraits du fuselage carbonisé. Mon sourire s'est tordu.

— Mercredi au plus tard.

— L'océan ne va pas s'évaporer, a répondu Ryan en offrant à Boyd une ultime lanière de bacon.

Mais le défilé de cadavres ne faisait que commencer.

8.

Ryan ne pouvait pas me déposer à la morgue pour la bonne raison que je n'avais pas récupéré ma voiture au MCME.

J'ai appelé Katy. Elle est arrivée en quelques minutes et nous a conduits au centre-ville, ravie de cette course de bonne heure le matin.

Ben voyons.

L'air était lourd et humide. Sur NPR, les pronostics de M. Météo à propos d'une éventuelle baisse de température étaient négatifs. Avec son jean, ses chaussettes, ses mocassins et son sweat-shirt aux manches découpées, Ryan me donnait chaud rien qu'à le regarder.

Arrivée au MCME, je lui ai donné mes clefs de voiture.

De l'autre côté de College Street, un jeune en T-shirt des Panthers extra-large marchait en faisant rebondir un ballon de basket au rythme de ce qui passait dans ses écouteurs.

Bien que je ne sois pas d'humeur à rigoler, il m'a fait sourire, avec son jean qui pendouillait à l'entrejambe. On aurait pu en fourrer trois comme lui à l'intérieur. Pas de risque qu'il attrape de l'artériosclérose à cause de pantalons trop serrés, comme au temps de ma jeunesse.

En voyant Katy et Ryan prendre le large, chacun de son côté, mon sourire s'est évanoui. Je n'avais pas la moindre idée de l'endroit où ma fille se rendait, ni de ce que Ryan projetait de faire en compagnie du chien de mon ex-mari.

En revanche, je savais parfaitement ce qui m'attendait, moi, et j'aurais préféré me trouver à mille lieues de cette morgue.

N'importe où, mais ailleurs.

Une morgue n'est pas un bâtiment où il fait bon entrer.

Ceux qui en passent la porte ne le font pas pour leur plaisir.

J'en sais quelque chose.

Quotidiennement l'avidité, la passion, l'inattention, la stupidité, le dégoût de soi, une rencontre malencontreuse ou tout bêtement la malchance nous adressent des quantités de gens qui laissent derrière eux des malheureux stupéfiés par leur disparition aussi brutale qu'inattendue.

Les week-ends nous délivrent une moisson record. Le lundi est donc pour nous le pire jour de la semaine.

Ça aussi, j'en sais quelque chose.

Le fait de le savoir ne suffit pas à me blinder et, chaque lundi, je suis complètement ratiboisée.

Quand j'ai franchi la première porte, Mme Flowers m'a fait bonjour de sa main potelée et a pressé le bouton actionnant la seconde.

Dans un compartiment, Joe Hawkins s'entretenait avec une femme qui avait tout d'une serveuse de routier. Des traits dévastés, des vêtements qui pendaient. L'air d'avoir aussi bien quarante ans que soixante. Le regard sec et lointain.

Elle triturait un mouchoir en papier, sans vraiment entendre ce que Hawkins lui disait. Elle commençait seulement à entrevoir ce que serait sa vie sans la personne dont elle venait d'identifier le cadavre.

Hawkins a dévié les yeux vers moi. Je lui ai fait signe de ne pas s'interrompre.

Le tableau indiquait trois nouveaux cas depuis hier. Un dimanche occupé pour Charlotte. Le pilote et le passager étaient enregistrés sous les numéros MCME 438-02 et 439-02.

Le pilote était déjà sur la table d'autopsie de Larabee, dans la grande salle. Quand j'ai passé la tête, il examinait les brûlures à l'aide d'une loupe.

— Une idée de son identité ? ai-je demandé.

— Pas encore.

— Vous avez des empreintes ou des clichés dentaires ?

— Ses doigts étaient trop abîmés. Mais ses dents sont intactes pour la plupart. Je ne serais pas étonné qu'il ait consulté un dentiste à un moment donné dans ce millénaire. Ce qui est sûr, c'est qu'il a vu un tatoueur. Admirez l'œuvre d'art.

Larabee m'a passé sa loupe.

Le dossier du siège devait avoir protégé du feu le bas du dos de la victime car on reconnaissait très clairement l'extrémité sud d'un serpent griffu et ailé, entouré d'une farandole de flammes rouges.

— Vous êtes déjà tombé sur un dragon semblable ? ai-je demandé à Larabee.

— Moi pas. Mais quelqu'un le reconnaîtra.

— Ce type a l'air d'un Blanc.

Larabee a nettoyé à l'éponge la suie noire qui recouvrait le tatouage. Le reste du dragon est apparu peu à peu, comme dans les cartes à gratter de chez Burger King. La peau entre les écailles était d'un blanc crémeux.

— Regardez en dessous ! a fait Larabee en glissant sa main sous l'épaule du pilote pour le soulever.

Je me suis penchée. Des résidus noirs étaient accrochés à sa poitrine, telles de minuscules sangsues carbonisées.

— Le même résidu que sur le passager.

Larabee a laissé retomber le cadavre.

— Vous avez une idée de ce que c'est ?

— Pas la moindre... Bon, eh bien je vais m'occuper de son copain.

— Joe vous a déjà apporté ses radios dans l'autre salle.

J'ai préparé un dossier. Ayant passé une tenue de chirurgien, je me suis rendue à la chambre froide. Une bouffée nauséabonde de chair carbonisée et frigorifiée s'est engouffrée dans mes narines dès que j'ai ouvert la porte d'acier.

Les civières étaient placées côte à côte sur deux rangs parfaitement alignés. Sept vides. Quatre occupées.

J'ai vérifié les étiquettes accrochées à la tirette des fermetures Éclair des sacs.

MCME 437-02. *Ursus* et compagnie.

MCME 415-02. Un Noir inconnu. Un vieil homme édenté qu'on avait baptisé Billy parce qu'on l'avait trouvé non loin du Billy Graham Parkway, mort sous sa couverture de journaux. Un solitaire mal aimé. En trois semaines, personne n'était venu le réclamer. Larabee lui avait donné jusqu'à la fin du mois.

MCME 440-02. Earl Darnell Boggs. Date de naissance : 14/12/48. Probablement, le malheureux époux de la dame avec qui s'entretenait Joe Hawkins.

MCME 439-02. Inconnu. Le passager de l'avion.

J'ai ouvert le sac. Le corps était tel que je m'en souvenais : sans tête, carbonisé, les bras recourbés dans une posture de combat, des mains racornies au point de ressembler à des griffes. Celui-ci non plus n'aurait pas d'empreintes.

Hawkins avait posé mes récipients en plastique au-dessus de ses épaules, comme pour lui faire une tête. Je les ai transférés sur le petit chariot dont je m'étais munie en vue de transporter le cadavre. J'ai refermé le sac. Et maintenant, en route pour la salle qui pue.

Les taches noir et blanc émanant des radios accrochées aux boîtes à lumière ressemblaient aux mires de test des écrans, aux tout débuts de la télévision. Le deuxième cliché montrait deux objets métalliques mélangés à des dents et à de gros morceaux de mâchoire. L'un ressemblait à une fleur de lis, l'autre à l'Oklahoma.

Bon. Le passager était lui aussi de ces gens qui vont chez le dentiste.

J'ai enfilé des gants. Ayant étalé un drap sur la table, j'ai vidé le récipient numéro deux. Il m'a fallu plusieurs minutes pour localiser les deux dents portant la trace de caries soignées et les dégager du magma. Je les ai enfermées dans une fiole et suis passée aux fragments, mâchoire et débris dentaires. Je les ai tous récupérés et mis à part sur un plateau.

Au crâne, maintenant.

Là, pas de réassemblage possible. Les dommages causés par le feu étaient trop importants.

J'ai dégagé les chairs carbonisées de la dégueulasserie noire et floconneuse qui les recouvrait et j'ai entrepris de reconstituer tant bien que mal la boîte crânienne.

Un segment d'os frontal avec les deux arcades sourcilières est apparu. Puis des morceaux d'occiput comportant des mastoïdes à bulbe et le plus grand muscle de cou que j'aie vu de ma vie. Le passager de l'avion devait avoir eu à l'arrière du crâne une bosse de la grosseur d'une balle de golf.

Et il était sans aucun doute de sexe masculin. Pas

follement utile, comme information. Larabee aurait certainement des preuves beaucoup plus tangibles.

L'âge maintenant.

J'ai fait deux pas sur le côté afin de me pencher sur le plateau contenant les débris dentaires.

À l'instar des plantes, les racines des dents continuent de pousser bien après que des couronnes soient venues s'incruster dans vos gencives. Aux alentours de vos vingt-cinq ans, votre jardin buccal est en pleine floraison. Vos troisièmes molaires, ou dents de sagesse, sont enfin sorties. Le boulot étant terminé du point de vue dentaire, la dégénérescence peut commencer.

Les dents du passager ne présentaient plus assez d'émail ou cet émail était trop friable pour me permettre d'estimer son âge. En revanche, il était évident, d'après leurs racines, que toutes les dents visibles avaient achevé leur croissance.

Pour savoir s'il y en avait d'autres, cachées au fond de leur cavité, il me fallait des radios supplémentaires.

Je suis revenue aux résidus crâniens.

Les os du crâne aussi ont besoin d'un certain temps pour être définitivement en place. À la naissance, les vingt-deux os sont déjà là, mais pas soudés entre eux. Ils se rejoignent par des lignes ondulées appelées sutures. À l'âge adulte, la partie creuse de ces ondulations est entièrement comblée et la boîte crânienne est désormais une sphère rigide.

En gros, plus vous soufflez de bougies sur votre gâteau d'anniversaire, plus vos sutures perdent leur aspect ondulé.

J'ai retiré le cuir chevelu calciné sur différents fragments osseux provenant du sommet, de l'arrière et de la base de la tête, afin d'examiner l'état des sutures.

Sur un morceau appartenant à la base, les lignes ondulées avaient complètement fusionné, contrairement à d'autres fragments. Seule la suture entre les pariétaux, celle qui va de l'avant à l'arrière du crâne en passant par le sommet, présentait du tissu osseux à la jonction.

Les sutures crâniennes présentent de fortes variations entre elles. Cependant, celles que j'avais sous les yeux tendaient à indiquer qu'il s'agissait d'un individu adulte, mais encore jeune.

Et maintenant, l'ascendance.

Déterminer la race est toujours un casse-tête. Mais quand on ne dispose pour le faire que d'un crâne en morceaux, on a toutes les chances de tomber sur un os, si je puis dire.

En l'occurrence, le tiers supérieur de l'os du nez était resté attaché à un grand morceau de front, ce qui permettait d'assurer que les versants du nez de part et d'autre de la ligne médiane étaient bien pentus, en forme de clocher.

J'ai rapproché de ce fragment de front un gros morceau appartenant au milieu de la face.

L'ouverture nasale, étroite, présentait un bord inférieur roulé qui s'élevait légèrement en son centre. Vu de profil, l'os situé entre le bas du nez et les dents du haut paraissait vertical. Les pommettes, quant à elles, étaient renflées sur les côtés du visage et présentaient de larges arrondis.

Un pont nasal en forme de clocher, un bord inférieur du nez vertical et une absence de prognathisme : les caractéristiques du type caucasien étaient réunies.

En outre, les pommettes évasées indiquaient une ascendance asiatique ou indigène américaine.

Génial.

Retour aux dents.

Une seule dent de devant avait conservé partiellement sa couronne. Je l'ai tournée entre mes doigts. L'arrière était légèrement strié à la jonction de l'émail et de la gencive.

J'étais plongée dans l'examen de cette incisive quand Joe Hawkins a passé la tête par la porte.

— Vous paraissez déconcertée.

— Je ne peux pas véritablement affirmer qu'elle soit incurvée, mais elle est quand même bizarre.

Cet aspect incurvé, dit « en forme de pelle », concerne les quatre incisives et le U qu'elles présentent, côté langue. C'est généralement un autre signe d'ascendance asiatique ou indigène américaine.

J'ai tendu la dent à Joe qui l'a regardée.

— Si vous le dites, doc...

J'ai reposé la dent dans le plateau et demandé à Joe de me faire des radios des fragments de mâchoire.

Une heure et quart.

Pas étonnant que j'aie l'estomac dans les talons.

M'étant débarrassée de mes gants et de mon masque, je me suis lavé les mains au savon antibactérien et j'ai enfilé une blouse de laboratoire sur ma tenue de chirurgien. De retour dans mon bureau, j'ai avalé une tablette de Granola et je l'ai fait passer avec un Coca Light.

Tout en mangeant, j'ai passé en revue mes avis d'appels téléphoniques.

Un journaliste du *Charlotte Observer*.

Skinny Slidell. À propos du bébé Banks.

Sheila Jansen. Elle avait fait vite. Comme d'habitude, le NTSB se donnait à fond.

Quatrième Post-it rose : Genève Banks.

J'ai appelé chez Gideon. Pas de réponse.

J'ai essayé Sheila Jansen.

Un répondeur proposait de laisser un message, ce que j'ai fait.

En retournant à la salle qui pue, j'ai fait un rapide crochet par la grande salle. Le passager avait succédé au pilote sur la table à disséquer, et Larabee venait d'achever sa deuxième incision en Y de la journée.

Je me suis avancée. Si le sexe du monsieur ne faisait aucun doute, sa race demeurait incertaine et son âge inconnu. Je devrais les déterminer à partir du squelette.

J'ai fait part à Larabee de la bizarrerie que j'avais relevée dans les caractéristiques raciales. Lui-même n'avait encore rien remarqué d'intéressant.

Je lui ai demandé de me faire parvenir les symphyses pubiennes, c'est-à-dire les parties avant du bassin où les deux moitiés se réunissent, ainsi que les troisièmes, quatrièmes et cinquièmes côtes près du sternum, dont j'avais besoin pour estimer l'âge. Il m'a répondu qu'il n'en avait pas pour longtemps.

Il avait eu Sheila Jansen au téléphone. Elle passerait vers la fin de l'après-midi. Ni Genève Banks ni Skinny Slidell ne l'avaient appelé.

De retour dans ma salle, j'ai trouvé les radios dentaires déjà fixées au négatoscope.

Côté gauche, les racines de la canine, de la deuxième molaire et des deux dents de sagesse étaient visibles sur divers fragments de mâchoire. La canine et la M-2 avaient fini de pousser, les M-3 n'étaient pas complètement sorties.

À en croire sa dentition, le passager avait entre dix-huit et vingt-cinq ans.

Pour la race, je pataugeais toujours.

Retour à l'apophyse zygomatique : des pommettes mongoloïdes, cela ne faisait aucun doute.

Retour au maxillaire et au front : un nez caucasien.

J'ai scruté l'os frontal. Tiens, une irrégularité dans l'os du nez ! J'ai emporté le fragment jusqu'au microscope et j'ai fait la mise au point.

Agrandie, la tache se révélait circulaire et sa texture semblait plus poreuse que le tissu osseux autour.

Une drôle de tache, très bien délimitée. Rien à voir avec les lésions qu'on peut trouver dans les os du nez. De quoi pouvait-il s'agir ?

J'ai passé l'heure suivante à dégager d'autres fragments osseux, à les nettoyer de leur chair et à noter mes observations par écrit. Aucun signe de maladie. Pourtant, la lésion nasale me paraissait active, comme si elle indiquait un état chronique. J'ai décidé de demander des radios de tout le squelette.

À trois heures et demie, Hawkins m'a apporté les côtes et les pubis. Il a promis de radiographier le squelette entier du passager dès que Larabee en aurait fini.

J'étais en train de placer les pubis et les côtes dans une solution d'eau chaude et de Spic quand Larabee est entré, suivi de Sheila Jansen. L'enquêtrice du NTSB portait aujourd'hui un jean noir et une chemise rouge sans manches.

Ces heures passées en compagnie d'une tête qui commençait à se décomposer dans la chaleur d'une salle non réfrigérée avaient engourdi mon sens olfactif. Mes gants et ma tenue tachés de graisse et de suie ajoutaient certainement une touche délicate au parfum général.

Sheila Jansen a pincé les lèvres et les narines. Une sorte d'opacité s'est répandue sur ses traits tandis qu'elle faisait de son mieux pour masquer son dégoût.

— Déjà l'heure de papoter ?

Sheila Jansen a hoché la tête.

J'ai retiré mon masque et mes gants et les ai jetés de loin dans une poubelle à déchets biologiques.

— Allez donc dans la salle de conférences, je vous y retrouve dans deux minutes.

— Excellente idée, a approuvé Larabee.

Quand je les ai rejoints, le patron était en train d'exposer ses résultats.

— De nombreuses traces de traumatisme.

— De la suie dans les poumons ? a demandé l'enquêtrice.

— Non.

— Normal, a-t-elle déclaré. Quand l'avion a heurté la falaise, le réservoir s'est brisé. Il y a eu une boule de feu et l'appareil s'est enflammé immédiatement. J'imagine que les victimes ont été tuées par l'impact.

— Les brûlures étaient graves mais, en profondeur, les tissus n'étaient pas très abîmés, a dit Larabee.

— C'est parce que le carburant s'est écoulé en bas de la falaise, a expliqué l'enquêtrice du NTSB.

J'ai revu en esprit la traînée dans la végétation tandis que Sheila Jansen continuait :

— Les victimes ont été soumises à l'effet boule de feu au moment de l'explosion, mais le feu n'a pas dû se prolonger très longtemps.

— Ça correspond à nos résultats, a confirmé Larabee.

— Les deux corps sont recouverts d'un résidu noir, ai-je dit en m'installant sur une chaise. Surtout le passager. J'en ai retrouvé dans tout le cockpit. J'en ai prélevé un échantillon pour qu'on l'analyse.

— Nous faisons des tests d'alcool et de drogue, amphétamines, métamphétamines, barbituriques, cannabis, opium et opiacées, a ajouté Larabee. Si ces gars planaient, on le saura.

— Vous dites que ce sont des mecs ? a demandé Jansen.

— Le pilote était un Blanc d'environ trente ans, mesurant entre un mètre soixante-douze et un mètre soixante-dix-huit, ayant subi pas mal de soins dentaires et portant un grand tatouage.

Sheila Jansen a inscrit ces renseignements.

— Le passager était également un homme. Plus grand. Avec la tête, s'entend... Tempe ?

— D'une petite vingtaine d'années, je dirais.

— La race ? a demandé Sheila Jansen.

Elle a relevé les yeux.

— J'y travaille.
— Des détails quelconques ?
— Deux plombages au moins.
J'ai décrit l'os du nez et ajouté :
— Il y a autre chose à propos du nez. Je vous en dirai plus dès que je le pourrai.
— Alors c'est à mon tour.
Sheila Jansen a tourné des pages dans son calepin.
— L'avion était enregistré au nom d'un certain Richard Donald Dorton. Ricky Don pour les intimes.
— Son âge ? ai-je demandé.
— Cinquante-deux ans. Mais hier ce n'est pas lui qui tenait le manche à balai. Il était à Grandfather Mountain pour fuir la vague de chaleur. Il affirme qu'il avait laissé son Cessna en parfait état dans un aéroport privé du côté de Concord.
— Quelqu'un a-t-il vu l'avion décoller ?
— Non.
— Un plan de vol ?
— Non.
— Et personne ne l'a repéré pendant le trajet ?
— Non.
— Vous savez pourquoi il s'est crashé ?
— Le pilote l'a lancé de plein fouet dans la paroi.
Un silence s'est installé.
— C'est qui, ce Ricky Don ? ai-je repris.
— L'heureux propriétaire de deux clubs de strip-tease à Kannapolis. C'est une petite ville industrielle pas loin d'ici, n'est-ce pas ?
Hochements de tête autour de la table.
— *Les Valets de Carreau* et *Les Reines de Cœur*... Ricky Don s'attache à satisfaire les demandes sexuelles en tout genre.
— Un poète, a décrété Larabee.
— Un salaud, a rétorqué l'enquêtrice. Mais un

salaud qui a du blé. Le Cessna 210 n'est que l'un de ses nombreux joujoux.

— Les nénés et les culs, ça rapporte tant que ça ?

Sheila Jansen m'a répondu par un haussement d'épaules signifiant son ignorance en la matière.

— Il ne ferait pas aussi un peu d'import ? ai-je demandé.

— L'idée a déjà titillé les représentants de la loi à l'échelon local. Ils l'ont surveillé pendant un certain temps.

— Et ils sont arrivés à la conclusion qu'il ne faisait pas partie du chœur baptiste ?

— Elle est bonne, notre Tempe, pas vrai ? a lancé Larabee à l'adresse de Sheila en me tapotant l'épaule.

L'enquêtrice a souri avant de déclarer :

— Mais il y a un problème : l'avion était clean.

— Pas de drogue ?

— Pas un gramme.

Nous nous sommes tous levés.

J'ai posé une dernière question.

— Pourquoi est-ce qu'un homme adulte se ferait appeler Ricky Don ?

À mes oreilles, ce nom avait un petit côté saloon texan. Je connais, ma sœur y habite.

— Pour avoir l'air bon garçon.

— Je vois.

En réalité, je ne voyais rien du tout.

Il était déjà quatre heures et demie quand Sheila Jansen est partie. Je serais volontiers rentrée à la maison prendre une bonne douche et passer la soirée avec Ryan, dans une étourdissante tenue signée Victoria.

D'un autre côté, je voulais absolument partir pour la mer demain matin au plus tard.

Et il me restait des ossements à examiner dans la chambre froide. Les ours.

Pour ce qui est d'écarter les corvées casse-pieds, je suis championne. Je fais passer d'une pile à l'autre le courrier auquel je dois répondre jusqu'à ce que la date limite ou la circonstance soit largement dépassée. Quand il s'agit de déblayer la neige, j'attends gentiment qu'elle veuille bien fondre. Pour l'arrosage, je m'en remets à la pluie. Et je ne suis pas non plus du genre à me jeter sur ma tondeuse au premier pissenlit qui dépasse de mon gazon.

En revanche, les corvées inévitables sont pour moi des lames de guillotine suspendues au-dessus de ma tête : je fais donc tout mon possible pour qu'elles ne s'abattent pas. À la fac, j'ai toujours rendu mes devoirs avant la date prévue. Je paie mes factures en temps voulu. Je suis incapable de me coucher si je n'ai pas terminé ce que j'ai entamé.

En conséquence, que pouvais-je faire aujourd'hui sinon appeler Ryan sur son portable ?

Quatre sonneries et son message. En français d'abord, puis en anglais.

— Je serai de retour à sept heures. Tu nous chauffes quelque chose ?

Au moment de raccrocher, je me suis dit « Zut ! » Avec son esprit mal tourné, Ryan risquait de ne pas comprendre que je parlais du steak et des pommes de terre.

J'ai appelé Genève Banks. Toujours pas de réponse.

J'ai commencé à composer le numéro de Skinny Slidell.

Non, corvée évitable.

Retour à la salle d'autopsie. Ayant passé un tablier neuf, j'ai changé la solution dans laquelle j'avais mis à tremper les côtes et les pubis du passager, puis j'ai rangé les restes de son crâne. Je suis partie pour la chambre froide restituer les récipients à leur propriétaire sans tête et sortir les trois ours.

L'autre jour, j'avais presque tout examiné. Il ne me restait plus que le second sac-poubelle à finir. Espérons que ça ne prendrait pas trop de temps.

J'ai défait l'attache et vidé le sac sur la table d'autopsie.

Les grands os m'ont pris dix minutes. De l'ours, et c'est tout.

Je déposais le dernier tibia quand mon attention a été attirée par quelque chose à côté du tas d'os plus petits, à ma gauche.

Mon cœur s'est arrêté.

J'ai fouillé dans la pile. Un second os, semblable à celui qui venait de rouler hors du monticule, est apparu.

Mes doigts se sont crispés, ma tête a basculé en avant, à la façon d'une montre molle de Dalí.

9.

J'ai poussé un profond soupir et j'ai rouvert les yeux.

Examinons ces deux os. Petits tous les deux. L'un, en forme de cube, se prolongeait en crochet ; l'autre ressemblait à un buste miniature, plus ou moins bien façonné.

Rien à voir avec un os d'ours, mais alors, rien du tout !

Ni l'un ni l'autre.

Des os carpiens !

Mon cœur est parti en chute libre.

Ramassant les fragments, je suis partie à la recherche de Larabee. Il était dans son bureau.

Je lui ai tendu les os. Il y a jeté un bref regard et a relevé les yeux vers moi.

— Os de Hamate et os capité, ai-je déclaré.

— Ça vient du gang des ours ?

J'ai hoché la tête.

— Une patte ?

— Une main.

Ses traits se sont ratatinés.

— D'homme ?

— Tout à fait.

— Vous êtes sûre ?

Je n'ai pas jugé bon de répondre.

— Merde ! a fait Larabee en jetant son stylo sur le bureau.

— Exactement ce que je me suis dit.

Il s'est calé dans son fauteuil.

— On va être obligé de se retrimbaler à la ferme.

— Oui.

— Si ce truc est récent, a-t-il ajouté en désignant du pouce les os dans ma main, le type qui l'a enterré là-bas se dit peut-être qu'il devrait changer de cimetière.

— Si ça se trouve, il est même en train de jouer de la pelle pendant que nous parlons.

— Demain ?

J'ai hoché la tête.

Larabee a tendu la main vers son téléphone.

— Vous croyez qu'il pourrait s'agir d'une tombe ancienne non répertoriée ?

— Tout est possible, ai-je dit sans y croire.

Joe Hawkins m'a déposée à l'Annexe.

Allongé sur le canapé, Ryan regardait un vieux *I love Lucy* à la télévision. Sa journée avait manifestement comporté une virée dans les grands magasins, car il arborait un short écossais et un T-shirt qui proclamait : LA BIÈRE N'EST PAS RÉSERVÉE AU PETIT DÉJEUNER. Ses jambes étaient blanches comme de la chair de poisson.

Boyd somnolait au bout du divan.

Une Heineken éclusée et un bol où restait une demi-douzaine de chips traînaient sur la table basse. Un autre bol vide était posé par terre.

Deux paires d'yeux se sont levées vers moi quand je me suis arrêtée sur le seuil de la pièce. Birdie boudait dans son coin.

Boyd s'est laissé tomber sur le plancher.

— Bonjour, madame la docteure.

J'ai laissé sac à main et sac à dos glisser de mon épaule.

— Sale journée ? a demandé Ryan.

J'ai hoché la tête et souri.

— J'espère que la tienne a été meilleure.

— Hooch et moi sommes allés à Kings Mountain.

— Le parc national ?

— Les Yankees y ont mis à mal des Anglais plutôt costauds, pas vrai, mon pote ?

Il a gratté Boyd derrière l'oreille. Celui-ci a posé son museau sur sa poitrine.

Ces deux-là avaient remonté le cours de l'Histoire pendant que j'étais plongée jusqu'aux coudes dans de la chair putride. Eh bien, la journée n'avait pas été perdue pour tout le monde.

Ryan a enfourné des chips. Les yeux de Boyd ont suivi le mouvement de sa main.

— Hooch a coursé un écureuil.

Je me suis avancée vers le canapé. Ryan a enlevé ses pieds. Je me suis laissé tomber à la place libérée par Boyd.

Il a reniflé le bol de chips dans la main de Ryan. Je lui ai donné une tape. Il s'est tourné vers moi et m'a fait son petit jeu de sourcils.

Cachées dans un cagibi, Lucy et Ethel changeaient leur tenue de travail contre des vêtements de ville. Lucy disait à Ethel de ne rien dire à son mari.

— Pourquoi est-ce qu'elle ne prend pas tout bêtement un travail ? a demandé Ryan.

— Ricky ne veut pas.

Ce nom m'a rappelé Ricky Don Dorton.

— Il semblerait que le Cessna appartienne à un type qui possède des bars à filles et qui fait sûrement aussi dans la drogue.

— Comment il s'appelle, celui-là ?

— Qu'importe.

Je n'avais pas envie d'entendre les commentaires de Ryan sur les préférences de mes frères de Dixie en matière de surnoms.

— Quoi qu'il en soit, l'avion était clean, et ce n'était pas son propriétaire qui tenait le manche à balai.

— Tu veux dire que le malheureux s'était fait voler son coucou ?

— Exactement.

— Moi, j'ai horreur qu'on me pique le mien.

Je lui ai donné une petite tape sur la poitrine assortie d'une grimace qui voulait dire « Épargne-moi ça ».

— Qui était à bord ?

— Mystère. L'enquêtrice du NTSB a contacté les flics. Ils vérifieront si les caractéristiques que nous leur fournirons correspondent à quelqu'un enregistré au NCIC, la base de données nationale des personnes signalées disparues.

Ryan a retenu un sourire.

J'ai pris le temps de gratter une piqûre de moustique sur mon coude avant de poursuivre.

— J'ai une mauvaise nouvelle.

Boyd est venu poser sa tête sur mon genou.

— Tu te souviens des os d'animaux dont je t'ai parlé ?

— Oui.

— C'est notre Rintintin ici présent qui les a découverts.

Ils étaient enterrés dans un bois. J'étais presque sûre qu'il s'agissait d'os d'animaux. Je les avais rapportés au bureau au cas où. Dimanche, déjà, j'ai passé une grande partie de la journée à les examiner.

Lucy était assise sur les fesses et Ethel l'aidait à faire passer son bleu de travail par-dessus ses chaussures.

— Et alors ? a insisté Ryan d'une voix cajoleuse.

— Aujourd'hui, j'ai retrouvé deux os de main.

— Mélangés au reste ?

J'ai incliné la tête. Il a conclu :

— Par conséquent, demain aussi sera un jour spécial.

— Malheureusement. Je suis vraiment désolée, tu sais. Je préférerais mille fois passer ma journée avec toi.

— Et avec Hooch, a fait Ryan avec un bref regard en direction du chien.

— Et avec Hooch, ai-je répété en caressant la tête de Boyd. À propos, je te remercie drôlement de t'en être occupé.

Ryan a levé les sourcils et les mains comme pour dire *c'est la vie* *.

— Si Hooch a effectivement déterré une victime, tu ne veux pas que le salopard qui a fait le coup l'apprenne et aille récupérer ce qui reste, c'est ça ?

Boyd a transféré son museau sur les genoux de Ryan.

— Tu as tout compris.

J'ai dit ça avec l'enthousiasme que je réserve aux examens rectaux et vaginaux.

— Faut que tu fasses ce que tu as à faire.

— Juste.

Ryan avait raison, bien entendu. N'empêche, j'avais l'impression d'être retenue prisonnière à Charlotte, d'y être collée comme une mouche sur du papier-glu.

Je me suis penchée en avant, le dos rond, et j'ai tourné la tête. Mon cou a fait crac.

Ryan s'est rapproché de moi.

— Tourne-toi.

J'ai obéi.

Il a commencé à masser mes épaules avec de puissants mouvements circulaires.

J'ai fermé les yeux.

— Mmm.

— Je te fais mal ?

— Aïe. Hmm.

Je ne m'étais pas rendu compte combien j'étais tendue.

Ryan a fait descendre ses pouces le long de mes omoplates, côté intérieur.

J'ai senti monter dans ma gorge un petit gémissement.

Je ne l'ai pas autorisé à sortir.

Les pouces de Ryan se sont déplacés vers ma nuque.

Oh, la vache !

Puis sur l'arrière de ma tête.

Hou-you-youille.

Retour en bas : les épaules, puis les muscles le long de l'épine dorsale.

Là, je n'ai pu me retenir de gémir.

Quelques secondes plus tard, les mains se sont retirées. J'ai senti un mouvement sur le coussin du divan.

— Voici ce que je propose.

J'ai ouvert les yeux.

Ryan s'était renversé contre le dossier, les doigts croisés sous la nuque. Le bol de chips était vide et Boyd avait des miettes au coin de la gueule.

— Je t'invite à dîner.

— Je ne discute pas. Où ça ?

— C'est ta ville, tu choisis.

Une heure plus tard, nous dévorions des *bruschette* chez Toscana. La soirée était aussi belle que dans un film hollywoodien, la lune faisait un grand O dans le ciel.

Toscana est un bistrot italien caché dans la partie Boutiques spéciales du parc. La plupart des établissements réunis dans cette enclave – cafés et clubs de remise en forme appréciés par l'élite de Charlotte qui vient y siroter du Silver Oak Cabernet en prenant des bains de boue ou acheter des foulards pour ses chiens – sont un peu trop spéciaux pour mon budget, mais j'aime bien Toscana, surtout pendant les mois où l'on peut dîner dehors. Avec Volare, ce sont mes deux italiens préférés et ils sont tous les deux à égale distance de chez moi. Ce soir, j'avais choisi Toscana.

Nous avons pris place à une petite table de fer forgé dans le jardinet attenant au restaurant. Le sol était recouvert d'un joli caillebotis. Derrière nous une fontaine murmurait doucement ; à gauche, un couple débattait des mérites comparés de la mer et de la montagne ; à droite, trois dames évaluaient leur handicap au golf.

Ryan portait des Dockers marron et une chemise amidonnée en coton du même bleu myosotis que ses yeux. Sa promenade à Kings Mountain l'avait bronzé et il avait les cheveux encore humides après sa douche.

Il était beau.

Très beau.

Mais je n'étais pas non plus du foie de veau écrabouillé.

Robe d'été en lin noir à faire tourner la tête aux hommes. Sandales à lanières. Et le string le plus secret de ma collection de secrets signée Victoria du Guatemala.

Après le trop-plein de cadavres et de morts de ces derniers jours, j'avais pris une décision : j'allais dire oui au grand plongeon.

— Tout le monde joue au golf en Caroline du Nord ? a demandé Ryan pendant qu'un garçon en chemise blanche nous remettait des menus aussi épais qu'un dossier de justice.

— C'est une condition *sine qua non* pour vivre dans cet État.

Le serveur s'est enquis de nos préférences en matière de cocktail. Sam Adams pour Ryan, Perrier rondelle pour moi. Il s'est retiré en masquant à peine son dépit.

— Pour toi aussi ? a demandé Ryan.

Son regard est remonté de ma poitrine à mes yeux.

— De jouer au golf, je veux dire.

— J'ai pris quelques leçons.

À la vérité, cela faisait des années que je n'avais pas touché un club. Le golf, c'est la passion de Peter. En le quittant, j'ai quitté aussi ce sport. Mon handicap doit friser les quarante-deux.

La femme à droite disait qu'elle avait placé la balle dans le trou en six coups. J'ai demandé à Ryan s'il avait envie de taper des balles.

N'étant pas divorcée légalement, je peux continuer à bénéficier des avantages du Carmel Country Club dont Peter est membre.

Pour la millionième fois, je me suis demandé pourquoi je n'avais toujours pas légalisé notre rupture. Cela fait maintenant plusieurs années que Peter et moi sommes séparés. Pourquoi ne pas couper la corde et passer à autre chose ?

Mais est-ce vraiment une corde ?

Ce n'est pas le moment, Brennan.

— Ça pourrait être amusant, a dit Ryan en tendant le bras par-dessus la table pour poser sa main sur la mienne.

Non, pas du tout le moment.

— Naturellement, Hooch n'aimerait pas se sentir exclu.

— Il s'appelle Boyd.

Ma voix a retenti comme si j'avais inhalé de l'hélium.

— Hooch doit apprendre à apprécier la sérénité de sa beauté intérieure. Tu devrais peut-être lui faire suivre des petits cours de yoga.

— J'en parlerai à Peter.

Revenu avec nos boissons, le serveur a entrepris de nous réciter les plats du jour. Ryan a commandé un bar. Je me suis laissé tenter par le veau Marsala. Sans retirer ma main de la table.

Le serveur parti, la main de Ryan s'est reposée sur la mienne. Ses traits exprimaient un mélange de tendresse et de confusion.

— Tu ne t'inquiètes pas pour demain, quand même ?

— Mais non, ai-je protesté sur un ton de dédain moqueur.

Ben voyons !

— Tu me parais tendue.

— Je suis seulement déçue pour la plage.

Les doigts de Ryan sont remontés le long de mon bras.

— Moi aussi. Ça fait des années que j'attends de te voir en string.

Ses doigts, telle une araignée, ont refait le parcours à l'envers.

— Nous irons à la mer, tu verras.

Si l'on peut en même temps avoir la chair de poule et l'impression de brûler, eh bien c'est ce qui m'arrivait.

Je me suis éclairci la gorge.

— Dans ces vieilles fermes, on trouve parfois des tombes qui ne sont pas répertoriées. Ces os de la main traînaient peut-être dans le coin depuis le jour où Cornwallis a traversé la rivière à Cowans Ford.

C'est le moment qu'a choisi le serveur pour déposer des salades entre nous.

Changement de conversation pendant le dîner. Plus un mot sur notre travail. Plus un mot sur les os. Et aucune référence à la journée de demain.

Pas un mot non plus sur ce qui allait se passer plus tard, ce soir.

Il était onze heures bien sonnées quand nous avons fini notre tiramisu et notre café.

Hooch/Boyd nous a accueillis à la porte de l'Annexe. Quand j'ai décroché sa laisse, il s'est mis à bondir dans la cuisine en jappant.

— Hooch apprécie les petits bonheurs, a fait observer Ryan.

— Boyd ! ai-je corrigé pour la énième fois.

— Qu'importe ! Il a l'esprit large, a rétorqué Ryan.

La nuit sentait le pétunia et l'herbe tondue. Une brise légère caressait les pervenches. Des milliers de criquets s'étaient unis pour exécuter une symphonie estivale.

Boyd nous a conduits d'arbre en arbre en remuant la queue et la truffe deux fois plus vite que d'habitude. À tout moment, il faisait demi-tour et courait vers nous, comme pour nous rappeler de rester attentifs aux proies qu'il débusquait, tantôt un oiseau, tantôt un écureuil.

Mais c'était peine perdue. Si je me concentrais sur quelque chose, c'était sur le compte à rebours avant mon grand plongeon.

De retour à la maison, Boyd a filé droit vers son bol. Ayant lapé l'eau à grand bruit, il a craché comme une baleine et s'est effondré sur le plancher.

Je suis allée accrocher sa laisse et j'ai fermé la porte à clef. Pendant que je branchais l'alarme, j'ai senti la chaleur du corps de Ryan à quelques centimètres du mien.

D'une main, il a emprisonné mon poignet et m'a tournée vers lui. De l'autre, il a éteint la lumière. J'ai senti une bouffée d'Irish Spring et de coton imprégné d'une odeur masculine.

Serrant ma main entre ses doigts, il l'a posée contre sa joue.

J'ai relevé les yeux. Il avait le visage dans l'ombre.

Il a levé mon autre main. Du bout des doigts, j'ai

suivi des contours que je connaissais depuis une décennie. Des pommettes, un coin de bouche, l'angle d'une mâchoire.

Il m'a caressé les cheveux. Ses mains ont effleuré ma nuque et ont glissé le long de mes épaules.

Dehors, mon petit carillon a tinté gaiement sous le vent.

Les mains de Ryan suivaient les contours de ma taille et de mes hanches.

Une sensation étrange se répandait dans mon cerveau, comme un souvenir vécu dans un rêve enfui depuis des années.

Les lèvres de Ryan ont frôlé les miennes.

J'ai retenu mon souffle. Faux : je me suis mise à respirer au même rythme que lui.

Il m'a embrassée plus fort.

Je lui ai rendu son baiser.

Laisse-toi aller, m'ont commandé mes cellules cérébrales, pour une fois à l'unisson.

Mes bras ont entouré son cou. Je l'ai tiré vers moi. Mon cœur s'est emballé dans une équipée sauvage qui avait quelque chose d'effrayant.

Ryan a remonté ses mains dans mon dos. J'ai senti ma fermeture Éclair descendre. Ses doigts ont fait glisser les bretelles de ma robe. J'ai baissé les bras.

Le lin noir est tombé à mes pieds.

En un instant, ma fatigue, ma tristesse et ma frustration des derniers jours se sont évanouies. Je me suis envolée à mille lieues de la cuisine, de la terre, du cosmos.

Mes doigts ont cherché les boutons sur la chemise couleur myosotis.

10.

J'étais à Montréal avec Katy et Palmer Cousins et nous buvions des cappuccinos à la terrasse d'un café. Sur le trottoir d'en face, un artiste des rues jouait de cuillers comme de maracas.

Palmer parlait d'un cours de yoga pour chiens.

Brusquement, les cuillers n'ont plus claqué dans les mains du forain, mais émis des sons stridents. Un vacarme de plus en plus fort, tant et si bien que je n'ai plus compris un mot de ce que l'ami de ma fille racontait.

J'ai ouvert les yeux.

Devant moi, l'arrière d'une tête. Ryan.

J'ai éprouvé une émotion voisine de celle que ressent la jeune fille qui clôture sa vie d'écolière en perdant sa virginité le soir du bal de fin d'études. Je me suis retournée. En tâtonnant, je suis parvenue à décrocher le téléphone.

— Allô-ô ?

Un ton chancelant.

J'ai senti Ryan se retourner dans mon dos.

— Tim Larabee. Désolé de vous réveiller.

Prononcé sur le ton du quidam qui s'en fiche comme de l'an quarante.

Ryan a passé son bras sous ma taille et m'a attirée contre lui, mes fesses au creux de l'angle formé par ses hanches et ses cuisses. Un soupir m'a échappé.

— Vous allez bien ?

— C'est le chat.

J'ai jeté un regard au réveil. Mon string m'empêchait de voir les chiffres.

— Quelle heure ?

Des monosyllables, voilà bien tout ce que j'arrivais à sortir.

— Six heures.

Ryan serrait nos corps l'un contre l'autre, comme des cuillers bien rangées dans le tiroir.

— Vous avez eu mon message ? a demandé Larabee.

Une bosse était en train de se former chez Ryan à l'endroit où le creux de la cuiller rejoignait le manche.

— Un message ?

— Je vous ai appelée vers huit heures, hier soir.

— J'étais sortie.

Et ensuite, bien trop occupée à baiser pour vérifier ma messagerie.

— Impossible de dégotter un chien quand bien même je serais en danger de mort. Je me suis dit que votre chow-chow devait avoir du flair pour les corps en décomposition s'il a su repérer ces os d'ours. Vous pourriez le prendre avec vous tout à l'heure ?

La bosse, de plus en plus marquée, entravait sérieusement mes capacités de concentration.

— Boyd n'est pas entraîné à retrouver des cadavres.

— C'est mieux que rien.

Larabee n'avait jamais vu Boyd.

— À propos, Sheila Jansen a identifié le pilote du Cessna.

Je me suis assise, les genoux contre la poitrine, et j'ai remonté l'édredon jusqu'à mon menton.

— Elle a fait vite.

— Harvey Edward Pearce.

— Grâce aux dents ?

— Et aussi au tatouage. C'est un Blanc de trente-huit ans, originaire de Columbia, en Caroline du Nord, du côté des Outer Banks. L'ordinateur du NCIC a craché tout de suite son nom.

— Il n'est mort que dimanche et son nom est déjà répertorié dans la banque de données ?

— Sa petite femme l'avait signalé comme étant disparu. La régularité, ce n'était pas son fort pour payer la pension alimentaire de son gosse.

— Il avait dû sauter plusieurs versements.

— Exactement. En général, les flics locaux font gaffe quand on leur signale des disparitions, à cause de toutes les déclarations bidons mais, là, ils avaient les signes distinctifs de Harvey Pearce.

Ryan a essayé de m'attirer à lui. J'ai pointé le doigt vers lui en fronçant exagérément les sourcils, comme je le fais avec Boyd.

— C'est où exactement, Columbia ?

— À environ une demi-heure à l'ouest de Manteo, sur la US-64.

— Dans le comté de Dare ?

— Comté de Tyrrell. On se retrouve dans une heure à la ferme. Prenez votre chien avec vous.

J'ai raccroché et considéré le premier problème du jour.

Foncer hors de la chambre toute nue ou m'envelopper dans la couette et laisser Ryan se débrouiller ?

Je m'étais décidée pour un sprint cul à l'air quand le bras de Ryan s'est enroulé autour de ma taille. J'ai baissé la tête vers lui.

Ses yeux étaient levés vers moi. Des yeux étonnants. Dans le gris pâle de l'aube, ils paraissaient presque cobalt.

— Ma-âme ?

— Oui ? (Moi : un ton méfiant.)

— Je vous respecte de tout mon cœur et de toute

mon âme, ma'âme. (Lui : une détermination de prédicateur évangélique.)

— Vous non plus, vous n'êtes pas si mal, cow-boy.

J'ai assorti ma phrase d'un pianotage des doigts sur sa poitrine. Nous avons éclaté de rire tous les deux.

— Le shérif envoie un détachement ? a-t-il demandé en désignant du menton le téléphone.

Moi (à voix basse, style espion de la CIA :)

— Si je vous le disais, je n'aurais plus qu'à vous tuer.

Lui (hochement de tête compréhensif :)

— Vos petits camarades seraient contents de recevoir un coup de main ?

— De patte. Ils ont réclamé Boyd, c'est tout.

Il a simulé la déception. Puis :

— Vous pourriez peut-être leur en toucher un mot, ma'âme ?

Nouveau pianotage de mes doigts sur sa poitrine.

— Vous avez d'autres talents, bandit ?

— Le gars en face de vous, il tire aussi droit qu'un jet d'eau d'un mètre.

Où avait-il pêché cette expression-là ?

— Et pour la récupération ?

Il a soulevé l'édredon.

J'ai jeté un coup d'œil. Bon, d'accord.

— Je verrai ce que je peux faire.

— Je vous en serais bien redevable, ma-âme. En attendant, que diriez-vous si je vous apportais mon concours sous la douche ?

— À une condition.

— Vos désirs sont des ordres, ma-âme.

— Lâche-moi les baskets avec ton accent.

Nous avons tous les deux piqué un sprint jusqu'à la salle de bains.

Deux heures plus tard, je roulais en direction du pont de Cowans Ford, Ryan à côté de moi. À l'arrière, Boyd faisait ses parcours habituels d'une vitre à l'autre. La climatisation était au maximum. Il n'y avait plus qu'à espérer que je ne rate pas l'embranchement.

Le ciel parfaitement dégagé m'a rappelé Harvey Pearce aux commandes du Cessna. Comment pouvait-on percuter de plein fouet une falaise par un temps radieux ?

J'ai revu le résidu noir et macabre qui recouvrait le pilote et le passager, et je me suis demandé une fois de plus de quoi il s'agissait.

Je m'interrogeais aussi sur l'ascendance du passager. Et sur sa curieuse lésion à l'os du nez.

— À quoi penses-tu ? a demandé Ryan en écartant la gueule de Boyd de son oreille.

Le chien s'est mis à la fenêtre derrière moi.

— Je croyais que les hommes détestaient qu'on leur pose cette question ?

— Moi, je suis différent.

— Vraiment ?

J'ai levé un sourcil.

— Je connais au moins huit couleurs par leur nom.

— Bravo !

— Et je ne tue pas la viande que je mange.

— Hmm.

— Tu penses à hier soir ? a demandé Ryan en jonglant des sourcils.

Visiblement, il était en train d'attraper la manie du chien.

— Parce qu'il s'est passé quelque chose, hier soir ?

— Cette nuit, si tu préfères, a répondu Ryan en me lançant l'un de ses fameux regards « Est-ce-que-je-t'ai-déjà-raconté-des-craques ? »

Et comment !

— Je pensais à l'accident d'avion.
— Qu'est-ce qui te turlupine, Renoncule ?
— Le fait que le passager ait été assis à l'arrière.
— On avait refusé de le surclasser ?
— À l'avant, il n'y avait qu'un seul siège pour le pilote. Le passager a été projeté en avant par l'impact. Pourquoi n'était-il pas attaché ?
— Parce qu'il ne voulait pas froisser son costume du dimanche ?
Je n'ai pas relevé, préférant demander :
— Et où était le siège avant ?
— Il n'a pas été éjecté pendant la collision ?
— Je n'ai pas vu de siège parmi les débris.
Reconnaissant l'embranchement, j'ai tourné à gauche.
— Ni Sheila Jansen ni Gullet n'ont signalé l'avoir vu.
— Gullet ?
— Police de Davidson. Le flic du cru dépêché sur les lieux.
— On a pu le retirer temporairement. Pour le réparer.
— C'est possible, je suppose. L'avion n'était pas neuf.
J'ai mentionné ensuite à Ryan la présence de ce résidu dégoûtant qui recouvrait tout. Après un instant de réflexion, il a déclaré :
— Votre surnom, c'est bien « les Pieds dans le goudron [1] », non ?
Après cette brillante repartie, j'ai préféré allumer la radio.

Quand nous sommes arrivés près de la ferme voisine de chez les McCranie, des véhicules encombraient déjà

1. En anglais *Tar heel* : surnom de l'État de Caroline du Nord, probablement dû à la résine de pin produite jadis en abondance dans la région. *(N.d.T.)*

tout un côté de la route. Cette fois, le groupe comportait la Land Rover de Tim Larabee, une voiture de patrouille de la police, le camion technique de la police de Charlotte et le fourgon de la morgue.

Côté badauds, deux gamins aux jambes grêles de l'autre côté de la route, avec tout un attirail de pêche attaché sur leur vélo. Pas trop mal. Cela dit, il n'était jamais que huit heures du matin. D'autres curieux ne manqueraient pas de débarquer, sitôt l'armada repérée. Des passants, des voisins, peut-être des journalistes. Tout un petit monde salivant à l'idée d'avoir un aperçu du malheur d'autrui.

Larabee était sur la pelouse en compagnie de Joe Hawkins, des deux techniciens qui nous avaient aidés à récupérer les os d'ours et d'une paire de flics de Charlotte en uniforme. Un Noir et un Blanc.

Quelqu'un avait fait un tour au Krispy Kreme du coin, de sorte que tout le monde, sauf le flic noir, avait dans les mains un gobelet et un beignet.

Boyd a fait un tel bond quand je l'ai laissé dans la voiture qu'il s'est presque assommé contre le toit. Puis il a sorti sa gueule à l'extérieur autant que le lui permettaient les quinze centimètres d'ouverture laissés par la vitre et a entrepris de la laver avec sa langue. Ses aboiements nous ont accompagnés pendant tout le temps qu'il nous a fallu pour rejoindre le petit groupe au milieu de la pelouse.

J'ai présenté Ryan comme un collègue de la police de Montréal, de passage à Charlotte. Larabee nous a exposé son plan d'action pour la journée. La présence de Ryan a paru aiguiser vaguement la curiosité du duo Poivre et Sel, jusque-là accablé de chaleur et d'ennui.

— Apparemment, la propriété est abandonnée. Les officiers de police vont en faire le tour. Qui sait ? Ils dénicheront peut-être quelqu'un qui s'intéresse à leur mandat de perquisition.

L'agent Sel s'est dandiné d'un pied sur l'autre et a enfourné son dernier morceau de beignet saupoudré de chocolat. Son collègue Poivre a croisé les bras sur sa poitrine. Des biscoteaux aussi gros et solides que des racines de banian.

— Quand ils nous auront donné le feu vert, nous parcourrons les lieux avec le chien. On verra comment il réagit à la situation.

— Il s'appelle Boyd, ai-je dit.

— Il est sociable ? a demandé la technicienne à Lunettes-de-grand-mère.

— Offrez-lui un beignet, vous vous en ferez un copain pour la vie.

Elle a tourné la tête vers le chow-chow. Un soleil grenat s'est réverbéré dans l'un de ses verres.

— Boyd détermine l'endroit. Après, nous, on creuse, a continué Larabee. Nous prélevons tout reste humain jugé suspect par notre anthropologue ici présente. Le mandat nous autorise à fouiller partout. Tout le monde a compris ?

Hochement de tête général.

Dix minutes plus tard, les flics étaient de retour.

— Aucun signe de vie dans la maison, et les bâtiments annexes sont vides, a annoncé l'agent Sel.

— L'endroit est aussi plaisant qu'une décharge pour déchets toxiques, a ajouté Poivre. À vous, maintenant.

— Très bien, a fait Larabee en me regardant. Vous trois, vous prenez la moitié ouest pendant que nous deux (il désignait Hawkins), nous nous chargeons de l'est.

— Et nous serons rendus en Écosse avant vous, a chantonné Ryan.

Devant l'air ahuri de Larabee et de Hawkins, j'ai jugé bon d'expliquer :

— Monsieur est canadien.

— Dès que Boyd flaire quelque chose, prévenez-moi avec ça, a dit encore Larabee en me tendant une radio.

J'ai hoché la tête et suis allée chercher le chien. Il brûlait de nous rendre service.

La ferme n'en était pas vraiment une. Mon bout de jardin produit bien plus de légumes et de petites herbes.

Ici, l'espèce la plus répandue, c'était le kuzu.

Ma belle Caroline du Nord, pays de montagnes et de plages magnifiques, royaume des cornouillers, des azalées et des rhododendrons, te voilà dans la poisse à cause du kuzu.

La *Pueraria lobata*, originaire de Chine et du Japon, est exploitée comme herbe à fourrage et comme antidote à l'érosion des sols. C'est en 1876 qu'un génie de l'horticulture décida de l'importer aux États-Unis, considérant qu'elle ferait un excellent ornement de jardin.

Arrivée dans nos contrées du Sud, cette vigne vierge de la famille des légumineuses n'a pas eu besoin d'y regarder à deux fois pour se croire au paradis.

À Charlotte, les soirs d'été, vous pouvez l'entendre pousser. Mon amie Anne soutient qu'elle a posé un marqueur devant le bout d'une tige, un jour, et qu'en vingt-quatre heures de temps la plante avait progressé de cinq centimètres.

Du kuzu courait le long de la barrière rouillée, au fond de la propriété. Il avait pris d'assaut les poteaux électriques, enseveli arbres et buissons et recouvrait la demeure et les constructions annexes.

Boyd n'en avait que faire. La truffe au ras du sol, il frétillait comme la veille au soir pendant la promenade et m'entraînait d'un chêne enrobé de kuzu à un magnolia à demi étouffé, ou du puits à l'appentis abritant la pompe hydraulique.

En dehors du creux près de la haie, resté après

l'excavation des ours, rien n'a suscité son excitation sauf, bien entendu, quelques écureuils et tamias.

Boyd de Baskerville.

Vers onze heures, les moustiques m'avaient tellement vidée de mon sang que j'en étais à envisager une transfusion. Boyd ne laissait même plus traîner sa langue sur le sol. Quant à Ryan, il avait bien lâché mille fois des « merde ! » retentissants. J'avais fini par m'y rallier.

De gros nuages couleur de plomb commençaient à s'amasser au-dessus de nos têtes, la lumière baissait rapidement, l'air devenait lourd. Une petite brise anémique laissait présager une menace de pluie.

— À quoi bon tout ça ! Le chien n'a pas remué une fois un poil de moustache, sinon près de la haie des McCranie.

J'ai penché la tête jusqu'à mon épaule afin de m'éponger un côté du visage avec mon T-shirt.

— Il t'a aussi reniflé discrètement le derrière... Ah-ah !

Hooch ! Tu croyais que je ne t'avais pas vu !

Boyd a regardé Ryan et s'est remis à flairer un rocher.

— Ryan, il faut faire quelque chose.

— On en fait déjà une.

J'ai levé un sourcil.

— On transpire.

J'ai roulé les yeux d'une façon qui m'aurait valu les compliments de Katy. Ryan, lui, continuait sur sa lancée :

— Je trouve même qu'on fait ça avec un certain talent.

— Repassons une dernière fois le long de la haie pour que Boyd se remémore ce que nous cherchons, et refaisons un dernier tour général. Si on ne trouve rien, on arrêtera.

— Ça a quelque chose d'un programme, a approuvé Ryan.

J'ai enroulé la laisse autour de ma main et j'ai tiré. Boyd a relevé les yeux et m'a fait son jeu de sourcils. Manifestement, il avait des doutes sur l'utilité de cette dernière promenade.

— Il commence à en avoir marre, a fait remarquer Ryan.

— On va lui trouver un écureuil.

Nous sommes repartis, Boyd nous a emboîté le pas. Nous progressions par allers et retours parallèlement aux bâtiments derrière la maison. Le chien s'était lancé dans sa routine de reniflette, arrosage et grattage du sol.

Tout en folâtrant, nous sommes arrivés à un petit appentis recouvert de kuzu. Boyd a reniflé la terre et levé une patte. Ensuite, il a fait deux pas en avant et a bondi sur place, les pattes arrière à l'horizontale. Répétant la manœuvre, il a avancé le long du mur en remuant la queue.

Flairer. Lever la patte. Arroser. Un pas en avant, un pas en avant. Petit bond des pattes arrière, petit bond des pattes arrière.

Flairer. Lever la patte. Arroser. Un pas en avant, un pas en avant. Petit bond des pattes arrière, petit bond des pattes arrière.

— On ne peut pas dire, il a du rythme ! a déclaré Ryan.

— Il se prend pour Barychnikov.

Je m'apprêtais à tirer sur la laisse pour l'arracher à ce hangar quand j'ai senti un changement dans la tonicité de ses muscles. Sa tête et ses oreilles s'étaient pointées en avant, son ventre s'était creusé.

Un temps.

Le museau par terre.

Encore un temps.

Les muscles raidis, Boyd a inhalé puis expiré avec bruit, faisant voler les feuilles mortes au ras du sol.

Brusquement, il s'est immobilisé.

Le temps d'un battement de cœur. Une éternité.

Ses oreilles se sont aplaties, les poils de son cou se sont hérissés et un son terrifiant, plus macabre qu'un grondement, est remonté lentement le long de sa gorge.

Les petits cheveux de ma nuque se sont dressés à la verticale. Cette plainte, je la connaissais bien.

Avant même que j'aie eu le temps de le dire à Ryan, le chien s'était lancé dans des aboiements frénétiques, les babines retroussées sur ses dents luisantes.

— Du calme, Boyd !

Il se jetait en avant, bondissait en arrière et recommençait, déterminé à faire entendre partout sa menace.

J'ai resserré les doigts autour de sa laisse, les deux pieds ancrés au sol.

— Tu peux le tenir ?

Sans un mot, Ryan m'a relayée.

Le cœur battant, j'ai fait le tour de la cabane à la recherche d'une porte.

La radio a grésillé, Larabee a dit quelque chose.

J'ai trouvé l'entrée sur la façade sud, opposée à la maison. Écartant délicatement des toiles d'araignée, j'ai tiré sur la porte.

Sans résultat.

J'ai examiné le chambranle de haut en bas. Deux clous maintenaient le battant fermé. Des clous qui paraissaient neufs, comparés au bois, sec et en partie désagrégé.

Le chow-chow était toujours aussi excité, bien que Ryan le tienne fermement en l'incitant au calme à grand renforts de « Hooch » et de « Boyd ».

À l'aide de mon couteau suisse, j'ai dégagé le premier clou, puis le second.

À la radio, Larabee avait une petite voix grêle, comme s'il me parlait d'une autre galaxie.

J'ai enfoncé le bouton et lui ai indiqué ma position.

J'ai tiré une nouvelle fois sur la poignée. La porte s'est ouverte en grinçant. Une odeur fétide et terreuse s'est échappée du local, miasmes d'ordures et de feuilles mortes laissées trop longtemps au soleil. Des mouches se sont envolées en bourdonnant.

Me couvrant la bouche et le nez d'une main, j'ai passé la tête à l'intérieur.

Les mouches s'étaient infiltrées dans le hangar par les interstices des planches et dansaient dans les rais de lumière. Lentement, mes yeux se sont adaptés à la pénombre.

— Putain ! Manquait plus que ça !

11.

Ce que j'avais sous les yeux, c'était des chiottes.

À une époque, *Chez Toilette* * avait offert à ce lieu le *nec plus ultra* du confort et de la technologie en matière de fosses d'aisances : système antimouches, papier toilette, cuvette épatante avec couvercle à charnières.

Mais de tout cela, il ne restait que des bandes de papier collant desséchées et craquelées, une tapette à mouches rouillée, deux trous à hauteur de la main quand on était assis pour enfoncer un taquet et tenir la porte fermée, un tas de bois et un couvercle ébréché, à la peinture rose écaillée.

Tout au fond de la cabane, une ouverture dans les planches laissait apparaître un trou d'environ dix centimètres sur dix.

La puanteur, familière, faisait remonter des souvenirs de colonies de vacances, de parcs nationaux et de villages du tiers-monde. Mais ici, l'odeur était en quelque sorte plus douce, moins agressive.

Ajoutant tout bas une épithète aux jurons que Ryan et moi avions laissés échapper pendant la promenade de reconnaissance avec Boyd, j'ai lâché en guise de conclusion :

— Mais quelle chierie !

Il n'y avait pas trois mois de ça, j'avais trempé jusqu'aux coudes dans une fosse septique. Je m'étais bien juré de ne plus jamais bosser au milieu d'excréments.

Et maintenant, des chiottes.

— Chierie de merde !

— Pas très distingué, s'est exclamé Larabee en tendant le cou par-dessus mon épaule.

Je me suis écartée. Derrière nous, Boyd continuait à aboyer avec frénésie et Ryan à tenter de le calmer.

— Jugez-en vous-même !

J'ai écrasé un moustique qui se régalait sur mon bras.

Larabee a baissé la tête vers l'orifice et l'a relevée dans l'instant.

— C'est possible que Boyd ait seulement été excité par l'odeur ?

J'ai fait une grimace dubitative.

— Possible. Mais tel que je vous connais, vous allez vouloir vous convaincre que vous n'êtes pas tombé sur la sépulture de Jimmy Hoffa [1]. Vous assurer que personne n'est venu lui pisser dessus.

— Sur lui ou sur quelqu'un d'autre, a dit Larabee en ouvrant la porte de l'appentis. Parce que pour lui, la finale s'est jouée au temps d'Eisenhower.

— Quoi qu'il en soit, il a dû se passer un sale turbin ici.

— Ouais.

— Des suggestions ? ai-je demandé en agitant la main devant mon visage pour chasser les moucherons.

1. Célèbre représentant du Syndicat des routiers incarcéré pour les liens de sa centrale avec le crime organisé (notamment par le biais des fonds de pension). Libéré sous condition avant terme, il a été enlevé en 1975 par la Mafia et personne n'a plus jamais entendu parler de lui. *(N.d.T.)*

— Faire venir une excavatrice.

— On pourrait commencer par jeter un coup d'œil dans la maison. Essayer de voir quand le fermier a cassé sa tirelire pour faire installer la plomberie ?

— Trouvez-moi un os humain, et la police scientifique me fera des gros plans de tous les tuyaux sous l'évier.

À la septième remontée d'excréments, un métacarpe est apparu.

Cela faisait trois heures que je travaillais dans la cabane avec Ryan et Joe Hawkins. Un seau après l'autre, la fosse d'aisances nous livrait son trésor.

Un trésor qui se composait surtout de tessons de verre et de faïence, de morceaux de papier, de gros bouts de plastique, d'ustensiles rouillés, d'os d'animaux et de litres de matière organique d'un noir profond.

L'opérateur de l'excavatrice écopait, déposait et attendait. Hawkins répartissait le butin en piles, les os d'un côté, les déchets de l'autre. Ryan transportait les seaux jusqu'à mon tamis. Et moi, j'inspectais la merde.

L'optimisme nous gagnait. La partie squelette du trésor se révélait d'origine strictement culinaire. Aucun os provenant d'un être humain. Et des os dépouillés de chair, contrairement à ceux que Boyd avait découverts près de la haie des McCranie.

Des animaux morts depuis un bon bout de temps.

Il était quinze heures sept lorsque le métacarpe a fait son entrée en scène.

Je l'ai examiné attentivement, cherchant un détail susceptible de faire naître le doute.

En vain. L'os avait bien fait partie d'un pouce capable de faire de l'auto-stop, de tourner des spaghettis sur une fourchette, de jouer de la trompette ou d'écrire un sonnet.

Je me suis laissé aller, les yeux fermés.

Je les ai rouverts très vite en entendant des pas. Larabee contournait le tas de planches qui jusqu'à tout à l'heure constituait encore un appentis. J'ai demandé :

— Boyd ne vous ennuie pas ?

— Il se prélasse au frais sur la pelouse devant la maison.

C'est sympa, les chows-chows, ça tient agréablement compagnie.

En voyant mon expression, son sourire s'est évanoui.

— Vous avez trouvé quelque chose ?

J'ai tendu la main vers lui, le métacarpe que je venais de découvrir placé juste en dessous de mon pouce.

— Zut !

Ryan et Hawkins nous ont rejoints près du tamis. Le premier a fait écho au médecin chef, le second a gardé ses réflexions pour lui.

L'opérateur de l'excavatrice a descendu une bonne partie de sa bouteille d'eau, calé en arrière dans son siège, ses pieds chaussés de grosses bottes posés sur le tableau de bord de sa machine.

— Et maintenant, on fait quoi ? m'a demandé Larabee.

— On devrait pouvoir continuer comme ça. L'opérateur travaille avec finesse, et le trou correspond parfaitement à la forme de sa pelle. De toute façon, on ne risque pas d'endommager ce qui se trouve là-dedans plus que ça ne l'est déjà.

— Je croyais que vous détestiez les excavatrices ?

— Ouais, mais lui, il connaît son boulot.

D'un même mouvement, nous nous sommes tournés vers le type en question. Difficile d'avoir l'air moins captivé.

Pour l'intéresser, il faudrait lui faire ingurgiter de force des poignées d'excitants.

Le tonnerre a grondé au loin. Le ciel était maintenant sombre et menaçant.

— Combien de temps vous faut-il encore ? a demandé Larabee.

— On touche le fond. Dans les dernières remontées, il y avait déjà un peu de sol stérile.

— Bien, a fait Larabee. Je vais lâcher les limiers de la scientifique sur la maison.

Il s'est redressé.

— Tim ?

— Ouais ?

— Il serait peut-être temps d'appeler aussi la Crime.

Nous avons fini juste au moment où les premières gouttes se mettaient à tomber.

J'ai levé le menton, emplie de gratitude pour l'humidité rafraîchissante.

J'étais épuisée. Surtout, je n'en revenais pas de me retrouver avec cette masse de travail juste au moment où je ne rêvais que d'une chose : m'adonner à la liberté.

Ce n'est pas ma grand-mère qui aurait compati à ma déception. Élevée à la dure par des bonnes sœurs, elle était intraitable pour tout ce qui touchait au sexe. Alors, vous pensez, une partie de jambes en l'air sans l'approbation de monsieur le curé... et en dehors des liens du mariage, par-dessus le marché !

Quatre-vingt-neuf ans de vie sur terre n'avaient pas ébranlé ses positions. À ma connaissance, elle n'avait jamais admis la moindre entorse à la règle.

J'ai regardé Ryan empaqueter les os d'animaux dans un grand sac-poubelle.

Hawkins enfermait les restes humains dans un récipient en plastique. Il a sorti d'un sac à fermeture Éclair une fiche de récupération et a entrepris de la remplir.

Lieu de la découverte : OK. Renseignement connu. Il a coché la case.

Nom du décédé, âge, race, sexe, date de la mort : cinq lignes blanches.

État du corps : squelette.

Plus précisément, un crâne, une mâchoire inférieure, trois vertèbres cervicales et plusieurs os formant la plus grande partie d'une main droite et d'une main gauche.

Nous avions tout examiné et tout repassé une nouvelle fois au tamis sans rien trouver d'autre.

Hawkins a recopié sur une étiquette le numéro de sa fiche et l'a glissée à l'intérieur du récipient.

J'ai regardé autour de moi. Quelqu'un avait été tué ici : sa tête et ses mains avaient été sectionnées et jetées dans la fosse, et son corps transporté ailleurs.

Ou alors la tuerie avait eu lieu loin d'ici, et la tête et les mains avaient été apportées à la ferme pour qu'on s'en débarrasse.

Il n'est pas rare qu'un meurtrier coupe la tête et les mains de la victime. Plus d'identification dentaire, plus d'empreintes digitales.

Mais ici, dans cette partie reculée du comté de Mecklenburg ?

J'ai fermé les yeux et laissé la pluie ruisseler sur mon visage.

Qui était la victime ?

Depuis combien de temps ces morceaux de corps macéraient-ils dans la fosse ? Où se trouvait le reste du cadavre ?

Pourquoi deux os de la main avaient-ils été enterrés avec des ours ? Quelqu'un avait-il été tué en même temps que les animaux ?

— Prête ?

La voix de Ryan m'a fait réintégrer le présent.

— Quoi ?

— Tout est emballé.

Nous avons contourné la maison et débouché à l'avant de la propriété. Une Taurus blanche venait de se ranger parmi les voitures et les fourgons garés sur le bas-côté de la route. Côté conducteur, un gros homme s'en extrayait, une cigarette au coin de la bouche.

Un second s'extirpait du siège du passager. Grand, maigre, avec de longues jambes qu'il a sorties l'une après l'autre en s'agrippant à l'armature de la portière.

Un soupir m'a échappé.

— Super !

— C'est qui ? a demandé Ryan.

En chemin vers sa voiture, accompagné de Hawkins, Larabee s'était arrêté pour échanger quelques mots avec eux.

— Laurel et Hardy.

— Pas très charitable.

— Rinaldi, passe encore. Mais Slidell, même Jerry Springer n'en voudrait pas dans son show.

Skinny Slidell exhalait un dernier jet de fumée. Ayant écrasé son mégot, il s'est dirigé vers nous d'une démarche pesante. Son coéquipier lui a emboîté le pas.

Un type monté sur échasses et vêtu par Hugo Boss, ce Rinaldi. Et qui déplace son mètre quatre-vingt-douze et ses soixante-douze kilos par petits bonds élastiques.

Dix-neuf ans que Skinny Slidell et Eddie Rinaldi font la paire. À la police, personne ne comprend leur attirance l'un pour l'autre.

Slidell est débraillé ; Rinaldi toujours tiré à quatre épingles. Slidell se shoote au cholestérol ; Rinaldi ne jure que par le tofu. Slidell est un fan des rocks du bon vieux temps ; Rinaldi n'aime que l'opéra. En matière de vêtements, Slidell n'a qu'une seule exigence : le bleu électrique ; Rinaldi porte exclusivement des costumes sur mesure.

Et la liste se poursuit sur des kilomètres.

— Salut, doc, a fait Slidell en tirant un mouchoir chiffonné de sa poche arrière.

Je lui ai rendu son bonjour.

— C'est pas tant la chaleur que l'humidité, pas vrai ?

Il a passé son carré jauni sur son front et l'a remis à sa place, en l'enfonçant avec le dos de ses doigts.

— La pluie va nous apporter de la fraîcheur.

— Si Dieu le veut.

Slidell a la peau du visage tellement distendue qu'elle lui fait des poches en forme de croissant sous les yeux et pendouille sous sa mâchoire. À croire qu'on a tiré dessus très fort et pendant longtemps.

— Docteur Brennan, a fait Rinaldi.

Lui, c'est le portrait craché de ce personnage de Peanuts dont j'oublie toujours si c'est Linus ou Pigpen : des cheveux raides, clairsemés sur le haut du crâne avec des touffes sur les côtés. Aujourd'hui, il avait tombé la veste, mais conservé sa cravate bien serrée autour du kiki.

J'ai présenté Ryan. Poignée de main générale. Boyd est arrivé au petit trot et a reniflé la braguette de Slidell. Je l'ai attrapé par le collier et tiré brutalement en arrière.

— Salut, la fille ! a fait Slidell en se pliant en deux pour fourrager dans la fourrure du chien.

Un grand T humide s'étalait sur le dos de sa chemise.

— Il s'appelle Boyd.

— Toujours rien dans l'affaire Banks, a-t-il annoncé en se redressant. Pas signe de vie de la petite maman. Alors, comme ça, vous vous êtes dégotté un macchab dans les chiottes ?

J'ai décrit les restes. Le visage de Slidell est resté flasque pendant tout mon rapport. À un moment, une étincelle est passée dans le regard de Rinaldi. Trop fugace pour que je puisse jurer l'avoir vue.

— Résumons la situation, a déclaré Slidell sur un ton sceptique. D'après vous, les os retrouvés avec ceux des ours proviendraient d'une des mains dégottées dans ce merdier ?

— Tout est conforme et il n'y a pas de doublon.

— Et comment auraient-ils sauté hors des chiottes, selon vous ?

— À vous de le découvrir, détective.

— Une idée de quand la victime a été balancée là-dedans ? a encore demandé Slidell.

J'ai secoué la tête.

— Son sexe ? a demandé Rinaldi.

— Non plus.

Le crâne était grand, mais toutes les autres caractéristiques permettant de déterminer le sexe étaient de taille moyenne. Rien de robuste, mais rien de gracile non plus.

— La race ?

— Blanche. Mais je vérifierai.

— Vous en êtes sûre, ou pas vraiment ?

— Assez sûre. L'ouverture nasale est étroite, la pente du nez accentuée et la bosse des pommettes placée en avant sur le visage. À première vue, un crâne européen tout ce qu'il y a de plus classique.

— L'âge ?

— D'après les doigts, l'individu avait achevé sa croissance. Les dents ne sont pas très usées et les sutures crâniennes minimes.

Rinaldi a sorti de sa poche de chemise un agenda en cuir.

— Ce qui signifie ?

— Adulte.

Rinaldi a noté mes informations.

— Il y a encore un détail.

Les deux hommes m'ont regardée.

— Deux trous laissés par des balles à l'arrière de la tête. Petit calibre. Du vingt-deux, probablement.

— C'est gentil d'avoir gardé ça pour la fin, a dit Slidell. Vous n'auriez pas retrouvé à côté un pistolet au canon fumant, par hasard ?

— Ni pistolet ni balle. Rien qui puisse servir à la balistique.

— Pourquoi est-ce que Larabee se tire aussi vite ? a fait Slidell en montrant du menton les voitures.

— Il donne une conférence ce soir.

Rinaldi a souligné une phrase dans ses notes et rangé son stylo dans le passant du calepin prévu à cet effet.

— On entre ? a-t-il demandé.

— Je vous rejoins dans une minute.

Je suis restée sous le magnolia à écouter bruire la pluie sur le feuillage. Inconsciemment, je reportais le moment de m'atteler à ce que je ne pouvais éviter. Une partie de moi, la scientifique, était curieuse de découvrir l'identité de la victime balancée dans la fosse d'aisances. Une autre rêvait de tourner les talons et de ne plus jamais participer à la dissection d'un cadavre.

Mes amis me demandent souvent comment je peux passer ma vie à tripoter les gens décédés. Si ça n'entame pas mon respcct pour la vie. Si ça ne me rend pas la mort banale.

J'ai une réponse toute prête pour désamorcer ce genre de questions : les médias. Tout le monde entend parler de mort violente. La presse regorge d'articles traitant de meurtres ou d'accidents d'avion. Le public connaît les statistiques, regarde les informations, suit les procès à la télé. La différence ? C'est que, moi, je vois les carnages de plus près.

Ça, c'est ce que je dis. Mais en vérité, je pense beaucoup à la mort. Face à des salopards qui s'étripent entre eux, je peux faire preuve de philosophie. Mais quand j'ai sous les yeux des cadavres d'enfants ou de malheureux dont le simple tort a été de croiser la route d'un psychopathe obéissant à des ordres venus d'une autre planète ou d'un camé en manque ; quand je me retrouve en train de disséquer un innocent pris dans une ronde d'événements qui le dépassent, alors là, mon blindage se fissure, la pitié me submerge et je reste démunie.

Dans ma réticence à parler de mon métier, mes amis voient une preuve de stoïcisme, d'éthique professionnelle, ou encore le souci de ménager leur sensibilité. Ce n'est pas ça. En fait, cela tient davantage à moi qu'à eux. Après une journée de travail, j'ai besoin d'abandonner tous ces cadavres froids et muets à leur acier inoxydable. J'ai besoin de ne plus y penser. De lire, de voir un film, de parler d'art ou de politique. Besoin d'effectuer un rétablissement, de me rappeler que la vie ne se résume pas à la violence et à la mutilation ; qu'elle a bien d'autres choses à offrir.

Cependant, arriver à confiner ses émotions derrière une porte étanche est plus facile à dire qu'à faire. Bien souvent, mon esprit tourne en boucle et revient sans cesse à l'horreur, malgré mes beaux discours rationnels.

Une petite voix s'est fait entendre dans ma tête, pendant que je suivais des yeux Slidell et Rinaldi.

À ta place, je ferais gaffe. Cette affaire semble partie pour entrer dans la catégorie des cas pénibles.

Une bourrasque de vent a soulevé les branches du magnolia. Des feuilles mortes et des fleurs sont tombées à mes pieds. Le kuzu est devenu une mer parcourue de vagues.

Boyd s'est mis à tournicoter autour de mes jambes en faisant aller ses yeux de la maison à moi.

— Qu'est-ce que tu veux ?

Il a gémi.

— Poule mouillée !

Ce chien peut se jeter sur un rottweiler sans battre d'un cil mais, dès que l'orage gronde, il est paniqué.

— On y va ? a lancé Ryan.

— On y va !

Voix de contralto digne de Walter Mitty [1].

J'ai couru vers la maison. Ryan a suivi. Boyd nous a dépassés.

Un dernier bond me faisait atterrir dans la véranda quand la porte moustiquaire s'est entrebâillée sur Slidell. Il avait abandonné sa cigarette pour un cure-dents en bois qu'il roulait entre le pouce et l'index :

— Z'allez merder votre Calvin Klein quand vous aurez vu ce que j'ai vu.

1. *La Vie secrète de Walter Mitty* : film de Norman Z. McLeod avec Danny Kaye, tiré du livre éponyme de James Thurber. *(N.d.T.)*

12.

Il faisait un bon trente-huit degrés dans la maison. L'air était lourd et sentait le moisi et cette odeur particulière des endroits restés longtemps inhabités.

— En haut, a dit Slidell, et il a disparu derrière une double porte, Rinaldi sur ses talons.

Un bruit de bottes a bientôt résonné au-dessus de ma tête.

Entre l'auvent de la véranda, le kuzu omniprésent, les moustiquaires des fenêtres crasseuses et l'orage sur le point d'éclater, il faisait aussi noir que dans un souterrain.

Difficile de respirer et de voir quoi que ce soit. Une impression sinistre, venue de nulle part, s'est abattue sur moi. Tout au fond de mon cerveau, quelque chose s'est mis à scander : « Attention, danger imminent. »

Je haletais. Ryan m'a caressé l'épaule. J'ai voulu saisir sa main. Trop tard, il l'avait retirée.

Lentement, mes yeux se sont adaptés.

Nous étions dans une salle de séjour. Au sol, un tapis rouge à longs poils avec des taches bleu marine ; aux murs, un lambris imitant le pin. Un divan et un fauteuil Early American recouverts d'un tissu écossais rouge et bleu, tous deux parsemés de papiers de bonbons, de crottes de souris et de bourre de coton. Accoudoirs et pieds en bois.

Au-dessus du canapé, un dessin représentant le marché aux puces de Saint-Ouen à Paris par une belle journée de printemps, avec une tour Eiffel disproportionnée dans le fond ainsi qu'une étagère sculptée où s'entassaient des animaux en verre. D'autres figurines en rang d'oignons sur les corniches en bois au-dessus des fenêtres.

Des cannettes de bière et de sodas variés rassemblées sur des plateaux en plastique avec des pieds articulés en métal, d'autres par terre sur le tapis. Un paquet de Cheetos et des chips au maïs. Une boîte en fer de biscuits Pringles.

J'ai relevé les yeux.

Une porte à double battant est entrée dans mon champ de vision. Derrière, une salle à manger avec une table ronde en érable et quatre fauteuils pliants en toile garnis de coussins à volants rouge et bleu. Sur la table, un panier renversé d'où s'étaient éparpillées des fleurs en plastique. Des emballages de plats à emporter, d'autres cannettes et bouteilles vides. À droite, un escalier pentu.

Dans le fond, donnant sur la cuisine, une porte battante comme chez ma grand-mère : en bois biseauté avec un carré en plastique là où on pose la main.

Là où une grande personne pose la main. Chez nous, grand-mère passait des heures à essuyer la gelée de raisin, le pudding et nos traces de doigts d'enfants en dessous du carré.

L'appréhension a recommencé à bourdonner à mes oreilles. Des bruits de tiroirs qu'on ouvre et qu'on referme ont volé jusqu'à moi.

Boyd, les pattes avant sur le divan, tendait le cou pour renifler un papier de Kit Kat. Je l'ai fait redescendre.

Ryan a été le premier à exprimer une opinion :

— Je dirais que la décoration remonte à l'époque où on a creusé les latrines.

— Quand même, quelqu'un s'est donné du mal... Le tableau, les animaux en verre, le rappel de rouge et de bleu.

— Joli, a émis Ryan avec un hochement de tête faussement admiratif. Et patriotique.

— Le fait est que quelqu'un a mis un peu de son cœur dans cette maison avant qu'on en fasse un taudis.

Boyd s'était rapproché du divan en catimini, la langue pendante.

— Je vais l'attacher dehors, il y sera plus au frais.

Protestation purement symbolique du chien, quand je l'ai entraîné.

À mon retour, Ryan avait disparu.

Avançant à petits pas, j'ai traversé la salle à manger et poussé du coude la porte battante.

Une cuisine comme on en trouve dans toutes les vieilles fermes : des kilomètres de plan de travail courant d'un bout à l'autre du mur de droite et supportant divers appareils ménagers ; tout au bout, un Kelvinator. Plus près de moi, une glacière. Entre les deux, du Formica. De vieux placards en bois au-dessus et en dessous. Sous l'unique fenêtre, un bac en faïence blanche, pièce maîtresse des lieux.

Aller du fourneau à l'évier ou de l'évier au réfrigérateur, c'était toute une promenade. Comparée à la mienne, cette cuisine était monumentale.

Deux portes dans le mur de gauche. Ouvertes toutes les deux. L'une donnant sur un office, l'autre sur un escalier menant au sous-sol.

Au centre de la pièce, une table en chrome et Formica. Six chaises autour. Armature en chrome, assise en plastique rouge.

La table, les chaises et toutes les surfaces de la pièce étaient déjà saupoudrées de poussière noire. Plantée devant le réfrigérateur, Mlle Bésicles faisait des gros plans des empreintes sur la porte. Sans bouger l'œil de l'objectif de son appareil photo, elle m'a lancé :

— Je crois que les autres sont en haut.

Revenue dans la salle à manger, j'ai grimpé l'escalier.

Un rapide tour de l'étage a révélé trois chambres à coucher, le reste du couloir étant dévolu à un glorieux WC des temps modernes. Comme au rez-de-chaussée, le décor du sanitaire devait dater des années 1950.

Ryan, Slidell, Rinaldi et le technicien de la police scientifique étaient dans la chambre à coucher nord-est. Tous les quatre penchés sur la commode. Quand je me suis encadrée dans la porte, ils ont relevé la tête en même temps.

Slidell s'est gratté et a fait passer son cure-dents d'un coin de sa bouche à l'autre.

— Pas mal, hein, la chaumière du bonheur ?

— Qu'est-ce que vous avez trouvé ?

Il a désigné la commode du geste de Vanna White dévoilant le gros lot.

Avec son papier peint parsemé de violettes brunies par le temps, son fauteuil et ses rideaux assortis, son odeur de moisi et sa chaleur étouffante, la chambre avait tout d'une serre.

Par terre, un cadre tordu au verre fendu était appuyé contre la plinthe : photo écornée d'un petit bouquet de violettes, découpée dans un magazine.

Je me suis avancée pour jeter un coup d'œil à ce qui monopolisait l'attention générale.

Le bourdonnement dans ma poitrine s'est carrément électrifié.

J'ai levé les yeux sans comprendre.

— Et voici le bourreau d'enfant, a dit Slidell. Approchez donc, admirez tout votre saoul !

C'était bien inutile, j'avais reconnu l'objet. Ce que je ne comprenais pas, c'était ce qu'il fichait là. Dans cette chambre abominable avec ces fleurs hideuses.

Mes yeux se sont reposés sur le rectangle en plastique blanc.

Du cadre entouré de rouge en bas à gauche me souriait une jeune fille aux cheveux crépus : Tamela Banks. En haut, sur une bande bleue, se détachaient les mots : État de Caroline du Nord. À côté, en rouge sur fond blanc : DMV. Département des véhicules motorisés.

J'ai relevé les yeux.

— Vous avez trouvé ça où ?

— Sous le lit, a répondu le type de la scientifique.

— Je vous dis pas la saleté ! a précisé Slidell. Un bioterroriste en mouillerait son slip.

— Mais que fait ici le permis de conduire de Tamela ?

— Elle a dû venir à la ferme avec ce défoncé de Tyree.

Pourquoi ? me suis-je répété tout bas. Ça n'avait aucun sens.

Le technicien s'en est allé dans la pièce d'à côté poursuivre ses investigations.

— T'en penses quoi, détective ? a fait Slidell en pointant son cure-dents sur son coéquipier. Ça aurait un rapport avec les deux kilos de poudre qu'on a trouvés au sous-sol ?

J'ai regardé Rinaldi. Il a hoché la tête. J'ai suggéré :

— Peut-être que Tamela a perdu son permis. Qu'on le lui a volé ?

Slidell a gonflé les lèvres et fait rouler son cure-dents de l'autre côté de sa bouche, avant de se tourner vers Ryan, en quête de soutien macho.

— Z'en pensez quoi de ces théories, lieutenant ?

— Tout est possible, a répliqué Ryan en levant les

épaules. Si la reine d'Angleterre en est à inviter Camilla au concert du jubilé d'or...

Le visage de Slidell s'est contracté. Une goutte de sueur venait de rouler droit dans son œil gauche. J'ai demandé :

— Vous avez fait des recherches sur les propriétaires ?

Nouveau roulis du cure-dents pendant qu'il extrayait son calepin de sa poche arrière.

— La propriété n'a pas beaucoup changé de mains.

Il s'est interrompu pour se plonger dans ses notes. Nous avons attendu patiemment qu'il veuille bien reprendre son exposé.

— De 1956 à 1986, elle a appartenu à Sander Foote qui l'avait reçue de son papa, Romulus, lequel la tenait de son papa à lui, qui la tenait d'un autre Romulus, etc., a fait Slidell en faisant tournoyer son poignet. Les fiches d'impôts d'avant 1956 font état de plusieurs Romulus Sander. Pas vraiment en rapport avec les événements d'aujourd'hui.

— Non, en effet.

Je commençais à m'impatienter.

— À la mort de Foote, en 1986, la ferme est allée à sa veuve, Dorothy Jessica Harrelson Oxidine Pounder Foote. Une dame qui aimait convoler... C'est la troisième Mme Foote. Mariage sur le tard, pas d'enfants. Il avait soixante-douze ans ; elle, quarante-neuf. Après, les choses se corsent.

S'il continuait, j'allais le secouer comme un prunier !

— En fait, elle n'a pas vraiment hérité de la ferme. Dans son testament, Foote stipule que sa veuve peut occuper les lieux jusqu'à sa mort, avec son fils d'un précédent mariage qui, lui, pourra y demeurer jusqu'à ses trente ans... Quand même, une sacrée vieille bique, ce Foote ! n'a pu se retenir de commenter Slidell avec un hochement de tête convaincu.

— Parce qu'il voulait offrir un toit au fils de sa femme jusqu'à ce qu'il soit établi dans la vie ? ai-je demandé en m'efforçant de conserver mon calme.

Le vent s'était levé. Des branches d'arbre ont raclé la moustiquaire.

— Et après ? est intervenu Ryan.

— Après, la maison doit revenir à la fille de Foote issue de son premier mariage.

Un roulement sourd a retenti dans le jardin, comme s'il parcourait toute la pelouse.

— Dorothy Foote est toujours en vie ?

— Morte il y a cinq ans.

Slidell a refermé son calepin et l'a renfoncé dans sa poche. J'ai demandé :

— Et son fils a déjà trente ans ?

— Vingt-sept.

— Il habite ici ?

— Techniquement, oui.

— Comment ça ?

— Le petit salaud loue la baraque pour se faire du blé.

— Le testament l'y autorise ?

— Il y a deux ans, la fille de Foote a demandé à un avocat d'y regarder de plus près. Impossible de le virer. Le lascar se fait payer de la main à la main. Aucun papier ne prouve un quelconque échange d'argent. La fille Foote habite à Boston, elle ne vient jamais dans ce petit coin de paradis. La propriété n'a pas beaucoup de valeur et elle n'a plus que trois ans à tirer. J'imagine qu'elle a décidé d'attendre, a conclu Slidell en haussant les épaules.

— Et il s'appelle comment, le fils de Dorothy ?

Slidell m'a décerné un sourire. Un sourire sans gaieté.

— Harrison Pounder.

Un nom que j'avais déjà entendu. Mais où ?

— Ça vous dit rien, doc ?

Si, mais quoi ?

— Nous en parlions pas plus tard que la semaine dernière, de ce cher M. Pounder. (Déplacement du cure-dents.) Et pas parce qu'il pointe son museau sur la brochure à l'intention des nouvelles recrues de la police.

Pounder... Pounder.

— Harrison « Sonny » Pounder, a précisé Rinaldi.

Le souvenir m'est revenu d'un coup. J'ai répété, incrédule :

— Sonny Pounder ?

— Le bébé à maman Foote ! a lâché Slidell.

— Qui est-ce ? a demandé Ryan.

— Un salopard qui fait dans le dix à la douzaine, a expliqué Slidell. Il vendrait sa mère aux talibans s'ils lui en donnaient un bon prix.

Ryan s'est tourné vers moi. Je lui ai expliqué :

— C'est le dealer qui a donné le tuyau sur le bébé de Tamela Banks.

Un coup de tonnerre a retenti.

— Comment se fait-il que vous n'ayez pas su tout de suite que c'était lui qui habitait ici ?

— Dans ses entretiens avec les autorités, M. Pounder préfère indiquer son adresse en ville, est intervenu Rinaldi.

Second coup de tonnerre et long gémissement montant de la véranda.

— Tamela a pu venir ici avec Tyree, ça ne veut pas dire qu'elle deale. Ni qu'elle a tué son bébé.

Mon raisonnement n'a paru convaincre personne, à commencer par moi. Dehors, une porte a battu. Puis elle a claqué une seconde fois.

— Vous allez interroger Pounder ?

Slidell a posé ses yeux de chien courant sur moi.

— Je suis pas con, doc.

Tu parles ! Et même bien plus que ça.

À ce moment, l'orage a éclaté.

J'ai attendu qu'il passe, assise par terre dans la véranda avec Ryan. Le vent expédiait des rafales de pluie chaude sur nos visages. C'était merveilleux.

Boyd ne partageait pas mon enthousiasme pour la puissance de la nature. Allongé à côté de moi, il avait glissé sa tête dans le triangle formé par mes jambes pliées. Une tactique chère à Birdie : si je ne te vois pas, tu ne me vois pas non plus. *Ergo*, je suis en sécurité.

Vers six heures, l'averse s'était muée en une bruine lente et régulière. Slidell, Rinaldi et les deux techniciens de la police scientifique fouillaient toujours les lieux. Il n'y avait rien que je puisse faire et Ryan non plus.

Par mesure de précaution, j'ai promené deux fois Boyd dans toute la maison. Rien n'a retenu son intérêt.

J'ai prévenu Slidell que nous prenions le large. Il a répondu qu'il m'appellerait le lendemain matin.

Le bonheur.

J'ai ouvert la portière arrière à Boyd. Il a tournicoté sur le siège et s'est roulé en boule, le menton sur ses pattes de derrière. Après quoi, il a poussé un soupir à fendre l'âme.

Ryan et moi sommes montés à notre tour.

— Hooch n'a pas l'air d'envisager une carrière à la brigade des stups.

Pendant son premier tour de la maison, Boyd avait reniflé les deux sacs de cocaïne, esquissé un frétillement et repris ses caracolades. Au deuxième tour, il les avait carrément snobés.

— C'est vrai. Mais pour la charogne, il est imbattable.

J'ai tendu la main en arrière, Boyd m'a léché les doigts.

Sur le chemin du retour, j'ai fait un stop à la morgue pour récupérer le cordon électrique de mon ordinateur portable que j'avais oublié. Je suis entrée dans le bâtiment, laissant Boyd et Ryan jouer sur le parking à un jeu de chien pas très compliqué : Ryan devant rester immobile pendant que Boyd courait en rond autour de lui.

Juste au moment où je ressortais de la morgue, Sheila Jansen est entrée sur le parking.

— Pas d'heure pour les braves, lui ai-je lancé tandis qu'elle s'avançait vers moi.

— Je vous cherchais. J'ai des nouvelles.

Elle n'a pas fait de commentaire sur ma tenue. Je ne lui ai pas fourni d'explications.

Boyd a délaissé Ryan pour se précipiter sur elle et la saluer d'une reniflette indiscrète. Elle s'en est débarrassée en lui donnant deux caresses sur les oreilles. Ryan est arrivé au petit trot. J'ai fait les présentations. Boyd s'est mis en orbite autour de la planète que nous formions tous les trois.

— Il semblait que la théorie de la drogue soit la bonne, a déclaré l'enquêtrice du NTSB. On a examiné le Cessna. Que je sois damnée s'il n'y avait pas une découpe dans la porte de droite masquée sous un clapet !

— Je ne comprends pas.

— Dans la porte de droite, il y avait un trou fermé par un petit abattant.

— Comme une chatière à sens unique ?

— Exactement. Hyper bien dissimulé. Un homme non averti n'aurait rien remarqué.

— Ça sert à quoi ?

— À balancer des choses à l'extérieur de l'avion.

Comme les deux kilos de poudre découverts à la ferme, probablement. Tout haut, j'ai demandé :

— De la drogue ?

— Tout juste.

— Et en bas, l'équipe de ramassage attend avec une voiture ?

— Voilà.

— Pourquoi s'embêter à modifier l'avion ? Ce n'est pas plus simple d'ouvrir la porte et de balancer les paquets ?

— Essayez un peu d'ouvrir votre portière quand vous roulez à cent à l'heure. Et cent trois à l'heure, c'est justement la vitesse minimale pour les C 210. En dessous, ils décrochent.

— Ah !

— Écoutez le scénario qui a mes faveurs. Le siège avant droit est retiré afin de libérer l'accès à la trappe. Le passager est assis à l'arrière. Le produit à balancer se trouve dans la petite soute derrière lui. Vous pigez ?

— Oui.

— Pearce...

Elle s'est interrompue pour jeter un bref coup d'œil à Ryan. D'un hochement de tête, je lui ai fait signe de continuer. Elle a indiqué que c'était le nom du pilote et Ryan a hoché la tête.

— Pearce prend la paroi rocheuse comme repère. Il donne le signal au passager. Celui-ci détache sa ceinture, attrape la marchandise derrière lui et commence à la balancer.

— De la coke ? a demandé Ryan.

— Probable. On ne ferait jamais entrer assez d'herbe dans un C 210 pour amortir le coût du voyage. Bien que j'aie déjà vu ça.

— Les paquets de coke n'éclatent pas à l'atterrissage

quand on les laisse tomber de si haut ? me suis-je étonnée.

— Pas si on leur accroche des parachutes.

— Des parachutes ?

— Des petits, spécialement conçus pour les marchandises.

On en trouve dans tous les surplus de l'armée. La cocaïne est emballée sous plusieurs couches de plastique, et entourée d'un plastique à bulles fermé avec assez d'autocollant pour recouvrir le cul de ma tante Lilly. Et croyez-moi, ce n'est pas une maigrelette.

— Comme ma grand-tante Cornelia, est intervenu Ryan. Je ne vous dis pas ce qu'elle dévore.

Sheila Jansen lui a lancé un regard en coin et s'est retournée vers moi. Je lui ai fait signe de continuer.

— Avec encore plus d'autocollant, on attache à chaque paquet un parachute et une sangle qu'on enroule, bien serrée à l'aide d'un filin en polypropylène d'environ six mètres de long. Vous suivez ?

— Oui.

— Le pilote, Pearce, donne le signal. Le passager accroche l'extrémité du filin quelque part dans l'avion. Il soulève le clapet et balance le paquet qui dégringole. Le filin se déroule. Arrivé au bout de sa course, le parachute se libère et se déploie. Et la schnouf atterrit aussi gracieusement qu'un oiseau des îles.

Ryan a donné une tape à Boyd qui lui mordillait le mollet. Le chien a bondi en arrière et repris ses farandoles. J'ai demandé :

— Mais qu'est-ce qui a mal tourné ?

— Ils survolent la zone de délestage très bas et à vitesse minimale. Tout marche comme sur des roulettes. Mais le dernier paquet balancé part vers la queue de l'appareil. Le parachute s'emmêle dans le gouvernail de direction ou dans le gouvernail de profondeur. Le pilote ne peut plus diriger l'avion. Bonjour la paroi !

— Ça explique que le passager n'ait pas eu sa ceinture attachée.

Mais ça n'expliquait pas le résidu noir et craquant répandu dans tout l'habitacle. Une idée m'est venue.

— Ces parachutes sont bien en nylon, n'est-ce pas ?

— Oui.

— Alors que dites-vous de ceci ? Le dernier parachute se déploie prématurément, encore à l'intérieur de l'avion. Il aveugle le passager qui se débat. Pearce se retourne pour aider son copain à se désemmêler. Il perd le contrôle de l'appareil et s'écrase contre le rocher. Explosion.

— De la toile de parachute calcinée... Oui, ça expliquerait le résidu noir, a convenu Sheila Jansen.

— Mais tout cela n'est que conjectures.

— Pas vraiment.

J'ai attendu qu'elle s'explique.

— Des gosses ont fait une découverte pas inintéressante, hier matin.

13.

Tôt le lundi matin, trois gamins, qui faisaient courir leurs chiens dans un champ à l'est de l'endroit où l'avion devait s'écraser peu après, avaient cru voir un fantôme battre des ailes au-dessus de la vieille grange à tabac de leur grand-père.

L'image d'un pilote calciné dont le parachute se soulevait et s'abaissait sous le vent est passée devant mes yeux.

— *Sa Majesté des mouches*, a dit Ryan, exprimant tout haut ma pensée.

— Analogie parfaite, a déclaré Sheila Jansen. Se disant que le phénomène avait dû se produire au-dessus de Nehi et Moon Pies, ces petits génies ont décidé d'aller fureter dans le coin. Ils ont découvert un paquet contenant de la poudre blanche au bout d'un parachute. Résultat du vote : ils ont décidé de le cacher, le temps de trouver une meilleure idée.

— Et en attendant, ils ont poursuivi leur exploration.

— Ils ont retrouvé trois autres paquets dans les bois. Quand ils ont appris qu'un Cessna s'était écrasé, ils se sont dit que la chance leur était tombée du ciel. Pardine, ça sert de regarder les séries télé !

— Et ils ont appelé le 911 pour savoir s'il y avait une récompense.

— Exactement. Ils ont téléphoné vers dix heures ce matin. La police de Charlotte-Mecklenburg a appelé leurs parents. S'en est suivie une discussion franche et honnête.

Les gosses avaient quatre paquets de schnouf et quatre parachutes planqués dans la grange du grand-père.

— Vous êtes sûre que c'est de la cocaïne ? ai-je demandé.

— L'analyse le dira. Mais je suis prête à parier mon cul.

— Pourquoi les types chargés du ramassage ne les ont-ils pas récupérés ?

— Il n'y a qu'une petite route pour arriver à cet endroit. En voyant le Cessna s'écraser, ils ont dû se dire qu'à traîner dans le secteur, ils allaient tomber sur les secours. Entre liberté et fortune, ils ont choisi de se magner le train.

Compréhensible.

— Dans mon scénario, je posais comme hypothèse que le dernier parachute se serait ouvert trop tôt. Comment vous expliquez ça ?

— La faute à pas de chance. Ou à un courant d'air.

— C'est-à-dire ?

— Chaque année, l'armée fait état de décès dus à des parachutes qui s'ouvrent accidentellement alors que le gars est encore dans la porte. Le parachute de secours se porte sur le ventre. Il peut arriver qu'un violent coup de vent le fasse s'ouvrir alors que le gars n'est pas prêt à sauter et que le type se retrouve aspiré dehors, avec son parachute en torche.

— Vous voulez dire qu'en s'ouvrant, la chatière aurait créé un tourbillon à l'intérieur du cockpit ? a demandé Ryan.

— C'est possible, a répondu Sheila Jansen.

— Ils avaient déjà effectué quatre largages. Pourquoi

y aurait-il eu un problème avec le cinquième ? ai-je demandé.

— Peut-être que le dernier paquet était trop léger. Peut-être que le passager n'a pas entouré le filin autour du parachute assez vite. Peut-être que le pilote a fait une manœuvre inattendue.

— Ça fait bien des peut-être..., ai-je laissé tomber.

— La schnouf était emballée dans des paquets de cinquante centimètres de long. C'est plutôt gros pour passer dans l'ouverture. Peut-être que le dernier paquet est resté coincé et que le parachute s'est ouvert avant qu'ils aient eu le temps de taper dessus pour le faire basculer dehors, a émis Ryan.

— Dans ce cas-là, on aurait dû le retrouver dans l'avion, ai-je objecté.

— Ou en dessous, a répliqué Sheila Jansen.

Et d'ajouter après une hésitation d'une micro-seconde :

— Il y avait quelque chose en dessous, d'ailleurs.

— Un paquet avec de la drogue ? me suis-je écriée.

— En fait de paquet, c'était plutôt de la cendre et du plastique fondu.

— *Sous* l'épave ?

— Oui.

— De la cendre de quoi ?

— Je ne sais pas. Mais à première vue, ça ne me chante pas « petite gâterie pour les narines ».

— C'est courant, les largages mixtes ?

— Autant que les poivrots qui poussent la chansonnette après avoir sifflé une bouteille de muscat.

À peine sommes-nous arrivés à l'Annexe que Boyd a filé vers son bol.

Dans le tirage au sort pour savoir qui prendrait la douche en premier, c'est Ryan qui l'a emporté. J'en ai profité pour écouter mes messages.

Ma sœur Harry.

Katy.

Un collègue de la fac.

Un message muet.

J'ai appelé Katy chez Lija. Un homme a répondu et dit qu'elle était sortie et devait rentrer sous peu. J'ai laissé un message et raccroché, furibarde.

Il ne pouvait pas s'identifier, ce crétin ? Qui c'était, d'abord ? Ce charmant Palmer Cousins ? Pourquoi ne disait-il pas son nom ? Se serait-il installé chez Lija, lui aussi ? J'ai préféré ne pas y penser.

Boyd a relevé un instant les yeux de son bol pour me dévisager.

J'ai appelé mon collègue. Sa question concernait la thèse d'un étudiant en doctorat. Je n'ai pas su lui répondre.

Son bol nettoyé de tous les granulés, Boyd s'est effondré sur le flanc.

Appeler Harry ou pas ?

Ma sœur est incapable de s'en tenir à une conversation de quelques minutes au téléphone. Le concept lui échappe, tout simplement. De plus, elle a une prescience pour tout ce qui touche au sexe et ce n'est pas une ligne téléphonique qui fera barrage à sa curiosité. Or, je n'avais pas envie de débattre avec elle de mes récentes aventures. J'ai entendu des pas dans l'escalier. J'ai reposé le téléphone sur la table.

Ryan est apparu, le chat serré contre son cœur, les pattes avant et le menton posés sur son épaule.

Quand j'ai voulu le caresser, il s'est détourné.

— Allez, Birdie.

Ses yeux qui ne cillaient pas m'ont fait battre en retraite.

— Tu n'essaies même pas de t'échapper ? À ta guise, Birdie, mais je prends ça comme une trahison, ai-je lancé en lui caressant tout de même la tête.

Il a fini par relever le menton, je l'ai gratté doucement au creux de la gorge.

— Il n'a vraiment pas envie de te quitter. S'il voulait descendre, il appuierait des deux pattes sur ta poitrine.

— Il dormait sur le lit, a dit Ryan.

En entendant la voix de son copain, le chien s'est redressé maladroitement et il a dérapé sur le plancher. Ses griffes ont crissé sur le bois pendant qu'il reprenait son équilibre.

Birdie a bondi hors des bras de Ryan à la vitesse de la navette spatiale.

— Il y a de la bière au réfrigérateur et le journal dans le bureau. Je n'en ai pas pour longtemps.

Quand je suis revenue dans la cuisine, Ryan était assis à la table, le menton de Boyd sur son genou. Devant lui, l'*Observer* ouvert à la page des sports et une Sam Adams éclusée. Il entamait une seconde cannette.

À mon entrée, homme et chien ont tourné la tête.

— De tous les bars à gin de toutes les villes du monde, il a fallu qu'elle entre dans le mien, a fait Ryan à l'adresse du chien.

Ryan dans son numéro Humphrey Bogart.

J'y suis allée d'un « Merci, Rick » de circonstance.

— Ta fille a appelé.

— Ah bon ?

Je n'ai pas relevé, mais j'étais quand même étonnée que Ryan se permette de répondre au téléphone chez moi.

— L'appareil était sur la table. J'ai décroché par réflexe. Excuse-moi.

— Elle a laissé un message ?

— Je n'ai pas réalisé qui c'était. J'ai dit que tu prenais ta douche. Elle a répondu que ce n'était pas important. Elle a donné son nom et elle a raccroché.

Un partout, Katy et moi, pour ce qui était des petites explications à nous offrir.

Nous avons pris la voiture pour aller au Selwyn Pub, un bistrot pas très loin de Sharon Hall. Aux yeux d'un non-averti, ce bungalow de brique a tout d'une maison particulière, si ce n'est qu'il est petit mais pas au point de détonner dans ce quartier résidentiel de Myers Park.

La seule chose susceptible de donner à penser qu'il s'agit d'un bar, en dehors du panneau illisible, c'est le nombre de voitures garées sur l'esplanade, où l'on s'attendrait plutôt à trouver une pelouse. Lorsque je m'y suis rangée, Ryan a eu l'air étonné, mais il n'a pas pipé.

Les habitués de l'endroit se divisent en deux groupes aux horaires bien distincts. Les cols blancs, agents immobiliers, avocats et autres comptables arrivent en début de soirée et s'envoient une pression derrière la cravate avant une partie de ballon, un rendez-vous amoureux ou un dîner entre copains.

Plus tard, une fois qu'ils ont vidé les lieux, les étudiants de Queens College prennent la relève. Soie, gabardine et cuir italien cèdent la place aux jeans, aux T-shirts en coton et aux sandales de corde. Les Mercedes, Beemer et autres voitures de sport se transforment en Honda, Chevrolet et décapotables bas de gamme.

Nous sommes arrivés pendant l'accalmie entre les deux vagues. J'étais dans un état mitigé de bonheur et de tristesse. À la fois requinquée par ma douche, et accablée dès que je pensais au bébé de Tamela et à cette victime tronçonnée et jetée dans une fosse d'aisances. Ravie d'avoir Ryan auprès de moi et néanmoins abattue. Ce sentiment n'a fait qu'augmenter pendant que je traversais le parking.

Comment expliquer ce vague à l'âme ? J'étais pourtant heureuse de faire découvrir cet endroit à Ryan, je dirais même : enchantée de passer la soirée avec lui. Alors, que m'arrivait-il ? J'ai fait de mon mieux pour donner la préséance à la joie.

Seules deux ou trois tables étaient encore occupées par des cols blancs et aussi quelques tabourets devant le bar. Ma déprime croissait de minute en minute. J'ai entraîné Ryan vers l'unique table isolée de l'établissement.

J'ai commandé un cheeseburger et des frites ; Ryan le plat du jour inscrit sur le tableau noir au-dessus de la cheminée : barbecue et frites.

Coca Light pour moi, Pilsner Urquell pour lui.

En attendant d'être servis, nous avons repris la conversation commencée avec Sheila Jansen.

— À qui appartient le Cessna ? a demandé Ryan.

— À un type du nom de Ricky Don Dorton.

La pression Super Deluxe géante de Ryan et mon Coca sont arrivés. Quand la serveuse a déposé son verre devant lui, Ryan lui a décoché un sourire tout aussi géant, dents blanches et haleine fraîche, qui l'a fait rayonner de plaisir. Je me suis sentie encore plus accablée.

— J'ai une petite chance d'obtenir mon hamburger saignant ? ai-je susurré, histoire d'interrompre leur échange d'amabilités.

— Bien sûr.

Et de se retourner vers Ryan :

— À la sauce Orient, le barbecue ?

— Ce sera idéal.

Ayant renvoyé la serveuse à sa cuisine d'un dernier sourire, Ryan a reporté son attention sur moi.

— On peut savoir ce que l'Orient et l'Occident ont à faire avec le barbecue ?

— À l'est, sur la côte, on le sert accompagné d'une sauce au vinaigre et à la moutarde. À l'ouest, la sauce est à base de tomate.

— À propos, je voulais te demander : qu'est-ce que ça veut dire « taie sacrée » ?

— Quoi ?

— « Taie sacrée. » Où que j'aille, on m'en propose à longueur de temps.

— Taie sacrée ?

J'ai répété tout haut l'expression plusieurs fois.

— Ah... Du thé sucré, Ryan. Du thé glacé avec du sucre.

— C'est vraiment coton, les langues étrangères. Bon. Revenons à nos moutons. M. Dorton. L'autre jour, tu m'as dit qu'il était désespéré qu'on lui ait piqué son avion.

— Catastrophé.

— Et surpris ?

— Ahuri.

— Qui c'est, ce monsieur ?

La serveuse a apporté les plats. Ryan a réclamé de la mayonnaise. Nous l'avons dévisagé, aussi éberluée l'une que l'autre.

— Pour les frites, a-t-il expliqué.

La serveuse s'est tournée vers moi. J'ai levé les épaules. Elle est partie.

J'ai commencé par verser du ketchup sur mes frites. Puis j'ai transféré la laitue, les cornichons et la tomate posés en décoration sur l'assiette à l'intérieur de mon hamburger et j'y ai ajouté divers condiments. La chose étant faite, j'ai répondu :

— Je te l'ai déjà dit. Il possède des boîtes de strip-tease à Kannapolis. Ce n'est pas très loin d'ici, plus au nord.

J'ai croqué une bouchée. Le viande hésitait entre le roussi et le carbonisé. J'ai pris une gorgée de Coca. Du vrai Coca. Pas du Coca Light.

Mon humeur s'assombrissait à chaque nanoseconde qui passait.

— La police le surveille plus ou moins depuis des années, sans avoir jamais rien trouvé sur lui.

La serveuse a présenté à Ryan une petite tasse en carton ondulé remplie à ras bord de mayonnaise, accompagnée d'un sourire dévoilant un chapelet de dents à faire pâlir d'envie une scie sauteuse.

Il s'est confondu en remerciements.

— N'hésitez pas à m'appeler autant de fois que vous le souhaiterez.

Je n'ai pu retenir un roulement des yeux jusque derrière mon lobe frontal. Ryan a plongé une frite dans sa mayonnaise.

— Et le style de vie de M. Dorton est supérieur à son pouvoir d'achat ?

— Le monsieur possède d'autres joujoux, semble-t-il.

— On a réactivé la surveillance ?

— Au premier crachat dans la rue, il sera épinglé.

J'ai retourné la bouteille de ketchup, l'ai secouée sur mes frites et l'ai reposée avec bruit.

Nous avons mangé en silence pendant plusieurs minutes. Puis la main de Ryan s'est posée sur la mienne.

— Qu'est-ce qui t'énerve ?

— Rien.

— Dis-moi.

J'ai relevé la tête. Les yeux myosotis exprimaient le souci. J'ai repiqué du nez.

— Ce n'est rien.

— Parle-moi, mignonne.

Je savais comment cela allait se terminer et je n'aimais pas ça.

— Allez, qu'est-ce que c'est ? insistait Ryan.

La réponse était facile : je n'aimais pas que mon travail me déprime. Je n'aimais pas qu'on me vole mes vacances. Je n'aimais pas me sentir jalouse parce que

Ryan faisait du gringue à une serveuse inconnue. Je n'aimais pas l'idée de rendre des comptes à ma fille sur mes fréquentations. Je n'aimais pas qu'elle ne me parle pas des siennes.

Surtout, je n'aimais pas sentir la situation m'échapper.

Le contrôle, c'est mon plus gros problème. Il faut toujours que je contrôle tout. Du moins, est-ce la conclusion à laquelle je suis arrivée après mon unique séance chez un psy.

Je n'aime pas la psychanalyse, je n'aime pas devoir admettre que j'ai besoin d'aide.

Et je n'aime pas parler de mes sentiments. Avec personne. Ni avec un psychologue. Ni avec un prêtre. Ni avec Yoda. Ni avec Ryan.

En l'occurrence, je n'avais plus qu'une envie : me tirer en douce de ce restaurant et oublier cette conversation.

Comme par un fait exprès, une larme traîtresse a débordé de mon œil et roulé au sud, le long de ma joue. Gênée, je l'ai essuyée du revers de la main.

— Tu as fini ?

J'ai hoché la tête.

Ryan a payé l'addition.

Il n'y avait que trois voitures dans le parking. Deux cabriolets et ma Mazda. Adossé à la portière du conducteur, Ryan m'a attirée contre lui. Prenant mon visage dans ses mains, il l'a levé vers le sien.

— Parle.

J'ai voulu baisser le menton.

— Rentrons...

— C'est en rapport avec hier soir ?

— Non. Hier soir, c'était...

Ma voix a traîné sur les mots.

— C'était comment ?

Dieu, que je détestais ça.

— Bien.

Des fusées éclairantes et l'ouverture de *Guillaume Tell*.

Ryan a passé les deux pouces sous mes yeux.

— Alors, pourquoi ces larmes ?

D'accord, mec. Tu veux du sentiment ?

J'ai pris une profonde inspiration et j'ai tout déballé.

— Un cinglé de merde transforme un bébé en torche. Un abruti massacre des bêtes sauvages comme s'il s'agissait de cafards sous l'évier. Deux types, qui voulaient seulement donner un coup de pouce à l'économie colombienne, s'écrabouillent sur une paroi rocheuse. Et un pauvre crétin se chope deux balles dans le crâne avant de se faire décapiter et balancer en partie dans un cul-de-basse-fosse.

Des hoquets ont interrompu ma tirade.

— Je ne sais pas, Ryan. J'en viens à me dire que la bonté et la charité auront disparu bien avant le condor ou le rhinocéros.

Mes larmes coulaient maintenant à flots.

— Partout, l'avidité et la dureté gagnent du terrain. L'amour, la générosité et la compassion, voilà ce qu'il faudrait inscrire sur la liste des espèces en voie d'extinction.

Ryan m'a attirée contre lui. J'ai passé les bras autour de son cou et j'ai pleuré sur sa poitrine.

L'amour a été plus lent et plus paisible, cette nuit. Violoncelle et triangle. Pas de tambours ni de cymbales.

Après, je suis restée blottie contre Ryan, la joue nichée dans le petit creux sous son menton, pendant qu'il me caressait les cheveux.

Je dormais à moitié. J'ai senti Birdie sauter sur le lit et se lover dans mon dos. L'horloge faisait un doux tic-tac. Le cœur de Ryan battait sourdement selon un rythme lent et régulier. À défaut de nager dans le bonheur, je me sentais en sécurité.

Sentiment que je n'éprouverais plus avant très, très longtemps.

14.

J'ai regardé la pendule. Quatre heures vingt-trois. Birdie était parti. Ryan ronflait doucement à côté de moi.

Je venais de rêver de Tamela Banks. Je suis restée toute une minute sans bouger à essayer de reconstituer le fil de mon rêve.

Gideon Banks. Genève. Katy. Un bébé. Une fosse d'aisances.

D'habitude, j'ai des rêves simples comme bonjour. Mon esprit reprend des événements récents et les recompose pendant la nuit en une mosaïque nouvelle. Sans y ajouter d'énigmes subliminales ou de casse-tête freudiens.

Alors, de quoi me parlait ce rêve, nom d'un chien ?

De culpabilité ? Parce que je n'avais pas rappelé Genève Banks ?

Mais j'avais essayé.

Et même deux fois.

Parce que je n'avais pas prévenu ma fille qu'un homme habitait chez moi ?

De toute façon, elle avait vu Ryan quand elle était passée déposer le chien.

Vu, oui.

Ce rêve parlait-il de mon angoisse au sujet de Tamela ? De ma tristesse à propos de son bébé ?

Et là, mon esprit s'est emballé.

Que faisait le permis de conduire de Tamela dans la ferme de Sonny Pounder, un type inculpé pour vente de stupéfiants ? Y était-elle venue avec Darryl Tyree ? La cocaïne appartenait-elle à Tyree ? À Sonny Pounder ? Pourquoi l'avait-on laissée au sous-sol ?

Où était Tamela ?

Où était Darryl Tyree ?

Soudain, une pensée épouvantable.

Et si la victime dans la fosse d'aisances était Tamela Banks ? Darryl Tyree l'aurait-il tuée parce qu'il craignait qu'elle aille raconter ce qui était arrivé au bébé ? Parce qu'il était fou furieux de découvrir qu'elle l'avait trompé ?

Mais ce n'était pas possible. Les os récupérés ne portaient plus un gramme de chair, et le bébé de Tamela avait été retrouvé il y avait à peine une semaine.

Mais quand était-il mort ?

J'ai récapitulé ce que je savais de toute cette affaire pour voir si les dates coïncidaient.

Tamela avait confié à sa sœur en hiver qu'elle était enceinte. Elle était partie de chez son père aux alentours de Pâques. D'après des témoins, elle avait vécu quatre mois avec Tyree à South Tryon.

Le bébé devait être né en juillet, au plus tôt à la fin juin. Quand Tamela avait-elle été vue pour la dernière fois ? Se pouvait-il qu'elle soit morte depuis plusieurs semaines ? Le contenu hautement organique de la fosse d'aisances aurait-il accéléré le processus de décomposition ?

Mais si le crâne et les mains retrouvés dans cette fosse n'étaient pas ceux de Tamela, à qui étaient-ils ? Comment s'appelait cette victime et pourquoi des morceaux de son corps se trouvaient-ils là ? Qui l'avait abattue ?

À première vue, le crâne m'avait paru appartenir à un homme, mais était-ce bien le cas ?

Où était Darryl Tyree ?

Me trompais-je en pensant qu'il s'agissait d'un crâne caucasien ? Serait-il possible que nous ayons extrait de la fosse la tête et les mains de Tyree ?

Avais-je vraiment vu passer un éclair dans les yeux de Rinaldi ? Cette tête et ces mains avaient-elles déclenché un souvenir en lui ? Si oui, pourquoi n'avait-il rien dit ?

En fait, c'était Slidell qui avait posé la bonne question : en effet, comment deux os appartenant à la main trouvée dans la fosse d'aisances avaient-ils pu se mélanger avec des ossements d'ours et d'oiseaux enfouis ailleurs ?

Qui avait tué tous ces animaux ?

Si les restes de la fosse n'étaient pas ceux de Tamela, cela ne voulait pas dire pour autant qu'elle n'avait pas été tuée elle aussi. Que lui était-il arrivé ?

Les questions se relayaient en boucle dans ma tête.

De la ferme, mon esprit s'est transporté à l'ouest, à l'autre bout du comté, jusqu'au champ de maïs où l'avion s'était écrasé. J'ai revu les corps de Harvey Pearce et du passager inconnu recouverts de flocons noirs et rigides.

Qui était ce passager ? Et quelle était cette étrange lésion qu'il avait à l'os du nez ?

Sheila Jansen avait retrouvé sous le Cessna un peu de cette matière carbonisée. Était-ce de la cocaïne ? Une autre drogue interdite ? Quelque chose de totalement différent ?

Quels rapports le pilote et le passager du Cessna entretenaient-ils avec Ricky Don Dorton ? Les trois hommes faisaient-ils partie d'une même bande, ou Pearce et l'inconnu s'étaient-ils emparés de l'avion de Dorton ? La trappe dans la porte et l'absence de siège à l'avant ne plaidaient pas en faveur de la seconde hypothèse.

J'ai tourné la tête.

Et Ryan ? Est-ce que ça pouvait marcher entre nous ? Est-ce que je ne me lançais pas dans une impasse ? Si ça foirait, serions-nous capables de revenir à notre amitié d'avant ? de retravailler ensemble ? Vues de l'extérieur, nos prises de bec incessantes pouvaient passer pour de l'hostilité. Mais derrière ces taquineries et ces joutes, il y avait un vrai respect et une véritable affection.

Avais-je envie de vivre en couple ? Étais-je capable d'abandonner une indépendance pour laquelle je m'étais battue ? Le jeu en valait-il la chandelle ?

Ryan avait-il envie de s'engager ? Était-il fait pour être monogame ? Monogame avec moi ? Après ce que j'avais vécu, pouvais-je encore croire à la fidélité ?

J'ai accueilli l'aube avec soulagement. Dans la lumière naissante, j'ai regardé mes objets familiers prendre forme dans ma chambre. La conque que j'avais ramassée voilà deux étés sur la plage de Kitty Hawk. La coupe de champagne dans laquelle je gardais mes boucles d'oreilles. Les photos de Katy dans leurs cadres. Le *Kabawil* rapporté du Guatemala.

Et j'ai regardé les choses auxquelles je n'étais pas habituée.

Le visage de Ryan, plus foncé que d'habitude. Bronzé après ses deux jours en plein air, à Kings Mountain et à la ferme. Les premières lumières de l'aurore qui jetaient de l'or sur sa peau.

— Quoi ?

Ryan m'avait surprise en train de l'observer.

J'ai plongé mon regard dans le sien. Le bleu intense de ses yeux m'a étonnée. Et pourtant je le connais bien.

J'ai secoué la tête.

Il s'est appuyé sur un coude.

— Tu as l'air d'être angoissée.

J'aurais volontiers déballé toutes les pensées qui me tournicotaient dans la tête ; j'aurais volontiers prononcé les mots qu'il ne faut pas, posé les questions interdites. Je me suis retenue.

— On dirait que tu penses à des choses effrayantes.

— Oui.

Mais qu'est-ce qui m'effrayait en fin de compte ? Andrew Ryan ? Moi-même ? Un bébé dans un poêle à bois ? Un mât de planche à voile sur le coin de la gueule ? J'ai préféré m'en tenir à un domaine moins dangereux.

— Je suis déçue, pour la plage.

Ryan a fait un grand sourire.

— Tout n'est pas perdu. Je suis là pour deux semaines.

J'ai hoché la tête.

Ryan a repoussé l'édredon.

— Aujourd'hui, je pense que je visiterai Queen City.

Après un arrêt dans un café Starbucks, Ryan m'a déposée à la morgue. La première chose que j'ai faite en arrivant a été de téléphoner à Genève Banks. Cette fois encore, pas de réponse.

Je commençais à m'angoisser. Ni Genève ni son père ne travaillaient à l'extérieur. Où étaient-ils passés ? Pourquoi est-ce que personne ne décrochait ?

J'étais en train d'appeler Rinaldi quand il est entré dans mon bureau, accompagné de son coéquipier. J'ai reposé le combiné.

— Comment ça va, tous les deux ?

— Bien.

— Bien.

Sourires préfabriqués de part et d'autre.

— Vous avez eu Genève ou Gideon Banks au téléphone, ces derniers temps ?

Slidell et Rinaldi ont échangé un regard. J'ai repris :

— Genève m'a téléphoné lundi. Je n'arrête pas de la rappeler, ça ne répond jamais. Je viens juste de réessayer.

Rinaldi a baissé les yeux sur ses mocassins. Slidell m'a considérée d'un air morne.

Des doigts glacés m'ont serré le cœur.

— Vous êtes venus me dire qu'ils sont morts ?

Slidell s'est contenté d'un mot :

— Envolés.

— Qu'est-ce que ça veut dire, envolés ?

— Qu'ils ont pris la poudre d'escampette. La clef des champs. Qu'ils sont partis en fumée. On passait voir si vous saviez quelque chose, vu que Genève et vous, c'est comme qui dirait cul et chemise.

J'ai fait passer mon regard de Slidell à son coéquipier.

— Les volets sont fermés et la maison est plus verrouillée qu'un réacteur nucléaire. Un voisin les a vus partir en voiture lundi dans la matinée. Depuis, aucun signe d'eux.

— Ils étaient seuls ?

— Le témoin ne pourrait pas le jurer, mais il croit qu'il y avait quelqu'un à l'arrière.

— Qu'est-ce que vous comptez faire ?

Rinaldi a resserré le nœud de sa cravate et s'est appliqué à aligner exactement le pan supérieur sur le pan inférieur.

— Les chercher.

— Vous avez interrogé les frères et sœurs ?

— Oui.

Je me suis adressée à Slidell :

— Si Tyree est bien la merde que vous dites, Tamela et les siens sont peut-être en danger.

— Hmm.

J'ai dégluti.

— Ils sont peut-être déjà morts ?

— Ça serait pas plus mal. Si vous voulez mon avis, plus vite on les fourrera dans un sac et mieux on se portera.

— Vous rigolez, n'est-ce pas ?

— Complicité, c'est un mot qui vous dit quelque chose ?

— Voyons ! Gideon Banks a plus de soixante-dix ans ! Quant à Genève, elle a du persil à la place du cerveau.

— Et obstruction à la justice ? Ou assistance après coup ?

— Après quel coup ?

Je n'en croyais pas mes oreilles. Mais Slidell poursuivait, pas dérangé pour un rond :

— Tout d'abord, l'infantacide.

— On dit : infanticide !

Les poings sur les hanches, Slidell s'est cambré en arrière au risque de faire péter ses boutons de chemise.

— Par hasard, doc, z'auriez pas une petite idée de l'endroit où ils se cacheraient ?

— Si j'en avais une, je ne vous la dirais pas !

Les mains de Slidell sont retombées, et il s'est brusquement penché vers moi. Les yeux dans les yeux, nous nous sommes défiés par-dessus mon bureau comme deux babouins au point d'eau pour savoir qui boira le premier.

— Parlons de l'autre élément, est intervenu Rinaldi.

Comme par un fait exprès, une sonnerie de téléphone l'a coupé. Slidell a extirpé son portable de sa poche.

Il a écouté, puis il est sorti dans le couloir pour répondre. J'en ai profité pour faire comprendre à Rinaldi que je n'étais pas née de la dernière pluie.

— Hier, quand je vous ai annoncé ce que nous venions de trouver dans la fosse, vous avez réagi.

— Qu'est-ce qui vous fait dire ça ?

— Vous avez eu un drôle de regard.

Il a tiré sur ses manchettes pour qu'elles dépassent bien de sa veste et les a lissées contre ses poignets.

— Vous avez terminé l'examen du crâne et des os de la main ?

— C'est en premier sur ma liste.

Les tubes de néon bourdonnaient au-dessus de nos têtes. La voix de Slidell nous parvenait du hall.

— Qui c'est, ce Darryl Tyree ? ai-je demandé.

— Un souteneur, un dealer et un pornographe, mais je ne saurais dire dans quel ordre M. Tyree place ces occupations sur son CV. Prévenez-moi de vos conclusions dès que vous aurez analysé le crâne.

Il allait franchir la porte quand Joe Hawkins s'y est encadré. Les deux hommes ont marqué un arrêt. Hawkins est passé devant Rinaldi et m'a tendu une grande enveloppe brune.

Je l'ai remercié. Il s'est retiré.

Rinaldi a fait lentement demi-tour sur lui-même et, après un coup d'œil en direction de son compagnon, il m'a déclaré :

— Skinny est un peu bourru, parfois. Mais c'est un bon flic. Ne vous inquiétez pas, docteur Brennan. Nous retrouverons les Banks.

À ce moment-là, Slidell a passé sa tête dans l'entrebâillement de la porte.

— Il semblerait que la victime de la fosse d'aisances n'ait pas été découpée à la chaumière du bonheur.

J'ai attendu qu'il veuille bien continuer. Rinaldi aussi.

— Les techniciens de la scientifique ont passé toute la propriété au LumaLite. (Il avait beau sourire, les coins de sa bouche restaient horizontaux.) Pas une goutte de sang. Noir comme un four.

Les policiers partis, j'ai emporté l'enveloppe de Hawkins dans la salle qui pue et réparti les clichés sur les négatoscopes.

À chaque radio que j'accrochais, un nouveau qualificatif me venait à l'esprit pour décrire Slidell.

Ducon.

Queue molle.

Pas mal, les expressions à deux syllabes. Sauf quand une radio glissait et qu'il fallait la raccrocher. Là, trois syllabes, ça marchait bien.

Abruti.

Trou du cul.

Étudiant les clichés l'un après l'autre, j'ai creusé mon chemin dans ce qui avait constitué l'infrastructure du passager. Ses côtes. Ses vertèbres. Son bassin. Ses bras. Ses jambes. Son thorax. Ses clavicules.

En dehors du traumatisme dû à la décélération subite, le squelette ne présentait rien d'anormal.

Jusqu'à ce que j'arrive aux quatre derniers clichés.

J'en étais aux mains et aux pieds du passager quand Larabee s'est matérialisé derrière moi. Pendant dix secondes pleines, ni lui ni moi n'avons rien dit.

Puis le médecin chef a rompu le silence.

— Doux Jésus dans un poirier en fleur ! J'espère que ce n'est pas ça.

15.

J'ai scruté l'entrelacs de gris et de blanc qui rayonnait des radios. À côté de moi, Larabee faisait de même.

— Vous aviez bien parlé de lésions sur l'os du nez ? a demandé le médecin chef.

— Une seule.

— Active ?

— Oui.

Ses semelles ont crissé sur le carrelage. Il s'est frotté le haut des bras.

— Vous pensez à la lèpre ?

— Ça y ressemble.

— Mais qui pourrait avoir la lèpre en Caroline du Nord ?

Sa question est restée sans réponse. Je creusais parmi les couches de connaissances empilées au fond de ma mémoire.

Université. Pathologie osseuse.

A : Répartition anatomique.

J'ai pointé le bout de mon stylo sur les os des doigts de la main et du pied.

— Mis à part le nez, le processus semble se limiter aux phalanges, notamment aux phalanges proprement dites et aux phalangines.

Larabee en a convenu.

B : Modification osseuse. Anomalies relatives à la taille, à la forme, à la densité et à la structure osseuse.

— Pour les os, je remarque trois types de modification.

J'ai désigné un cercle protubérant :

— Pour commencer, des lésions ayant l'aspect d'un kyste arrondi, comme sur l'os du nez.

J'ai indiqué des alvéoles sur l'index :

— Ensuite, l'aspect dentelle des lésions sur certaines phalanges.

J'ai déplacé mon stylo sur une phalange en pointe de crayon, qui aurait dû ressembler à un haltère.

— Enfin, une résorption du tissu osseux.

— À mon avis, nous avons là un cas de lèpre tout ce qu'il y a de plus classique, tel que c'est exposé dans les manuels de radiologie, a constaté Larabee.

— Vous en avez retrouvé des preuves ailleurs ?

Il a levé les deux mains, paumes en l'air, et haussé les épaules comme pour dire « pas vraiment ».

— Des ganglions lymphatiques hypertrophiés, mais ça ne m'a pas paru si important. De toute façon, les poumons n'étaient plus que de la viande hachée. Alors, arriver à y voir quelque chose...

— En cas de lèpre lépromateuse, les lésions sur l'épiderme se seraient concentrées sur le visage.

— Oui. Et ce type n'en avait pas.

Retour au fin fond de mon cerveau.

Pas de modification macroscopique notoire des tissus mous.

Raréfaction diffuse et pustuleuse, rétrécissement du cortex, réduction en pointe de crayon d'une phalange au moins.

Maintenant, concernant le métabolisme :

Néoplasies. Carences diverses ; susceptibilité aux infections ; déficience du système d'auto-immunité.

Progression du mal lente et bénigne.

Les mains et les pieds.
Des adultes jeunes.
— Je vais sacrément étudier les lames histologiques, je vous prie de le croire, a lancé Larabee.
C'est à peine si j'ai enregistré ses paroles. J'étais bien trop plongée dans mes pensées. Il y avait tant de diagnostics possibles. Lèpre. Tuberculose. Spina Ventosa. Ostéochondromatose.
J'ai fini par éteindre les négatoscopes.
— Attendez encore un peu avant de solliciter Albert Schweitzer. J'ai encore des recherches à faire.
— Prenez votre temps. Je vais réexaminer ce qui reste des ganglions cutanés et lymphatiques de ce type, a dit Larabee. C'est sûr que ça aiderait s'il avait sa tête, a-t-il ajouté en secouant la sienne.
Je venais tout juste de m'installer à mon bureau quand le téléphone a sonné. Sheila Jansen.
— J'avais raison. Sur le ventre du Cessna, ce n'est pas de la cocaïne carbonisée.
— C'est quoi ?
— Il faut faire encore des analyses, mais ce n'est pas de la dope. Du nouveau sur le passager ?
— On travaille dessus.
J'ai passé sous silence nos soupçons sur son état de santé. Mieux valait attendre de les voir confirmés.
— J'en ai appris un peu plus sur Ricky Don Dorton, a repris Sheila Jansen.
J'ai attendu qu'elle poursuive.
— Il semblerait qu'il ait eu un petit différend avec le corps des Marines au début des années 1970. Il se serait fait virer et aurait même fait de la taule.
— La drogue ?
— Le caporal-chef Dorton expédiait du hasch à ses copains, histoire de leur faire partager sa vie en Asie du Sud- Est.
— Quel original !
— En fait, il avait mis au point une combine assez

astucieuse. Au Viêtnam, comme il était chargé du rapatriement des camarades tombés en opérations, il glissait la drogue dans leurs cercueils à la morgue de Da Nang. Un compère la récupérait chez nous, avant que le soldat ne soit remis à sa famille. Dorton était de mèche avec un type rencontré là-bas. Quelqu'un qui connaissait bien le fonctionnement des morgues.

— Malin. Pas vraiment délicat, mais malin.

— Sauf que cet Einstein de mes deux s'est fait pincer la dernière semaine de son séjour.

— Pas de bol.

— Après sa démobilisation forcée, on perd sa trace un certain temps. Quand on la retrouve, il est installé à Sneedville. Il organise des voyages sur le terrain pour le compte du Grizzly Woodsman Fishing Camp.

— Ce n'est pas un de ces tour-opérateurs qui promettent aux clampins d'Akron d'attraper le poisson de leurs rêves ?

— Ouais. Son niveau scolaire et son déshonneur militaire restreignaient ses possibilités d'avenir au sein des grandes sociétés de Wall Street. Mais pas ses aspirations. Après deux ans passés à enseigner comment titiller le goujon, Dorton a fondé son propre camp dans les bois. Wilderness Quest – À la découverte de la vie sauvage.

— Vous ne pensez pas qu'il s'était mis de côté une poire pour la soif, avant que ses talents d'exportateur ne soient révélés au grand jour ?

— Non. Probable que cet honorable citoyen a économisé sur son salaire et effectué parallèlement un travail d'intérêt général pendant le week-end, ce genre de chose. Quoi qu'il en soit, vers le milieu des années 1980, il a échangé ses cuissardes en caoutchouc pour des costumes à rayures. En plus de son camp dans les bois, il possède un magasin de sport à Morristown, dans le Tennessee, et les deux palais du plaisir à Kannapolis.

— Autrement dit, c'est un homme d'affaires respectable.

— Et nanti d'une solide expérience, grâce à l'armée. Si jamais il trempe dans une affaire louche, il a déjà tout organisé pour ne pas être mouillé en cas de pépin. Il est pépère, je vous dis. Ce n'est pas la vue d'un flic qui lui fera perdre ses moyens.

Quelque chose a remué dans le magma, tout au fond de mon cerveau.

— Vous avez bien dit qu'il était de Sneedville ?

— Ouais.

— Dans le Tennessee ?

— Ouais. Il a toujours sa mère là-bas et dans les cent mille cousins.

Le mouvement dans mon cerveau s'est accentué lentement, paresseusement, jusqu'à donner naissance à un semblant de pensée.

— Dorton ne serait pas melungeon [1], par hasard ?

— Comment avez-vous deviné ?

— Il l'est ?

— Absolument. Vous m'épatez. Jusqu'à hier, j'ignorais jusqu'au nom de cette communauté.

Sheila Jansen avait dû percevoir un ton particulier dans ma voix, car elle a ajouté :

— Ça vous donne une idée ?

— À peine un angle d'approche. Qui ne débouchera peut-être sur rien.

— Bon, eh bien, vous savez où me joindre.

J'ai raccroché et suis restée un moment à réfléchir.

Ou plutôt à fouiller ma mémoire.

Les couches supérieures, d'abord : le dépôt récent.

1. Nom donné au cours de la période de formation des États-Unis (1700- 1860) à un individu libre, mais de sang mêlé (métissage blanc et noir, indien et blanc, indien et noir ou multiracial). *(N.d.T.)*

AAFS : Académie américaine des sciences légales. Session scientifique.

Quelle année, déjà ? Quelle ville ?

Je me suis retournée pour prendre dans ma bibliothèque les programmes des conférences. En dix minutes de temps, j'avais l'info que je cherchais. Douze ans auparavant, un étudiant en doctorat avait fait une communication sur la fréquence des maladies parmi les populations melungeons.

Tandis que je lisais son rapport, l'embryon de pensée a émergé du magma au fond de mon cerveau et s'en est extrait lourdement jusqu'à devenir une idée à part entière.

— La sarcoïdose [1] ?

Larabee a relevé les yeux. La lumière de sa lampe de bureau a creusé encore les rides de son visage.

— Ça nous ramène aux ganglions lymphatiques, aux poumons et à la peau.

— Dans un peu moins de quatorze pour cent des cas, ça s'accompagne de modifications du squelette. Le plus souvent, dans les os courts des mains et des pieds.

J'ai déposé un manuel de pathologie sous ses yeux. Larabee a lu le passage et s'est penché en arrière, le menton dans la main. L'air pas convaincu.

— La plupart des cas de sarcoïdose sont asymptomatiques. La maladie évolue lentement et sous forme bénigne. Elle guérit même toute seule le plus souvent, au point que les gens ignorent totalement qu'ils en sont atteints.

— Jusqu'au jour où le malade passe des radios pour une maladie quelconque, a remarqué Larabee.

1. Affection d'origine inconnue, caractérisée par la présence d'une lésion assez typique pouvant se retrouver dans un grand nombre d'organes ou de tissus – ganglions, poumons, peau. *(N.d.T.)*

— Exactement.

— Comme par exemple pour découvrir de quoi ils sont morts.

Je n'ai pas réagi. Je me suis contentée de lui faire remarquer que la sarcoïdose affectait principalement les jeunes adultes. À quoi il a rétorqué :

— À la radio, c'est dans les poumons que les traces de la maladie sont les plus visibles.

— Mais ses poumons à lui ne sont plus que de la viande hachée, comme vous me l'avez signalé.

— La sarcoïdose se rencontre surtout chez les Afro-Américains.

— Chez les melungeons aussi le pourcentage est élevé.

Larabee m'a regardée comme si j'avais parlé des guerriers olmèques. Je ne me suis pas laissé démonter.

— Justement, tout colle parfaitement. Le passager présente une bosse typique des Anatoliens à l'arrière de la tête, les pommettes évasées et les incisives typiques des Indiens. En dehors de ça, c'est la copie de Charlton Heston.

— Rafraîchissez-moi la mémoire à propos de ces melungeons.

— Ils sont en général assez foncés de peau, avec des traits européens et parfois les yeux bridés.

— Ils vivent où ?

— Surtout dans les montagnes du Kentucky, de Virginie, de Virginie-Occidentale et de Caroline du Nord.

— Et d'où viennent-ils ?

— On en fait des survivants de la colonie perdue de Roanoke, des naufragés portugais, des descendants des tribus d'Israël ou des marins phéniciens. Faites votre choix parmi toutes ces théories.

— Quelle est celle à la mode, en ce moment ?

— Ils descendraient des colons espagnols et portugais

qui quittèrent le village de Santa Elena en Caroline du Sud, au XVIe siècle, et se seraient mélangés avec des Indiens Powhatans, Catawbas, Cherokees et d'autres encore. Il a pu y avoir aussi des unions avec des galériens maures et turcs ou avec des prisonniers portugais et espagnols abandonnés dans l'île de Roanoke en 1586.

— Abandonnés par qui ?

— Sir Francis Drake.

— Et, dans leur tête à eux, ils se considèrent comme quoi, ces melungeons ?

— Comme des métis d'Amérindiens et de Portugais, de Turcs, de Maures, d'Arabes ou de Juifs.

— C'est prouvé historiquement ?

— À l'origine, au XVIIe, ils vivaient dans des cabanes, parlaient un anglais boiteux et se présentaient comme étant des *Portyghee*.

Larabee m'a fait signe de poursuivre d'un geste de la main.

— Une étude génétique récente, menée parallèlement sur des groupes de melungeons du Tennessee et de Virginie et sur des populations établies en Espagne, au Portugal, en Afrique du Nord, à Malte, à Chypre, en Iran, en Irak et dans d'autres pays du Levant n'a fait apparaître aucune différence significative.

— Comment vous faites pour vous rappeler des trucs pareils ? s'est écrié Larabee en secouant la tête.

— Je ne sais pas. J'ai regardé dans un bouquin. Il y a pas mal de sites melungeons sur le web.

— Et en quoi ça nous intéresse ?

— Il y a une grande population de melungeons près de Sneedville, dans le Tennessee.

— Et alors ?

— Vous vous rappelez Ricky Don Dorton ?

— Le propriétaire du Cessna ?

— Il est de Sneedville, dans le Tennessee.

— Ça colle.
— C'est bien ce que je me disais.
— Appelez Sheila Jansen. Je passe un coup de bignou aux autorités de Sneedville.

Je raccrochais après ma conversation avec l'enquêtrice du NTSB quand Slidell et Rinaldi ont fait leur apparition dans mon bureau. Deux visites en un jour, j'étais vernie.

— Vous avez entendu parler d'un certain J.J. Wyatt ? a demandé Rinaldi.

J'ai secoué la tête.

— Son nom était en mémoire sur le téléphone de Darryl Tyree.

— Vous voulez dire que Tyree l'appelait souvent ?

Rinaldi a acquiescé d'un hochement de la tête.

— De son portable.
— Il l'a appelé récemment ?
— Ses trois derniers appels remontent à dimanche matin, un peu avant sept heures.
— Passés à qui ?
— Au portable de Wyatt, a répondu Slidell.

Sous l'effet de la chaleur, son visage pochait encore plus que d'habitude.

— On a réussi à le localiser ? ai-je demandé.
— On pense qu'il était dans la main de Wyatt, a fait Slidell en s'épongeant le front.

J'allais lui sortir une réplique bien sentie quand Larabee est entré.

— Chapeau bas, messieurs, quand vous êtes en présence d'un génie ! a-t-il lancé à l'adresse de mes deux visiteurs.

Il arborait un sourire bien trop large pour tenir dans un visage aussi maigre que le sien. Levant un sourcil dans ma direction, il a agité un bout de papier en l'air.

— Jason Jack Wyatt.

Un silence absolu s'est abattu sur mon petit bureau.

Larabee nous a dévisagés l'un après l'autre, étonné par notre absence de réaction.

— Qu'est-ce que vous avez ?

C'est Slidell qui a pris la parole.

— Qu'est-ce que vous vouliez nous dire à propos de ce Jason Jack Wyatt, doc ?

— Melungeon, de sexe masculin, âgé de vingt-quatre ans, originaire de Sneedville, dans le Tennessee. Signalé disparu il y a trois jours par sa grand-mère inquiète.

Il a jeté un coup d'œil sur ses notes.

— Sa mamie dit que J.J. souffrait d'arthritisme dans ses mains et ses pieds. Ils vont nous expédier ses dossiers dentaires. Il me paraît bon pour être le passager du Cessna.

Personne n'a soufflé mot.

— Vous voulez la cerise sur le gâteau ?

Trois hochements de tête ont attesté de notre assentiment.

— La grand-mère s'appelle Effie Opal Dorton Cumbo.

Le sourire de Larabee s'est encore agrandi, si c'était possible.

— J.J. Wyatt et Ricky Don Dorton sont cousins.

16.

Il s'est bien écoulé trente secondes avant que l'un de nous trois ne profère un son.

Rinaldi étudiait le plafond, Slidell ses chaussures. Tous les deux avec l'air de faire des calculs hypercompliqués dans leurs têtes.

Larabee faisait le mort, comprenant qu'il était hors circuit mais ne sachant pas pourquoi. Son sourire avait disparu, ses traits s'étaient affaissés et son visage donnait soudain l'impression d'avoir été oublié au four pendant une vie entière.

Finalement, c'est moi qui ai redémarré la conversation. En levant mon pouce en l'air.

— Jason Jack Wyatt pourrait être le passager du Cessna.

— Le Cessna appartenait à Ricky Don Dorton, a dit Rinaldi.

Mon index a rejoint mon pouce.

— Wyatt était le cousin de Dorton, a ajouté Slidell.

Au tour du majeur de se lever.

— Darryl Tyree téléphonait souvent à Wyatt. Il l'a fait trois fois le matin où le Cessna s'est crashé, a rappelé Rinaldi.

L'annulaire.

— Après avoir largué au moins quatre kilos de poudre, a renchéri Slidell.

Le petit doigt.

— Tyree deale, et il a une copine qui a disparu récemment, a dit Rinaldi.

J'ai recommencé avec l'autre main.

— Juste après avoir achevé son moutard, a précisé Slidell.

— Pas si sûr, ai-je objecté.

— Deux autres membres de la famille de Tamela ont disparu eux aussi, a dit encore Rinaldi sans entrer dans le différend à propos du bébé.

Un deuxième index s'est levé.

— Et le permis de conduire de la môme se retrouve dans une baraque où sont entreposés deux kilos de schnouf dans la cave et des bouts de cadavre dans les chiottes, a renchéri Slidell.

Le majeur de la seconde main.

— Une baraque appartenant à Sonny Pounder, le dealer de bas étage qui a balancé aux flics l'histoire du bébé de Tamela.

L'annulaire, maintenant.

— Une maison avec des ours enterrés dans le jardin ! ai-je ajouté en conclusion, et j'ai laissé retomber mes deux mains.

Slidell a poussé un juron plein d'emphase.

J'y ai associé un spécimen tiré de ma collection personnelle.

Un téléphone a sonné dans le bureau de Larabee.

— Je compte sur vous pour me mettre au parfum, m'a lancé le médecin chef au moment de passer la porte.

Rinaldi a extrait de sa poche intérieure un sachet en plastique transparent qu'il a jeté sur mon bureau.

— Les techniciens de la scientifique ont trouvé ça avec la cocaïne. J'ai pensé que ça vous dirait peut-être quelque chose.

J'ai jeté un coup d'œil à Rinaldi avant de m'en emparer.

— Les empreintes ont déjà été relevées.

J'ai ouvert le sachet.

— Des plumes ?

— Des plumes tout à fait rares, a précisé Rinaldi.

— Je ne connais rien aux plumes.

— Vraiment ? a fait Slidell en levant les épaules. Vous aviez l'air si branchée sur gros nounours.

— Il s'agissait d'os. Là, ce sont des plumes.

Rinaldi a sorti du sachet une plume d'une vingtaine de centimètres et l'a fait tourner entre ses doigts. Même sous cet éclairage au néon, les bleus étaient riches et irisés.

— Ce qui est sûr, c'est que ça ne vient pas d'un moineau.

— Attendez, je ne comprends plus rien du tout, ai-je lancé. Pourquoi est-ce que quelqu'un cacherait des plumes avec des drogues illicites, à votre avis ?

— Elles étaient peut-être dans la cave depuis longtemps, et la cocaïne a été posée dessus involontairement.

— Possible, a fait Rinaldi en remettant la plume dans le sachet.

J'ai fait part aux policiers de la présence de petits os d'oiseau avec ceux des ours.

— Dites-nous-en plus.

— C'est tout ce que je sais.

— Ça ne ferait pas de mal d'identifier l'espèce.

— Pour ça, adressez-vous à un ornithologue.

— Vous en connaissez ?

J'ai décoché à Rinaldi un regard aussi doux que des serres de vautour.

— Je peux certainement passer deux ou trois coups de fil. Mais si nous parlions d'abord des corps sans tête ?

Rinaldi a croisé les bras sur sa chemise en lin de chez Brooke Brothers d'un air buté. J'ai insisté :

— Je n'aime pas beaucoup qu'on me laisse dans le noir, détective.

— Nous, on n'aime pas plus le flou, doc, a réagi Slidell.

Je me suis tournée vers lui.

— Y a-t-il des choses que vous m'avez cachées ?

— Pourquoi qu'on ferait tourner la roue alors qu'y a rien à gagner ? a marmonné Slidell, bougon.

J'ai pris mon air buté.

— Dès qu'on aura tout bien vérifié, on vous dira, doc.

Ses yeux plantés dans les miens.

Rinaldi s'est concentré sur un cal de son pouce. Je pouvais voir la peau de son crâne pâle et luisante entre ses cheveux en brosse.

La voix de Larabee nous est parvenue de son bureau.

Slidell soutenait mon regard. Est-ce qu'il le soutiendrait encore si je lui balançais un coup de genou dans les couilles ?

Finalement, Rinaldi s'est décidé.

— Oh ! il n'y a pas grand mal à faire part de nos réflexions au docteur Brennan.

Slidell a dévié les yeux vers son coéquipier. Retour sur moi. Soupir.

— Et puis, merde ! Comme tu voudras...

— Il y a trois ou quatre ans, a expliqué Rinaldi, je ne sais plus très bien, une demande d'information a abouti par hasard sur mon bureau.

— À propos d'un corps sans tête ni mains ?

Il a hoché la tête.

— Émanant d'où ?

— De Caroline du Sud.

— C'est grand.

— De Fort Mill, Gaffney, Chester, allez savoir !

a-t-il fait en balayant l'air de sa main longue et osseuse. Chez eux, rien n'est centralisé. Ce n'est pas facile de remonter aux origines.

Nous avons peut-être les pieds dans le goudron, en Caroline du Nord, mais nous avons aussi un système de médecine légale centralisé, ce dont ne peuvent pas se vanter nos voisins de Caroline du Sud. Chez eux, tout est entre les mains des coroners qui travaillent chacun dans leur propre comté, sans communiquer entre eux. En plus, ils sont élus à ce poste : le plus souvent, il s'agit d'infirmières, de directeurs de pompes funèbres, de propriétaires de cimetière. Autrement dit, de gens n'ayant pas de véritable formation médicale, et encore moins de connaissances en pathologie médico-légale. Les autopsies sont confiées aux médecins du cru.

— La plupart des coroners de la Caroline du Sud ne disposent pas de lieux *ad hoc* pour conserver un cadavre longtemps, ai-je ajouté.

— Ça, c'est vrai ! s'est exclamé Slidell. Ils lui ont donné combien, au papa de Michael Jordan, avant de le fumer ? Quoi ? Trois jours ?

Quand je dis que Slidell a la délicatesse d'un marteau de forgeron ! Enfin, en l'occurrence, il n'avait pas tort.

— Je leur ai adressé une demande de renseignements, a poursuivi Rinaldi. Espérons qu'ils me rappelleront avant la fin de la journée.

— Et ce corps qu'ils avaient, sans tête ni mains, il était en bon état ?

— Pour autant que je me souvienne, c'était des parties de squelette. Je n'ai pas fait très attention. Ça n'avait pas d'importance pour moi à l'époque, dans l'affaire sur laquelle je travaillais.

— C'était un Noir ou un Blanc ?

Rinaldi a levé ses épaules et les a laissé retomber.

— Un homme, une fcmme ?
— L'un ou l'autre, sans aucun doute.

Les détectives partis, j'ai téléphoné à une collègue de l'université au sujet des plumes. Rendez-vous a été pris pour le lendemain.

Ensuite, je suis allée chercher à la chambre froide le chariot supportant les restes animaux. J'ai réuni tout ce qui ressemblait à des os d'oiseau et j'en ai fait un paquet auquel j'ai joint le sachet de Rinaldi contenant les plumes.

Puis j'ai échangé mon chariot « animaux » contre le chariot « fosse d'aisances », et j'ai passé les heures suivantes à analyser les restes aussi exhaustivement que possible.

En dehors de l'âge, que j'ai réussi à estimer un peu plus précisément, mes conclusions n'ont guère changé.

Race : blanche.

Âge : de vingt-cinq à quarante ans.

Sexe : tirez à la courte paille.

Revenue dans mon bureau, j'y ai découvert un Ryan plongé dans le guide des spectacles, ses Nike sur ma table de travail. À sa tenue de ce matin, short et chemise hawaïenne, il avait ajouté une casquette Winston Cup. Il ressemblait au type de la série télévisée *Hawaï Five-O*.

— Tu as passé une bonne journée ?

— Latta Plantation, et après, Freedom Park.

— Je ne te savais pas aussi passionné d'histoire.

— C'est Hooch. Il est insatiable.

— Où est-il ?

— L'appel de la pâtée a eu raison de sa passion pour la vie sauvage.

— Je m'étonne qu'il t'ait laissé partir sans lui.

— La dernière fois que je l'ai vu, ce meilleur ami de l'homme était plongé dans l'étude d'un paquet de biscuits Oreo.

— Le chocolat est mauvais pour les chiens.

— Nous en avons discuté. Il a estimé qu'il saurait surmonter le problème.

— S'il s'est trompé, c'est toi qui nettoies le tapis !

— Des progrès avec l'homme de la fosse d'aisances ?

— J'admire ton sens des enchaînements.

J'ai balancé le dossier sur la table et me suis écroulée dans mon fauteuil.

— Je finis seulement.

— Ça t'en a pris, du temps.

— Toody et Muldoon [1] sont passés deux fois aujourd'hui.

— Slidell & Co ?

J'ai hoché la tête.

— Tu n'es pas un peu dure avec lui ?

— Slidell ? Pour faire des glaçons, il lui faudrait un mode d'emploi !

— Il est aussi con que ça ?

J'ai réfléchi.

Non, Slidell n'était pas véritablement con. En tout cas, pas con comme une fougère en pot ou une grenouille en bois. Tout simplement, Slidell était Slidell.

— Probablement pas. Mais dans le genre emmerdeur gros plein de soupe, il est hors concours.

— Qu'est-ce qu'il te voulait ?

J'ai rapporté à Ryan ce que les deux policiers m'avaient appris sur Jason Jack Wyatt et les appels passés à partir du portable de Darryl Tyree.

— Le jules de la fille dont le bébé est mort ?

1. Héros d'une série télé des années 1960, retraçant les aventures de deux flics du Bronx. *(N.d.T.)*

J'ai hoché la tête.

— De curieux en plus bizarre.

— Pour couronner le tout, Rinaldi se souvient d'une enquête avec un corps sans tête ni mains, il y a de ça quelques années. Avec Slidell, ils remontent la piste.

— Les caractéristiques correspondent à ton type ?

— Les souvenirs de Rinaldi sont plus que vagues.

— Et ton mort, c'est un mec ?

— J'ai l'impression.

Ryan a levé un sourcil interrogateur. J'ai expliqué :

— Rien dans ce crâne ne permet de déterminer le sexe de façon absolue. J'ai fait toutes les analyses possibles en utilisant le logiciel Fordisc 2.0.

— Et dans toutes les catégories, tu tombes chaque fois à cheval ?

J'ai fait oui de la tête.

— Mais c'est quand même plus en faveur d'un homme que d'une femme.

— Idem pour les os de la main ?

— Oui.

— Et ton instinct te dit quoi ?

— Homme.

— Un Blanc, entre jeune et dans la force de l'âge, qui utilisait la maison du petit gars ? Ce n'est pas si mauvais comme début.

— Avec de mauvaises dents.

— Ah oui ?

— Beaucoup de caries. En tout cas, sur les dents récupérées.

— Il en manque beaucoup ?

— Pas mal.

— Pauvre petite Boucles d'or !

— Comment est-ce que je pouvais savoir que tu allais me dire ça ?

— Des couronnes ?

J'ai secoué la tête.

— La victime n'était pas convaincue des bienfaits d'un contrôle dentaire régulier.

— Autre chose ?

— Peut-être une légère déminéralisation osseuse.

— Pour un début, je trouve que vous avez fait de l'excellent travail, docteur Brennan.

— Rinaldi avait des plumes.

— Oh !... Je n'aurais jamais cru ça de lui !

— Trouvées dans la cave, avec la cocaïne.

— Des plumes de quoi ?

— Il veut que je le découvre.

— Tu connais toutes les grandes cervelles d'oiseaux du pays ?

— En tout cas, j'en connais une, cow-boy.

Ryan a joint les doigts en pistolet et m'a visée.

— Et demain, tu repars en campagne ?

— Exactement.

Cette fois, il a agité la main comme s'il lançait un lasso.

Au moment où nous passions devant le bureau de Mme Flowers, le standard a sonné. Elle a décroché, puis agité la main dans ma direction.

J'ai attendu qu'elle mette l'appel en attente.

— C'est le détective Slidell.

Un soupir a joué des coudes pour remonter le long de ma poitrine. Je ne me suis pas laissé aller au mélo.

Mme Flowers m'a adressé un sourire, puis un autre à Ryan. Lequel lui en a retourné un, où brillait un million de quenottes. Deux ronds roses ont fleuri sur les joues de la dame. Elle m'a soufflé :

— J'aime autant vous prévenir : on dirait un chat qui a attrapé un canari.

— Oh, le vilain matou ! a fait Ryan avec un clin d'œil à Mme Flowers.

Elle a émis un petit rire nerveux. Ses joues ont viré au rose framboise.

— Je vous le passe ?

Tu parles ! Avec le même plaisir que le virus Ebola.

Mais que faire, sinon tendre la main pour prendre le combiné ?

17.

— Lancaster.

— Lancaster qui ?

— En Caroline du Sud.

Crissement de papier cellophane et bruit de mastication.

— C'est à environ quarante minutes de Charlotte.

— Je connais. Tout droit par la 521.

Pause.

— Et alors, Lancaster, en Caroline du Sud ?

— Un squelette... Trois ans de ça...

Une voix déformée par ce qui devait être une barre de caramel aux cacahuètes : Slidell dans sa phase Snickers. Ma main s'est crispée sur le combiné.

— Des randonneurs.

Bruyant froissement de papier et commentaire inaudible se terminant sur « parc ».

— Des randonneurs ont trouvé un squelette sans tête ni mains dans un parc près de Lancaster ?

— Ouais.

Un déclic. Slidell devait se curer une dent avec l'ongle du pouce.

— On a une identité ?

— Non.

— Qu'est-ce qu'on a fait des restes ?

— Emballés et emportés à Columbia.

— Chez Wally Cagle ?

— C'est l'anthropologue de là-bas ?

— Oui.

— Un moucheron trapu avec une barbiche en cul de canard ?

— Walter Cagle est un médecin légiste de premier ordre, diplômé de l'Association. (J'ai eu du mal à garder une voix posée.) Mais vous n'avez pas répondu à ma question.

— Probablement.

— Quoi, probablement ?

— Les bons citoyens du comté de Lancaster se sont votés un nouveau coroner, il y a deux ans. Il clame que son prédécesseur ne savait pas tenir ses dossiers.

— Qui a diligenté l'enquête ?

— Le shérif.

— Qu'est-ce qu'il dit ?

— De parler avec l'ancien coroner. Lui aussi, c'est un bleu.

— Vous l'avez fait ?

— Pas facile. L'est mort.

Je serrais le combiné avec tant de violence que le plastique a craqué.

— Le coroner actuel a des informations sur le cas ?

— Il sait rien. Squelette incomplet, portant des traces d'attaques animales.

— C'est-à-dire ?

— C'est ce qui était marqué dans le rapport de police. Sinon, rien dans le dossier.

— Quelqu'un a interrogé le docteur Cagle ?

— Ouais.

— Et le crâne trouvé à la ferme, vous avez demandé une recherche au service des personnes disparues ?

— Je vois pas comment, sans signalement !

Là, Slidell marquait un point.

— Un homme blanc, entre vingt-cinq et quarante ans. De mauvaises dents, quatre couronnes.

J'ai réussi à garder une voix égale.

Les doigts de Mme Flowers couraient sur les touches de son clavier. De temps à autre, elle jetait un coup d'œil à Ryan qui lui souriait toujours et, immanquablement, ses joues viraient au rose fuchsia.

— Ça aide.

— Si ça ne donne rien, voyez chez les femmes disparues.

— Qu'est-ce que vous me sortez là ! On n'est pas d'un sexe ou de l'autre ?

— En général.

J'ai regardé Ryan. Il souriait.

— Je garde mon portable allumé. Rappelez-moi si vous avez du nouveau.

En temps ordinaire, mon réfrigérateur me révèle des reliques de plats à emporter, des plats surgelés, des condiments, du café en grains, du Coca Light et du lait. Et aussi des traces poisseuses dans les casiers.

Ce soir, ô surprise ! il était plein à craquer. Quand j'ai ouvert la porte, un oignon Vidalia a roulé par terre et s'est arrêté contre le flanc de Boyd, qui s'est levé pour le renifler, l'a léché et s'est réinstallé sous la table.

— Tu as fait des courses ?

— Hooch m'a montré le chemin jusqu'au marché.

Boyd a dressé les oreilles, mais sans lever le menton de ses pattes.

J'ai ouvert un paquet enveloppé dans du papier.

— De l'espadon ? Tu sais faire ça ?

— Cette question ! s'est exclamé Ryan en levant les mains en l'air. Moi, un fils de la Nouvelle-Écosse !

— Je te sors une Sam Adams ?

— Depuis des générations, ma famille tire ses revenus de la mer.

Impayable, ce type !

— Tes parents sont nés à Dublin et ils ont fait leurs études de médecine à Londres.

— Ils mangeaient du poisson à tous les repas ou presque.

Je lui ai tendu sa bière.

— Merci.

Il a retiré la capsule et bu une longue gorgée.

— Pourquoi est-ce que tu...

— Je sais, l'ai-je interrompu. Pourquoi est-ce que je ne prends pas une douche pendant que Hooch et toi me préparez un bon petit plat, vite fait bien fait.

Ryan a décoché un clin d'œil à Boyd qui s'est avancé vers lui.

— OK.

Mais les choses ne devaient pas se passer ainsi.

Je commençais à faire mousser le shampoing sur mes cheveux quand j'ai senti un courant d'air frais. La porte de la douche s'était ouverte et un corps chaud se pressait contre moi.

Des doigts ont commencé à masser mon cuir chevelu.

Sans ouvrir les yeux, je me suis lovée contre Ryan.

— Tu as mis le poisson à cuire ?

— Non.

— Tant mieux.

Nous étions sur le divan, blottis l'un contre l'autre, quand le téléphone a sonné.

Katy.

— Qu'est-ce que tu fais de beau ?

— Je termine juste de dîner.

— À cette heure ?

J'ai jeté un coup d'œil à la pendule sur la cheminée. Dix heures et demie.

— J'avais du boulot.

— Tu devrais te reposer, maman. Prendre un peu de temps pour toi.

— Hmm.

— Tu bosses toujours sur la trouvaille de Boyd ?

— Oui, et ça promet d'être particulièrement gratiné.

— C'est-à-dire ?

— Il y avait des os humains avec les os d'animaux.

— Tu rigoles ?

Ryan s'est mis à me caresser derrière l'oreille. J'ai écarté sa main.

— J'aimerais bien... Et toi, qu'est-ce que tu fais de tes journées ?

— Je remplace la standardiste du bureau de papa, elle est en vacances. C'est d'un ennui... !

Elle a prononcé ce dernier mot comme s'il faisait cinq syllabes au moins.

— Ça consiste en quoi ?

Ryan a soufflé sur ma nuque.

— À répondre au téléphone « Bialystock & Bloom... Bialystock & Bloom... » entre deux enveloppes à coller.

— Pas mal.

Elle avait pris le ton de la réceptionniste suédoise dans le film *Les Producteurs*.

— On se disait, avec Lija, qu'on donnerait bien une petite fête.

— C'est déjà plus rigolo.

Ryan a retiré son bras de mes épaules et s'est levé, sa tasse de café à la main. Du bout des lèvres, je lui ai soufflé « Non, merci ».

— Il y a quelqu'un chez toi ?

— Qui tu comptes inviter ?

Une légère pause.

— Quand je t'ai appelée, l'autre jour, un type a répondu...

Seconde pause, plus courte.

— Il est toujours chez toi, c'est ça ? C'est pour ça que tu as une drôle de voix. Ah ah, tu t'offres des parties d'amygdales avec ton étalon de Montréal ?

— C'est d'Andrew Ryan que tu parles ?

— Tu sais très bien de qui ! Bien sûr, je me disais aussi... J'y suis maintenant. Je l'ai vu quand je suis venue à Montréal. Quand un tueur en série voulait te reconfigurer le larynx avec une chaîne à vélo.

— Katy... !

— De toute façon, *le monsieur* * était là quand je suis passée déposer le chien. Ben dis donc, maman, tu t'emmerdes pas ! Beau mec !

Et de hurler dans tout l'appartement : « Ma mère est à la colle avec un gendarme ! »

— Katy !

Parlotte inaudible.

— Et comment ! À côté, Harrison Ford ressemble à Freddy Geekmeister.

Autre conciliabule inaudible.

— Lija te fait dire de ne pas le lâcher.

De nouveau, une voix lointaine et la réponse de Katy : « Excellente idée. »

— Lija te dit de l'amener à la soirée.

— C'est quand ?

— Demain soir. Tenue élégante de rigueur ! C'est sympa de se saper, pour une fois.

J'ai regardé l'étalon de Montréal. Après notre douche commune, il avait troqué sa chemise hawaïenne et son short contre un jean coupé, un T-shirt et des tongs.

— À quelle heure ?

À neuf heures dix-sept, le lendemain matin, j'entrais dans un bureau situé au troisième étage du bâtiment McEniry à l'université de Caroline du Nord – section Charlotte, Ryan sur les talons. La pièce, petite, était claire et ensoleillée. La moquette d'un gris institutionnel était cachée sous un joyeux tapis multicolore au centre duquel un héron à longues pattes prenait son envol, entouré de nids stylisés. À gauche, du sol au plafond, des étagères occupaient tout le mur. Celui de droite accueillait des douzaines de dessins et de photos d'oiseaux. Discrets ou étincelants, originaires des tropiques ou de l'Arctique, prédateurs ou incapables de voler. La variété de becs et de plumages était ahurissante.

D'autres oiseaux, sculptés ou en bas-relief, étaient posés sur le bureau et les commodes à dossiers et glissaient un œil entre deux livres. Il y en avait même perchés en haut des étagères. Des coussins brodés de motifs ornithologiques décoraient l'appui de la fenêtre. Dans un coin, une marionnette représentant un perroquet pendait du plafond.

À croire que l'occupante des lieux avait choisi son mobilier dans un catalogue de *Birds « Я » us* sur les conseils d'un ornithologue.

En fait, c'est elle qui a décoré ce bureau, et sans l'aide de qui que ce soit, car Rachel Mendelson est l'une des ornithologues les plus renommées du pays. C'est aussi une passionnée de sa spécialité. Elle vit, respire, dort et s'habille en fonction des oiseaux. Je ne serais pas étonnée qu'elle en voie jusque dans ses rêves. Sa maison, comme ce bureau, regorge d'animaux à plumes, vivants et inanimés. Quand je vais chez elle, je m'attends toujours à ce qu'une pie-grièche ou une spatule fonde en piqué sur mon fauteuil à bascule et se mette à piailler.

En face de la porte, sur toute la longueur du mur, s'étirait une baie vitrée d'où l'on pouvait voir, à travers le store vénitien à demi fermé, le jardin botanique Van Landingham Glen et sa forêt de rhododendrons. Dans la chaleur de la matinée, les fleurs étincelaient comme un mirage.

Un bureau était placé devant la fenêtre. Deux fauteuils lui faisaient face. Modèle presque standard : métal pour le piètement, tissu pour les sièges. L'un était occupé par un puffin, l'autre par un pélican, tous les deux empaillés.

Le fauteuil derrière le bureau semblait avoir été conçu à l'intention d'un astronaute souffrant de problèmes orthopédiques. Il contenait le docteur Rachel Mendelson.

Du mieux qu'il le pouvait.

À notre entrée, elle a relevé les yeux mais ne s'est pas avancée pour nous accueillir.

Elle a juste eu le temps de dire « Bonjour », avant d'éternuer coup sur coup. Par deux fois, sa tête est partie en avant et le chignon perché au sommet de son crâne a tressauté. J'ai attendu qu'elle récupère pour la prier d'excuser notre retard.

— Harris Boulevard, la circulation était infernale.

— Ne m'en parle pas. Je prends toujours la route aux premières lueurs du jour.

Même sa voix, bizarre et joyeuse, ressemblait à des trilles d'oiseau.

Elle a pris un mouchoir en papier dans une boîte décorée d'un hibou et s'est mouchée bruyamment.

— Excusez-moi. Des allergies.

Elle l'a froissé et jeté dans une corbeille sous son bureau avant de s'extraire péniblement de son fauteuil.

Non pas qu'il lui faille plier de longues jambes, car Rachel ne mesure qu'un mètre cinquante. Mais ce qui lui manque en hauteur, elle le compense en largeur.

Et en couleurs. Aujourd'hui, sa palette vestimentaire tournait autour du citron vert et du turquoise. Avec une infinité de nuances.

Depuis que je la connais, Rachel mène une bataille forcenée contre le poids. Les uns après les autres, les régimes soulèvent son enthousiasme et la plongent ensuite dans le même désespoir. Il y a cinq ans, elle s'est mise aux légumes et aux cocktails de fruits en boîte. Grâce à quoi, elle est tombée à quatre-vingt-dix kilos, son poids le plus léger depuis la puberté.

Hélas, rien n'y fait, malgré tous ses efforts. Par quelque méchant tour du sort chromosomique, elle demeure ancrée autour des cent quinze kilos.

En échange, ses doubles hélices l'ont dotée de cheveux auburn magnifiques et de la plus belle peau du monde.

Et d'un cœur capable d'accueillir toute la foule de Radio City Hall au concert de clôture des Rockettes.

— *Bonjour, monsieur Ryan* *, a-t-elle dit en lui tendant sa main grassouillette.

Ryan en a baisé le bout des doigts.

— *Bonjour, madame. Je vois que vous parlez français* *.

— *Un petit peu. Mes grands-parents étaient québécois* *.

— *Parfait* *.

Rachel s'est tournée vers moi, les sourcils levés en arc de cercle et les lèvres arrondies en un O minuscule.

— Dis seulement « Assis, garçon ! », ça suffit.

Ryan a lâché ses doigts.

— Assis, garçon ! a dit Rachel en accompagnant ses mots d'un geste des deux mains vers le bas. Et assise, la fille aussi !

Nous avons tous les trois pris place dans nos sièges.

Ryan a désigné une sculpture en métal posée sur une pile de dossiers d'examen.

— Joli, ce canard.

— C'est un grèbe, l'a corrigé Rachel.

— Vous mettez le prix de ma visite sur sa note, a dit Ryan.

— Celle-là, je ne l'avais encore jamais entendue, a déclaré Rachel sur un ton pince-sans-rire digne de son interlocuteur. Bon, venons-en au fait. Qu'est-ce que c'est que cette histoire d'oiseau mort ?

Je lui ai exposé la situation en me limitant au strict minimum.

— Pour les os, je ne suis pas géniale, mais pour les plumes, je suis championne toutes catégories. Passons dans mon labo.

Si le bureau de Rachel accueille plusieurs douzaines d'espèces aviaires, son laboratoire abrite la classification de Linné tout entière. Crécerelles. Pies-grièches. Poules d'eau. Condors. Oiseaux-mouches. Pingouins. Il y a même un kiwi empaillé dans une vitrine tout au bout de la salle.

Rachel nous a conduits jusqu'à une paillasse noire sur laquelle j'ai déposé mon paquet avec les os. Attrapant d'une main les lunettes demi-lune qui ballottaient sur sa poitrine pour les chausser sur son nez, elle a remué du doigt le petit tas d'os.

— On dirait un psittacidé.

— C'est bien ce que je pensais ! a lancé Ryan.

Rachel n'a pas relevé.

— Famille des perroquets. Comme le cacatoès, l'ara de Spix, le loris, la perruche des steppes, la perruche.

— J'en ai eu une vraiment top quand j'étais gosse, s'est écrié Ryan.

— Ah oui ? a dit Rachel.

— Je l'avais appelée Top.

Rachel m'a jeté un coup d'œil.

J'ai fait rebondir mon index sur ma tempe en secouant la tête d'un air navré.

Rachel a reporté son attention sur la paillasse.

S'emparant d'un sternum, elle l'a fait tourner entre ses doigts.

— Probablement un ara, a-t-elle conclu après un temps d'observation. Dommage qu'on n'ait pas le crâne.

Flash-back : Larabee déplorant que le passager n'ait pas de tête.

— Trop petit pour être un ara jacinthe et trop grand pour être un épaule rouge.

Rachel a retourné le sternum dans tous les sens et l'a reposé sur la table.

— Voyons ces plumes.

J'ai ouvert le sachet. Les yeux de Rachel se sont posés sur la table et subitement, si jamais la chose est possible à un être humain, toutes les molécules de son corps se sont figées. Pendant plusieurs secondes, elle est restée parfaitement immobile. Puis elle a tendu la main, emplie de révérence, et a saisi une plume.

— Oh ! mon Dieu...

Elle m'a considérée, bouche bée, comme si je venais de faire éclore une pièce de monnaie de son oreille.

— Qu'est-ce qui se passe ?

— Où est-ce que tu as trouvé ça ?

J'ai répété mes explications.

— Et elles étaient dans ce sous-sol depuis longtemps ?

— Je n'en sais rien.

Ayant emporté la plume sur un autre plan de travail, elle en a arraché deux barbes et les a placées sur une lamelle en verre. Puis elle a versé dessus quelques gouttes d'une solution, a repositionné les barbes à l'aide d'une aiguille, a épongé le surplus de liquide et a recouvert la lame d'une seconde plaque de verre, avant d'introduire le tout sous la lentille d'un microscope. Ayant hissé son ample fessier sur un tabouret rond, elle s'est tortillée jusqu'à trouver une position confortable et s'est penchée sur l'œilleton.

Plusieurs secondes ont passé. Une minute. Deux.

— Oh ! mon Dieu...

Enfin, elle a quitté son siège. D'un pas lourd, elle s'est dirigée vers une commode en bois et a sorti d'un tiroir une boîte plate rectangulaire. Revenue au microscope, elle a remplacé la lame qui s'y trouvait par une de sa boîte.

Ryan et moi avons échangé des regards interrogateurs.

Rachel a substitué à cette première lame de référence une seconde, également prise dans sa boîte, puis elle est revenue à celle qu'elle avait préparée à partir de la plume trouvée à la ferme.

— Dommage que je n'aie pas de microscope comparatif, a-t-elle dit en prenant une troisième lame de référence.

Quand elle a enfin relevé la tête, elle avait les yeux brillants et le visage rouge d'excitation.

18.

— *Cyanopsitta spixii.* Prononcé sur le ton feutré du zélote évoquant son dieu.

— C'est une sorte de perroquet ? a demandé Ryan.

— Oh, pas n'importe quel perroquet ! s'est exclamée Rachel en joignant les deux mains contre sa poitrine. C'est le perroquet le plus rare du monde. Probablement l'oiseau le plus rare du monde.

Ses mains croisées se sont soulevées, puis se sont abaissées au rythme de sa poitrine turquoise et citron vert.

— Oh ! mon Dieu...

— Tu veux un verre d'eau ? ai-je proposé.

Rachel a agité les mains en signe de refus.

— En fait, c'est un ara macao.

Retirant ses demi-lunes, elle les a laissé tomber au bout de leur chaîne.

— Et le macao est une espèce de perroquet ?

— Oui.

Elle a retiré la plume de dessous le microscope et l'a caressée affectueusement.

— Ça provient de la queue d'un ara de Spix.

— Vous en avez un empaillé ? a demandé Ryan.

— Comment voulez-vous ! s'est-elle écriée en se laissant glisser à bas de son tabouret. Ces oiseaux-là n'existent plus, à cause de la destruction de l'environnement et du commerce des oiseaux en cage. J'ai déjà bien de la chance de posséder des lames de référence avec leurs plumes.

— Et qu'est-ce que tu regardais exactement ? lui ai-je demandé.

— Oh ! mon Dieu... Comment t'expliquer...

Elle a réfléchi un moment à la façon la plus claire et la plus simple de rendre les choses intelligibles à un non-initié.

— Les plumes sont faites de tiges sur lesquelles poussent des barbes. Les barbes sont munies de mini-barbes appelées « barbules », reliées entre elles par des éléments appelés « nodules ». Quand j'étudie une plume, je ne me contente pas de regarder sa couleur et sa morphologie générale, je prends en considération la forme, la taille, la pigmentation, la densité et la répartition de ces nodules.

Rachel est allée attraper un grand livre brun sur une des étagères au-dessus de la commode à tiroirs. Après avoir consulté l'index, elle a ouvert le volume à la page recherchée et l'a posé à plat sur la paillasse.

— Et voilà, a-t-elle dit en tapotant une photo de son index potelé. Un ara de Spix.

L'oiseau représenté avait le corps bleu cobalt et la tête plus claire. Ses pattes étaient sombres, son œil gris, son bec noir et moins crochu que je ne le croyais.

— Il est grand comment ?

— Cinquante-cinq, soixante centimètres. Ce n'est ni le plus grand ni le plus petit des aras.

— Et où aime-t-il traîner ses bottes ? a demandé Ryan.

— Dans le centre du Brésil, dans la partie aride, à l'est, et aussi au nord de Bahia, le plus souvent.

— Et c'est une espèce disparue ? Une ex-espèce ?

Si j'ai pigé la référence de Ryan à Monty Python, pour Rachel, elle est restée lettre morte.

— Le dernier Spix vivant à l'état sauvage a disparu en octobre 2000.

— Le fait est répertorié ? me suis-je étonnée.

Elle a hoché la tête.

— L'histoire de cet oiseau est véritablement poignante. Vous aimeriez que je vous la raconte ?

Ryan a pris ce regard que je lui connais bien, les lèvres serrées.

C'est donc moi qui ai répondu, plissant involontairement les paupières.

— Oui, beaucoup.

— Comprenant que les aras de Spix était en danger, la Birdlife International a ordonné en 1985 le comptage de l'espèce dans le seul habitat qu'on lui connaissait.

— Au Brésil.

— Oui. On en a dénombré cinq. Au désespoir de la communauté scientifique.

— Ouais, ce n'est pas bon, ai-je renchéri.

— Non. Et la situation a empiré. À la fin de la décennie, pas un seul oiseau n'a été aperçu. En 1990, Tony Juniper, un des meilleurs experts au monde pour les perroquets, s'est rendu au Brésil afin de déterminer si le Spix avait véritablement disparu à l'état sauvage. Après six semaines passées à sillonner la région de Bahia en 4 × 4 en interrogeant tous les gens qu'il croisait sur son chemin, fermiers, prêtres, écoliers et même braconniers, Juniper a fini par localiser un mâle solitaire. Il avait établi son nid dans un cactus en bordure d'une rivière, non loin de Curaçao.

— Où est-ce ? a demandé Ryan en feuilletant les images de Spix.

— À deux mille kilomètres au nord de Rio.

Avec un sourire pincé, Rachel a tiré le livre à elle et l'a refermé.

J'ai fait un rapide calcul dans ma tête.

— Après le premier comptage, le Spix avait vécu dix ans dans son coin, caché de tous ?

— Dans son coin, pas vraiment. Car il était devenu une *cause célèbre** dans le monde. Pendant dix ans, des équipes de scientifiques aidées de tout un village brésilien ont enregistré ses moindres mouvements.

— Pauvre malheureux ! a lancé Ryan.

— Et ils ne se sont pas contentés de l'observer, a continué Rachel. Ils ont fait de l'affaire un véritable feuilleton télévisé ornithologique. Considérant qu'on ne saurait gaspiller des gènes aussi précieux que ceux du Spix, des fanatiques de la conservation des espèces ont décidé de lui trouver une compagne. Mais les aras se lient pour la vie, et celui-ci avait déjà eu pour conjointe une femelle ara d'Illiger vert clair.

— Métissage aviaire, a dit Ryan.

— Si l'on veut, a répondu Rachel en me regardant d'un air perplexe après un bref coup d'œil à Ryan. Cependant, le couple n'avait jamais vécu ensemble. Le Spix habitait dans un facheiro. C'est un cactus gros comme un arbre, qui peut atteindre huit mètres de haut et quatre de large. L'Illiger, elle, habitait dans le creux d'un tronc d'arbre. Pendant la journée, ils volaient ensemble et, le soir venu, le Spix raccompagnait l'Illiger à son arbre et s'en retournait dans son cactus.

— L'homme a parfois besoin d'un lieu pour s'isoler, a déclaré Ryan.

Deux lignes verticales ont barré le front de Rachel, mais elle a continué bravement.

— En 1995, donc, les chercheurs ont lâché une femelle Spix sur le territoire de ce mâle, dans l'espoir qu'ils s'uniraient et se reproduiraient.

— Oh-oh ! La rivale...

Rachel a préféré ne pas entendre.

— La femelle Spix a fait la cour au mâle et il a répondu à ses avances.

— Divorce au tribunal ?

— Les trois oiseaux ont volé ensemble pendant un mois.

— *Ménage à trois**.

— Il est toujours comme ça ? a fini par lâcher Rachel en se tournant vers moi.

— Hélas, mais ne te laisse pas impressionner.

— Un beau jour, Mme Spix a disparu et l'oiseau volage est revenu à ses amours d'antan.

Coup d'œil à Ryan pour voir s'il appréciait son trait d'esprit. Il a immédiatement embrayé :

— Preuve par neuf que les aras ne sont pas des poules mouillées.

— Hi, hi, hi, a émis Rachel.

— Qu'est-ce qui est arrivé à la femelle Spix ?

— Elle a heurté des lignes de haute tension.

— Ouille, a grimacé Ryan.

— Après, les chercheurs ont tenté toutes sortes de manipulations avec des œufs d'Illiger, pour finalement remplacer les hybrides non viables que la femelle couvait par des petits Illiger bel et bien vivants.

— Et le résultat a été ?

— Famille recomposée chez les oiseaux.

— Papa Spix et maman Illiger étaient de bons parents ?

Rachel a confirmé d'un hochement de tête.

— Mais le plus étonnant, c'est que les petits ont développé des voix identiques à celle de leur papa Spix, alors que sur le plan génétique c'était de purs Illiger !

— Ça alors, c'est incroyable !

— Les chercheurs projetaient d'introduire dans le nid des œufs de Spix élevés en captivité quand papa Spix a disparu.

— Jusque-là, ces inséparables avaient toujours formé un couple uni ? a demandé Ryan.

— Nous parlons d'aras de Spix. Les inséparables sont des Agapornis.

Petit trait d'humour à la Rachel, accessible aux seuls spécialistes. Je lui ai demandé s'il restait des Spix en captivité. Elle a reniflé avec un dédain évident.

— Il en reste encore une soixantaine. Chez des particuliers.

— Où ça ?

— Dans un élevage aux Philippines, chez un cheikh du Qatar et dans une réserve d'oiseaux au nord de la Suisse. Je crois que le zoo de São Paulo en possède un aussi, et il y en a plusieurs dans un parc à perroquets dans une île des Canaries.

— Les propriétaires sont tous des ornithologues reconnus ?

— Parmi eux, pas un seul biologiste diplômé.

— C'est légal ?

— Malheureusement oui, car les oiseaux sont considérés comme un bien personnel. Les propriétaires sont libres d'en faire ce qu'ils veulent. Mais l'ara de Spix est inscrit depuis 1975 à l'appendice I de la CITES.

Des particules d'idées ont commencé à se rassembler au hasard dans ma tête.

— La CITES ?

— La Convention sur le commerce international des espèces sauvages menacées d'extinction. Celles portées à l'appendice I sont considérées comme menacées d'extinction et leur commerce n'est autorisé que dans des circonstances exceptionnelles.

Les particules d'idées ont commencé à fusionner.

— Et il y a un marché pour les Spix vivants ?

— Le Spix était déjà une espèce rare au XVIIIe siècle, tant il était apprécié des collectionneurs. Aujourd'hui, un Spix sauvage pourrait rapporter au vendeur dans les cent mille dollars, si ce n'est plus.

Rachel a quasiment craché ces derniers mots.

Dans ma tête, une idée a explosé comme la matière lorsqu'elle entre en fusion. Il fallait absolument que je joigne Slidell au plus vite.

Inutile de m'exciter. Mon portable a sonné juste au moment où je sortais du campus vers University Boulevard.

— J'ai eu le shérif du comté de Lancaster au téléphone.

— Qu'est-ce qu'il avait ?

— Principalement des lacunes.

— C'est-à-dire ?

Ryan a tendu le bras vers son lecteur de CD. La musique des Wolves a baissé jusqu'au niveau ambiance.

— Personne ne sait grand-chose.

Le genre de réponse qui ne me satisfait pas.

— Les os ont bien atterri sur la table de votre pote Cagle.

— Vous l'avez appelé ?

— Z'avez déjà tenté d'avoir un prof au téléphone en plein mois d'août ?

— Vous avez essayé chez lui ?

— Sa maison. Son bureau. Son labo. J'ai même pensé à organiser une séance spirite avec sa grand-mère décédée.

Slidell a parlé à quelqu'un, puis a repris sa conversation avec moi.

— Finalement, la secrétaire du département a bien voulu me refiler son numéro de portable. Le style : si vous le donnez à quelqu'un, je vous tue. Dites donc, il avait la voix d'un type qui porte des collants fuchsia.

— Et alors ?

— Walte-e-er... (dernière syllabe étirée sur trois

notes) était en train de creuser sur une île, quelque part du côté de Beaufort, en Caroline du Sud. Il a promis de mettre un étudiant sur le coup. Il lira le rapport dès qu'il aura fini d'excaver son macchabée indien.

— Eh bien, c'est gentil de sa part.

— Ouais. Je me disais justement que ça méritait des crottes en chocolat.

— Vous avez consulté le fichier national des personnes disparues ?

— On n'est pas sûr du sexe, on n'est pas sûr de la date de la mort, on n'a pas de dent, pas de tatouage, pas d'empreinte, pas de taille et pas de poids. Si je reçois une liste, elle fera quatre fois le tour du stade de Chicago.

Il avait raison. J'ai bifurqué sur un autre sujet.

— Avec Ryan, on vient de rencontrer une ornithologue. Les plumes proviennent d'un oiseau totalement disparu à l'état sauvage depuis l'an 2000.

— Alors comment se sont-elles retrouvées dans la cave de la ferme ?

— Bonne question.

— Vous avez une réponse ?

— Ces oiseaux vont chercher jusque dans les cent mille dollars.

— Vous vous foutez de moi. Y en a des qui payent ça pour un zosiau ?

— Des gens qui ont plus de fric que de cervelle.

— C'est permis ?

— Pas si l'oiseau est sauvage.

— Vous pensez à du marché noir ?

— Ça expliquerait que les plumes aient été cachées avec la cocaïne.

— Mais l'oiseau, il est pas censé dire « Jacquot » pour valoir tout ce pognon ?

— Il est peut-être mort dans le transport.

— Et le transitaire aurait gardé les plumes en se disant que tout n'était peut-être pas perdu ?

— Et il a enfoui la carcasse avec les autres animaux qu'il a abattus.

— Les ours ?

— C'est ce que je pense.

— Je croyais que vous aviez dit que c'était des ours noirs, variété de jardin.

— Oui.

— C'est une espèce menacée ?

— Non.

Pendant un moment je n'ai entendu que du silence, puis Slidell a lâché :

— Ça tient pas la route.

— Pour tuer autant d'ours, il y a forcément une raison.

— Le pognon ?

Question déjà soulevée par Ryan.

— Je ne sais pas. Mais je saurai bientôt.

En effet, je connaissais quelqu'un auprès de qui m'informer.

19.

Pour la première fois en presque une semaine, je n'avais pas besoin d'aller au MCME. J'avais tiré tout ce qu'on pouvait tirer des os d'ours, des restes de la fosse d'aisances et du passager du Cessna. S'il avait besoin des plumes, Slidell n'avait qu'à passer les chercher.

Attablée au café Pike's Soda devant des sandwichs au fromage grillé, j'ai débattu avec Ryan de notre projet plage. Était-il bien sage de partir au bord de la mer pour être rappelé d'urgence à Charlotte au bout de quelques jours ? Non, mieux valait attendre un peu.

Nous avons également discuté de mes soupçons concernant le commerce illicite d'animaux sauvages. Ryan a convenu que ma théorie était plausible, compte tenu que les plumes avaient été trouvées avec de la cocaïne, et dans une ferme où étaient enterrés un grand nombre d'ours noirs. Quant au rôle que tenaient ces ours dans l'histoire, mystère et boule de gomme. Mystère aussi en ce qui concernait les liens entre les différents protagonistes : Tamela Banks, Darryl Tyree, la victime de la fosse d'aisances, le propriétaire du Cessna, le pilote et le passager. Et mystère encore en ce qui concernait les rapports de tous ces gens avec la ferme, la seule connexion étant la cocaïne, qui passait de toute évidence par Tyree.

Après un arrêt au Dean & Deluca de Phillips Place afin d'acheter des hors-d'œuvre pour la réception de ce soir-là, nous sommes rentrés à l'Annexe. Pendant que Ryan enfilait sa tenue de sport, j'ai appelé Mme Flowers.

Wally Cagle, l'anthropologue légal qui avait examiné le squelette sans tête ni mains du comté de Lancaster, avait téléphoné. Elle m'a transmis son numéro.

Ensuite, j'ai écouté les messages laissés sur mon répondeur.

Katy.

Ma sœur Harry.

Son fils Kit, pour me prévenir qu'Harry allait sûrement m'appeler.

Harry.

Harry.

Pierre La Manche, mon chef de service à Montréal. Pour m'informer qu'on avait réclamé l'analyse anthropologique d'une femme retrouvée dans une sablière. Vu qu'elle y était enfouie depuis sept ans, l'affaire ne présentait pas un caractère d'urgence. Espérons que ça pourrait attendre mon retour prévu à la fin de l'été. Selon l'accord qui me lie au *Laboratoire des sciences judiciaires et de médecine légale**, je suis censée me rendre au Québec une fois par mois afin d'effectuer les examens requérant mon expertise et y revenir dans les plus brefs délais sitôt qu'une enquête, une catastrophe ou une urgence quelconque requiert ma présence.

Pour terminer, deux appels sans message.

La séquence Harry-Kit-Harry-Harry me laissait supposer qu'il y avait de l'eau dans le gaz entre ma sœur et mon neveu de vingt ans et quelques. Là non plus, pas d'urgence.

Je raccrochais le téléphone lorsque l'homme et son meilleur ami sont entrés dans la cuisine : le second dans le sillage du premier tel un requin attiré par le sang.

Ryan, en short et bandana, aborait un T-shirt proclamant : DE TEMPS À AUTRE AGIS PAR BONTÉ PURE ET AMOUR DE LA BEAUTÉ.

— La moitié de ce qu'il m'a coûté allait à la protection du *Lycaeides melissa samuelis*, m'a-t-il déclaré, comme j'applaudissais à ce slogan.

— Qu'est-ce que c'est ?

— Un papillon qui file un très mauvais coton. Le vendeur en était désespéré.

Il a attrapé la laisse de Boyd. À la perspective d'une balade, le chien est devenu fou.

Sur un sourire, je leur ai fait au revoir de la main et j'ai téléphoné à Katy.

Elle m'a demandé d'apporter des hors-d'œuvre pour la réception. Je lui ai décrit les champignons fourrés et les bâtonnets au fromage que j'avais déjà achetés.

Elle a voulu savoir si j'aurais pour escorte la Légion étrangère française. J'ai répondu que, en effet, je serais accompagnée.

Ensuite j'ai appelé Montréal. La Manche avait quitté le labo pour une journée de rendez-vous administratifs. J'ai laissé un message à propos de ma date de retour.

Harry, maintenant. Je n'avais pas vu ma sœur depuis notre semaine en famille à la mer au début du mois de juillet. En prévision d'une conversation longue et ardue, je me suis munie d'un Coca Light.

La bagarre mère-fils tournait autour du dernier jules de ma sœur, un kiné de Galveston. Au bout d'une demi-heure j'ai enfin compris le problème : Kit ne le supportait pas.

Je composais le numéro de Wally Cagle quand des bips m'ont signalé qu'un correspondant cherchait à me joindre.

J'ai fait la manip nécessaire pour me brancher sur lui.

— Vous avez consulté vos e-mails, docteur Brennan ?

Une voix haut perchée et roucoulante de poupée électronique.

Les petits cheveux de ma nuque se sont hérissés.

— Qui est à l'appareil ?

— Je sais où vous êtes. Je sais tout sur vous.

Mon agacement a cédé la place à la colère. Et à la peur. J'ai cherché une réponse cinglante. En vain.

— Qui est à l'appareil ?

— Le visage dans la vitre.

Mes yeux sont partis d'un coup vers la fenêtre.

— Le lapin couvert de poussière sous le lit. Ding ding ding... Le monstre dans le cagibi.

Involontairement, j'ai reculé jusqu'au mur pour trouver un appui. La voix d'enfant a singé AOL.

— Bienvenue. Vous avez du courrier.

Et la ligne a été coupée.

Je suis restée agrippée au téléphone, pétrifiée.

L'affaire sur laquelle j'étais ? Une autre ? Un crétin qui avait fait mon numéro par hasard ?

Une sonnerie a retenti dans ma main. J'ai fait un bond de deux mètres. L'écran du portable affichait « appel anonyme ».

Mon doigt a cherché le bouton de connexion. Lentement, j'ai levé le récepteur jusqu'à mon oreille.

— Allô ?

Une voix d'homme. J'ai attendu, le souffle bloqué dans ma gorge.

— Hou-hou ? Y a quelqu'un ?

Accent pointu de Boston.

Walter Cagle.

J'ai relâché l'air lentement.

— Bonjour, Wally.

— C'est vous, Tempe ?

— Oui, oui.

— Ça va bien, princesse ?

Wally donne du « princesse » à la plupart des femmes qu'il aime bien. Les unes se vexent, les autres pas. En ce qui me concerne, je préfère réserver mon ire à des sujets plus graves.

— Je vais très bien.

— Vous semblez tendue.

— Je viens juste de recevoir un coup de fil bizarre.

— Pas de mauvaises nouvelles, j'espère ?

— Probablement un imbécile.

Doux Jésus ! Et si ce n'était pas ça ?

— Un type qui voudrait vous voir en cuissardes et petite tenue Dale Evans ?

— Quelque chose dans le genre.

Un toc-toc à la fenêtre. Mes yeux se sont relevés dans l'instant.

Une mésange. Perchée sur la mangeoire à oiseaux, elle faisait cogner la maisonnette contre la vitre chaque fois qu'elle se penchait pour picorer. J'ai fermé les yeux et c'est d'une voix plus assurée que j'ai repris le fil de la conversation.

— Je suis bien contente de vous entendre. Le détective Slidell vous a mis au courant ?

— Il a dit que vous aviez besoin de renseignements à propos d'une vieille affaire.

— Un squelette incomplet retrouvé près de Lancaster, il y a environ trois ans.

— Je me souviens. Ni crâne ni mains. Le coroner devrait avoir mon rapport dans le dossier.

— Il est mort et le nouveau n'a entre les mains que le rapport de la police, ce qui ne sert à rien.

— Ben voyons ! C'est un débile profond, ce type !

Il a poussé un long soupir.

— Vous voyez un inconvénient à me faire part de vos résultats ?

— Pas le moins du monde, princesse. Et d'autant

moins que l'enquête n'a abouti à rien, si mes souvenirs sont bons.

— Il est possible que nous ayons retrouvé sa tête et ses mains, ici, à Mecklenburg.

— Sans blague !

Le silence a duré un moment. Je n'avais pas besoin d'être en face de Wally pour savoir qu'il avait croisé une jambe sur l'autre et balançait le pied pendant qu'il rassemblait ses pensées.

— Je suis encore à Beaufort, mais je me suis fait lire les grandes lignes du rapport par mon étudiant. C'était un squelette en un seul morceau, auquel manquaient seulement le crâne, la mâchoire inférieure, les trois premières vertèbres cervicales et tous les os des mains.

Pause.

— Bien conservé. Sans tissu mou ni odeur. Un peu de blanchiment. De nombreux dommages dus à des animaux. Mort depuis un an au moins, probablement plus.

Wally me récapitulait ses conclusions de la façon dont il avait dû les coucher par écrit à l'époque. À moins qu'il ne me lise les notes qu'il avait prises pendant sa conversation avec son assistant.

— Sexe : masculin. Âge : la trentaine, plus ou moins cinq ans. Estimé à partir des côtes et des symphyses pubiennes. Enfin, de ce qui en restait.

Pause.

— Race : caucasien.

Pause.

— Taille : plus ou moins un mètre quatre-vingt-cinq. Je ne m'en souviens plus exactement. Des attaches musculaires fines.

— Des traces de traumatisme ?

— Postérieures à la mort uniquement. Des dommages perpétrés par des animaux. Les marques de découpe sur la troisième vertèbre cervicale suggéraient une décapitation effectuée à l'aide d'une lame pointue et lisse. C'est à peu près tout.

— Quelle a été votre impression personnelle ?

— Qu'il s'agissait d'un Blanc de haute taille qui avait fait chier quelqu'un et que le quelqu'un en question l'avait tué et lui avait tranché ensuite la tête et les mains. Ça colle avec votre cas ?

— Joliment bien.

J'ai regardé par la fenêtre. Dans la chaleur, les arbres autour du patio étaient d'un brillant étincelant. Mon cœur avait retrouvé son rythme normal. Concentrée sur ce que me disait Cagle, j'avais presque oublié le coup de téléphone de tout à l'heure.

— J'ai du mal à déterminer le sexe à partir du crâne. Les résultats indiquent aussi bien un homme qu'une femme.

— J'ai eu le même problème, a dit Cagle. Aucun vêtement ou effet personnel n'avait été retrouvé. Et comme les chiens et les ratons laveurs s'étaient goinfrés pendant un bon bout de temps, le bassin était salement amoché, de même que les os longs. J'ai dû calculer la taille à partir d'un péroné à peu près intact. Mais en dehors du fait que cet individu était plutôt grand, rien, strictement rien, ne permettait d'établir son sexe avec certitude.

— Et il y a des femmes grandes.

— Les basketteuses professionnelles, a renchéri Cagle. Mon impression, c'est que j'avais sous les yeux un homme grand, mais je n'en ai jamais été sûr à cent pour cent. C'est pour ça qu'en envoyant un échantillon de fémur pour un test d'ADN, j'ai demandé en même temps une amplification de l'amélogénine.

— Et ça a donné quoi ?

— Deux bandes.

— Par conséquent, un homme.

J'ai prononcé ces mots davantage pour moi que pour Cagle.

— X et Y se tenaient les mains.

— Le laboratoire d'État a bien voulu faire une recherche d'ADN à l'aveugle ?

— Évidemment pas. La requête du shérif mentionnait une personne signalée disparue. Le test ADN a prouvé que ce squelette n'était pas le sien.

— Qu'est-ce que vous en avez fait, après ?

— Je l'ai expédié à Lancaster avec mon rapport. J'ai le reçu du coroner.

— Vous vous rappelez son nom ?

— Snow. Murray P. Snow. Il a dû le garder une semaine et puis l'incinérer.

— Vous avez des photos ?

— Elles sont dans le dossier, dans mon labo à l'université.

J'ai réfléchi un moment.

— Vous pourriez les scanner et me les adresser par courrier électronique ?

— Sans problème, princesse. Je dois rentrer à Columbia en fin d'après-midi, je le ferai dès mon arrivée. Et je vous faxerai le rapport.

Je l'ai remercié et j'ai allumé mon ordinateur.

Qui était donc ce surfeur du Net si désireux de bavarder avec moi ?

Et surtout comment connaissait-il mon numéro de téléphone personnel ?

Le petit drapeau de ma boîte de messages était levé. Une voix guillerette m'a informée que j'avais reçu du courrier.

Retenant mon souffle, j'ai cliqué sur l'icône.

Quarante-trois e-mails.

Je les ai faits défiler jusqu'au dernier.

Mes battements de cœur se sont amplifiés.

Vingt-quatre messages envoyés par un même individu se dénommant le Sinistre Éventreur. Tous assortis d'une pièce jointe ; tous portant le même intitulé dans la case « objet » : BAS LES PATTES ! en caractères gras.

Je me suis écartée de l'écran.

Inspire.

Expire.

D'une main tremblante, j'ai cliqué sur le premier message.

Une fenêtre blanche est apparue là où aurait dû s'inscrire le texte. En pièce jointe, un dossier image sauvegardé sous le titre : 1.jpg. Temps approximatif du téléchargement : moins d'une minute.

J'ai cliqué sur « Télécharger ».

AOL m'a demandé si je connaissais l'expéditeur.

Bonne question.

Je suis passée à l'annuaire des membres. Pas de Sinistre Éventreur répertorié.

Retour à la fenêtre e-mail.

Moment d'hésitation.

La curiosité l'a emporté. J'ai cliqué sur OK et accepté de sauvegarder le dossier téléchargé.

Lentement, une image s'est recomposée à partir du bas de l'écran. Mon visage, entouré d'un rond.

Si mon cerveau s'est traîné sur le chemin de la comprenette, mon subconscient a pigé illico.

Ma main gauche a volé jusqu'à ma bouche.

Ce que j'étais en train de visionner, c'était moi-même, vue à travers la lunette de visée d'un fusil.

Pendant un moment je n'ai rien pu faire d'autre que fixer l'écran.

Sérieusement effrayée, j'ai fermé l'e-mail et j'en ai ouvert un autre.

2.jpg.

Moi sortant du Starbucks. Point de mire sur mon dos.

3.jpg.

Moi quittant le MCME. Mon front orné d'un œil-de-bœuf.

En proie à une fascination morbide, j'ai cliqué sur un nouveau dossier. Il fallait que j'en voie davantage.

8.jpg.

Ryan et moi sortant du bâtiment McEniry, à l'université.

12.jpg.

Boyd passant la porte de ma cuisine.

18.jpg.

Moi entrant au Pike's Soda.

Prise d'une suée et respirant avec peine, j'ai ouvert le dossier 22.jpg.

Ma suée s'est transformée en glace. J'ai été saisie de tremblements.

Katy assise sur une balancelle dans un jardin. Probablement chez Lija. Vêtue d'un short et du T-shirt de chez Gap que je lui avais offert. De son pied nu appuyé à la balustrade, elle se balançait paresseusement.

Le fusil était pointé sur sa tête.

20.

Au bruit de la porte, j'ai foncé à la cuisine.

Boyd était déjà devant son bol en train de s'empiffrer.

Ryan sortait de l'eau du réfrigérateur. Je l'ai regardé se redresser, déboucher la bouteille, rejeter la tête en arrière et boire au goulot. Il avait la peau luisante et l'on pouvait suivre le jeu de ses muscles puissants sur son bras, dans son dos et sur sa nuque.

Le simple fait de le voir m'a rassurée.

En même temps, ça m'a agacée de devoir constater que j'avais besoin de la présence d'un homme pour me tranquilliser.

Me forçant au calme, je lui ai demandé s'il avait bien couru.

Il a tourné la tête.

Et compris d'un seul regard que j'étais bouleversée.

— Qu'est-ce qui se passe ?

— Je te ferai voir quelque chose quand tu auras pris ta douche.

Ma voix a tremblé malgré moi.

— Qu'est-ce qui se passe, bébé ?

— Je te montrerai tout à l'heure.

Ryan a reposé la bouteille. Il s'est avancé vers moi et a pris mes deux mains dans les siennes.

— Tu vas bien ?

— Ça va.

Long regard scrutateur.

— Eh bien, accroche-toi à cette pensée.

J'ai profité de ce qu'il était en haut pour regarder le reste des e-mails du cinglé. Thème identique, décor varié. Une menace dans chaque message.

Dix minutes plus tard, Ryan était de retour, fleurant bon l'Irish Spring et le Mennen Speed Stick. Après avoir posé un baiser sur ma tête, il s'est assis à côté de moi devant l'ordinateur.

Je lui ai raconté le coup de téléphone avant de le promener parmi les différents dossiers jpg. Le visage dur, il a étudié les images. De temps à autre, les muscles de sa mâchoire se contractaient et demeuraient crispés un moment avant de se relâcher.

Arrivé à la dernière photo, il m'a prise dans ses bras. Quand il a parlé, sa voix m'a paru étrange : plus dure en quelque sorte.

— Aussi longtemps que je respirerai, personne ne te fera de mal, Tempe. Ni à toi ni à ta fille. Je te le promets... Je te le jure, a-t-il répété d'une voix assourdie et saccadée. Et je me le jure à moi aussi.

Il m'a caressé les cheveux.

— Je veux que tu fasses partie de ma vie, Tempe Brennan.

J'ai préféré ne pas répondre, par peur du mélo. Gêne, plaisir et surprise faisaient la sarabande dans ma tête, en même temps que la colère et la peur.

Ryan m'a serrée contre lui. Puis, s'écartant de moi, il a demandé à revoir les images.

N'ayant aucune envie de visionner ces horreurs pour la troisième fois, je lui ai cédé ma place et suis allée remplir le bol du chien. À mon retour, Ryan m'a regardée fixement, une lueur féroce dans les yeux.

— Est-ce qu'il y a eu un carambolage, ces jours-ci ?

— Vendredi soir.

— L'un des blessés vient de mourir ?

— Aucune idée.

Je m'attendais vraiment à tout, sauf à une vérification de mes connaissances sur les faits divers de la région.

— Tu as encore les journaux de la semaine ?

— Dans l'office.

— Va les chercher.

— Tu vas me mettre au parfum, oui ou merde, ou tu es décidé à résoudre à toi tout seul le mystère du Dahlia noir ?

J'étais angoissée, et l'angoisse me rend agressive et grossière.

— Va les chercher, s'il te plaît, a répété Ryan.

Il n'y avait pas trace d'humour dans sa voix.

J'ai récupéré les *Observer* de la semaine dans la poubelle des papiers à recycler.

Dans la nuit de mardi, une victime de l'accident sur le périphérique était morte au Mercy Hospital. Comme c'était la directrice d'une école privée, sa mort était à la une dans l'édition du mercredi.

Ryan a ouvert l'e-mail 2.jpg : lui et moi sortant du Starbucks. À droite de la porte, il y avait un distributeur de journaux. Il a agrandi l'image. Bien qu'elle soit floue, on pouvait lire : MORT D'UNE QUATRIÈME VICTIME DE L'ACCIDENT.

Le gros titre que j'avais sous les yeux.

Ryan a réagi le premier.

— C'est hier que nous sommes allés au Starbucks. Si on part du principe que les photos ont été scannées dans l'ordre, ces deux premières ont été prises mercredi matin.

J'ai senti la chair de poule remonter le long de mes bras. J'ai jeté le journal sur le canapé.

— Merde, Ryan ! J'en ai rien à foutre de savoir quand ce cinglé a pris ces photos ! Ce qui compte c'est qu'il est à mes trousses avec son Nikon.

J'ai commencé à arpenter la pièce, incapable de me maîtriser.

— Le fait de savoir quand il a commencé à prendre les photos peut nous fournir un indice sur ses motifs.

Je me suis arrêtée : Ryan avait raison.

— Pourquoi a-t-il commencé hier ? a-t-il demandé.

J'ai remonté le temps.

— Vendredi, j'ai annoncé à Gideon Banks que sa fille avait tué son bébé. Samedi, j'ai excavé des résidus d'ours. Dimanche, j'ai récuré les restes des deux types écrabouillés dans le Cessna. Fais ton choix parmi ces motifs éventuels.

— Lundi, on a su que l'avion appartenait à Dorton.

— Exact. Et mardi, le pilote a été identifié comme étant un certain Pearce. Ce jour-là, on a fouillé la ferme.

— Ce n'est pas aussi ce jour-là qu'on a découvert que le Cessna transportait de la drogue ?

— Non. C'est le jour où Sheila Jansen nous l'a appris. Mais c'est la veille, le lundi, que les enfants ont découvert les restes du largage de cocaïne.

— Tout ça me donne à penser que c'est Dorton qui tire les ficelles. Lundi ou mardi, il fait passer le message et, mercredi, un homme à lui commence son reportage photo.

— Possible. Mais il ne faut pas oublier Darryl Tyree : la semaine dernière, Slidell et Rinaldi le traquaient déjà pour la mort du bébé de Tamela Banks. Ce n'est que mercredi qu'ils ont su qu'il était en contact téléphonique avec Jason Jack Wyatt.

— Le passager du Cessna ?

J'ai incliné la tête.

— Ce pourrait être Tyree qui t'envoie les e-mails.

— Leur intitulé est toujours le même : BAS LES PATTES ! C'est une mise en garde.

— Pour te dire de ne pas te mêler de ses affaires ?

J'ai fait une grimace.

— Pourquoi est-ce qu'il me menacerait ? Je n'ai rien à voir avec lui. C'est Slidell et Rinaldi qui lui courent après.

— C'est toi qui as examiné le bébé. Et c'est toi qui insistes pour qu'on recherche Tamela et les siens.

— Admettons.

J'étais loin d'en être persuadée. D'ailleurs, je n'avais pas vraiment l'impression d'insister beaucoup pour qu'on les retrouve.

— Peut-être que tout tourne autour de la victime de la fosse d'aisances, a émis Ryan. Quelqu'un considère peut-être que tu es trop près du but.

— Slidell n'a prévenu les autorités de Lancaster que mercredi. Or ce salopard me surveillait déjà, si je suis ton raisonnement.

— Et les plumes ?

— Avant ce matin, nous n'avions aucune idée que c'était celles d'un Spix ni qu'il s'agissait d'une espèce disparue.

— C'est mardi que nous avons fouillé la fosse d'aisances, a répété Ryan en grattant l'oreille de Boyd qui venait de nous rejoindre.

— Très peu de gens savaient ce que nous cherchions. Ni ce que nous avons trouvé au bout du compte : Larabee, Hawkins, Slidell, Rinaldi, les deux techniciens de la scientifique et l'opérateur de l'excavatrice.

Boyd est venu me donner des coups de tête sous la main.

Je l'ai caressé distraitement.

— Je devrais appeler Slidell.

— Absolument.

Sur ce, il s'est levé et a passé les bras autour de moi. J'ai enfoui mon visage dans sa poitrine. J'ai senti sa tension.

Quand il a parlé, son menton a cogné le sommet de mon crâne.

— Le tordu qui s'amuse à te faire peur n'a pas idée des problèmes qui vont s'abattre sur lui.

Charlotte est composée de quartiers bien distincts. Elizabeth, Myers Park, Dilworth, Plaza-Midwood. Pour la plupart, ils s'accrochent au passé à la façon des vieilles dames de Boston qui se cramponnent à leurs arbres généalogiques tant est grande leur volonté de se poser en filles de la révolution américaine. Chez nous, le découpage de la ville est soutenu par toutes sortes de moyens. Protection des arbres, associations de riverains réglementant sévèrement la construction d'habitations non traditionnelles, parfois même les bannissant purement et simplement quand elles sont trop modernes.

Il existe cependant un quartier où le béton, le verre et l'acier règnent en maîtres : celui des affaires. Et ces mêmes amoureux du passé, qui apprécient tant le soir de siroter des Martini sous les magnolias de leur jardin, ne sont pas peu fiers des gratte-ciel où ils travaillent pendant la journée.

À vrai dire, les passéistes ne sont plus les maîtres de la situation. En effet, ce centre vital est entouré d'un cercle de quatre circonscriptions dont trois ont déjà fait l'objet d'une modernisation au fil des dernières décennies.

La quatrième ressemble davantage à une ville historique, mais sans tomber dans la caricature, style parc à thème, comme à Williamsburg. L'architecture y est capricieusement victorienne, les immeubles en brique, les maisons de ville élégantes, les rues étroites et bordées de hauts arbres. Un bistrot faussement colonial y a même ouvert ses portes.

À l'inverse, la première et la troisième circonscription tournent résolument le dos au concept de préservation historique. Dans les années 1980 et 1990, l'ancien y a été rasé pour permettre au neuf de s'imposer. Les bungalows vétustes, les ateliers de réparation minables et les bars louches se sont effacés devant la prolifération de bâtiments à usage multiple, avec boutiques au rez-de-chaussée, bureaux et appartements aux étages. Baptisés Clarkson Green, Cedar Mill, Skyline ou Tivoli, des immeubles d'habitation avec lofts et appartements résidentiels se sont élevés, tous avec vue sur les étangs artificiels.

La maison dans laquelle Lija avait emménagé se trouvait dans la troisième circonscription, à Elm Ridge, entre Frazier Park et le terrain de sport où s'entraînent les Carolina Panthers. Le complexe se compose de deux séries de maisons d'un étage se faisant face, séparées par des jardinets verdoyants. Chaque appartement a sa véranda avec une grande balancelle ou des fauteuils à bascule. Mangeoires pour les oiseaux et fougères en pot en option.

En ce début de soirée, Elm Ridge était un arc-en-ciel de coloris pastel. Inutile d'avoir assisté à la réunion des architectes et des promoteurs pour deviner quel genre de vocabulaire ces messieurs-dames avaient utilisé pour faire valoir leur point de vue au moment de signer les plans : jaune Charleston, pêche Savannah, ocre Birmingham.

La maison de Lija était la dernière de la rangée est dans la paire du milieu. Façade melon Miami et volets vermillon Key West.

Accompagnée de Ryan, j'ai monté les marches

menant à la véranda et tiré la cloche. Le paillasson disait : SALUT ! JE SUIS LE PAILLASSON !

À la vue de la balancelle, j'ai cru que mon cœur chantait dans mes talons. Ma tête s'est prise pour une girouette. Le tueur était-il dans les parages, là, maintenant, en train de nous observer ?

Devinant mon angoisse, Ryan a serré mes doigts plus fermement. J'ai répondu à sa pression de main tout en forçant mes lèvres à dessiner un sourire. Cela dit, j'étais bien décidée à donner un aperçu de la situation à Katy dès que je serais en tête à tête avec elle, mais sans laisser paraître mon angoisse.

Ma fille m'a embrassée, a jaugé ma robe en lin noir repassée à la va-vite, et a dévié les yeux sur Ryan.

Mon flirt avait opté pour un pantalon écru, un blazer bleu, une chemise jaune pâle et une cravate bleu marine à petits pois jaunes.

Aux pieds, des baskets. Rouges.

Kate lui a décerné un grand sourire, un sourcil levé imperceptiblement, et l'a soulagé de son paquet de hors-d'œuvre.

Puis elle nous a précédés dans le salon et présentés aux autres invités : Brandon Salamone, le petit ami de Lija, une dame du nom de Willow et un monsieur appelé Cotton.

Et comme de juste, l'irrésistible Palmer Cousins.

Cravate en soie. Chemise en soie. Costume en soie. Des colonies entières de vers à soie détournées de leur habitat pour vêtir ce jeune homme. Plus une petite participation de deux mérinos, pour son pantalon et sa veste.

Katy a proposé du vin et de la bière aux invités et s'est enfuie pour revenir l'instant d'après avec les boissons. Les invités servis, elle m'a chuchoté de la rejoindre à la cuisine.

La pièce puait comme l'intérieur d'une bouilloire oubliée sur un barbecue. Sur la cuisinière, du charbon de bois gisait au fond d'une cocotte.

Devant l'évier, Lija était en pleine action. À notre entrée, elle s'est retournée, a levé les deux mains au ciel et s'est remise à sa tâche sans prononcer un mot.

La qualifier d'énervée serait comme affirmer que les comptables d'Enron ont un peu arrondi les chiffres.

— Je crois qu'on a laissé brûler le rôti, a dit Katy.

— On ne l'a pas laissé brûler, a jeté Lija. Il a pris feu, c'est différent.

— Tu peux y faire quelque chose ? m'a demandé Katy.

Hélas, le rôti n'était pas brûlé – s'il l'avait été, il y aurait encore eu une lueur d'espoir. Non, il était calciné, irrémédiablement.

Quand je l'ai piqué avec une fourchette, des paquets gros comme de petites briques ont roulé au fond du plat.

— Ce n'est plus un rôti, c'est une rôtie.

— Génial !

Lija a tiré sur le bouchon de vidange d'un coup sec. L'eau s'est évacuée avec bruit. Je lui ai demandé ce qu'elle était en train de faire.

— Je décongèle un poulet.

Elle était au bord des larmes.

Je me suis avancée vers l'évier pour tâter l'animal. Du roc.

Lija a remis le bouchon et rouvert le robinet.

À cette vitesse-là, il ne serait pas dégivré avant des décennies.

J'ai jeté un coup d'œil dans l'armoire à provisions. Des épices. Des spaghettis. Un plat cuisiné Kraft. De la soupe Campbell. De l'huile d'olive. Du vinaigre balsamique. Six paquets de *linguine*.

— Le supermarché est loin ?

— À cinq minutes.

Lija s'est retournée, le poulet dans les mains.

— Vous avez de l'ail ? ai-je demandé.

Deux hochements de tête m'ont signifié que oui.

— Du persil ?

Nouvel assentiment.

— Et aussi de la salade au réfrigérateur, a ajouté Lija avec un sourire timide.

J'ai envoyé Katy chercher des palourdes en boîte et du pain à l'ail surgelé.

Laissant Lija s'occuper de l'apéritif, j'ai mis de l'eau à bouillir pour les pâtes et haché des petites herbes. Ayant fait rissoler l'ail dans de l'huile d'olive, j'ai ajouté du persil frais, les palourdes rapportées par Katy et de l'origan en poudre, et j'ai laissé mijoter pendant que les pâtes cuisaient.

Une demi-heure plus tard, Katy et Lija accumulaient les éloges pour leurs *linguine alle vongole*.

Un jeu d'enfant, vraiment. Une recette de famille.

Palmer Cousins m'a paru distrait pendant le dîner. Il ne participait pas à la conversation et déviait le regard chaque fois que je me tournais vers lui.

Est-ce que je me faisais des idées, ou est-ce qu'il me jugeait ? Évaluait-il mes talents pour la conversation ? Mes défauts en tant que belle-mère putative ? Mes qualités personnelles ?

N'étais-je pas en train de sombrer dans la paranoïa ?

Quand Katy nous a conviés à passer au salon pour prendre le café, j'ai pris place à côté de lui sur le canapé.

— Comment va la vie sur le front de la faune et de la flore sauvages ?

Au pique-nique des McCranie, il m'avait brièvement parlé de son travail au FWS, le service américain de protection de la vie sauvage. Ce soir, je comptais bien pousser plus avant mes investigations

— On fait aller. Tout pour la survie de la nature. Récolte et relevé des spécimens.

— Si je me souviens bien, vous m'avez dit que vous étiez en poste à Columbia, actuellement ?

— Vous avez bonne mémoire, a répondu Palmer, le doigt pointé sur moi.

— Vous êtes nombreux sur le terrain ?

— Vous avez devant vous mon équipe au grand complet.

Sourire dépréciateur sur lui-même.

— Le FWS en a d'autres ailleurs, dans les deux Caroline ?

— À Washington, à Raleigh et à Asheville pour la Caroline du Nord, à Columbia et à Charleston pour la Caroline du Sud. C'est le chef du bureau de Raleigh qui a la haute main sur nous tous.

— Il y a un responsable permanent ?

Cousins a hoché la tête.

— Raleigh est le seul bureau qui compte plus d'un permanent. (Grimace.) C'est là que nous effectuons les autopsies.

— J'ignorais qu'il y avait un laboratoire pour les animaux dans la région.

— Mais si, le Rollins Diagnostic Laboratory, qui est rattaché au ministère de l'Agriculture.

— Il n'existe pas de laboratoire national pour la faune sauvage ?

— Si, le Clark Bavin, à Ashland, dans l'Oregon. C'est le seul laboratoire médico-légal de toute la planète exclusivement réservé à la faune. Ils reçoivent des cas à analyser du monde entier.

— Le FWS a beaucoup de chargés de mission sur le terrain ?

— Avant, quand nous fonctionnions à plein régime, nous étions entre deux cents et deux cent quarante personnes, mais avec toutes les réductions de personnel, nous ne sommes plus qu'une centaine au maximum.

— Ça fait longtemps que vous travaillez au FWS ?

Ryan empilait des plats sur la table derrière nous. Je l'ai senti qui tendait l'oreille.

— Six ans. Les deux premières années, j'étais en poste dans le Tennessee.

— Vous préférez Columbia ?

— C'est plus près de Charlotte.

Il a fait un petit signe de la main à ma fille.

— Ça vous ennuierait de parler boutique un instant ?

Les sourcils parfaits se sont levés très légèrement.

— Pas du tout.

— J'imagine que la vie sauvage doit susciter pas mal de vocations parmi les trafiquants. C'est un commerce illégal de grande envergure ?

— Les estimations tournent autour de dix à vingt milliards de dollars par an. Ça met ce trafic en troisième position, juste après la drogue et les armes.

La nouvelle m'a estomaquée.

Ryan s'est installé de l'autre côté de la table basse, séparé de nous par la machine à café.

— Il y a un marché noir important pour les oiseaux exotiques ? ai-je demandé.

— Je suppose. Dès qu'une denrée se fait rare, il se trouve toujours des gens pour vouloir en posséder un spécimen.

Malgré sa nonchalance, Cousins semblait mal à l'aise.

— Mais le plus grand problème, à mon avis, reste encore la surexploitation.

— La surexploitation de quoi ?

— Des tortues de mer, par exemple. De l'autre côté de l'océan, les tortues des États-Unis se vendent à la tonne. L'autre grand problème, c'est le marché de la viande de savane.

— La viande de savane ?

— L'aulacode et le duiker en Afrique. Ou encore les lézards en Asie. Eux, on les fend dans le sens de la longueur et on les fait griller en brochettes. Et puis il y a les loris que les pygmées mangent fumés, et aussi les pangolins. Ce sont des sortes de fourmiliers. Grillées, leurs écailles sont considérées comme un plat délicat.

Palmer Cousins a dû prendre mon dégoût pour de l'incompréhension car il a expliqué :

— On l'appelle aussi fourmilier à écailles. Celles-ci sont vendues comme traitement contre la syphilis.

— Les gens importent ces bêtes pour leurs propriétés thérapeutiques ? a demandé Ryan.

— Pour n'importe quoi. Prenez les tortues. Les joailliers s'intéressent à leur écaille, les restaurateurs et les boulangers à la chair et aux œufs, et l'homme de la rue aux carapaces entières. Pour décorer.

— Et les ours ? ai-je demandé.

Le menton de Cousins s'est levé d'une fraction de centimètre.

— Ce n'est pas vraiment ma partie.

— Il y en a beaucoup dans les deux Caroline, n'est-ce pas ?

— Oui.

— Le braconnage est un gros problème ? a demandé Ryan.

— Pas que je sache, a répondu Palmer en haussant les épaules.

J'ai insisté :

— Le FWS ne s'est jamais penché sur la question ?

— Je n'en ai pas la moindre idée.

Le petit ami de Lija, venu nous rejoindre, a posé

une question sur l'organisation de la préservation de la nature en zones. Cousins a embrayé sur le sujet.

Enterré, le braconnage des ours !

Sur le chemin du retour, j'ai demandé à Ryan ce qu'il pensait de Palmer.

— Bizarre qu'un chargé de mission des services de préservation de la vie sauvage ne connaisse rien aux ours.

J'en ai convenu.

— Tu ne l'aimes pas, hein ? a lancé Ryan.

— Je n'ai pas dit ça...

Silence de Ryan. Au bout d'un moment, j'ai repris :

— Ça se voit tant que ça ?

— Je commence à te connaître.

— Ce n'est pas que je ne l'aime pas...

— C'est quoi, alors ?

— C'est que je n'aime pas ne pas savoir si je l'aime bien ou pas.

Ryan a préféré s'en tenir là.

— Il me met mal à l'aise, ai-je ajouté.

Au moment où nous arrivions à l'Annexe, Ryan a fait une seconde remarque qui a achevé de me déstabiliser :

— En tant que mère, tu n'as peut-être pas complètement tort.

Je lui ai lancé un regard qui s'est perdu dans l'obscurité.

— Tu m'as bien dit que c'était à ce pique-nique chez le propriétaire du magasin de cigares que Boyd avait montré tout son talent ?

— Oui, Katy en était fière comme un petit banc.

— Et c'est là aussi que tu as fait la connaissance de Palmer Cousins, n'est-ce pas ?

— Oui.

— Il a donc vu ce que Boyd avait déterré.

— Oui.

— Ce qui veut dire qu'il y a au moins une personne de plus à être au courant de certaines choses à propos de cette ferme. Et je ne dis pas ça pour blaguer.

Une fois de plus, mon cœur a piqué en chute libre

— Palmer Cousins...

21.

Au mois d'août, dans la région du Piedmont, en Caroline du Nord, l'horizon commence à griser à l'est vers les cinq heures du matin. À six heures, le soleil entame déjà son ascension.

Je me suis réveillée aux premières lueurs de l'aube et j'ai regardé émerger de l'ombre les bibelots sur la commode et la table de nuit, les habits sur le fauteuil ou les tableaux accrochés aux murs.

Ryan dormait à côté de moi, allongé sur le ventre ; Birdie, en boule au creux de mes genoux.

J'ai traîné au lit jusqu'à six heures et demie.

Quand je me suis glissée hors des couvertures Birdie a ouvert un œil. Il s'est dressé sur ses pattes et s'est étiré le dos pendant que je récupérais mon string sur l'abat-jour. Le son mat de ses pattes atterrissant sur le tapis m'est parvenu juste au moment où je sortais de la pièce sur la pointe des pieds.

J'ai préparé le café en écoutant le réfrigérateur fredonner son ronron. Dehors, les oiseaux échangeaient les derniers cancans du ciel.

Faisant le moins de bruit possible, je me suis versé un verre de jus d'orange que j'ai bu, avant de décrocher la laisse et de me rendre dans le bureau.

Boyd était étendu de tout son long sur le canapé, la

patte avant gauche griffant le dossier, la droite couvrant son museau.

Boyd dans son rôle de protecteur.

Je l'ai appelé tout bas.

Il est passé de la position allongée sur les coussins à la position debout sur le tapis sans étape intermédiaire.

— Ici, mon garçon.

Regard buté, refusant de se lever vers moi.

— Boyd !

Bref coup d'œil dans ma direction. Sinon, figé sur place.

— On sort ?

Le doute incarné en chien.

J'ai balancé la laisse.

Aucune réaction.

— Je ne suis pas fâchée pour le canapé.

Boyd a laissé tomber sa tête. L'ayant relevée lentement, il m'a adressé son petit jeu des sourcils, le gauche puis le droit.

— Je te jure.

Ses oreilles ont piqué en avant. J'ai déroulé la laisse.

— Allez, viens.

Comprenant que ce n'était pas de la blague, qu'une promenade était vraiment à l'ordre du jour, il s'est lancé dans une course effrénée autour du canapé, s'est arrêté devant moi, a sauté en l'air et posé ses deux pattes sur ma poitrine puis s'est laissé retomber par terre et a recommencé à tourner autour du canapé. Revenu vers moi, il s'est dressé sur ses pattes arrière et m'a passé de grands coups de langue sur la joue.

— Ça va, n'exagère pas !

J'ai accroché la laisse à son collier.

Une fine brume flottait parmi les arbres et les arbustes de Sharon Hall. Malgré la présence à mes côtés d'un chow-chow de trente-cinq kilos, je n'étais pas totalement rassurée. Tout en courant dans le parc, je ne cessais de tourner la tête, cherchant à repérer un flash ou un clignotement de caméra.

Vingt minutes plus tard, nous étions de retour à l'Annexe après avoir coursé quatre écureuils. Ryan était assis dans la cuisine, une tasse de café devant lui. L'*Observer* posé sur la table n'avait pas été ouvert. Il m'a souri. Pourtant, j'ai vu passer une ombre dans ses yeux, comme le reflet d'un nuage sur des vagues.

Boyd a trotté jusqu'à lui et a posé le menton sur son genou dans l'espoir de se voir offrir un morceau de bacon. Ryan lui a tapoté le dessus de la tête.

M'étant servi un café, je suis allée m'asseoir près d'eux.

— Hé.

— Hé ! a répondu Ryan, et il s'est allongé par-dessus la table pour m'embrasser sur la bouche.

Étreignant mes deux mains, il a plongé son regard au fond de mes yeux. Je n'ai pas lu le bonheur dans les siens. J'ai ressenti une piqûre d'angoisse à hauteur de l'estomac.

— Il s'est passé quelque chose ?

— Ma sœur m'a appelé.

Je n'ai pas réagi.

— Sa fille est à l'hôpital.

— Oh, mon Dieu !

J'ai serré ses doigts.

— Un accident ?

— Non. Danielle a fait ça exprès.

Les muscles de sa mâchoire se sont crispés. Je n'ai rien trouvé à dire.

— Ma sœur n'est pas très solide psychologiquement. Pas très douée pour faire face aux crises.

Sa pomme d'Adam est remontée le long de sa gorge.

— Ni pour être mère, d'ailleurs.

J'aurais bien voulu savoir ce qui s'était passé, mais je n'ai pas voulu être indiscrète. Ryan me raconterait l'histoire quand il le voudrait.

— Danielle a déjà eu des problèmes de drogue dans le passé, mais elle ne ferait jamais un truc pareil.

Boyd reniflait la jambe de son pantalon. Le réfrigérateur ronronnait doucement.

— Il faut toujours...

Il a traîné sur le dernier mot sans achever sa phrase.

— Elle veut probablement un peu plus d'attention.

Cliché parfait. Je m'en suis rendu compte en le disant. Moi, c'était pour les phrases de réconfort que je n'étais pas très douée.

— De l'attention ! Cette pauvre gosse ne sait même pas ce que ça signifie ! a rétorqué Ryan.

Boyd lui a vainement mordillé le genou.

— Tu pars quand ?

— Je ne vais nulle part tant qu'un cinglé te vise dans la lunette de son fusil, a-t-il répondu, et il s'est laissé retomber sur son dossier en poussant un soupir.

— Pourtant il faut bien que tu y ailles.

À l'idée de me retrouver seule, je défaillais presque, mais je ne voulais pas être un poids pour lui.

— Il n'en est pas question.

— Je ne suis plus un bébé.

— Ce ne serait pas juste.

— Ta nièce et ta sœur ont besoin de toi.

— Et pas toi ?

— Ce n'est pas la première fois qu'un sale type me tend un traquenard.

— Tu veux dire que tu n'as strictement aucun besoin de moi à l'horizon ?

— Aucun.

La main qu'il avançait vers moi s'est brusquement immobilisée. J'ai tendu les doigts pour lui caresser la joue.

— Mais si, bel homme. Bien sûr que j'adore t'avoir auprès de moi. Seulement ça, c'est mon problème. Pour le moment, ta famille a besoin de toi.

Ryan irradiait la tension par tous les muscles de son corps.

J'ai regardé ma montre. Huit heures moins vingt-cinq. J'ai décroché le téléphone et appelé US Airways.

Seigneur, pourquoi fallait-il qu'il me quitte ? J'ai réalisé soudain combien j'aurais voulu qu'il reste.

Il y avait un vol pour Montréal à neuf heures vingt. Boyd a paru extrêmement vexé d'être abandonné à la maison.

De l'aéroport, je suis allée directement au MCME. Le fax de Cagle n'était pas arrivé. Dans mon bureau, j'ai cherché le numéro du service de la protection de la nature à Raleigh, et j'ai demandé à parler au responsable.

Une voix de femme m'a informée qu'il avait pour nom Hershey Zamzov.

Il a pris la ligne très vite.

J'ai expliqué qui j'étais.

— Inutile de vous présenter, doc. Je sais qui vous êtes. Est-ce qu'il fait aussi chaud chez vous que chez nous ?

— Oh oui !

À neuf heures du matin, la température flirtait déjà avec les vingt-huit degrés.

— Qu'est-ce que je peux faire pour vous, en ce joli matin d'été ?

Je lui ai parlé des plumes de Spix et lui ai demandé s'il était au courant d'un marché noir d'oiseaux exotiques dans la région.

— Chez nous, ma bonne dame, mais c'est le paradis des contrebandiers ! Si vous saviez les quantités d'animaux divers et variés qui passent par notre sud-est en provenance de l'hémisphère Sud ! Serpents, lézards, oiseaux, tout et le reste. Dès qu'une espèce est rare, les crétins qui ont de la bouillie pour les chats en guise de cervelle font des pieds et des mains pour obtenir un de ses représentants.

— Comment ces animaux arrivent-ils vivants jusqu'ici ?

— Par toutes sortes de moyens plus ou moins astucieux, a répondu Zamzov avec un dégoût manifeste. Drogués, enfermés dans des tubes en carton pour posters, cachés à l'intérieur de leurs gilets. Et vous croyez que ces crétins penseraient à laisser passer assez d'air pour que l'animal respire ? Le taux de mortalité est astronomique. Forcément. Vous avez pris un avion qui décolle à l'heure, ces temps-ci ? Pour en revenir à vos plumes, le trafic des oiseaux est un à-côté appréciable. Les narcotrafiquants l'ont bien compris. Ils trouvent un braconnier qui met la main sur des perroquets et ils les livrent aux States avec leur prochaine expédition de drogue. Si les bêtes arrivent en vie, ils empochent un joli bénéfice. Si elles meurent en route, ça ne leur aura coûté que quelques bières pour le braconnier.

— Et les ours ? ai-je demandé.

— Pour l'*Ursus americanus*, pas de problème d'importation. On n'en manque pas chez nous, dans les deux Caroline. Tous les ans, un petit nombre de jeunes est capturé vivant pour les combats d'ours, un divertissement de choix pour les initiés. Dans le temps, la demande en ours vivants était plus forte, mais maintenant qu'ils se multiplient dans les zoos comme des petits pains, ce n'est plus rentable d'en piéger.

— Il y a tant d'ours que ça en Caroline du Nord ?

— Pas autant qu'il devrait.

— Pourquoi ?

— Pour deux raisons : la disparition de l'habitat et le braconnage.

— On les chasse à une saison précise ?

— Oui, ma-âme. En général, en automne et au début de l'hiver, mais ça varie selon les comtés. Et aussi selon le mode de chasse, dans certains comtés de Caroline du Sud : à l'affût ou avec des chiens.

— Et le braconnage ?

— Ah-ah ! mon thème préféré ! a soupiré Zamzov sur un ton amer. Jusqu'en 1981 la chasse à l'ours hors saison était sanctionnée au titre de méfait, en vertu de la loi Lacy de 1901. Depuis, c'est devenu un crime. Mais ce n'est pas ça qui arrête les braconniers. En période de chasse, l'ours est pris entier, chair et fourrure. Hors saison, les braconniers ne s'embarrassent pas des carcasses, ils ne prennent dans l'animal que ce qui les intéresse.

— Où y a-t-il le plus de braconnage ?

— Il y a encore dix ou vingt ans, il se pratiquait presque exclusivement dans les montagnes. De nos jours, il s'est étendu à la région côtière. Et le problème ne concerne pas que la Caroline. Il ne reste pas plus d'un demi-million d'ours en liberté dans toute l'Amérique du Nord. Chaque année, on retrouve des centaines de carcasses abandonnées, auxquelles on a retiré uniquement les pattes et la vésicule biliaire.

— La vésicule biliaire ? me suis-je écriée, incapable de cacher mon dégoût.

— Un marché noir d'enfer. Dans la médecine asiatique traditionnelle, la bile d'ours est aussi recherchée que la corne de rhinocéros, le ginseng ou le musc de cerf. On s'en sert pour soigner les fièvres, les convulsions, les gonflements, les maladies des yeux, du cœur, la gueule de bois, tout et n'importe quoi. La chair aussi est appréciée. Dans certains pays d'Asie, la soupe à la patte d'ours est un plat très prisé. Un bol peut se vendre jusqu'à mille cinq cents dollars dans certains restaurants. Ce n'est pas inscrit au menu, naturellement.

— Et la bile d'ours ?

— La Corée du Sud est incontestablement le plus gros importateur, puisque l'approvisionnement local est inexistant. Hong Kong, la Chine et le Japon suivent de près.

Il m'a fallu un moment pour digérer tout ça.

— La chasse à l'ours est autorisée en Caroline du Nord ?

— Comme dans bien d'autres États. Mais l'animal doit être vendu entier. Il est interdit de le dépecer sur place et de n'en prendre que certaines parties : la vésicule biliaire, la tête, la peau, les griffes, les dents. Il y a quelques années, un projet de loi interdisant la vente d'organes d'ours a été présenté au Congrès. Mais il n'a pas été voté.

Je n'ai pas eu le temps de commenter qu'il enchaînait déjà :

— Prenez la Virginie. L'État compte quatre mille ours environ. Entre six et neuf cents bêtes sont tuées chaque année légalement, mais combien sont abattues par des braconniers ? Là, nous n'avons aucune estimation. Il y a quelque temps, un trafic de vésicules d'ours a été démantelé. Trois cents pièces ont été saisies et vingt-cinq personnes arrêtées.

— Comment ça ?

J'étais tellement dégoûtée que je n'arrivais même plus à formuler mes questions.

— Les braconniers versaient des pots-de-vin aux autorités qui fermaient les yeux. C'était près du parc national de Shenandoah. Des agents à nous ont réussi à infiltrer le réseau en se faisant passer pour des intermédiaires. J'ai moi-même monté une opération de ce genre dans le comté de Graham il y a une dizaine d'années.

— Pas dans la Joyce Kilmer Memorial Forest, quand même ?

— Si, madame. Les arbres y sont peut-être splendides, mais les ours rapportent beaucoup plus gros.

La ligne est restée silencieuse un moment, le temps que Zamzov trie parmi ses souvenirs.

— Il y avait un couple là-bas qui faisait du trafic depuis dix-sept ans. Les Jackson, Bobby Ray et Jackie Jo. Des spécialistes. Ils se vantaient de vendre jusqu'à trois cents vésicules par an, tout le long de la côte est. À leurs clients, ils disaient qu'ils les avaient achetées à des clubs de chasse, à des fermiers ou qu'ils avaient attrapé les ours eux-mêmes, au fusil ou au piège.

Zamzov était lancé.

— Certains ne se cachent pas plus que les putes sur la 7e Avenue. Ils vont même jusqu'à laisser leur carte de visite dans les cabanes des camps de chasse avec le numéro où les appeler. Si vous annoncez que vous avez une vésicule, ils vous rappellent dans l'instant.

Ricky Don Dorton et son camp de chasse Wilderness Quest. Cocaïne. Ours. Oiseaux exotiques. Dans ma tête, des particules de pensées cherchaient à se connecter.

— Comment fonctionnent ces réseaux ?

— Sur un mode assez simple. Un braconnier établit le contact avec un acheteur, de vive voix ou par téléphone. Ils se rencontrent sur un parking, dans un endroit isolé, et la transaction a lieu. Le braconnier empoche dans les trente-cinq dollars par vésicule, parfois cinquante. L'acheteur les revendra à un contact asiatique entre soixante-quinze et cent dollars la pièce. En Asie, le prix grimpe en flèche.

— Par où les vésicules quittent-elles l'Amérique ?

— Le plus gros du trafic passe par le Maine, qui est l'un des rares États où la vente des vésicules d'ours noir à destination de l'Asie est autorisée. Mais il est illégal, comme sur tout le territoire, de commercialiser des parties d'un ours abattu en Caroline du Nord.

Depuis quelque temps, Atlanta est aussi devenu un lieu de passage important.

— Comment ces vésicules sont-elles conservées ?

— Le braconnier les congèle sans perdre de temps, sitôt extraites des animaux.

— Et après ?

— Il les refile à son intermédiaire. Comme c'est la fraîcheur qui détermine le prix, la plupart des vésicules sont séchées, une fois arrivées en Asie. Mais pas toujours. Certains contacts préfèrent effectuer le séchage aux États-Unis de façon à pouvoir en transporter davantage. Congelée, une vésicule d'ours fait la taille d'un poing et pèse moins d'une livre. Séchée, elle est rétrécie des deux tiers.

— Et le séchage s'effectue comment ?

— Oh ! ça ne requiert pas une haute technologie. La vésicule est suspendue au-dessus d'une faible source de chaleur. L'important, c'est le temps accordé à l'opération. Un séchage trop rapide, et la bile est fichue.

— Et comment on les sort du pays ?

— Encore une fois, les contrebandiers ne se creusent pas la cervelle. La plupart du temps, ils les mettent dans leurs bagages cabine. Si elles sont repérées par l'appareil à rayons X, ils prétendent que ce sont des fruits secs pour leur maman. Certains les coupent en morceaux et les mettent dans du whisky.

— C'est moins risqué que de passer de la drogue.

— Et très lucratif ! a repris Zamzov. En Corée, une vésicule vaut dans les mille dollars. Certaines se sont vendues jusqu'à dix mille dollars. Et je parle de nos dollars américains.

Je suis restée époustouflée.

— Vous avez déjà entendu parler de la Convention sur le commerce international des espèces sauvages menacées d'extinction ? a demandé Zamzov.

— Oui.

La deuxième fois en deux jours qu'on me parlait de la CITES.

— La vésicule d'ours y est mentionnée à l'appendice 2.

— Ils ont des ours en Asie. Pourquoi faire venir des vésicules d'ours d'aussi loin ?

— Parce que les cinq espèces qui vivent là-bas sont menacées : l'ours malais, l'ours lippu ou paresseux, l'ours noir et l'ours brun d'Asie, ainsi que le grand panda. On estime à cinquante mille têtes seulement la population d'ours vivant encore à l'état sauvage sur tout le territoire couvrant l'Inde, la Chine et l'Asie du Sud-Est.

— À cause de cette demande en bile ?

— Les ours, sauf le grand panda, sont les seuls mammifères à produire de l'UCDA, ou acide ursodéoxycholique, en quantité importante.

— Et c'est pour ça que les gens sont prêts à débourser des milliers de dollars ?

— Exactement, a fait Zamzov en reniflant avec dédain. Plus de vingt-huit médicaments manufacturés et vendus en Chine en toute légalité contiennent prétendument de la bile d'ours. À Singapour, où la vente des produits à base d'ours est interdite, on trouve dans les magasins de la bile d'ours sous forme de pilules, de poudre, de cristaux, d'onguents, voire de vésicules entières séchées. Des saloperies telles que la liqueur à la bile d'ours, le shampoing ou le savon à la bile d'ours se vendent tous les jours. Vous en trouverez dans tous les quartiers chinois de toutes les villes des États-Unis.

J'en avais l'estomac retourné.

— On ne pourrait pas plutôt développer l'élevage ?

— La Chine a commencé à le faire dans les années 1980. Ça a été presque pire. Les animaux étaient rassemblés dans des camps minuscules et on leur perforait le ventre pour en extraire la bile. On leur limait les griffes et les dents. Parfois, on leur coupait même les pattes. Et quand ils ne produisaient plus de bile, on les tuait pour leur retirer la vésicule.

— On ne peut pas obtenir cet acide UCDA de façon synthétique ?

— Si. Et il existe aussi de nombreux substituts parmi les espèces botaniques.

— Mais les gens veulent le vrai truc.

— Exactement. Ils pensent que l'UCDA de synthèse n'est pas aussi efficace que l'UCDA naturel. Ce qui est complètement idiot. La quantité d'UCDA normale dans une vésicule d'ours peut varier de zéro à trente-trois pour cent. Pour l'élaboration d'un médicament, c'est loin d'être une donnée fiable.

— Les croyances culturelles ont la vie dure.

— Je reconnais bien là l'anthropologue. À propos, pourquoi vous intéressez-vous aux aras de Spix et aux ours noirs ?

J'ai revu mentalement les événements de la semaine écoulée. Que pouvais-je dire ? Que devais-je taire ?

Mentionner Tamela Banks et Darryl Tyree ?

Ça n'avait probablement aucun rapport. De plus, c'était confidentiel.

Parler de Ricky Don Dorton et du crash du Cessna ?

Même réponse.

Indiquer les menaces que j'avais reçues la veille via le cyberespace ?

Inutile.

Je me suis contentée d'apprendre à Zamzov ce qu'on avait découvert à la ferme, en passant sous silence le permis de conduire de Tamela Banks. Je lui ai aussi parlé du squelette retrouvé dans le comté de Lancaster, il y a quelques années.

Un silence d'au moins trente secondes s'est établi. Au point que j'ai cru que nous avions été coupés.

— Vous êtes toujours là ?

— Oui.

Je l'ai entendu déglutir.

— Vous êtes au MCME ?

— Oui.

— Vous comptez y rester encore un moment ?

— Oui.

Mais qu'est-ce qu'il me voulait avec toutes ces questions ?

— Dans trois heures, je suis dans votre bureau.

22.

Zamzov est arrivé peu après midi. C'était un homme costaud d'une quarantaine d'années, aux cheveux épais et drus coupés très court. Son teint terreux, ses yeux de la même couleur gingembre que ses cheveux et ses taches de rousseur lui donnaient un aspect pâle et monochrome, comme quelqu'un qui serait né dans une caverne et y aurait passé sa vie entière.

À peine posé sur la chaise en face de mon bureau, il est entré dans le vif du sujet.

— Comme je partais ce matin pour le Pee Dee Wildlife Refuge, dans le comté d'Anson, je me suis dit que ça ne me ferait pas un si grand détour de passer par Charlotte pour vous rencontrer.

J'ai gardé le silence, n'ayant aucune idée de ce qui pouvait paraître assez important à ses yeux pour mériter un tête-à-tête.

— Il y a cinq ans, deux chargés de mission du FWS ont disparu. L'un était de mon bureau, l'autre détaché temporairement en Caroline du Nord.

Un frisson d'excitation est remonté le long de mon épine dorsale.

— Parlez-moi d'eux.

Zamzov a sorti une photo d'une des poches de sa chemise et l'a posée sur mon bureau. On y voyait un jeune homme appuyé contre un pont en pierre, les bras croisés, un grand sourire aux lèvres. Il avait le même badge sur la poitrine et le même insigne à l'épaule que Zamzov.

J'ai retourné l'image. Brian Aiker, Raleigh, 27/9/1998, était-il écrit à la main.

— Il s'appelait Brian Aiker.

— Son âge ?

— Trente-deux ans. Il travaillait avec nous depuis trois ans quand il a disparu. Un type bien.

— Sa taille ?

— Plutôt grand. Je dirais un mètre quatre-vingt-cinq, quatre-ving-sept.

— Et il était blanc, ai-je dit en retournant la photo côté face.

— Ouais.

— Et l'agent en mission chez vous ?

— Charlotte Grant Cobb. Un drôle de petit canard, mais un bon agent. Elle travaillait pour le FWS depuis plus de dix ans.

— Vous avez une photo ?

Zamzov a secoué la tête.

— Elle détestait qu'on lui tire le portrait. Mais je peux demander son dossier si vous croyez que c'est nécessaire. Le service garde une photo d'identité de tous les agents.

— C'était une femme ?

— Ouais. Blanche, entre trente et quarante ans.

— Elle travaillait sur quoi ?

— Opération Roosevelt. Les tortues de mer.

— Roosevelt ?

Zamzov a levé une épaule.

— Il aimait bien les cols roulés [1]. Ce n'est pas moi qui ai choisi le nom de code. Quoi qu'il en soit,

1. Jeu de mots intraduisible. En anglais, col roulé se dit *turtle neck*, « cou de tortue ». *(N.d.T.)*

croyez-vous que votre inconnu pourrait être Aiker ou Cobb ?

— En ce qui concerne Cobb, c'est exclu. Le test ADN effectué sur le corps trouvé à Lancaster a déterminé le sexe comme étant masculin. Cependant, il y a peut-être un lien. Aiker et Cobb travaillaient ensemble ?

— Pas officiellement, mais je sais qu'ils se voyaient de temps en temps.

— Racontez-moi comment les choses se sont passées.

— Il n'y a pas grand-chose à dire. Il y a six ou sept ans, nous avons été informés que des braconniers ramassaient des tortues et les expédiaient en camion de la côte jusqu'à Charlotte, où elles étaient transférées et livrées ensuite à New York et Washington DC. Le bureau central avait chargé Charlotte Cobb d'infiltrer le réseau, se disant qu'une femme y parviendrait plus rapidement.

— De quelle façon ?

— Comme d'habitude. En traînant dans les endroits fréquentés par les suspects. Bars, restaurants, clubs de gym.

— Elle était de Charlotte ?

— Elle y avait pris un appartement. Une location au mois.

— Et ça a marché ?

— Je n'étais pas dans le secret des dieux. Ce n'est pas à moi qu'elle faisait ses rapports, a jeté Zamzov sur un ton plutôt sec. Et ce n'était pas non plus une dame très sociable. Quand elle était à Raleigh, elle restait le plus souvent dans son coin. Évidemment, ce genre de mission clandestine n'est jamais facile.

— Surtout pour une femme.

— Possible.

— Est-ce que Cobb et Aiker ont disparu en même temps ?

— Un lundi du mois de décembre, Aiker n'est pas venu au bureau. Je me souviens, il faisait un froid de canard. On l'a appelé pendant deux jours. Après, on s'est fait ouvrir son appartement. Ça ne nous a rien appris.

Zamzov me donnait l'impression de ne pas avoir parlé d'Aiker depuis longtemps, mais d'avoir souvent ressassé le drame.

— Tous ensemble, nous avons passé en revue les jours qui avaient précédé sa disparition pour savoir qui de nous l'avait rencontré le dernier. Nous sommes arrivés à la conclusion qu'il avait dû faire une chute dans un lac et se noyer sous la glace. On a vérifié les rivières, on a dragué les étangs. En vain. On ne l'a jamais retrouvé, et sa voiture non plus.

— Rien pouvant donner à penser qu'il aurait organisé lui-même sa disparition ? Des comptes bancaires vidés ? Des provisions de médicaments qu'on ne délivre pas sans ordonnance ?

Zamzov a fait non de la tête.

— Au contraire. La semaine d'avant, Aiker avait commandé sur le Net pour deux cents dollars d'attirail de pêche. Et il avait quatorze mille dollars sur un compte d'épargne à la First Union.

— En effet, ça ne ressemble pas à un homme qui s'apprêterait à s'enfuir. Et Cobb ?

— Ça a été plus difficile de se rendre compte qu'elle avait disparu. D'après ses voisins, elle ne frayait avec personne, avait des heures de travail irrégulières, s'absentait souvent pendant plusieurs jours. Quand son propriétaire a été convaincu d'ouvrir l'appartement, l'impression de tout le monde a été qu'elle n'y était pas revenue depuis un certain temps. Cela faisait déjà une semaine qu'Aiker avait disparu.

J'ai réfléchi un moment.

— Est-ce que Cobb et Aiker étaient ensemble ?

Zamzov a froncé les sourcils.

— On l'a dit. Aiker est allé plusieurs fois à Charlotte à l'époque où elle y habitait. Les relevés de téléphone ont montré qu'ils se parlaient de temps en temps. Mais ça pouvait très bien être lié à leur travail.

— Les restes que j'ai examinés sont ceux d'un homme, blanc, et de haute taille, ai-je expliqué en m'efforçant de cacher mon excitation. De ce que vous me dites, l'âge correspond, et aussi la date de la disparition. Il n'est pas impossible qu'il s'agisse de votre agent.

— Pour autant que je me souvienne, la police de Raleigh a des dossiers dentaires pour Aiker et pour Cobb. Ils ne s'en sont jamais servi.

J'étais si pressée de parler à Slidell que j'aurais volontiers mis Zamzov à la porte. Mais il y avait encore un sujet que je tenais à explorer.

— Vous connaissez un agent du nom de Palmer Cousins ?

Zamzov s'est tortillé sur sa chaise.

— Je l'ai rencontré.

J'ai attendu qu'il développe. Comme il restait bouche cousue, j'ai demandé :

— Votre impression ?

— Jeune.

— Mais encore ?

— Jeune.

— Je l'ai rencontré, l'autre jour. Je l'ai interrogé sur le braconnage des ours dans les deux Caroline. Il avait l'air très mal informé sur le sujet.

— Qu'entendez-vous par là ? a demandé Zamzov en me regardant droit dans les yeux.

— Il ignorait également tout de la contrebande des oiseaux exotiques.

Zamzov a consulté sa montre.

— Je ne le connais pas. Mais il a pas mal d'admirateurs, semble-t-il.

Drôle de commentaire. Je m'en suis contentée. De toute façon, Zamzov se levait.

— Bonne chance à vous, doc.

Je l'ai imité.

Comme il se retournait pour partir, j'ai pris la photo de Brian Aiker et lui ai lancé :

— Je peux la garder ?

Il a hoché la tête.

— Ne nous oubliez pas.

Zamzov parti, je suis restée à fixer la chaise qu'il venait de libérer, quelque peu perplexe. Pendant toute la conversation, le chef du bureau de Raleigh s'était montré ouvert et bienveillant, mais dès qu'il avait été question de Palmer Cousins, il s'était refermé comme un tatou qu'on titille avec un bout de bois.

Zamzov était-il de ces hommes qui resserrent les rangs dès qu'il est question d'un collègue, qui refusent d'émettre la moindre critique à son propos devant un étranger ? Savait-il sur lui des choses qu'il préférait taire ? Ou était-il resté discret tout simplement parce qu'il le connaissait mal ?

L'entrée de Tim Larabee a interrompu mes réflexions.

— Votre copain a disparu ?

— Vous voulez dire le détective Ryan ? Il est reparti pour Montréal.

— Dommage. Il vous allait bien au teint.

Involontairement, j'ai porté la main à ma joue.

— Je vous ai eue, hein ?

Les doigts en pistolet, il a fait semblant de tirer sur moi.

— Vous êtes d'un drôle ! Demandez d'urgence une civière à Hawkins ou je vais m'étouffer.

Je lui ai rapporté ce que j'avais appris de Wally Cagle au sujet du squelette trouvé à Lancaster et je lui ai fait part de ma conversation avec Hershey Zamzov.

— J'appelle Raleigh, a répondu Larabee. Je vais voir si quelqu'un peut nous apporter les dossiers dentaires d'Aiker.

— Très bien.

— C'est peut-être un jour faste. Sheila Jansen a appelé. Slidell a appelé. Le thé est servi dans une demi-heure.

— Ils ont du nouveau ?

Il a regardé l'heure à sa montre, puis a tapé sur le cadran.

— Rendez-vous dans une demi-heure dans la salle de bal. Tenue de tous les jours, sans tralala.

Les coins de sa bouche se sont relevés.

— Vos cheveux aussi ont un brillant inhabituel.

D'énervement, mes yeux sont partis si loin en arrière que j'ai cru qu'ils ne reviendraient jamais à leur place.

Larabee parti, j'ai appelé Mme Flowers pour savoir si un fax de Cagle n'était pas arrivé pour moi. Rien.

Je me suis secouée et j'ai passé en revue la liste des gens qui m'avaient téléphoné.

Jansen.

Slidell.

Cagle. Pas de réponse sur son portable.

Un journaliste du *Charlotte Observer*.

Un collègue de l'université de Caroline du Nord, section Greensboro.

J'ai rappelé Cagle. Toujours pas de réponse.

J'ai regardé ma montre.

L'heure du bal.

J'ai posé les Post-it roses au milieu de mon sous-main et me suis dirigée vers la salle de conférences.

Larabee et Jansen comparaient âprement les mérites des Panthers de Caroline et des Dolphins de Miami. L'enquêtrice du NTSB était en jean, sandales et T-shirt marron de chez Old Navy. Brushing récent, apparemment.

Slidell et Rinaldi sont arrivés au moment où je lui serrais la main.

Blazer bleu, pantalon kaki et cravate Jerry Garcia turquoise et citron pour Rinaldi.

Chemisette à manches courtes et cravate récupérée au fond d'un bac de fin de soldes chez K-Mart pour Slidell.

Laissant les autres se servir en café, je me suis voté un Coca Light.

— Qui commence ? ai-je demandé quand tout le monde a été assis.

Larabee a fait un signe de la main dans ma direction.

J'ai répété devant tout le monde ce que je lui avais déjà dit à propos des restes de Lancaster. J'ai expliqué, sur la base de ce que m'avait rapporté Wally Cagle, qu'il y avait peut-être un lien entre ce squelette sans tête ni mains et les restes retrouvés dans la fosse d'aisances. J'ai résumé ce que m'avaient appris Hershey Zamzov et Rachel Mendelson sur le braconnage des ours et le commerce illicite des espèces rares ou menacées. En conclusion, j'ai lâché ma bombe à propos des deux disparus, Brian Aiker et Charlotte Grant Cobb, tous deux agents du FWS.

Rinaldi prenait des notes dans son élégant agenda. Slidell écoutait, les jambes étendues devant lui, les pouces dans les passants de sa ceinture et le regard fixe.

Pendant plusieurs secondes, personne n'a prononcé un mot. Puis Sheila Jansen a tapé sur la table.

— Oui !

Les yeux de Slidell ont quitté leur mire pour se poser sur elle.

— Oui, a-t-elle répété.

Et de sortir d'un attaché-case en cuir plusieurs papiers qu'elle a posés sur la table. Elle a fait glisser son doigt jusqu'au milieu de la première page et a lu tout haut :

— La substance carbonisée récupérée sur le ventre du Cessna contenait les alcaloïdes suivants : hydrastine, berbérine, appelée encore épine-vinette, canadine et berbérastine.

— Et tout ça ensemble, ça fait de l'Ovomaltine ? a ironisé Slidell.

— Ça donne « sceau d'or », a indiqué Sheila Jansen.

Nous avons tous attendu qu'elle poursuive.

Elle a tourné sa page.

— *Hydrastis canadensis. Goldenseal* en anglais, sceau d'or en français. Les racines et les rhizomes de cette plante sont censés posséder des propriétés thérapeutiques dues à l'hydrastine et à la berbérine qu'ils contiennent. Les Indiens Cherokees utilisaient le sceau d'or comme antiseptique et comme antidote contre les morsures de serpent ; les Iroquois, pour guérir la coqueluche, la pneumonie et les désordres digestifs. Les pionniers l'ont employé très tôt pour traiter les inflammations des yeux et les maux de gorge et de bouche. Le commerce de cette plante a débuté aux alentours de la guerre civile, a continué Sheila Jansen en relevant les yeux de ses notes. Aujourd'hui, c'est l'une des plus vendues en Amérique du Nord.

— Et elle est censée guérir quoi ? a fait Larabee sur un ton qui révélait toute l'étendue de son mépris pour les herbes médicinales.

Sheila Jansen est revenue à sa liste imprimée.

— Les congestions nasales, les maux de bouche, les infections des yeux et des oreilles. On s'en sert aussi comme antiseptique topique, laxatif ou anti-inflammatoire. À son gré. Certains considèrent que le sceau d'or renforce le système immunitaire et augmente l'efficacité des autres plantes médicinales auxquelles il est adjoint. D'autres estiment que ça aide à provoquer un avortement.

— Pftt, a fait Larabee avec une moue.

L'enquêtrice du NTSB a promené les yeux sur l'assistance afin de s'assurer que nous suivions bien.

— J'ai fait des recherches sur le Net.

Elle a sélectionné une troisième page imprimée.

— La plante a été récoltée de façon si intensive pour le marché intérieur comme pour l'international qu'elle est désormais classée espèce en danger dans dix-sept des vingt-sept États où elle poussait naturellement. En dix ans, son prix de gros a augmenté de plus de six cents pour cent.

— Appelez la police des fleurs, a lâché Slidell.

— Le sceau d'or pousse en Caroline du Nord ? ai-je demandé.

— Oui, mais dans des endroits bien précis. À Goldenseal Hollow, au fin fond des montagnes, dans le comté de Jackson.

— Et chez nous, il est classé espèce en danger ?

— Oui. Il faut une autorisation spéciale pour le cultiver ou le transplanter ailleurs sur le territoire de l'État. Vous avez entendu parler de la CITES ?

— Oui.

Et comment ! C'était la troisième fois, maintenant.

— Pour exporter des racines de sceau d'or, qu'elles soient entières ou partielles et proviennent d'une souche sauvage ou cultivée, il faut désormais l'autorisation de la CITES. Pour l'obtenir, vous devez prouver que la plante, sous forme de rhizome ou de graines, a été légalement acquise et cultivée pendant un minimum de quatre ans sans addition d'aucune autre souche d'origine sauvage.

— Donc, la personne qui voudrait se lancer dans l'exploitation de cette plante aurait du mal à s'approvisionner en racines vivantes ? a déduit Rinaldi.

— Beaucoup de mal.

— Il y a un marché noir pour le sceau d'or ? ai-je demandé.

— Il y a un marché noir pour toutes les herbes des montagnes de Caroline du Nord, y compris le sceau d'or. C'est même si important qu'un groupe de travail réunissant des représentants de cinq organismes différents a été constitué dans les Appalaches.

— Doux Jésus dans le ciel, s'est exclamé Slidell. Y a vraiment une brigade légumes ?

Il a gonflé les joues en hochant de la tête et s'est mis à ressembler à ces chiens articulés qui décorent les plages arrière des voitures.

— Ce groupe de travail, a poursuivi Sheila Jansen, compte des spécialistes du service des parcs nationaux, du service de la sylviculture des États-Unis, du ministère de l'Agriculture de Caroline du Nord, du service de la faune et de la flore de Caroline du Nord, et du service de la faune aquatique et terrestre des États-Unis. Et il est placé sous la tutelle du procureur général des États-Unis.

L'assemblée a gardé le silence, le temps de faire le lien entre les informations que venait de nous livrer Sheila Jansen et celles que j'avais exposées. C'est Slidell qui a réagi le premier :

— La ferme servait de relais pour un trafic de drogue. On le sait à cause de ce qu'on a trouvé à la cave, et vous nous dites maintenant qu'on y pratiquait aussi du trafic d'animaux ?

— J'avance ça comme une possibilité, ai-je répondu.

— En plus de la cocaïne ?

— Oui. Et l'oiseau était très probablement vivant.

— Et cet Aiker du FWS aurait été retenu prisonnier à la ferme ? a demandé Rinaldi.

— C'est possible.

— Le gars comprend qu'il est repéré, tue Aiker, balance sa tête et ses mains dans la fosse d'aisances et transporte son corps dans le comté de Lancaster ? a débité Slidell sur un ton dubitatif.

— Nous le saurons dès que nous aurons reçu ses dossiers dentaires.

Slidell s'est tourné vers Sheila Jansen.

— Votre Cessna transportait une cargaison de schnouf. La schnouf, ça vous coûte un max derrière les barreaux. Pourquoi s'embêter avec des herbes ?

— Un à-côté intéressant.

— Comme les oiseaux de Brennan.

Je n'ai pas pris la peine de répondre. Sheila Jansen l'a fait pour moi.

— Oui.

— Mais pourquoi le sceau d'or ? Pourquoi pas du ginseng, ou quelque chose qui vous fait pousser les cheveux ou dresser la queue ?

L'enquêtrice a considéré Slidell comme si elle avait découvert une araignée morte dans la litière de son chat.

— Le sceau d'or présente certains avantages.

— Comme quoi ?

— Des gens croient qu'il peut masquer la présence de certaines substances dans l'urine.

— Et c'est vrai ?

— Aussi vrai que sniffer une ligne de coke fait de vous une star de rock.

Sheila Jansen et Slidell se regardaient en chiens de faïence, jouant à qui baisserait les yeux le premier. Pendant plusieurs secondes, ni l'un ni l'autre n'a ajouté un mot. Puis Slidell a réinstallé ses pouces dans les passants de sa ceinture.

— Nous, on a passé Pounder au gril.

— Mais encore ?

— Un con qu'a pas plus de cervelle qu'une carpe. On continue à privilégier la piste de Tyree et Dorton.

— Vous allez peut-être devoir changer vos plans.

Les cinq que nous étions se sont retournés comme un seul homme.

Joe Hawkins se tenait dans la porte.

— On nous a livré un colis. Ça serait bien que vous veniez le réceptionner.

23.

Nous avons suivi Hawkins le long du couloir, tourné tout au bout et débouché dans la salle de réception des corps. Un chariot était placé sur le plateau de la balance. Dessus, un sac mortuaire avec un renflement évident.

Sans un mot, Hawkins l'a ouvert et en a écarté les côtés. Nous nous sommes penchés tous en chœur, comme des élèves pendant une classe de nature.

Ma grand-mère appelait ça de la clairvoyance, et considérait que c'était un trait de famille. Moi, je dis que c'est du raisonnement déductif.

Peut-être est-ce l'attitude conspiratrice de Hawkins qui m'a mise sur la voie. Peut-être est-ce l'image que je m'étais faite de lui sans l'avoir jamais vu. Quoi qu'il en soit, j'ai su immédiatement, avant même qu'on ne prononce son nom, que ce mort n'était autre que Ricky Don Dorton.

Une peau couleur de vieux cuir tanné ; des rides verticales près des yeux, des oreilles et aux coins de la bouche ; des pommettes hautes et larges ; un nez épaté et des cheveux noir ébène coiffés en arrière ; des dents jaunes et irrégulières entre des lèvres pourpres et creusées par la mort.

Ricky Don Dorton était entré dans la mort torse nu. Deux chaînes en or se cachaient dans les replis de son cou. Le blason des Marines était tatoué en haut de son bras droit ainsi que la devise : SEMPER FI.

— Bien, bien..., a fait Larabee en parcourant des yeux le rapport de police. M. Richard Donald Dorton.

— Nom de Dieu ! a lâché Slidell, exprimant par là le sentiment général.

Larabee m'a tendu le papier. Je me suis rapprochée de Sheila Jansen pour le lire avec elle.

— Vous venez de le rentrer ? a demandé Larabee.

Hawkins a incliné la tête.

Selon le rapport, Dorton avait été retrouvé dans un motel du haut de la ville, mort dans son lit.

— Il est arrivé à l'hôtel vers une heure et demie du matin avec une dame, a indiqué Hawkins. Le type de la réception dit qu'ils avaient tous les deux l'air crevé. Son corps a été découvert ce matin vers huit heures par la femme de ménage qui croyait que les clients avaient libéré la chambre, vu que personne ne répondait à ses toc-toc. À l'heure qu'il est, la pauvre petite doit se chercher un autre boulot.

— Qui a hérité de l'affaire ? a demandé Slidell.

— Sherrill et Bucks.

— Les Stups ?

— Y avait assez de produits pharmaceutiques et de seringues dans la chambre pour approvisionner toute une clinique du tiers-monde, a indiqué Hawkins.

— Et la compagne de Dorton s'appelait sœur Marie des Innocents ? a ricané Slidell.

— L'employé a cru en effet deviner en elle une dame de petite vertu, a dit Hawkins. Il croit se rappeler que Dorton était déjà descendu chez eux. Même scénario : enregistrement tard dans la nuit et pour compagne une prostituée.

— Ben voyons. Ça te démange, on te sourit, réglons ça au lit ! a laissé tomber Larabee.

— Sauf que ce coup-là, c'est pas la chance qui lui a souri, a fait Slidell, et il a balancé le rapport sur le sac mortuaire.

J'ai suivi des yeux la glissade du dossier le long du cadavre de Dorton jusqu'à ce qu'il bute contre les chaînes en or.

Avant son départ, Ryan m'avait fait promettre de prévenir Slidell ou Rinaldi des menaces que j'avais reçues par e-mail. Mon angoisse ne s'était pas envolée durant la nuit, mais elle avait considérablement diminué. Ces messages provenaient d'un cybernaute qui avait perdu la boule. Pas question de céder à la peur ni de changer quoi que ce soit à mes habitudes.

Cela dit, j'étais d'accord avec Ryan sur un point : si la menace était réelle, alors Katy aussi était en danger.

Le soir de son dîner, j'avais essayé de la mettre en garde. Elle avait commencé par rigoler et, quand j'avais insisté, elle avait rétorqué que mon boulot me rendait parano. Mais j'avais bien vu qu'elle était déstabilisée.

Vingt ans et des poussières. Immortelle et indestructible. Telle mère, telle fille.

Dans l'intimité de mon bureau, j'ai exposé la situation aux deux policiers. J'ai décrit les photos de Katy et de moi et reconnu qu'hier j'avais été terrifiée, admettant qu'aujourd'hui encore j'éprouvais un certain malaise.

Rinaldi a réagi le premier.

— Vous n'avez aucune idée de qui peut être ce Sinistre Éventreur ?

J'ai secoué la tête.

— Tout ce que nous avons découvert, le détective Ryan et moi, à partir des données d'acheminement d'AOL, c'est que les messages ont été reçus par ma boîte aux lettres à l'université après plusieurs transferts et, de là, réexpédiés à mon adresse AOL.

— Ce dernier transfert, c'est vous qui l'avez ordonné ?

— Oui. Je fais systématiquement suivre sur ma boîte tous les e-mails que je reçois à l'université. On ne remontera jamais au premier expéditeur.

— Si si, c'est possible, est intervenu Rinaldi. Mais ça demande du temps.

— Les premières photos ont été prises mercredi matin ? a demandé Slidell.

— Oui, sûrement avec un appareil photo numérique.

— Donc, inutile d'enquêter auprès des labos photo, a-t-il conclu.

— Et le coup de téléphone a probablement été passé à partir d'une cabine, a ajouté Rinaldi. Vous voulez qu'on réclame une surveillance ?

De les voir réagir avec tant de chaleur m'a décontenancée. Je m'étais attendue à de l'indifférence de leur part, voire à de l'agacement.

— Vous croyez que c'est justifié ?

— Nous allons renforcer les patrouilles près de chez vous.

— Merci.

— Z'en voulez aussi autour du berceau de votre bébé ? a demandé Slidell.

J'ai revu Katy sur la photo du Sinistre Éventreur : détendue et insouciante sur sa balancelle.

— Ce serait bien.

— C'est comme si c'était fait.

Les policiers partis, j'ai vérifié encore une fois auprès de Mme Flowers si le fax de Cagle était arrivé. Toujours rien. Elle m'a promis de me l'apporter dès la dernière ligne imprimée.

De retour dans mon bureau, j'ai essayé de me concentrer sur ma paperasse en retard. Une demi-heure plus tard, le téléphone a sonné. J'ai failli renverser mon soda par terre en attrapant le combiné.

Mme Flowers.

Toujours rien de Cagle sur le squelette de Lancaster, mais les dossiers dentaires de Brian Aiker venaient d'arriver et le docteur Larabee réclamait ma présence dans la grande salle.

Quand je suis entrée, le patron accrochait des radios sur les écrans lumineux. Chaque série se composait de douze images minuscules : des dents. Mâchoire supérieure et mâchoire inférieure. La première série, prise par Joe Hawkins, correspondait au crâne et à la mâchoire trouvés dans la fosse d'aisances. La seconde provenait du dentiste de Brian Aiker.

— Faire appel à un dentiste médico-légal me paraît superflu, a déclaré Larabee.

— En effet, ai-je convenu.

Les radios de Brian Aiker faisaient apparaître des couronnes et des pivots dans deux molaires en haut et en bas, preuve indiscutable d'une dévitalisation.

En revanche, aucune dévitalisation sur les radios de la mâchoire de la fosse d'aisances.

Le vendredi, le rapport de Wally Cagle n'était toujours pas arrivé.

Et rien de tout le week-end. Le samedi et le dimanche, je suis même allée exprès au MCME afin de m'en assurer.

Quatre fois, j'ai appelé Cagle à ses trois numéros : bureau, domicile, portable.

Jamais de réponse.

Pas de nouvelles menaces non plus dans mon courrier électronique. J'ai vérifié matin et soir.

Rien du Sinistre Éventreur et rien de Cagle.

Une bonne nouvelle et une mauvaise.

J'ai passé le week-end à m'interroger. Tout d'abord sur les différents ossements. À considérer que le crâne et les os des mains trouvés dans la fosse d'aisances appartiennent à une seule et même personne, il était clair que ce n'était pas à Brian Aiker. Mais à qui, alors ? Au squelette de Lancaster, autopsié par Cagle ? Dès le début, j'en avais été convaincue sans en avoir aucune preuve. Mon intuition m'aurait-elle trompée ? Aurions-nous en réalité deux victimes inconnues ?

Autre sujet d'interrogation : Brian Aiker et Charlotte Grant Cobb, les agents des services de la préservation de la vie sauvage. Que leur était-il arrivé ?

Enfin, je m'inquiétais pour Tamela Banks et les siens. C'était des gens simples. Comment avaient-ils fait pour s'évanouir ainsi dans la nature ? Et surtout, pourquoi ? Le samedi matin, quand j'étais passée chez eux, les volets étaient toujours fermés et les journaux s'entassaient dans la véranda. Personne n'avait répondu à mes coups à la porte ni à mes appels.

Ryan m'avait téléphoné tous les jours pour me donner des nouvelles de ses sœur et nièce. À Halifax, le soleil ne brillait pas.

Je l'avais informé de la mort de Dorton. Je lui avais rapporté ma conversation avec Hershey Zamzov sur le braconnage des ours et je lui avais fait part de la disparition des deux chargés de mission du FWS. Enfin, je lui avais détaillé par le menu les découvertes de Sheila Jansen sur le sceau d'or. Il avait voulu savoir si j'avais parlé à Slidell ou à Rinaldi des e-mails du Sinistre Éventreur. Je lui avais assuré que ma maison et celle de Lija avaient été placées sous surveillance spéciale.

Après chacune de nos conversations, l'Annexe me paraissait curieusement vide. Ryan était parti et, avec lui, ses affaires, son odeur, son rire, ses petits plats prétendument mijotés. Il avait beau n'être resté que peu de temps chez moi, il avait rempli la maison de sa présence. Je m'ennuyais de lui. Beaucoup. Beaucoup plus que je ne l'aurais cru.

En dehors de ça, mon moteur ronronnait, pour reprendre l'expression de ma mère : courses et promenades avec Boyd ; entretiens avec Birdie ; soin des cheveux ; épilation des sourcils ; arrosage des plantes. Tout cela avec un œil derrière la tête et l'oreille à l'affût de tout bruit incongru.

Le samedi, Katy m'a convaincue de l'accompagner tard le soir chez Amos écouter un groupe du nom de Weekend Excursion. Du punch, du talent et assez de puissance pour être enregistré dans le désert par les instruments censés détecter les éventuels signes de vie émis dans l'espace. La foule écoutait debout, fascinée. À un moment, j'ai crié : « Personne ne danse ? » à l'oreille de Katy.

— Y a que les tarés qui en auraient envie.

La vieille chanson *Dancing Queen* du groupe ABBA a retenti dans ma tête.

Autres temps, autres mœurs.

Après, nous sommes allées prendre un verre à une porte de chez Amos, dans un pub appelé Gin Mill – le moulin à genièvre. Perrier citron vert pour moi, Martini dry pour Katy. Grey Goose, sans glaçons, avec le jus de l'olive. Et avec un rab d'olives. C'est sûr que ma fille n'était plus un bébé, maintenant.

Le dimanche, nous nous sommes octroyé une journée mère-fille avec manucure et pédicure à la clef, suivies de quelques balles de golf au Carmel Country Club.

À quatre ans, Katy y a été sacrée vedette du *free style* par l'équipe de natation du club pour avoir parcouru toute une longueur de bassin moitié en nageant, moitié en tenant la ligne de flotteurs. Elle a passé son enfance sur le parcours de golf et sur les cours de tennis ; elle y a cherché des œufs de Pâques dans l'herbe et elle y a admiré les feux d'artifice du 4 Juillet.

Pour moi aussi, le club a été une institution dans ma vie. Avec Peter, j'y ai dévoré des montagnes de petits fours en toutes sortes d'occasions, j'y ai dansé sous les guirlandes à d'innombrables réveillons, j'y ai bu des milliers de coupes de champagne en admirant des sculptures taillées dans la glace. Et c'est là que j'ai rencontré plusieurs de mes meilleurs amis.

Cela m'a fait une drôle d'impression de me retrouver là. Comme si je revisitais un lieu à demi oublié. Les gens m'apparaissaient comme dans un rêve, à la fois proches et lointains.

Le soir, nous nous sommes fait livrer une pizza que nous avons mangée en regardant *Meet the Parents*. Je n'ai pas cherché à savoir si Katy avait une idée derrière la tête en choisissant ce film, pas plus que je ne l'ai questionnée sur ce que faisait Palmer Cousins de son temps pendant qu'elle était avec moi.

Le lundi, je me suis levée tôt. Première occupation de la matinée : consulter mes e-mails.

Pas de message de Cagle ni de photos du Sinistre Éventreur.

Ensuite, tour du pâté de maisons avec Boyd et départ pour le MCME. Le rapport de Cagle serait sur mon bureau, forcément.

Non.

À neuf heures et demie, j'avais appelé quatre fois l'anthropologue légal à ses trois numéros. Aucune réponse.

À dix heures, quand le téléphone a sonné, j'ai failli avoir une attaque.

— J'imagine que vous avez entendu.

— Entendu quoi ?

Slidell a dû noter la déception dans ma voix parce qu'il a braillé :

— Vous attendiez Sting au bout du fil ?

— Non, Wally Cagle.

— Vous n'avez toujours pas son rapport ?

— Non, et je commence à m'inquiéter, ai-je répondu en enroulant les spirales du fil de téléphone autour de mon doigt. Jeudi, il m'a promis de me le faxer dans la journée.

— Ce cher Walte-e-er ? a fait Slidell en faisant traîner la voix sur la dernière syllabe.

— Ça fait quatre jours.

— S'est p't'être fait un lumbago en remontant ses bas ?

— Vous n'avez jamais songé à vous inscrire dans un groupe de thérapie pour homophobes ?

— Moi, je vois les choses comme ça : les hommes sont des hommes et les femmes sont des femmes. Chacun doit dormir sous la tente qui lui a été assignée à la naissance. Vous commencez par dépasser un peu les bornes et, très vite, vous savez plus où acheter vos slips.

Je n'ai pas jugé bon de rétorquer à Slidell qu'il avait lui-même dépassé les bornes un bon nombre de fois, pour rester dans sa métaphore.

— Cagle devait scanner ses photos des ossements et me les envoyer par e-mail.

— Jésus au marché aux poissons ! On jure plus que par l'électronique aujourd'hui. Voulez que je vous dise ? Les e-mails, ça tient un peu du vaudou.

J'ai entendu son fauteuil gémir sous le poids de ses fesses.

— Si Aiker est *out*, qui c'est, l'autre ?

— Quelqu'un qui ne dort pas sous la même tente.

— Qu'est-ce à dire ?

— L'autre agent du FWS était une femme.

— P't'être que vous vous êtes gourée dans vos résultats.

Pas mal, Skinny.

— C'est possible, pour les restes de la fosse d'aisances. Pas pour le squelette de Lancaster.

— Pourquoi ?

— Parce que Cagle a fait faire un test d'ADN et que l'amélogénine a donné « homme » comme résultat.

— Nous y revoilà ! L'œuvre au noir et ses succédanés.

Je l'ai laissé mariner un certain temps à écouter mon silence.

— Z'êtes toujours là ?

— Vous voulez que je vous explique ce qu'est l'amélogénine, ou vous tenez à rester englué dans le XIXe siècle ?

— Du moment que vous me faites ça en court...

— Vous avez entendu parler de l'ADN ?

— Je suis pas crétin quand même.

À voir.

— L'amélogénine est un locus de la pulpe dentaire.

— C'est quoi, un locus ?

— Un endroit sur la molécule d'ADN indiquant un caractère spécifique.

— Qu'est-ce que la pulpe dentaire a à voir avec le sexe ?

— Rien. Sauf que, chez les femmes, le côté gauche du gène présente une petite déperdition d'ADN non essentielle, qui se traduit par un résultat plus court quand on pratique une amplification par PCR.

— Vous voulez dire que sur ce locus de la pulpe, la longueur est différente selon les sexes ?

— Exactement.

Là, j'avoue que Slidell m'en a bouché un coin de comprendre aussi vite.

— Vous connaissez les chromosomes qui déterminent le sexe ?

— Les filles ont deux X ; les garçons, un X et un Y. C'est bien ce que je dis : la nature jette les dés et, nous, on suit le résultat affiché.

La métaphore se développait.

— Quand on analyse la région où se trouve l'amélogénine, les deux chromosomes X présents chez la femme donnent pour résultat une seule bande, alors que chez l'homme, à cause des chromosomes X et Y, ça donne deux bandes : l'une de la même longueur que chez la femme, l'autre légèrement plus grande.

— Et les os de Cagle ont donné « homme » ?

— Oui.

— Votre crâne aussi, c'est celui d'un homme ?

— Probablement.

— Pourquoi pas certainement ?

— Parce que rien en dehors de mon intuition ne me permet de l'affirmer en toute certitude.

— Vous parlez bien du sexe ?

— Je parle bien du sexe.

— Et ce n'est pas Aiker.

— Non. À moins d'une erreur dans les dossiers dentaires qu'on nous a envoyés.

— Mais le squelette de Lancaster pourrait être le sien.

— Oui, s'il n'a pas pour tête le crâne de la fosse d'aisances.

— Et vous pensez que ce crâne lui appartient ?

— Ça y ressemble. Mais il faudrait que je voie de mes propres yeux les os ou les photos.

— Vous voyez une raison pour que Cagle change d'avis et décide de ne pas vous envoyer le dossier ni répondre à vos appels ?

— Quand nous nous sommes parlé, il était très coopératif.

Maintenant le silence sur la ligne était le fait de Slidell. Ce n'était plus une décision venant de moi.

— Ça vous dirait, un petit tour à Columbia ?

— Je vous attends dehors sur le perron.

24.

Un quart d'heure après avoir quitté le MCME, nous franchissions la ligne de démarcation entre les deux Caroline.

Sur les deux côtés de la I-77 s'étiraient des surplus d'usines, des restaurants et des grands magasins consacrés aux divertissements. Nogales ou Tijuana, version carolinesque.

Paramount's Carowinds : jeux et cinémas. Outlet Market Place : fringues. Frugal MacDougal's Discount Liquors : alcools. Heritage USA : La Mecque, aujourd'hui désertée, des fidèles du PTL de Jim et Tammy Faye, association branchée sur la religion, les vacances et les vêtements à prix réduits dont le nom se déchiffre selon les uns : *Praise the Lord*, Priez le Seigneur, ou selon les autres : *Pass the Loot*, Par ici le pognon !

Pendant que je roulais vers Columbia en compagnie de Slidell, son coéquipier s'offrait une virée à Sneedville, dans le Tennessee, pour tenter de creuser un peu les biographies de Ricky Don Dorton et de Jason Jack Wyatt et glaner aussi des renseignements sur le pilote, Harvey Pearce, avant de soumettre Sonny Pounder à un interrogatoire plus poussé.

De son côté, Sheila Jansen était repartie pour Miami.

Slidell n'avait pas beaucoup parlé depuis qu'il était passé me prendre, préférant les crachouillis de sa radio au doux son de ma voix. Sa froideur venait sans doute de ma réaction à son homophobie.

Personnellement, son silence ne me dérangeait pas.

Nous nous sommes bientôt retrouvés à traverser un paysage vallonné où les bois le disputaient au kuzu. Slidell ne cessait de tambouriner sur son volant que pour tapoter sa poche de chemise. Je voyais bien qu'il était en manque de nicotine mais, moi, j'avais besoin d'oxygène. Il pouvait y aller de ses soupirs, raclements de gorge et autres martèlements exaspérés, il n'était pas près de se voir accorder l'autorisation d'en griller une.

Nous avons dépassé les sorties vers Fort Mill et Rock Hill, puis le croisement avec la route 9, qui file à l'est vers Lancaster. Le squelette sans tête autopsié par Cagle me préoccupait. Que pouvait bien contenir son dossier conservé au laboratoire ?

Ce trajet en compagnie de Slidell m'en rappelait d'autres en compagnie de Ryan afin de nous rendre sur des scènes de crime. Des deux, quel était le compagnon de voyage le plus agréable ? À quoi bon poser la question ?

L'université de Caroline du Sud regroupe huit campus. Soit que les fondateurs de l'État du palmier nain aient été des xénophobes convaincus, soit qu'ils n'aient pas souhaité que leur progéniture se libère du cocon familial au nom de l'instruction, soit encore qu'ils n'aient pas été suffisamment en fonds pour acquérir un terrain spécifique, toujours est-il qu'ils ont posé la première pierre de leur université en plein centre-ville de leur capitale, Columbia.

Peut-être aussi, anticipant les siècles, ont-ils eu la prémonition des bacchanales qui se dérouleraient à Myrtle Beach aux vacances de printemps, et se sont-ils organisés en conséquence, de façon à décourager dès le début ce type de pèlerinage.

Arrivé à Columbia, Slidell s'est engagé dans Bull Street et a tourné à gauche au bout du campus. Ne trouvant pas de place dans le parking payant des visiteurs, il s'est garé sur un emplacement réservé au corps enseignant.

— Si une tête de nœud veut me coller une amende, je lui dis de se la fourrer dans son PhD[1], a-t-il décrété en empochant ses clefs. Vous savez ce que ça veut dire PhD, doc ?

Imperméable à mon dédain, Slidell m'a assené sa définition :

— Profondes hémorroïdes douloureuses.

À peine descendue de la Taurus, j'ai été plongée dans une fournaise chauffée par un soleil d'un blanc aveuglant. Dans Pendelton Street, le bitume faisait des vagues. Les feuilles des arbres pendaient comme des couches de bébé sur des cordes à linge par un jour sans vent.

Le laboratoire d'anthropologie de l'université de Caroline du Sud se trouve dans Hamilton College, un bâtiment jaune couleur machine à laver la vaisselle, édifié en 1943 pour stimuler l'effort de guerre. Aujourd'hui, c'est lui qui aurait besoin d'une petite stimulation.

Ayant trouvé le secrétariat du département d'anthropologie, nous nous sommes présentés à l'accueil. S'arrachant à grand-peine à son ordinateur, la préposée nous a considérés à travers les mêmes lunettes à fioritures et strass que *Dame Edna* dans la série télévisée anglaise. Elle avait la cinquantaine, le front décoré d'une verrue violacée de la grosseur d'un champignon

1. PhD : diplôme d'État.

et les cheveux étagés en une pièce montée qui aurait fait pâlir de jalousie les débutantes du Texas.

Slidell a demandé à voir Cagle.

Dame Edna l'a informé que le professeur n'était pas là.

Quand l'avait-elle vu pour la dernière fois ?

Cela ferait une semaine, vendredi.

Cagle était-il venu sur le campus depuis ?

Possible, leurs chemins ne s'étaient pas croisés. Vendredi, le casier du professeur avait été vidé, mais elle ne l'avait pas vu à ce moment-là ni depuis.

Slidell a demandé où se trouvait le bureau de Cagle.

Au troisième étage. Mais il fallait une autorisation écrite pour y accéder.

Slidell a demandé où se trouvait le labo de Cagle.

Deuxième étage. Là aussi, impossible d'y pénétrer sans autorisation écrite.

Slidell lui a balancé son insigne sous les yeux.

Dame Edna a étudié le bouclier de Slidell. Son rouge à lèvres s'est dissimulé sous les rides qui ont rayonné tout autour de sa bouche. Si elle a pris note de l'inscription CHARLOTTE-MECKLENBURG sur le badge, elle ne nous l'a pas montré. Elle nous a tourné le dos à demi et a composé un numéro en s'abritant derrière son épaule. Attente, interruption de la communication et nouveau numéro. Nouvelle attente tout aussi vaine. Sur un soupir théâtral, elle s'est levée et s'est dirigée vers une commode. Elle en a ouvert le tiroir supérieur, a trouvé une clef parmi une douzaine d'autres et en a vérifié soigneusement l'étiquette.

Nous précédant de plusieurs pas pour réduire au minimum les risques de conversation, dame Edna nous a conduits au deuxième étage. Là, elle a emprunté un couloir en carrelage et s'est arrêtée après un tournant devant une porte en bois percée d'un carreau en verre dépoli où étaient gravés, en grosses lettres noires, les mots : LABORATOIRE D'IDENTIFICATION HUMAINE.

— Qu'est-ce qu'il vous faut exactement ? a demandé dame Edna en jouant avec la petite étiquette ronde accrochée à la clef.

C'est moi qui ai répondu.

— Jeudi dernier, le docteur Cagle a promis de m'envoyer un rapport et des photos. Je n'ai rien reçu. Je n'arrive pas à le joindre au téléphone et ça devient urgent.

— Le docteur Cagle est en expédition tout l'été. Il ne revient que le week-end. Vous êtes sûre qu'il voulait vous l'expédier tout de suite ?

— Absolument.

Deux plis verticaux ont ratatiné le champignon violet sur son front.

— Le docteur Cagle est un homme de toute confiance. Il n'est pas dans ses habitudes de parler en l'air.

Elle s'est courbée très bas pour tourner la clef, comme si nous laisser voir son mouvement du poignet était une atteinte à la sécurité. S'étant redressée, elle a poussé la porte et pointé son ongle laqué sur moi.

— Ne mettez pas le fouillis dans les *chôges* du docteur Cagle. Il y a là des preuves officielles destinées à la *peu-lice*.

— Nous ferons très attention. Ne vous inquiétez pas.

— Et revenez me voir avant de partir.

Long regard vrillé sur nous avant d'enfiler le couloir en sens inverse.

— L'a raté l'appel des SS, c'te nana ! a lâché Slidell en passant devant moi.

Le laboratoire de Cagle était une variante de celui que j'avais autrefois à l'université de Caroline du Nord.

En plus imposant. Chêne et marbre, métal laqué. Pas de meubles en plastique moulé.

J'ai balayé la pièce des yeux.

Paillasses. Éviers. Microscopes. Négatoscopes. Chevalet. Ventilateur. Squelette suspendu. Glacière. Ordinateur.

Slidell a désigné de la tête le mur occupé par des armoires du sol au plafond.

— Qu'est-ce qu'il range là-dedans à votre avis ?

— Des ossements.

— *Pou-taigne.*

Laissant Slidell s'occuper des placards qui n'étaient pas fermés à clef, au-dessus des paillasses, je me suis attaquée au seul bureau se trouvant dans la pièce.

Rien sur le plateau, mis à part le sous-main.

À gauche, un tiroir classeur avec différents types de formulaires vierges. Relevés archéologiques. Inventaire de tombe. Tests de connaissances sur les os. Demande d'assistance audiovisuelle.

Dans le long tiroir du milieu, assortiment de stylos, bouchons en plastique, élastiques, trombones, timbres et menue monnaie.

Rien qui sorte de l'ordinaire.

Si ce n'est l'ordre et la propreté, maniaques.

Tout était enfermé dans des boîtes et des tubes étiquetés avec soin, ou rangé dans des compartiments distincts, chaque objet aligné avec une précision géométrique et séparé de son voisin par un espace identique.

— Un vicieux, a soupiré Slidell arrivé derrière moi.

J'ai vérifié les deux tiroirs de droite. Papeterie. Enveloppes. Papier pour imprimante. Étiquettes. Post-it.

Fournitures habituelles. Même obsession de l'ordre.

— Il est comme ça, votre bureau ? a demandé Slidell.

— Non.

Une fois, au fond de mon tiroir, j'ai retrouvé un poisson rouge desséché. Un mystère de six mois s'est trouvé résolu.

— Le mien non plus, a fait Slidell. Mais alors, pas du tout !

S'il était comme sa voiture, je pouvais me l'imaginer.

— Vous avez trouvé le rapport ?

J'ai secoué la tête.

Slidell est passé à un meuble classeur, pendant que je m'attaquais au coffre à dossiers, à gauche du bureau.

Le premier tiroir était consacré à l'enseignement, le second aux rapports anthropologiques. Eurêka !

À l'autre bout de la salle, Slidell refermait bruyamment un tiroir.

— Faut que j'aille prendre l'air.

— Très bien.

Qu'il aille donc tirer sur sa cigarette dehors, plutôt que de me souffler son haleine dans le cou !

Les dossiers anthropologiques étaient classés par ordre chronologique. Vingt-trois pour l'année où Cagle avait examiné le squelette de Lancaster, deux datés du même mois que lui. Pas de corps sans tête ni dans l'un ni dans l'autre.

J'ai vérifié les années précédentes et suivantes. Puis les étiquettes de chaque chemise.

Rien sur l'inconnu de Lancaster !

Dix minutes plus tard, Slidell était de retour, fleurant la Camel, les dessous de bras et la brillantine.

— J'ai trouvé les dossiers des affaires que Cagle a traitées.

— Ah ouais ?

Il s'est penché au-dessus de moi, m'asphyxiant de son parfum à la nicotine.

— Le rapport de Lancaster n'y est pas.

— Ce cher Walter aurait fait une erreur de classement, à votre avis ?

— Ça me paraît peu probable. Continuons à chercher.

Slidell a recommencé à claquer des tiroirs.

Revenue près du bureau, j'ai examiné le panneau d'affichage. À l'instar de notre Mme Flowers, Wally Cagle était un amoureux des angles droits et des espaces équidistants.

Une carte postale envoyée par un ou une Gene. Plusieurs Polaroïd d'un même site archéologique. Trois photos d'un chat. Une circulaire avec des noms et des numéros de poste.

Au centre, une liste de choses à faire écrite à la main et les dates à côté. Les tâches effectuées étaient biffées.

— Venez voir !

Slidell m'a rejointe près du bureau. Je lui ai désigné une ligne dans la liste des tâches à faire : « Sortir les photos et le rapport pour Brennan. »

— Putain, il prend même une règle pour barrer ce qui est fait ! Mais c'est un psychorigide, ce mec !

— Là n'est pas la question. Que la secrétaire ne l'ait pas vu, soit ! Mais Cagle est venu ici jeudi dernier puisqu'il a inscrit cette tâche à faire sur son tableau. Et elle n'est pas barrée. Est-ce que ça veut dire qu'il n'a pas préparé le dossier pour moi ? Ou qu'il l'a sorti mais a oublié de me le faxer ?

— Je ne vois pas ce charmant garçon déposant sa crotte sans inscrire d'abord qu'il doit le faire. Et je ne le vois pas non plus oubliant de barrer l'inscription, une fois que c'est fait.

— Peut-être qu'il a été interrompu ?

— Possible.

— Peut-être que quelqu'un a subtilisé le dossier ?

— Qui ça ? a fait Slidell sur un ton dégoulinant de scepticisme.

— Quelqu'un.

— Qui savait seulement qu'il l'avait, ce foutu dossier ?

— Son assistant, voyons ! Puisqu'il le lui a lu au téléphone.

Qu'est-ce qu'il m'énervait avec ses doutes !

— Peut-être que Cagle a emporté le dossier chez lui ?

— Peut-être.

— Et vous dites qu'il ne vous l'a pas envoyé ?

C'est ça, Skinny, enfonce les portes ouvertes !

— Ni rapport ni photos ?

— Rien, je vous dis !

Slidell a rattaché sa ceinture et l'a fait descendre dans le creux sous son pneu.

— Alors, où qu'ils sont, putain ?

— Question hautement pertinente !

— Et où est-ce qu'il est passé, ce bon professeur ?

Un mauvais pressentiment commençait à me tarauder.

Mon regard est tombé sur l'ordinateur et le scanner à côté. Des appareils qui devaient dater du temps où les Monkees étaient à la mode.

Slidell m'a regardée les brancher. Dame Edna s'est encadrée dans la porte juste au moment où l'unité centrale démarrait.

— Où vous croyez-vous ?

— J'ai bien retrouvé les dossiers avec les affaires traitées par le docteur Cagle, mais pas celui que je recherche.

— Et je vous laisserais utiliser son ordinateur ?

— Ça pourrait nous indiquer s'il a scanné les photos.

Comme par un fait exprès, l'unité centrale a émis son bip-bip. L'écran a clignoté, réclamant le mot de passe.

— Vous le connaissez ? ai-je demandé à la secrétaire.

— Je ne me permettrais jamais de donner un mot de passe.

À croire que je lui réclamais son code de carte bancaire.

— D'ailleurs, je ne le connais pas.

— Quelqu'un d'autre utilise cet ordinateur ?

— Gene Rudin.

— Le doctorant du docteur Cagle ?

Elle a hoché la tête. Pas un cheveu de sa pièce montée n'a vacillé.

— Il est en Floride jusqu'à la rentrée. Il est parti vendredi.

Elle a pointé son ongle vers l'ordinateur.

— De toute façon, ce scanner ne marche pas. J'ai fait une demande de réparation aux services informatiques depuis au moins deux semaines.

Slidell et moi avons échangé un regard perplexe. J'ai demandé :

— Est-ce que le docteur Cagle vous a demandé d'envoyer des fax la semaine dernière ?

L'ongle laqué a disparu dans le repli des bras de la dame, à présent croisés sur sa poitrine, en même temps qu'une de ses hanches se décalait sur le côté et qu'un de ses pieds chaussés de sandales venait se poser devant l'autre. Des orteils peinturlurés du même rouge brillant que les doigts.

— Je vous ai déjà dit que je n'avais pas vu le docteur Cagle la semaine dernière. Vous avez une idée du nombre de professeurs dont je dois m'occuper ? Du nombre de doctorants et d'étudiants, de libraires et de visiteurs qui s'arrêtent à mon bureau ?

Visiblement, nous étions partis pour subir une litanie de récriminations.

— Par les cloches de l'enfer, c'est moi qui renseigne la moitié des étudiants, ici.

J'ai tout de suite compati :

— Ça doit vous faire un boulot énorme.

— Il n'entre pas dans mes fonctions d'envoyer des fax pour le corps enseignant...

— Et tous ces visiteurs en plus ?

— Oui, et ce n'est pas ça qui manque.

— Est-ce que le docteur Cagle a reçu des visites inhabituelles la semaine dernière ?

— Ce n'est pas à moi de le dire.

Curieuse façon de s'exprimer. Qu'entendait-elle par là ?

— Est-ce que le docteur Cagle a reçu des visites la semaine dernière ?

Elle a laissé passer une longue pause, comme s'il lui fallait choisir ses mots.

— Je n'apprécie peut-être pas le style de vie alternatif, a-t-elle commencé en séparant les deux paires de syllabes comme s'il s'agissait de deux vocables distincts, mais le docteur Cagle est un homme bien et je ne m'autorise pas à remettre en cause ses fréquentations.

— Est-ce que quelqu'un est venu voir Cagle, oui ou non ? a aboyé Slidell.

Dame Edna a levé les sourcils.

— Inutile de vous montrer grincheux, détective.

En voyant Slidell ouvrir la bouche pour répliquer vertement, j'ai préféré intervenir.

— Vous ne connaissiez pas la personne qui est venue voir le docteur Cagle ?

Elle a incliné la tête.

— Qu'est-ce qu'il voulait ?

— Il a demandé le docteur Cagle. Je lui ai répondu que le professeur n'était pas en ville.

Elle a eu un haussement d'épaules.

— Ensuite, il est parti.

— Pouvez-vous le décrire ? a demandé Slidell.

— Trapu. Avec des cheveux noirs. Touffus. Très brillants et épais.

— Son âge ?

— Oh ! ce n'était pas un perdreau de l'année !

— Lunettes, barbe, moustache ? a fait Slidell en haussant le ton.

— Inutile aussi d'être coupant, détective.

Dame Edna a chassé de sa jupe une poussière inexistante, histoire de donner à Slidell le temps de calmer ses ardeurs inquisitrices.

— Ni moustache ni barbe, rien de tout ça.

— Est-ce que vous vous rappelez autre chose au sujet de ce monsieur ? ai-je demandé.

— Il avait de drôles de lunettes de soleil. Je ne pouvais pas voir ses yeux.

— Que pouviez-vous voir, alors ? a jeté Slidell avec un regard furibond.

— Moi-même.

Ella a posé brutalement une clef sur le bureau.

— Pour les armoires. Repassez par mon bureau avant de quitter le bâtiment.

J'ai consacré les quarante minutes suivantes à inspecter tous les placards de la pièce, armoires et tiroirs fermés à clef, sans oublier les étagères.

Rien qui se rapporte de près ou de loin au corps sans tête de Lancaster, et rien qui indique l'endroit où Cagle pouvait se trouver.

Frustrée, je suis revenue au bureau. J'ai passé les doigts sous le bord du sous-main plastifié.

Néant.

Soulevant un coin, j'ai jeté un coup d'œil en dessous.

Une carte de visite y était cachée. Je l'ai sortie.

Le logo ressemblait à un tampon de la police. Je

m'apprêtais à lire le nom qui y était inscrit quand la secrétaire est réapparue à la porte, hors d'haleine d'avoir couru dans l'escalier.

— Je viens d'avoir en ligne la personne qui partage la maison du docteur Cagle.

Elle a balayé l'air devant elle avec agitation.

— Il est en soins intensifs, sous assistance respiratoire.

Les deux mains serrées contre sa poitrine, elle nous a regardés, en faisant aller ses yeux de l'un à l'autre. Derrière ses cils, l'inquiétude perçait.

— Doux Jésus, Notre-Seigneur ! Les médecins pensent qu'il ne passera pas la journée.

25.

Cagle habitait un bungalow dans un quartier de petits bungalows en brique proche du labo de Hamilton College. Le mauve de l'encadrement des portes était assorti aux quatre fauteuils en osier, parfaitement alignés dans la véranda. Pelouse tondue, bordures égalisées avec une précision militaire.

Un vieux chêne étalait son ombre sur la moitié droite de la propriété. Ses racines à fleur de terre ressemblaient à des doigts géants cherchant à s'accrocher à une prise. De part et d'autre du chemin en caillebotis, des fleurs jouaient des coudes dans des jardinières en un joyeux méli-mélo multicolore. D'autres égayaient le pied de la véranda. Une odeur douceâtre de pétunia, de souci et de peinture fraîche imprégnait l'air chaud et humide.

Nous avons marché vers la maison. Une main attentive avait rangé le tuyau d'arrosage en boucles parfaitement empilées les unes sur les autres. Arrivé en haut des marches, Slidell m'a soufflé :

— M'étonnerait qu'on se soit gourés d'endroit.

Il a pendu son pouce à l'anneau de métal peint en vert qui saillait du mur. Quelques secondes plus tard, la porte s'est ouverte sur un homme aux cheveux hérissés en piques et retenus par un bandeau élastique qui lui couvrait une partie du front. Plus jeune que je m'y attendais, la trentaine, et fluet : dans les soixante-cinq kilos au maximum.

— Vous êtes les deux agents de Charlotte ?

Slidell a vaguement tendu son badge sans prendre la peine d'entrer dans les détails.

— Lawrence Looper, a fait l'homme en reculant. Entrez donc.

Nous avons pénétré dans un petit vestibule comportant un radiateur encastré à gauche, des portes en bois coulissantes en face et une arche donnant sur un couloir à droite. C'est ce corridor que Looper a emprunté pour nous conduire jusqu'à un salon meublé dans le style Pottery Barn avec des carpettes jetées çà et là sur le parquet ciré. Un ventilateur à pales de bois tournoyait paresseusement au plafond.

— Je vous en prie, prenez place, a dit notre hôte en tendant une main aux doigts manucurés. Puis-je vous apporter quelque chose de frais à boire ?

Nous avons refusé l'un et l'autre et nous nous sommes assis chacun à un bout du canapé. Un diffuseur électrique dégageait un parfum floral artificiel.

Looper a pris dans ses bras un repose-pieds, l'a placé plus près du mur, a considéré l'effet obtenu et l'a remis là où il était.

Le soupir exaspéré de Slidell m'est parvenu distinctement. Je lui ai lancé un regard mauvais. Il a levé les yeux au ciel.

Satisfait du feng shui, Looper s'est retourné et a pris place en face de nous.

— Dolores m'a vraiment en travers de la gorge. Enfin… je peux la comprendre.

— Vous voulez parler du cerbère à l'université ? a fait Slidell.

— Mmm. C'est vrai que j'aurais dû l'appeler quand Wally s'est trouvé mal, mais…

Looper a plié la cheville, sa tong a fait un petit floc en se décollant de son talon.

— Je n'ai pas pu, voilà tout.

— Et pourquoi ça ? a demandé Slidell sur un ton déjà excédé.

— Je ne l'aime pas.

— Et pourquoi ça ?

— Parce qu'elle ne m'aime pas, a répondu Looper en regardant Slidell droit dans les yeux.

Sa cheville s'est pliée plusieurs fois de suite.

— Wally déteste l'indiscrétion. Il a... Il est de santé fragile...

Floc. Floc.

— Quand il ne se sent pas bien, il ne tient pas à ce que les gens le sachent. C'est pour ça que je n'ai pas crié sur les toits qu'il était malade. Ça l'aurait contrarié.

Floc. Floc.

— Mais quand je vous ai vus à la porte... comme Dolores m'avait prévenu de votre visite, je me suis dit que je ne pouvais plus cacher la vérité. (Trois *é* à la fin du mot « vérité ».) Ce ne serait pas correct.

J'ai demandé :

— Dites-nous ce qui s'est passé, voulez-vous ?

— Il n'y a pas grand-chose à raconter. Jeudi soir, en rentrant, j'ai trouvé Wally recroquevillé par terre dans la salle de bains.

Il a pointé le doigt vers un couloir situé à angle droit par rapport à celui par lequel nous étions entrés.

— Il respirait difficilement, il était tout rouge et il pouvait à peine parler. J'ai réussi à comprendre qu'il avait un poids dans la poitrine. J'ai eu la peur de ma vie. J'ai vu qu'il avait vomi.

La main de Looper s'est posée sur son cœur.

— Je l'ai fait entrer dans la voiture. Et ça n'a pas été une mince affaire, je vous prie de le croire, avec ses jambes qui ne le portaient plus. Et lui qui n'arrêtait pas de gémir qu'il allait mourir.

Étonnant qu'il n'ait pas appelé une ambulance, ai-je pensé. Mais j'ai gardé mes réflexions pour moi.

— Quand je suis arrivé aux urgences, il ne respirait plus.

Nous avons attendu qu'il poursuive. Comme rien ne venait, j'ai pris la parole :

— On l'a placé sous assistance respiratoire ?

— Hmm. Maintenant, il respire tout seul, mais il ne s'est pas réveillé. Il est dans le coma.

— C'est une crise cardiaque ? ai-je demandé doucement.

— Je suppose. Les médecins ne veulent pas vraiment me parler. (Floc. Floc.) Je ne suis pas de la famille, vous comprenez. Pourtant, ça fait longtemps que nous sommes ensemble.

Le ventilateur bourdonnait doucement. Le bouquet d'odeurs artificielles commençait à se faner.

— J'espère tellement qu'il va s'en sortir.

Looper avait les yeux tout rouges autour des paupières.

— Je l'espère aussi. C'est un type bien.

Bravo, Brennan, d'un original achevé !

Looper a croisé les doigts et s'est mis à se triturer l'ongle du pouce.

— Je suppose que je devrais prévenir sa sœur, mais Wally n'est pas très proche d'elle. Et je continue à me dire qu'il va se réveiller d'un instant à l'autre et me demander sa pipe. Que tout ira bien.

Looper a croisé les jambes. Son pied a recommencé à émettre ses floc-floc.

— Pour quelle raison êtes-vous là ?

— J'ai eu le docteur Cagle jeudi au téléphone. Il avait promis de m'envoyer un rapport et des photos.

Je n'ai rien reçu. Nous nous sommes dit, avec le détective Slidell, qu'il les avait peut-être apportés ici.

— En effet, ça lui arrive parfois de travailler à la maison. Mais je n'ai pas vu de dossier récemment.

— Une enveloppe, alors ?

Looper a secoué la tête.

— Une serviette ?

— Wally rapporte en général sa serviette, et aussi son précieux ordinateur. (Floc. Floc.) Nous n'en avons pas ici.

Il s'est levé :

— Je vais vous montrer son bureau.

Slidell s'est remis lourdement sur ses pieds.

— Si j'allais jeter un coup d'œil à la bagnole du prof pendant que vous examinez son berceau, tous les deux ?

— Comme vous voudrez, a répondu Looper.

Il a accompagné ses mots d'un haussement d'épaules indifférent et a tendu un trousseau de clefs au policier. Se désintéressant de lui, il est parti vers le fond de la maison. Je lui ai emboîté le pas.

Une propreté immaculée et un ordre impeccable dans la chambre, ô surprise ! La fouille n'a pas pris cinq minutes.

Aucun dossier dans les tiroirs du bureau ou de la commode, pas davantage dans l'armoire ou sous le lit. Et pas un endroit où dissimuler quoi que ce soit. J'ai suivi Looper au salon, emplie d'un sentiment de frustration.

Il s'est réinstallé à sa place, un pied replié sous lui.

— Résumons, que je comprenne bien. Vous avez eu Wally au téléphone jeudi ?

— Oui. Il était à Beaufort.

— C'est pour vous envoyer ce rapport qu'il revenait ici ?

— Il m'a dit qu'il devait rentrer à Columbia de toute façon.

— Hmm.

Slidell est rentré dans la pièce, tout aussi bredouille, au moment où je demandais :

— On dirait que ça vous étonne, monsieur Looper ?

— De tout l'été, Wally n'est pas revenu une seule fois à Columbia le jeudi. Il est toujours resté sur le site jusqu'au vendredi. C'est pour ça que je ne m'attendais pas à le trouver à la maison jeudi soir.

— Vous n'avez aucune idée de ce qui a pu le pousser à avancer son retour ?

Looper a tendu le pied, croisé les jambes et balancé le pied plus vite que précédemment en faisant claquer sa sandale contre son talon.

— J'ai été moi-même absent toute la semaine.

— Au motif de ? est intervenu Slidell.

— Je suis commercial.

— Vous vendez quoi, monsieur Looper ?

— Des pompes. Hydrauliques. Pas ce que vous portez aux pieds.

Son ton était bien au-delà du pince-sans-rire.

— Je ne comptais pas rentrer avant vendredi, moi non plus. Mais il se trouve que j'ai fini mes rendez-vous plus tôt que prévu.

— Vous avez signé le contrat du siècle ? a ricané Slidell.

— En fait, non.

— Donc, vous n'avez aucune idée de ce qui aurait pu forcer Wally à écourter sa semaine à Beaufort ? ai-je demandé.

Il a haussé les épaules dans un mouvement qui se voulait naturel, mais ses traits étaient crispés.

— Nous sommes ici pour une enquête sur un meurtre, monsieur Looper, ai-je insisté pour l'inciter à développer.

Il s'est contenté de pousser un profond soupir.

— Wally avait peut-être un rendez-vous.

Nouveau soupir plus bruyant.

— Galant... Derrière mon dos.

Il a soupiré. Un long silence s'est installé que même Slidell a préféré ne pas briser.

— Wally voyait quelqu'un d'autre. Il ignorait que je le savais, mais je les ai vus ensemble. Dans un café près du campus, un vendredi, il y a deux semaines de ça.

— Mais encore ? a demandé Slidell.

— Il y a des choses qu'on sait, c'est tout, a répliqué Looper les yeux rivés sur ses orteils.

— Qu'on sait ?

La voix du policier était plus coupante qu'un rasoir.

Looper a relevé la tête et a planté ses yeux dans les siens.

— Ça ne ressemblait pas à une discussion d'affaires.

— Est-ce qu'ils se ten...

J'ai réussi à l'interrompre avant qu'il ne finisse sa phrase.

— Vous pouvez nous le décrire ?

Looper a reniflé. Ses sourcils sont remontés sur son front.

— Beau gosse.

— Vous pouvez être plus précis ?

— Bien foutu, bronzage aux UV.

— Grand ?

— Non.

— Des lunettes ? Une barbe ou des moustaches ? Des tatouages ?

Looper a fait non de la tête lentement.

— Les cheveux ?

— Noirs. Teints, évidemment. Avec une mèche à la Hugh Grant. (Petit reniflement de dénigrement.)

Préparé comme pour une séance photo pour *Gentlemen's Quaterly*.

Looper a roulé des yeux avec une maestria qui aurait damé le pion à Katy. Il a décroisé les jambes et a recommencé à se triturer le pouce.

— Et vous ne connaissiez pas ce monsieur ?

Un non de la tête.

— Vous passez par une période difficile avec le docteur Cagle ? ai-je demandé doucement.

Bruyant soupir de Slidell que j'ai délibérément ignoré.

Looper a haussé les épaules et fait claquer sa sandale.

— Rien de terrible.

— Y a-t-il une chance pour que nous puissions parler au docteur Cagle ?

Looper est allé prendre un téléphone sur une crédence.

Après une pause, il s'est informé de l'état de Cagle, a écouté, remercié son interlocuteur et dit qu'il allait venir sous peu. Fin de la conversation.

Tournant le dos à Slidell, il s'est passé la main droite sur une joue puis sur l'autre et a inspiré avec bruit. Laissant retomber ses épaules, il s'est essuyé la main sur sa manche avant de se retourner vers nous.

— Toujours dans le coma.

— Quel hôpital ? a demandé Slidell, impassible.

Looper s'est raidi légèrement.

— Palmetto Health Richland. Il est en cardiologie. Aux soins intensifs. Son médecin s'appelle Kenneth MacMillan.

Slidell s'est avancé vers la porte. Je me suis approchée de Looper.

— Ça ira ?

Il a hoché la tête.

Sortant une carte de visite de mon sac, j'y ai inscrit mon numéro de portable et la lui ai tendue.

— Si par hasard vous trouviez le dossier, soyez gentil de me le faire savoir, lui ai-je dit en lui serrant la main. Appelez-moi de toute façon quand le docteur Cagle se réveillera, s'il vous plaît.

Looper a regardé la carte.

— Je vous appellerai. Vous. Je n'y manquerai pas.

Puis se tournant vers Slidell :

— Je vous souhaite de tout cœur une bonne journée.

Il serrait si fort le téléphone dans sa main que ses tendons ressemblaient aux racines du vieux chêne du jardin.

À peine dehors, Slidell a allumé une cigarette. Arrivée à la Taurus, j'ai ouvert ma portière et attendu qu'il en finisse avec son intermède Camel.

— Ça vaut le coup de faire un saut à l'hôpital ?

Slidell a laissé tomber son mégot par terre et l'a écrasé sous son pied.

— Ça peut pas faire de mal.

Il s'est épongé le front avec son poignet, a ouvert sa portière d'un coup sec et s'est introduit derrière le volant.

Il avait raison. Ça ne pouvait pas faire de mal. Ça pouvait même nous apprendre quelque chose.

Hélas ! Walter Cagle était toujours fermé au monde, comme Looper nous l'avait dit. Son médecin ne pouvait expliquer son état. Les fonctions essentielles étaient stabilisées et le cœur n'avait pas été touché. Les leucocytes, l'électroencéphalogramme et l'électrocardiogramme étaient normaux. Et malgré tout, il ne sortait pas du coma.

Nous n'avions pas quitté l'hôpital depuis cinq minutes que Slidell y est allé de ses ricanements.

— Alors, comme ça, y avait de l'eau dans le gaz au royaume des mousmés ?

À quoi bon lui répondre ?

— La princesse pense que la comtesse se faisait caresser le zizi dans son dos... Et par un ménestrel tout mignon, par-dessus le marché.

Remarquant mon expression, Slidell a fermé son clapet. Oh ! pas pour longtemps.

— Vous pensez que le petit gars aperçu par Looper, c'est le même que celui qu'a décrit la gestapiste ?

— Possible.

— Vous pensez que Cagle voyait ce type en catimini ?

— Looper a pu se tromper dans son interprétation. Cagle et l'autre pouvaient se voir pour des raisons qui n'avaient rien de romantique.

— Comme quoi ?

Je me posais la même question.

— Comme un doctorant éventuel.

— L'avait plus l'âge, d'après la gestapiste.

— Il y a des adultes qui suivent des cours à l'université.

— Si c'était pour s'inscrire à un cours, il aurait laissé un mot au secrétariat.

Juste.

— Ils avaient peut-être à discuter d'un problème particulier.

— Dans un café ? a demandé Slidell.

— D'un contrat d'assurances.

— D'accord.

— Walter Cagle n'est plus un bébé.

— Tu parles. J'vous parie qu'y passe ses vacances au YMCA, le coquin.

Il commençait à me taper sur le système, avec ses remarques homophobes.

— Walter Cagle pouvait prendre un café avec des quantités de gens.

— Un garçon qu'il aurait pas présenté à sa moitié et qu'est beau à tomber raide ?

— J'en connais des milliers, ai-je jeté sur un ton cinglant.

— Ah ouais ?

— Ouais.

— De vrais hommes ?

— Avec des couilles comme ça !

— Vous les connaissez bien ?

— Le petit ami de ma fille, ai-je répondu sans réfléchir.

— Et vous êtes sûre que c'est un mec ?

Slidell a rejeté le poignet en arrière et s'est tapoté les cheveux en riant à sa plaisanterie.

J'ai fermé les yeux et choisi une chanson dans ma tête. *Take it Easy*, des Eagles. Surtout, rester zen !

Nous avons quitté Columbia sur le coup de quatre heures. Le soleil de l'après-midi clignotait à travers les arbres comme un feu d'artifice. J'étais tellement énervée que je n'ai pas ouvert la bouche de tout le trajet. Je n'ai même pas objecté quand Slidell a allumé une cigarette. Je me suis contentée de baisser ma vitre et j'ai continué à repasser dans ma tête les événements de la journée.

Comment expliquer que Palmer Cousins me soit venu à l'esprit aussi instantanément, tout à l'heure ? Simple réflexe face aux simagrées de Slidell pour me faire admettre son point de vue ? Réaction subconsciente à quelque chose que je ne discernais pas consciemment mais que je n'aimais pas chez ce garçon ?

Est-ce que je me méfiais de Palmer ? Pour être franche : oui.

Pourquoi ? Parce qu'il sortait avec ma fille ? Parce qu'il n'avait pas l'air de connaître grand-chose à son métier ? Parce qu'il était trop beau ? Parce qu'il habitait Columbia, comme le type que Cagle avait rencontré au café ?

Et d'ailleurs, qui était-ce, celui-là ? Le même type qui était venu voir Cagle au département d'anthropologie ? Qu'ils soient deux ou un seul, avaient-ils un rapport avec la disparition du dossier ? L'un ou l'autre, ou les deux, étaient-ils responsables de sa crise cardiaque ?

Toutes ces questions pour en revenir au point de départ : où était passé le rapport ?

Je me suis promis de le découvrir.

Ce vœu devait se réaliser plus tôt que je ne m'y attendais.

26.

Il était cinq heures et demie quand Slidell m'a déposée au MCME. Tim Larabee était en train de partir. Je lui ai demandé ses conclusions en ce qui concernait Dorton.

— Pas le moindre traumatisme. Une overdose, plus probablement. Mais il faut attendre le rapport de toxicologie.

— Il y a des signes d'usage répété ?

— Oui. Évidemment, ça n'exclut pas un petit coup de pouce de quelqu'un dans la nuit de vendredi.

Je lui ai fait un résumé de ma virée à Columbia avec Slidell.

— Où habite Cagle, m'avez-vous dit ?

Je lui ai répété l'adresse.

— Et son ami l'a transporté au Richland Hospital ?

— Oui.

— Bizarre. Le Baptist Hospital est à deux pas. À l'angle de Sumter et de Taylor.

— Vous voulez dire que Richland est plus loin ?

— Oui.

— Peut-être que Looper ne le savait pas ?

— Peut-être. Les gens tombent comme des mouches, ma chère.

— Je vais appeler le comté de Lancaster. Qui sait,

j'obtiendrai peut-être des informations sur le rapport de Cagle ?

— C'est ça, ma fille, a fait Larabee.

Sur ce, il a poussé la porte de verre et il est sorti.

Assise à mon bureau, j'ai cherché le numéro du shérif du comté de Lancaster. M'étant présentée, j'ai demandé à parler à l'officier responsable.

— Le premier adjoint est occupé pour le moment.

En deux phrases, j'ai exposé les signes de concordance entre les ossements trouvés chez nous et le squelette sans tête trouvé chez eux et me suis plainte de mes difficultés à obtenir copie du rapport d'anthropologie. Quelqu'un pouvait-il m'aider ?

— Je vais voir si je peux mettre la main sur un des officiers d'investigation.

Une pause suivie d'une série de déclics et, enfin, une voix de femme.

— Détective Terry Woolsey à l'appareil.

J'ai répété mon baratin.

— L'enquêteur qui a supervisé la récupération du corps ne travaille plus ici. Il faut que vous parliez à Roe, le premier adjoint du shérif.

— Vous êtes au courant du cas ?

— Je m'en souviens. Un squelette sans tête retrouvé dans le parc national, il y a environ trois ans.

— Si mes informations sont exactes, vous aviez un autre shérif alors.

— Hal Cobber. Il a perdu les élections et pris sa retraite en Floride.

— Le coroner était un certain Murray Snow ?

— Oui.

J'ai senti de la réticence dans sa réponse.

— Vous l'avez connu ?

— Le docteur Snow était un obstétricien. Chez nous, la fonction de coroner n'est pas un emploi à temps plein.

— Qui fait office de coroner actuellement ?

— James Parks.

— Il est médecin, lui aussi ?

— Il possède une entreprise de pompes funèbres. C'est plutôt amusant : Snow mettait les gens au monde, Parks les envoie *ad patres*.

Plaisanterie visiblement ressortie à toutes les occasions.

— Sur le plan professionnel, ça se passe comment en général avec Parks ?

— Il fait son boulot.

— Je vous demande ça parce qu'il traîne les pieds pour me faire parvenir le rapport anthropologique.

— S'il a des raisons pour agir ainsi, il ne m'en a pas fait part.

Bloquée, la fille. Essayons la solidarité féminine.

— Je connais ça. (Pause de deux secondes pour signifier mon hésitation poignante.) Ici, à Charlotte, je travaille avec les détectives Slidell et Rinaldi. (Soupçon de désespoir dans ma voix.) Et vous savez, détective Woolsey, je ne crois pas qu'ils me mettent toujours au courant de tout ce qui se passe.

— Qu'est-ce que vous sous-entendez ?

Pour la solidarité, je pouvais aller me rhabiller.

— J'ai du mal à croire que le rapport de l'anthropologue ait pu disparaître du système, purement et simplement.

— Les merdes, ça arrive tout le temps.

— Vous avez déjà rencontré ce problème ?

— Adressez-vous au médecin légiste. Il en a certainement gardé une copie.

— Je l'ai fait. Il vient de tomber malade et le dossier entier, analyses et photos, a disparu de ses archives.

— C'est quoi, sa maladie ?

J'ai mentionné la crise cardiaque et précisé qu'il était toujours dans le coma.

Il y a eu une pause. Longue. En bruit de fond, j'entendais les conversations des officiers de police dans la pièce.

— Et le dossier a été retiré des archives, dites-vous ?

— Ça m'en a tout l'air.

Je l'ai entendue respirer plusieurs fois, puis un cliquetis m'est parvenu, comme si elle changeait de main le combiné.

— On peut se voir demain ?

Sa voix soudain grésillante m'a donné à penser qu'elle parlait la bouche tout contre l'appareil. Ça m'a étonnée, mais je me suis efforcée de ne pas le montrer.

— Bien sûr. Vous êtes dans Pageland Road, n'est-ce pas ?

— Ne venez pas ici.

Nouvelle pause, plus courte. Le temps de réfléchir à un lieu de rendez-vous.

— Vous connaissez le Coffee Cup dans Morehead Road, juste avant l'échangeur de la I-77 ?

— Bien entendu.

Qui à Charlotte ne connaît pas le Coffee Cup ?

— Retrouvons-nous là-bas à huit heures. J'ai justement des affaires à régler du côté de chez vous, demain.

— Je serai au comptoir.

La communication coupée, je suis restée assise devant mon téléphone pendant cinq bonnes minutes.

D'abord Zamzov, maintenant Woolsey.

Qu'est-ce que cette détective des forces de l'ordre de Lancaster pouvait avoir à me confier qui ne souffre pas d'être évoqué tout haut, dans la salle de garde du bureau du shérif ?

Rentrée à la maison, j'ai trouvé Boyd et Birdie dans le bureau, le chien vautré sur le canapé, le chat à sa place favorite, sur l'étagère de la bibliothèque derrière ma table de travail.

En entendant mes pas, Boyd s'est laissé tomber sur le plancher. Tête basse, il a levé les yeux vers moi, la langue pendante.

— Salut, mon gros.

J'ai tapé dans mes mains et me suis accroupie. Il a bondi vers moi. Les deux pattes posées sur mes épaules, il s'est jeté en avant avec tant d'enthousiasme pour me passer sa langue sur le visage que je me suis retrouvée les quatre fers en l'air. Roulant sur le ventre, je me suis recouvert la tête de mes bras. Boyd s'est lancé dans un triple sprint autour de moi avant de reprendre son démaquillage à la bave de chien.

Je me suis rassise. Birdie nous observait avec tout le mépris que peut exprimer un museau de chat. Dressé sur ses quatre pattes, il a arqué le dos, sauté à bas de son perchoir et s'est enfui dans l'entrée.

— Boyd, écoute.

Le chien s'est immobilisé une nanoseconde et a fait un petit bond en arrière avant de se lancer dans une nouvelle sarabande.

— Je suis crevée. Dis-moi plutôt. Tu connais Ryan : qu'est-ce que tu en penses ?

Il a effectué un tour complet autour de moi.

— Tu as raison. Rien de tel que l'exercice.

Me relevant maladroitement, je suis montée dans ma chambre passer une tenue pour courir. De retour à la cuisine, j'ai décroché la laisse. Le chien a été pris de folie.

— Assis !

En voulant piler sur place, il dérapé et il s'est cogné une patte contre le pied de la table.

J'ai rejoint Freedom Park par mon raccourci habituel, en longeant Radcliff Street, et je suis revenue par Queens Road après un tour de lac. Boyd allait et venait, s'arrêtant de temps en temps dans des endroits particulièrement attrayants pour les représentants de l'espèce canine.

L'après-midi touchait à sa fin. Nous courions au milieu de mamans qui poussaient des bébés dans leurs poussettes, de vieux messieurs qui promenaient des chiens décatis, d'enfants qui roulaient à vélo ou jouaient au frisbee et au football.

L'air chaud et lourd exacerbait ma sensibilité aux bruits : chuchotement de la brise dans les arbres, grincement d'une balançoire, coassement de grenouille, cri des oies dans le ciel, clameur de sirène. Je restais sur mes gardes, heureuse d'avoir Boyd avec moi.

Je n'ai pas repéré de caméra pointée sur moi. Je n'ai pas entendu de déclic d'appareil photo.

Au retour, j'étais en nage bien avant d'apercevoir Sharon Hall et mon pouls frisait gaillardement les cent vingt battements minute. Quant à Boyd, il n'avait plus la force de rentrer la langue dans sa gueule, et elle pendait entre ses babines comme une tranche de steak.

Afin de me rafraîchir, je l'ai laissé renifler le sol à son gré. Il trottait d'un buisson à un arbre et d'un arbre à un parterre de fleurs, agrémentant son train-train de reniflettes, petits jets de pipi et grattage du sol, d'un arrêt plus long de temps à autre pour flairer quelque chose tout son content et faire un vrai pipi.

Décidée à poursuivre ma campagne de remise en forme, je me suis voté comme plat unique pour le dîner une grande salade composée avec tous les légumes achetés par Ryan. Boyd a eu droit à ses boulettes marron.

Résultat : à dix heures du soir, je mourais de faim. Je venais tout juste de sortir du réfrigérateur un yaourt, des carottes et un céleri quand le téléphone a sonné.

— Tu me trouves toujours l'homme le plus beau, le plus intelligent et le plus excitant de la planète ?

— Le plus éblouissant, Ryan.

Le son de sa voix m'a mis du baume au cœur. J'ai mordu dans ma carotte avec un sourire qui allait d'une oreille à l'autre.

— Qu'est-ce que tu manges ?

— Une carotte.

— Depuis quand tu manges des légumes crus ?

— Les carottes sont bonnes pour la santé.

— Vraiment ?

— Excellentes pour les yeux.

— Si c'est si bon que ça pour les yeux, comment ça se fait qu'il y ait tant de lapins écrasés sur les routes ?

— Ta famille va mieux ?

— En pleine forme ! À côté de ma sœur et de ma nièce, la famille Osbourne est d'un ennui mortel.

— Mon pauvre !

— Enfin, j'ai l'impression qu'elles écoutent. Le cas n'est donc pas désespéré. Je ne devrais pas m'éterniser plus de deux ou trois jours. Je vais demander une rallonge de vacances d'une semaine.

— C'est vrai ?

À présent, mon sourire expédiait des étincelles tous azimuts.

— J'ai encore des affaires à régler à Charlotte, a continué Ryan pendant que Boyd déposait délicatement une bouchée de boulettes sur mon pied.

— Vraiment ?

J'ai secoué la jambe. Les boulettes ont glissé sur le plancher, au grand plaisir du chien qui s'est jeté sur elles.

— Des affaires personnelles.

Le reste de ces boulettes éparpillées par terre m'a trop soulevé le cœur pour que je laisse éclater ma joie mais, pour autant, le commentaire de Ryan n'est pas tombé dans l'oreille d'une sourde.

— Hooch va bien ?
— En pleine forme.
— Du nouveau avec les ossements de la fosse d'aisances ?
J'ai raconté à Ryan ma virée à Columbia.
— *¡ Caramba !* Un voyage en voiture avec Skinny !
— Ce type est vraiment sorti du Néandertal.
— Tu as vu beaucoup de lapins écrasés ?
— La secrétaire du département d'anthropologie dit qu'un type qu'elle ne connaît pas est venu rendre visite à Cagle. Petit, avec des cheveux noirs. Looper aussi a aperçu Cagle avec un inconnu.
— Même description ?
— *Grosso modo*. Looper l'a surtout trouvé magnifique. Il a vu en lui un concurrent.
— Ça m'arrive tout le temps.
— La secrétaire n'a pas fait mention de sa beauté.
— La beauté est dans l'œil de celui qui regarde.
— Je la crois capable de discerner ça.
— Et les médecins de Cagle ne peuvent pas expliquer son coma ?
— Non.
J'ai rapporté ensuite ma conversation avec Terry Woolsey et annoncé que je devais la rencontrer le lendemain matin.
— Comme elle est détective, elle ne me montera pas de bateau.
— On est tous des sages et des petits saints.
— Je n'ai pas la moindre idée de ce qu'elle peut vouloir me raconter.
— Les idées, c'est parfois dangereux.
— Je trouve ça bizarre, Ryan.
— Très bizarre.
— Épargne-moi tes petits jeux, tu seras gentil, monsieur Je-sais-tout.
— Tu veux dire : tous mes petits jeux ?

Il y a eu un boum d'autos tamponneuses dans mon ventre.

— Tu as reçu d'autres menaces par e-mail ?

— Non.

— Ils continuent à faire des patrouilles plus fréquentes près de chez toi ?

— Oui. Et aussi près de chez Lija.

— Bien.

— Je commence à penser que c'est Dorton qui était derrière tout ça.

— Pourquoi ?

— Il casse sa pipe et les e-mails s'arrêtent.

— Peut-être. Peut-être aussi que quelqu'un l'a descendu.

— Merci de me rassurer.

— Je veux que tu fasses attention.

— Tiens, je n'y avais pas pensé !

— Qu'est-ce que tu peux être casse-couilles, Brennan.

— J'espère bien. Je me donne un mal !

— Tu donnes autant d'attention à Hooch ?

— J'ai couru un long moment avec lui, cet après-midi.

— Il faisait onze degrés à Halifax aujourd'hui.

— Et ici trente-cinq.

— Je te manque, *Miz Temperance ?*

Je me disais bien, aussi. Pas normal qu'il ne m'ait pas encore sorti son petit numéro avec l'accent du Sud.

— De temps en temps.

— Admets-le, chérie. Cet *hombre*, c'est ton rêve fait homme.

— Mon rêve fait homme, Ryan, y a pas à tortiller. Et avec des jambières de cow-boy.

— Bonne chasse, alors.

Après Ryan, j'ai appelé Katy.

Pas de réponse. J'ai laissé un message.

Ensuite, j'ai regardé les derniers tours de batte d'un match des Braves d'Atlanta contre les Cubs de Chicago. J'ai fini les carottes, Boyd a rongé un os en cuir et Birdie a descendu tout un yaourt. À un moment, ils ont échangé leurs places. Et pendant ce temps-là, Atlanta nous bottait le cul.

À onze heures du soir, chien, chat et *Miz Temperance* étaient couchés et endormis.

27.

Charlotte possède un grand nombre d'institutions dédiées à la vénération de la beauté. Le Mint Museum, le Spirit Square, la roseraie McGill. Et, bien sûr, Hooters et ses serveuses aux seins nus.

L'intersection des rues Morehead et Clarkson n'entre pas dans cette liste. Cette partie de la troisième circonscription, pourtant située à quelques encablures seulement du ghetto élégant des jeunes cadres dynamiques, n'a pas encore été touchée par la rénovation. Les échangeurs d'autoroutes, les entrepôts délabrés, les trottoirs fendus et les affiches à moitié déchirées continuent de former son thème architectural.

Qu'importe. À l'heure du petit déjeuner comme à celle du repas, le Coffee Cup ne désemplit pas. Oh ! vous ne risquez pas de tomber sur la reine des régimes Jenny Craig ou la princesse Fergie dans la foule qui s'y presse, mais vous y rencontrerez des employés de bureau, des fonctionnaires, des ouvriers, des avocats, des juges, des banquiers et des agents immobiliers, blancs aussi bien que noirs. Cependant, ce n'est pas à son ambiance que l'endroit doit sa réputation, mais à sa cuisine – des plats comme à la maison qui réchauffent le cœur des clients et le retiennent à jamais.

Au cours des décennies, le Coffee Cup est passé entre les mains de plusieurs cuisiniers noirs plus ou moins apparentés, mais le petit déjeuner est demeuré immuable : œufs, gruau de maïs, lard maigre, beignets au saumon, foie de veau bouilli, jambon, bacon, pancakes et biscottes. Au déjeuner, le menu rédigé à la craie sur deux ou trois tableaux se veut moins intraitable : le ragoût, les pieds de porc, le steak, les travers de porc, le poulet – frit, grillé ou servi avec des boulettes de pâte – s'accompagnent de légumes divers et variés : choux de Bruxelles, haricots Pinto, chou, gratin de brocoli, courge et oignons, pommes de terre à la crème et petits pois. Du pain au maïs vient s'ajouter aux biscottes du petit déjeuner.

À huit heures moins dix, le parking étant bondé, je me suis garée dans la rue.

Tout en me faufilant entre les clients qui faisaient la queue pour une table, j'ai balayé des yeux le comptoir. Sept hommes et une femme. Terry Woolsey. Toute petite, la quarantaine, des cheveux bruns coupés court avec une grosse frange.

Je me suis présentée. Ses boucles d'oreilles en argent incrustées de turquoises ont fait de la balançoire quand elle a relevé la tête.

J'échangeais une poignée de main avec elle quand une place s'est libérée à deux tabourets du sien. Ses deux voisins se sont aimablement décalés. Gary et Calvin, à en croire les noms brodés sur leur poche de poitrine.

Je les ai remerciés et me suis assise. Une serveuse noire s'est avancée vers moi, le stylo déjà sur le calepin. J'ai commandé des œufs sur le plat, des biscottes et un beignet au saumon. À bas le régime !

Dans l'assiette de la détective Woolsey, la bouillie de gruau formait une petite île au milieu d'un océan de beurre fondu.

— Vous n'aimez pas ça ?

— J'ai beau essayer, ça ne passe pas.

La serveuse est revenue. Ayant versé du café dans une tasse blanche à bord épais, elle l'a poussée devant moi et a déplacé son pot au-dessus de la tasse de Woolsey, une main sur la hanche, les sourcils levés en arc de cercle. Hochement de tête de ma compagne. Le café a coulé.

Tandis que je mangeais, Terry Woolsey m'a fourni tous les renseignements qu'elle jugeait nécessaires sur son parcours dans la vie. Sept ans qu'elle était détective à Lancaster. Avant ça, flic en tenue à Pensacola, en Floride. Montée dans le Nord pour raison personnelle, ladite « raison » ayant alors choisi de convoler avec une autre.

Le petit déjeuner terminé, nous avons bu encore une tasse de café.

— Racontez-moi tout depuis le début, a déclaré Terry Woolsey sans autre forme de préambule.

Ce que j'ai fait. Comprenant que j'avais devant moi une femme qui n'appréciait pas l'équivoque, j'ai relaté les événements sans rien omettre : le poêle à bois, les ours, le Cessna, la fosse d'aisances, la cocaïne, l'ara de Spix, les agents du FWS qui avaient disparu, le squelette sans tête et sans mains trouvé à Lancaster, et le rapport de Cagle qui demeurait introuvable.

Woolsey n'a pas prononcé un mot pendant tout le temps où j'ai parlé. Tantôt elle buvait une gorgée de café, tantôt elle remuait sa cuiller dans sa tasse. Finalement, elle a demandé :

— Donc, vous pensez que ce crâne et ces mains trouvés dans une fosse d'aisances du comté de Mecklenburg, en Caroline du Nord, pourraient correspondre à un corps sans tête découvert dans un parc d'État du comté de Lancaster, en Caroline du Sud ?

— Oui. Mais les restes de Lancaster ont été détruits et je n'arrive pas à mettre la main sur le rapport d'anthropologie.

— Alors, dans le cas où votre hypothèse serait juste, l'inconnu ne serait pas l'agent du FWS.

— Brian Aiker ? Non. D'après ses dossiers dentaires, le crâne de la fosse d'aisances ne peut en aucun cas être le sien.

— Par contre, si ce crâne et ces mains en votre possession n'appartiennent pas au squelette de Lancaster, alors notre inconnu pourrait être Brian Aiker.

— Oui.

— Et vous, à Charlotte, vous auriez toujours un inconnu sur les bras.

— Oui.

— Un inconnu qui pourrait très bien être la mère du bébé mort ou son petit ami.

— Tamela Banks ou Darryl Tyree ? Oui, mais c'est très peu probable.

— Et ces gens auraient pu être impliqués à des degrés divers dans les différents trafics dont vous m'avez parlé : drogue, peaux d'ours et oiseaux en voie d'extinction.

— Oui.

— Le trafic s'effectuant à partir de cette ferme abandonnée où vous avez retrouvé les ours et le crâne.

— Oui.

— Et ces dealers pourraient avoir été associés avec deux types qui se sont crashés en Cessna au cours d'un largage de drogue.

— Oui, Harvey Pearce et Jason Jack Wyatt.

— Deux types qui pourraient travailler pour un crétin qui possède des boîtes de strip-tease et des terrains de chasse qu'il loue aux amoureux de la nature.

— Ricky Don Dorton.

— Lequel vient de casser sa pipe dans un bouge de Charlotte.

— Oui. Vous savez, je ne fais qu'essayer de recoller les morceaux.

— Ne vous emballez pas. Parlez-moi plutôt de Cagle.

Ce que j'ai fait.

Woolsey est restée à fixer sa cuiller. Au bout d'un moment, elle a dit :

— Je vais vous dire une chose destinée à vos seules oreilles. Compris ?

J'ai hoché la tête.

— Murray Snow, notre ancien coroner, était un type bien. Marié, trois gosses, père exemplaire. N'ayant jamais songé à quitter son épouse. (Un temps, une profonde respiration.) Je le sais, j'étais sa maîtresse à l'époque où il est mort.

— Il avait quel âge ?

— Quarante-huit ans. Il a été retrouvé dans son bureau sans connaissance. Électrocardiogramme plat presque tout de suite après son arrivée aux urgences.

— Une autopsie a été réclamée ?

Woolsey a secoué la tête.

— Il y avait des cardiaques dans la famille. Son frère était mort à cinquante-quatre ans, son père à cinquante-deux et son grand-père à quarante-sept. On a conclu à un arrêt du cœur. Le corps a été rendu à la famille et embaumé dans les vingt-quatre heures. C'est James Parks qui s'est occupé de tout.

— Le propriétaire des pompes funèbres qui a succédé à Snow comme coroner ?

Woolsey a incliné la tête.

— Ce n'est pas rare, chez nous. Murray avait le palpitant qui déconnait, sa femme était en pleine hystérie et la famille voulait régler les choses au plus vite.

— Et le coroner venait de mourir.

— Exactement, puisque c'était lui.

— Vingt-quatre heures, c'est du rapide, quand même.

— Comme vous dites !

Le regard de Woolsey a dévié vers l'autre bout du comptoir et s'est reposé sur moi.

— Il y avait quelque chose de pas normal dans cette précipitation. Enfin, peut-être que je me sentais coupable, ou abandonnée, je ne sais pas. Toujours est-il que je suis passée aux urgences. J'ai demandé s'ils n'avaient pas quelque chose à faire analyser par les Stups. Comme de juste, ils avaient gardé un échantillon de sang.

Woolsey a fait une pause, le temps que la serveuse remplisse la tasse de Calvin.

— Les tests ont indiqué de grandes quantités d'éphédrine dans le sang.

J'ai attendu qu'elle poursuive.

— Or Murray souffrait d'allergies. Je veux dire, souffrait vraiment. Il était médecin, il savait que son cœur faisait des siennes. Il n'aurait jamais touché à un médicament contenant de l'éphédrine. J'en suis sûre. Une fois, j'ai voulu lui faire prendre des cachets pour la sinusite, un truc qui se vend sans ordonnance, il a refusé catégoriquement.

— L'éphédrine, c'est mauvais quand on a le cœur fragile ?

Woolsey a hoché la tête.

— Mauvais dans les cas d'hypertension, d'angine de poitrine, de problèmes thyroïdiens, de maladie cardiovasculaire.

Elle s'est penchée vers moi et m'a soufflé à mi-voix :

— Murray était sur un coup, avant sa mort.

— Quel coup ?

— Je ne sais pas. Il a commencé à m'en dire un mot, un jour, et puis il s'est interrompu brusquement et n'a plus jamais abordé la question. Et deux mois après, il mourait.

Une émotion que je ne pourrais définir est passée sur le visage de Terry Woolsey.

— Je crois que c'était en rapport avec ce corps sans tête.

— Pourquoi n'avez-vous pas ouvert d'enquête ?

— J'ai essayé. Personne ne m'a prise au sérieux. Tout le monde s'attendait à ce que Murray meure jeune, et d'une crise cardiaque. Et au bout du compte, c'est bien ce qui est arrivé. Où était le mystère ? Fin de l'histoire.

— Et l'éphédrine ?

— Tout le monde était au courant de ses allergies. Mais le shérif n'a pas voulu entendre parler de conspiration.

— C'est comme ça qu'il a dit ?

— Il a dit : « La prochaine fois, vous allez me parler de tireurs embusqués et d'assassinats sur ordre de la Mafia ! »

Je n'ai pas eu le temps de répondre, mon portable m'a interrompue. J'ai regardé le numéro. Slidell.

Woolsey a saisi les additions glissées sous nos assiettes.

— Je m'en occupe, je vous retrouve dehors.

— Merci.

Tout en la suivant parmi les tables, j'ai pris la communication.

— C'est vous, doc ? a demandé Slidell.

Je l'entendais à peine.

— Ne raccrochez pas, surtout.

Je suis sortie, laissant Woolsey prendre son tour dans la file d'attente à la caisse. Sur le parking, il faisait déjà chaud, et il n'y avait pas un souffle d'air. De fines volutes de nuages se détachaient sur un ciel d'un bleu étincelant.

— C'est vous, doc ? a répété Slidell.

— Oui.

Il s'attendait à tomber sur qui en appelant mon numéro ?

— Rinaldi n'a pas perdu son temps, hier.

— Ah oui ?

— Il devrait pouvoir donner un peu de chair à vos déductions. Parce que, jusqu'ici, tous vos ossements, ça manque un peu de chaleur humaine... Il semblerait que Jason Jack Wyatt, le mystérieux passager du Cessna, ait passé pas mal de temps à chasser et à poser des pièges. Sa mamie, à Sneedville, le place nettement au-dessus du chasseur de *Crocodile Dundee*. Sauf que voilà : sa spécialité, à J.J., c'est les ours. Même qu'un type de la ville qu'avait réservé une cabane au camp de chasse de Dorton lui a allongé mille dollars pour qu'il lui trouve un ours qui fasse joli sur son mur.

Une voiture s'est arrêtée sur le parking. Deux Noirs en sont descendus : la femme en minijupe rouge moulante, chemisier rose, bas noirs et talons aiguilles, avec des bourrelets qui débordaient de partout ; l'homme avec des bras et des jambes d'athlète, mais une circonférence qui attestait de son amour pour la bouillie d'avoine et le lard.

— Et bien sûr, tout ça est parfaitement réglo, n'est-ce pas ? ai-je lancé tout en regardant le couple entrer dans le café.

— Ben voyons. Le Jason, l'aurait pu être président de la chambre de commerce de Sneedville si le Seigneur ne l'avait pas rappelé à lui si tôt.

— Et quoi de neuf sur Ricky Donald ?

— C'est le Donald Trump de Sneedville.

— La grand-mère a reconnu que les deux se connaissaient ?

— Ricky Don donnait des petits boulots à son cousin si doué mais moins chanceux que lui, dans son camp de Wilderness Quest. Des fois, il l'envoyait faire des courses.

— Des courses ?

— Apparemment, ces boulots impliquaient des déplacements avec des bonus pas dégueu.

— Dans l'avion de Ricky Don ?

— Et aussi en bagnole.

— Vous pensez que Wyatt fourguait de la drogue pour le compte de Ricky Don ?

— Ça expliquerait la poudre trouvée dans sa cabane au fond des bois.

— Sans blague ?

— Je me foutrais de vous ?

— Rinaldi a obtenu un mandat de perquisition ?

— Il en aurait bien fait une, mais la mamie, elle a insisté pour jeter un œil d'abord, histoire de vérifier que personne avait rien piqué dans les affaires à son J.J. après sa mort. Elle a demandé à Rinaldi de l'emmener là-bas dans son automobile.

— Insensé !

— Y se pourrait bien que J.J., le tueur d'ours, ait joué les mules pour Ricky Don Dorton et dealé parallèlement les peaux d'ours pour son compte à lui.

— La mamie est au courant des coups de téléphone entre J.J. et Darryl Tyree ?

— Non.

— Sonny Pounder n'a toujours pas parlé ?

— Aussi muet qu'un chat crevé.

— Du nouveau sur le pilote ?

— Harvey Pearce ? On continue de creuser.

Un homme de haute taille avec les cheveux nattés, des chaînes en or et des lunettes de soleil de designer est arrivé à la porte juste au moment où Terry Woolsey en sortait. Un type que j'avais l'impression d'avoir déjà vu.

Il s'est reculé pour laisser passer Woolsey, a baissé ses carreaux sur son nez et l'a suivie du regard, les yeux sur ses fesses.

Slidell parlait, je ne l'écoutais plus.

J'avais déjà vu ce type, mais où ?

Mon cerveau se démenait pour trouver un détail me permettant de l'identifier.

Est-ce que je l'avais réellement rencontré ? Simplement eu sa photo sous les yeux ? Récemment ? Il y a longtemps ?

Slidell parlait toujours. Sa voix m'arrivait toute grêle dans mon portable.

En découvrant mon expression, Woolsey s'est retournée vers le café. L'homme avait disparu à l'intérieur.

— Qu'est-ce qui se passe ?

J'ai pointé le doigt vers le Coffee Cup.

— Allô ? criait Slidell pour tenter de récupérer mon attention.

J'allais couper la communication et rentrer dans le café quand l'homme est ressorti, un sac en papier blanc dans une main, ses clefs de voiture dans l'autre. Arrivé à hauteur d'une Lexus noire, il a ouvert la portière arrière et déposé le paquet de nourriture sur le siège.

Au moment de s'installer au volant, il s'est retourné.

Face à moi.

Sans lunettes.

J'ai scruté ses traits.

J'ai gommé les cheveux nattés et les petites tresses qui rebiquaient dans le cou.

Synapse !

L'air autour de moi s'est comprimé, j'ai eu une sensation de blizzard glacial.

— Putain de merde !

— Quoi ? a braillé Slidell.

— Quoi ? a répété Woolsey.

— Vous pouvez suivre ce type ?
J'ai désigné la Lexus avec mon portable.
— Le type avec les nattes ?
J'ai hoché la tête.
Elle aussi.
Nous avons couru ventre à terre jusqu'à sa voiture.

28.

— Brennan !

J'ai bouclé ma ceinture de sécurité et me suis agrippée au tableau de bord. Woolsey faisait demi-tour et remontait Clarkson Street à tout berzingue.

— Qu'est-ce qui se passe, bordel ?

Slidell avait la voix affolée du mec en pyjama qui appelle dans la nuit, mort de trouille.

J'ai reporté le téléphone à mon oreille.

— Je viens de repérer Darryl Tyree.

— Comment vous savez que c'est lui ?

— On a vu sa photo chez Gideon Banks.

— Où ça ?

— Au Coffee Cup. Il est venu chercher de la bouffe... Par là !

J'ai montré du doigt la rue Morehead à Woolsey.

— Vous vous rendez compte de ce que vous faites ? m'a crié Slidell.

— On le suit !

Les roues de la voiture ont crissé légèrement. Woolsey venait de tourner à gauche, malgré le panneau d'interdiction. La Lexus noire était à un pâté de maisons devant nous. Tyree non plus ne respectait pas la signalisation.

— Surtout, qu'il ne voie pas qu'on le suit !

Woolsey m'a lancé un coup d'œil, style « merci du conseil », et s'est concentrée sur la conduite, les mains à dix heures dix sur le volant.

— Putain de bordel. Z'êtes maboule ou quoi ? beuglait Slidell.

— Il va peut-être nous conduire à Tamela Banks.

— Lâchez-le. Ce Looney Tune va pas se gêner pour vous aplatir.

— Il ne sait pas qu'on le file.

— Où êtes-vous ?

Je me suis accrochée tant bien que mal pendant que Woolsey prenait un autre virage à la corde.

— Freedom Drive.

J'ai entendu Slidell appeler Rinaldi. Puis sa voix est revenue vers moi, hachée, comme s'il me parlait en faisant son jogging.

— Nom de Dieu, Brennan. Vous ne pouvez pas plutôt vous balader au centre commercial avec vos copines !

Je n'ai pas daigné répondre.

— Je veux que vous vous arrêtiez immédiatement. Les poursuites, laissez ça aux détectives.

— Justement, j'en ai une à côté.

— Qui ça ?

— Terry Woolsey. Elle a un badge et tout. Elle est de passage chez nous, de Caroline du Sud.

— Z'êtes vraiment une chieuse, Brennan.

— Si vous vous croyez original !

J'ai entendu une portière claquer et un moteur démarrer.

— Votre position ?

— Tuckaseegee. On roule vers l'est. Attendez.

Les feux arrière de la Lexus venaient de s'allumer, Tyree freinait. Woolsey a ralenti pour le laisser prendre de l'avance. Il a pris à droite. Woolsey a accéléré et viré elle aussi. Tyree était déjà au carrefour suivant et s'engageait dans la rue à gauche.

Woolsey a remonté le pâté de maisons et tourné à sa suite. Tyree prenait à droite au bout de la rue.

Woolsey a foncé jusqu'au carrefour, puis à droite. La Lexus avait disparu.

— Merde !

Cri du cœur émis à l'unisson.

— Qu'est-ce qui se passe ? a beuglé Slidell.

Nous étions perdues dans un labyrinthe de méandres et de culs-de-sac, dans un de ces quartiers où je m'étais paumée un nombre incalculable de fois.

Woolsey a accéléré jusqu'à l'embouchure d'une ruelle à gauche.

Pas de Lexus en vue.

Elle a continué le long de la rue à toute allure, pendant que je scrutais le trottoir et les contre-allées menant aux habitations.

Rien.

Au carrefour suivant, nous avons tourné la tête en chœur, à gauche, puis à droite.

— Là !

La Lexus était garée sur la droite, aux deux tiers du pâté de maisons. Woolsey s'est engagée dans la rue et s'est arrêtée le long du trottoir. La voix de Slidell a retenti :

— Où est-ce que vous êtes, bordel de merde ?

Il allait avoir une apoplexie à brailler comme ça. J'ai reposé l'appareil contre mon oreille et lui ai indiqué l'adresse.

— Ne faites rien ! J'ai dit : rien, c'est clair ?

— Même pas se faire livrer des rouleaux de printemps par le chinois d'à côté ?

J'ai enfoncé du pouce le bouton de déconnexion pour m'épargner l'explosion.

— Votre ami n'est pas content qu'on soit là ? a

demandé Woolsey sans cesser de balayer la rue des yeux.

— Il s'y fera.

— Il a pas l'air coulant.

— On l'appelle Skinny, mais ce n'est pas à cause de ce qu'il a dans son slip.

J'ai scruté la rue à mon tour.

En dehors d'un panneau de contreplaqué sur les façades ici ou là, les maisons n'avaient guère été choyées depuis leur construction, au temps de la Grande Dépression. La peinture écaillée, la rouille et la moisissure rivalisaient en splendeur.

— Je doute que votre bonhomme vienne ici à une réunion du Rotary, a fait remarquer Woolsey.

— Y a peu de chances, en effet.

— C'est qui ?

Je lui ai expliqué que Tyree était le dealer et petit ami de Tamela Banks, dont le bébé avait été retrouvé dans un poêle et dont le père et la sœur s'étaient volatilisés.

— Je suis sûre que tout est lié. Je n'ai pas de preuve, juste l'intuition que Tamela est la clef de tout.

Woolsey a hoché la tête tout en continuant de fouiller des yeux les alentours.

Un homme est sorti d'une maison à deux portes de celle où Tyree était entré. Foulard et chemise de soie noire flottant au-dessus du T-shirt. Avec lui, une Noire en jean taille basse d'où débordait un ventre gros comme un melon. Un petit séjour au centre Betty Ford ne leur aurait pas fait de mal.

Coup d'œil à ma montre. Sept minutes depuis que j'avais raccroché au nez de Slidell.

Une Ford Tempo délabrée nous a doublées, a ralenti en passant à hauteur de la Lexus, a accéléré et a disparu au coin de la rue.

— Vous croyez qu'on a été repérées ?

Woolsey a levé les épaules en signe d'ignorance et réglé la climatisation un cran plus froid.

Coup d'œil à ma montre : huit minutes depuis l'appel de Slidell.

Un groupe de jeunes Noirs remontait la rue vers nous. Pantalon bas sur les hanches, visière retournée dans le cou et démarche chaloupée façon bande des cités. Apercevant la voiture, l'un d'eux a donné un coup de coude à son voisin et ils se sont tous regroupés comme pour une mêlée. Quelques instants plus tard, après un échange de poignées de main acrobatiques, ils se sont remis en route.

Arrivés à la voiture, deux d'entre eux ont bondi sur le capot et s'y sont allongés sur le flanc, appuyés sur un coude, une jambe croisée sur l'autre, nous offrant une vue imprenable sur leurs Nike. Un troisième s'est avancé vers la portière de Woolsey, un quatrième vers la mienne.

Woolsey a lâché le volant, le bras droit légèrement plié, la main contre la hanche.

J'ai jeté un coup d'œil rapide au gars planté de mon côté. Quinze ans et pas plus gros qu'un furet.

Il m'a fait signe de baisser ma vitre. Je l'ai ignoré.

Les pieds écartés, les bras croisés, il m'a dévisagée à travers ses lunettes de soleil. J'ai soutenu son regard pendant cinq secondes pleines et j'ai détourné les yeux.

Dix minutes.

Le crétin de l'autre côté était plus vieux, et accessoirisé en or. De quoi combler le trou de la WorldCom. De l'index, il a toqué à la fenêtre de Woolsey.

— Des problèmes ?

Dans notre habitacle parfaitement hermétique, sa voix nous est parvenue étouffée.

Nous n'avons pas réagi.

Il a posé ses avant-bras en croix sur la vitre de Woolsey et a appuyé son front contre le carreau.

— Yo-ho ! sœurs blanches. Z'êtes là pour un petit *bidness* ?

La moitié gauche de son visage est restée totalement immobile pendant qu'il parlait. À croire qu'elle était atteinte de paralysie faciale ou que les nerfs de ce côté-là étaient HS.

— Z'êtes pas mal, les mamans. Baissez les fitres queuch' cause avec pfous.

Woolsey lui a décoché une pichenette sur le carreau.

Le jeune a plaqué ses deux mains sur la vitre.

Le majeur dressé, Woolsey lui a signifié d'aller se faire voir ailleurs.

Le môme a reculé d'un pas et l'a fixée. Regard du ghetto.

Woolsey lui en a rendu un identique.

Onze minutes.

Les pieds ancrés dans le sol, le jeune a croisé les doigts autour du rétroviseur extérieur et s'est laissé pendre en tournant sur lui-même jusqu'à se retrouver face à Woolsey. Une moitié de sa bouche a souri. Pas ses yeux.

Je ne saurai jamais si Woolsey s'apprêtait à sortir son flingue ou son insigne car la Taurus de Slidell a tourné le coin juste à ce moment-là, et s'est garée derrière nous.

Que ces raclures qui nous harcelaient n'aient pas un QI situé sur la partie ascendante de la courbe, d'accord, mais pas au point de ne pas reconnaître une voiture de flics à cent mètres. Comme les portières de la Taurus s'ouvraient, les deux sur le capot se sont laissés glisser à terre et ont passé leur chemin. Après un dernier regard sur moi, le furet à ma vitre les a rejoints.

Le fier-à-bras, côté conducteur, s'est redressé. Visant Woolsey de sa main droite, il a fait semblant de tirer. Après quoi, il a tambouriné plusieurs fois sur le toit au-dessus de nos têtes et s'en est allé retrouver ses potes.

Comme Slidell fonçait vers nous, deux véhicules de patrouille se sont garés derrière sa Taurus. Je suis sortie de voiture, imitée par Woolsey.

— Détective Slidell, je voudrais vous présenter la détective Woolsey.

Woolsey a tendu une main que Slidell a ignorée.

Elle est restée à tendre sa main dans le vide. Du coin de l'œil, j'ai vu Rinaldi émerger de la Taurus et s'avancer vers nous, raide comme la justice.

— C'est la détective dont vous parliez ? a fait Slidell en désignant Woolsey du pouce.

Il avait le visage framboise et une veine palpitait sur son front.

— Calmez-vous ou vous allez vous péter une valve.

— Depuis quand mes valves vous intéressent ? a jeté Slidell avant de concentrer sa fureur sur Woolsey. Z'êtes d'où ?

— Lancaster.

— Z'avez aucune autorité chez nous.

— Absolument aucune.

La réplique a paru le désarmer quelque peu, car il lui a serré vaguement la main au moment où Rinaldi nous rejoignait. Serre-pinces entre Rinaldi et Woolsey.

— C'est quoi, qui vous intéresse dans le quartier ? a aboyé Slidell en tirant un mouchoir pour s'éponger, selon sa bonne habitude.

— Je prenais le petit déjeuner avec le docteur Brennan, vous savez ce que c'est, entre bonnes femmes on se raconte nos petites histoires, et elle m'a demandé de la déposer ici.

— C'est tout ?

— Pour le moment.

— Han-han, a bougonné Slidell en pivotant vers moi. Et Tyree ?

J'ai montré la maison derrière la Lexus noire.

— Z'êtes sûre que c'est lui ?

— Certaine. Il y est depuis à peu près un quart d'heure.

— J'envoie la protection à l'arrière de la maison, a dit Rinaldi.

Slidell a hoché la tête. Rinaldi s'est dirigé vers la seconde voiture et a parlé au conducteur. Celui-ci a fait demi-tour et a tourné le coin de la rue.

— Voici ce que vous allez faire, a déclaré Slidell en faisant une boule de son mouchoir avant de l'enfoncer dans sa poche arrière. Vous allez monter dans la Chevrolet de cette charmante détective et vous tirer de là toutes les deux. Allez papoter chez la manucure, suivre un cours de yoga ou vendre des gâteaux à l'église méthodiste, je ne veux pas le savoir. Ce que je veux, c'est le maximum d'espace entre ici et vous.

Woolsey a croisé les bras, le visage figé par la colère. Je suis intervenue :

— Voyons, Slidell, pardon si j'ai heurté vos bonnes manières, mais Darryl Tyree est dans cette maison. Les Banks sont peut-être avec lui. Ou morts, qui sait ? Dans les deux cas, il peut nous conduire à eux. À condition qu'on lui serre les couilles.

— Ça alors, j'y aurais jamais pensé !

— Eh bien, c'est le moment ou jamais.

— Ça va, *docteur* Brennan, je coursais déjà des salopards quand vous en étiez encore à changer les chaussures de votre Barbie !

— Pour trouver Tyree, vous n'avez pas battu le record de vitesse !

— On aurait peut-être intérêt à baisser la voix, a suggéré Woolsey.

Slidell s'est retourné vers elle.

— Maintenant, c'est vous qui allez m'expliquer comment je dois faire mon boulot ?

Woolsey a soutenu son regard.

— Inutile d'alerter la population.

Slidell l'a considérée avec le regard d'un Israélien à un terroriste palestinien. Woolsey n'a pas cillé.

Rinaldi est revenu. Derrière Woolsey, j'ai aperçu un mouvement à la fenêtre de la maison où était Tyree.

— Je crois qu'on nous observe.

— Prêt ? a demandé Slidell à Rinaldi.

Défaisant les boutons de sa veste, Rinaldi s'est tourné vers la voiture de patrouille restée sur place et a fait signe aux flics à l'intérieur. Leurs portières se sont ouvertes en même temps.

À cet instant, une silhouette a jailli de la maison, dégringolé les marches, foncé de l'autre côté de la rue et disparu au bout du caillebotis.

29.

Slidell n'a pas pété de valve. Et il n'a pas non plus attrapé Darryl Tyree. Pour autant que je me souvienne, les choses se sont passées ainsi :

Slidell et Rinaldi ont cavalé jusqu'en haut de la rue, la cravate volant par-dessus l'épaule. Ils avaient beau marteler la chaussée de leurs jambes transformées en pistons, les deux flics en uniforme les ont doublés en un rien de temps.

J'ai échangé un regard avec Woolsey. Laissant les quatre hommes foncer de l'autre côté de la rue, nous avons réintégré sa Chevrolet.

Woolsey a démarré en trombe et tourné au coin de la rue, faisant hurler les pneus. Je me suis retrouvée recroquevillée entre la poignée de portière et le tableau de bord. Un autre virage, et on a dévalé une ruelle. Le gravier giclait sous les pneus, éclaboussant les bennes à ordures et les châssis de bagnole rouillés garés des deux côtés.

— Là !

Rinaldi, Slidell et un flic étaient dix mètres plus bas.

Woolsey a accéléré brutalement et freiné aussitôt. J'ai été projetée en avant. Retombée contre le dossier, j'ai évalué la situation.

Rinaldi et le flic, jambes écartées, pointaient leur pistolet sur un paquet de bras et de jambes affalé au sol. À côté, un Slidell plié en deux, les mains en appui sur ses genoux, tentait péniblement d'aspirer de longues goulées d'air. Son teint flirtait avec le violet, celui de Rinaldi rappelait de la viande à morgue.

— Police ! criait-il d'une voix hachée, agrippé des deux mains à son arme.

Deux hommes gisaient à terre : une araignée emprisonnant sa proie, le gentil dessus, le méchant dessous. Tous les deux, la chemise marbrée par la transpiration ; tous les deux se débattant et grognant à qui mieux mieux. De temps à autre, on apercevait un échantillon du sol sous eux : gravier, bouts de papier, morceaux de plastique.

— Stop ! a hurlé le flic resté debout.

Les coups n'ont fait que repartir de plus belle.

— Arrête, abruti ! a répété le flic debout.

Des protestations étouffées sont montées des parties de corps qui se tortillaient sur le trottoir.

— Tout de suite ou je t'éclate tes couilles de drogué.

Le flic au sol a brandi un poignet qu'il avait réussi à immobiliser. Une dernière protestation, et la lutte s'est calmée.

Le flic tendait le bras derrière lui pour décrocher les menottes pendues à sa ceinture dans son dos quand, soudain, le prisonnier a relevé la tête et tangué violemment de tout son corps plaqué au sol, prenant le flic au dépourvu. S'étant dégagé d'un roulé-boulé, l'homme a pivoté sur ses talons, plié en deux, et foncé droit devant lui.

Sans hésiter, Woolsey a enclenché la vitesse et a dévalé la rue à fond de train en marche arrière.

Réagissant dans l'instant, le flic par terre avait bondi sur ses pieds et s'était élancé. Il a atteint le fuyard en même temps que son coéquipier et l'a projeté sur le flanc de notre Chevrolet.

— Arrête ton cirque, connard !

Il a attrapé un bras du fuyard. Un bruit sourd a

résonné à l'intérieur de l'habitacle : la tête du prisonnier s'abattant sur le toit.

Woolsey est sortie de voiture. Je l'ai imitée. Effondré sur le capot, le type était menotté et le flic qui n'avait pas participé à la lutte braquait un pistolet contre sa tempe.

L'autre flic lui a balancé un coup de pied dans les mollets pour qu'il écarte les jambes. La fouille a fait apparaître un Glock 9 mm semi-automatique et deux sachets transparents, l'un rempli d'une poudre blanche, l'autre de comprimés de même couleur.

Le flic a lancé l'arme et la drogue à son coéquipier qui les a attrapées au vol, puis il a remonté son col de chemise. Le flic spectateur a reculé d'un pas, son arme braquée sur la poitrine du prisonnier.

Darryl Tyree nous considérait avec des yeux dilatés. Du sang pissait d'une de ses lèvres, ses chaînes en or à la mode du ghetto étaient toutes emmêlées et ses tresses en déroute ne valaient pas mieux qu'une serpillière après le nettoyage d'un stade.

Slidell et Rinaldi ont rempoché leur arme et se sont approchés. Slidell haletait toujours.

Tête baissée, Tyree se dandinait d'une jambe sur l'autre, comme s'il ne savait pas quoi faire de ses pieds.

Les deux détectives le fixaient, les bras croisés, sans prononcer un mot. Sans faire un geste.

Tyree gardait les yeux rivés à terre.

Slidell a sorti ses Camel. D'une tape sur le paquet, il en a fait jaillir une cigarette qu'il a fini d'extirper avec les dents, puis il a tendu son paquet à Tyree.

— Une taffe ?

Le visage de Slidell exprimait la fureur, ses yeux lançaient des éclairs.

Tyree a fait non de la tête. Ses petites tresses se sont balancées.

Slidell a allumé sa cigarette et tiré une bouffée. Il a exhalé la fumée, les poings sur ses hanches.

— Rock et Bombes E. Tu les fourgues par lots de deux pour le prix d'un ?

— Je deale pas, a marmonné Tyree.

— Scuse-moi, Darryl, j'ai pas bien entendu. Eddie, t'as pigé, toi ?

Rinaldi a secoué la tête.

— Qu'esse t'as dit, Darryl ?

Tyree a relevé les yeux sur Slidell pour les détourner aussitôt, ébloui par la lumière pourtant faible.

— C'est pas à moi, c'te merde.

— L'ennui, tu vois, c'est qu'elle voyageait dans tes poches.

— C't'un coup monté.

— Voyons ! Qui c'est qui te f'rait une vacherie comme ça ?

— J'ai vu du pays. On s'fait pas que des amis, si vous voyez ce que j'veux dire.

— Très bien. Mais j'sais aussi que t'es pas un gars facile, Darryl.

— Z'avez rien sur moi. Je faisais qu'aller à mon turbin.

— Et c'est quoi, ton turbin ?

Tyree a haussé les épaules et donné un coup de talon dans le gravier.

Slidell a tiré une nouvelle bouffée, a laissé tomber son mégot par terre et l'a écrasé sous son pied.

— À qui tu sers la soupe, Darryl ?

L'autre a haussé les épaules.

— Tu sais c'que j'pense, Darryl ? J'pense que t'es dans un business à double sens.

Tyree a remué sa tête emmanchée au bout de son cou maigre.

Un soupir déçu s'est échappé de Slidell.

— J'y pose des questions trop compliquées pour sa

p'tite tête, Eddie ? a-t-il lancé en se tournant vers Rinaldi. Tu crois que c'qu'on dit, ça vole trop haut pour lui ?

— Faut diversifier l'angle d'approche, a répondu son coéquipier. Moi, c'est ce que j'ai retenu des travaux pratiques d'interrogatoires.

— D'accord, j'essaie autre chose, a acquiescé Slidell.

Et de se retourner vers Tyree :

— Pourquoi que t'as fait la peau à Tamela Banks et à son marmot ?

Pour la première fois, de la crainte est passée dans le regard de Tyree.

— J'y ai rien fait à Tamela. On était ensemble.

— Ensemble ?

— Pouvez demander à n'importe qui. Tamela et moi, on était ensemble. Pourquoi que je la descendrais ?

— C'est touchant, tu trouves pas, Eddie ? Je veux dire, d'être ensemble, c'est vachement bien, t'es pas d'ac ?

— L'amour, un homme, ça demande rien de plus, a renchéri Rinaldi.

— Mais les femmes, Darryl, a repris Slidell, parfois, ça a les yeux qui s'baladent, si tu vois ce que je veux dire ? (Clin d'œil exagéré à son adresse.) Je vais te dire le fond de ma pensée. Quand on est à la colle, y a des hauts et des bas. Des fois, faut bien qu'un homme il ramène sa brebis au bercail. Putain, on est tous passés par là.

Tyree a penché la tête de côté.

— Battre une femme, c'est dégueulasse.

— Une petite claque de rien du tout ? Un petit gnon dans les reins ?

— Non, mec. C'est pas mon genre.

— Et frapper un bébé ?

Tyree a donné un coup de talon. Il est resté à fixer le sol.

— Tout ça, c'est du baratin.

— Me dis pas que j't'ai vexé, Darryl ? a fait Slidell, jouant la surprise, les sourcils levés presque jusqu'au ras de ses cheveux. Eddie, tu crois qu'on y a fait de la peine, à Darryl ? Tu crois pas plutôt que M. Biscoteau, il a un secret qu'y veut pas nous dire ?

— Qui n'a pas un squelette dans son placard ? a rétorqué Rinaldi en entrant dans le jeu.

— Ouais. Mais ç'ui à Darryl, de squelette, c'en est un tout petit-petit dans un gros-gros poêle à bois.

— J'y ai rien fait à Tamela.

— Et au moutard ?

— Le môme, l'est mort tout seul.

— Et le poêle a bois, ça t'a paru émouvant, comme tombe ?

Second coup de talon de Tyree.

— Pourquoi que vous voulez m'baiser ?

— On est vraiment désolés, Darryl. On comprend que ce petit ennui pourrait retarder ton admission chez les scouts.

Tyree s'est dandiné d'un pied sur l'autre.

— Je fais p't'être un peu de *bidness*. Ça veut pas dire que j'sais des choses sur Tamela.

— Un peu de « *bidness* » ? Avec ce qu'on a saisi de poudre et de pilules dans tes poches, je pourrais envoyer mes trois neveux à Harvard.

Slidell a fait deux pas en avant, le visage tendu à cinq centimètres de celui de Tyree.

— L'atterrissage, y sera pas en douceur, Darryl.

Tyree aurait bien reculé, mais le flanc de la Chevrolet le retenait prisonnier de l'haleine de Slidell.

— Tu sais combien de temps ils durent en taule, les bourreaux d'enfants ?

Tyree a écarté son visage aussi loin que le lui permettait son cou.

— Dans les trois mois j'dirais, a continué Slidell.

Et de lancer à Rinaldi par-dessus son épaule :

— Ça te paraît correct, Eddie ?

— Allons, mettons quatre... si le gars est costaud.

— Costaud comme Darryl ?

— Ouais, dans le genre.

Je commençais à en avoir ma claque de leur petit jeu.

— S'il vous plaît, vous savez où est Tamela ?

Tyree a planté ses yeux dans les miens. Le contact n'a duré qu'un instant, mais ça m'a suffi pour comprendre que je scrutais le gouffre noir et vide de l'enfer.

Tyree n'a pas prononcé un mot. Il a détourné son regard et je me suis retrouvée à supplier sa joue.

— Je vous en prie, il n'est pas trop tard pour vous sortir de ce pétrin.

Il a haussé les épaules et recommencé à se balancer d'un pied sur l'autre, l'air de s'en foutre.

Une pensée lancinante s'est à nouveau imposée à moi : Tamela et les siens étaient morts, et ce type le savait.

Comme il savait bien d'autres choses encore.

J'ai senti un froid désagréable se glisser en moi tandis que je le suivais des yeux, emmené par les deux flics.

Je n'avais plus rien à faire là. Je suis allée à la morgue.

En apercevant de loin la porte de Tim Larabee ouverte, j'ai pensé qu'il était resté exprès pour m'attendre. Et de fait, il m'a hélée au moment où je passais devant son bureau.

— Paraît que vous faites des pieds et des mains pour être dans le prochain épisode de *NYPD Blues*.

Je suis entrée dans la pièce.

— À ce qu'on dit, vous alliez vous jeter sur Tyree pour effectuer vous-même la fouille au corps si Slidell ne vous avait pas retenue.

— Slidell n'était pas en état de retenir qui que ce soit. J'ai bien cru que j'allais devoir lui faire un massage cardiaque.

— Tyree a raconté des choses intéressantes ?

— Il est aussi pur que sainte Bernadette Soubirous.

— La Sainte Vierge de Lourdes lui est apparue ?

J'ai hoché la tête d'un air approbateur :

— Vous en avez des connaissances !

— Que voulez-vous, j'ai été élevé chez les bonnes sœurs.

— Difficile de rompre avec la tradition.

— Passons aux choses sérieuses.

— Rinaldi et Slidell vont passer Tyree au gril et le confronter à Sonny Pounder. Il y en aura bien un des deux qui se déboutonnera.

— Je parie sur Pounder.

— Bon choix. Mais est-ce qu'il en sait beaucoup ?

Le visage de Larabee s'est éclairé du sourire qu'ont les enfants quand ils brûlent de vous révéler un secret.

— Devinez qui j'ai en stock ?

Façon de dire qu'un nouveau mort avait pris un bon de séjour chez nous. Séjour de courte durée.

— Ricky Don Dorton.

— Vieille histoire.

— Oussama Ben Laden.

— Mieux que ça !

Je lui ai fait signe d'accoucher.

Il s'est exécuté.

J'en suis restée abasourdie.

30.

— Brian Aiker.

J'ai éprouvé cette sensation qui vous arrache des hurlements en haut des montagnes russes au moment où le wagonnet plonge dans le vide à la rencontre du sol. Avec ce nom, s'effondrait l'une des tours en bâtonnets que j'avais édifiées avec tant de mal.

— Vous êtes sûr ?

— Le corps a été retrouvé à l'intérieur d'une voiture immatriculée à son nom, et de nombreux signes distinctifs lui correspondent. Les dents, notamment.

— Mais le crâne de la fosse d'aisances, alors ? Et le corps sans tête de Lancaster ?

J'en bégayais.

— Pas les siens. Vous saviez déjà que ce n'était pas son crâne. Eh bien, le corps de Lancaster n'est pas non plus celui d'Aiker !

— Comment ça ? Où ?

J'étais tellement estomaquée que je ne savais plus par où commencer.

— Sa voiture a été repêchée dans un petit lac du parc national de Crowder's Mountain.

— Mais qu'est-ce qu'il fabriquait là-bas ?

— Il ne faisait pas attention à la route.

— Et il a fallu cinq ans pour qu'on le retrouve ?

— Apparemment, ce n'est pas un lac apprécié des foules.

— Mais pourquoi maintenant ?

— Avec la sécheresse qu'on connaît actuellement, le niveau de l'eau est en baisse partout. Il a dû déraper dans un virage ou tomber dans le lac depuis la jetée, allez savoir. La voiture était sous cinquante centimètres de flotte, à deux mètres du débarcadère.

Ce genre d'accident se produit souvent. Un couple quitte un restaurant et disparaît. S'évanouit dans la nature. Deux ans après, on retrouve leur Acura au fond d'un étang à proximité de leur maison... Un grand-père raccompagne ses petits-enfants chez eux et rentre chez lui. Au Noël suivant, sa Honda est repérée dans une buse sous l'autoroute... Une maman retire le frein à main et la voiture familiale plonge tout droit dans un lac. Quatre mois plus tard, une hélice de bateau heurte un morceau de métal, et voiture et victimes sont hissées hors de la vase.

Chaque année, des milliers de gens passent devant des scènes d'accidents – en voiture, à bicyclette, au cours d'une partie de golf ou d'une promenade – sans que personne ne remarque quoi que ce soit. Jusqu'au jour où quelqu'un aperçoit quelque chose.

— Les vitres étaient remontées, continuait Larabee. La voiture était assez hermétique pour faire barrage aux crabes et aux poissons. Aiker n'est pas en si mauvais état, compte tenu du temps qu'il a passé à mariner.

— Où ça ?

— Sur le siège arrière.

Décidément, je me faisais mal comprendre.

— Je veux dire : le corps a été transporté à Chapel Hill ?

Il a secoué la tête.

— Ils ont deux pathologistes en congé et un autre

malade. Le grand chef a demandé si on pouvait faire le boulot ici.

J'ai acquiescé en silence, l'esprit ailleurs. Larabee a deviné à quoi je pensais.

— Ça vous laisse dans le brouillard pour le crâne de la fosse d'aisances, comme pour le corps sans tête de Lancaster.

— Plutôt.

— Vous n'avez toujours pas reçu le rapport de Cagle ?

— Non.

Il a attendu gentiment que je fasse le tri dans mes pensées. Il attendait toujours quand son téléphone a sonné. Après une seconde d'hésitation, il a fini par décrocher.

Je me suis retirée dans mon bureau pour y poursuivre mes réflexions. On ne peut pas dire que le processus allait bon train. J'ai tenté d'améliorer le rendement à l'aide d'un café. Résultat nul.

J'ai allumé mon ordinateur portable et me suis forcée à transcrire en cyberbytes ce que j'avais appris au cours des onze derniers jours.

1 : Lieux. La ferme. Le site du crash. Le comté de Lancaster, en Caroline du Sud. Columbia, en Caroline du Sud. Parc national de Crowder's Mountain.

Les restes de Lancaster n'avaient-ils pas été retrouvés dans un parc d'État, eux aussi ? J'ai rédigé une note sur un papier à part.

2 : Personnes. Tamela Banks. Harvey Pearce. Jason Jack Wyatt. Ricky Don Dorton. Darryl Tyree. Sonny Pounder. Wally Cagle. Lawrence Looper. Murray Snow. James Parks. Brian Aiker.

Trop long. J'ai divisé :

Les méchants. Harvey Pearce (†). Jason Jack Wyatt (†). Ricky Don Dorton (†). Darryl Tyree (en garde à vue). Sonny Pounder (en détention).

Les victimes. Ça ne donnait rien : trop de noms, trop de points d'interrogation. Je suis passée à autre chose.

Les victimes avérées. Le bébé de Tamela Banks. Le propriétaire du crâne et des mains de la fosse d'aisances. Le squelette sans tête du comté de Lancaster.

Les victimes potentielles. Les trois Banks : appartenaient-ils vraiment à cette catégorie ? Avaient-ils subi des sévices, ou se cachaient-ils par peur d'en subir ?

— Le bébé de Tamela Banks : décédé de mort naturelle ? D'après l'examen des os, il était né à terme, mais l'accouchement avait pu mal se passer.

— Wally Cagle : crise cardiaque naturelle ou provoquée ? Le type venu le voir à l'université et celui aperçu par Looper au café étaient-ils une seule et même personne ? Pourquoi Looper n'avait-il pas transporté Cagle à l'hôpital le plus proche ? Où était passé le rapport de Cagle relatif à l'examen des restes de Lancaster ?

— Murray Snow : mort naturelle ? Le coroner du comté de Lancaster s'apprêtait-il à rouvrir le dossier sur le corps sans tête ni mains au moment de sa mort ? Mais pour quel motif ?

— Dorton : mort d'overdose ? De son fait ou « aidée » ?

Tout cela ne me menait nulle part. Mieux valait m'y prendre autrement.

Armée d'un papier et d'un crayon, j'ai tenté d'établir des liens entre tous ces gens. J'ai tracé une ligne allant de Dorton à Wyatt et j'ai inscrit « melungeon » au-dessus. Puis, j'ai prolongé la ligne jusqu'à Pearce et j'ai écrit « Cessna » au-dessus des trois noms.

J'ai relié ensuite Tyree et Pounder et j'ai baptisé cette association : « Ferme ». De là, j'ai prolongé mon trait jusqu'aux mots « Crâne et mains » et, plus loin encore, jusqu'à Tamela Banks.

Puis j'ai dessiné un trait entre Tyree et le groupe Cessna, et j'ai écrit au-dessus « cocaïne ».

Après quoi, j'ai uni le triangle formé par les mots Cagle, Snow et restes de Lancaster au crâne retrouvé à la ferme. Ferme où des ossements d'ours et des plumes d'oiseau avaient également été découverts. Je les ai donc ajoutés à mon diagramme et entourés d'un rond, puis j'ai tracé une ligne allant du diagramme à J.J. Wyatt, ainsi qu'une autre aboutissant à deux autres personnes : Brian Aiker et Charlotte Grant Cobb.

Terminé. J'ai regardé mon œuvre : une toile d'araignée avec des noms éparpillés ici ou là.

Est-ce que je n'étais pas en train de relier des choses qui n'avaient rien à voir entre elles ? Des personnes et des lieux qui n'étaient pas assortis ? Plus je réfléchissais, plus je m'énervais de me trouver face à tant de lacunes.

Retour à l'ordinateur.

Les victimes potentielles. Brian Aiker. Tombé dans un lac et mort noyé. Ni le crâne de la fosse d'aisances ni le squelette de Lancaster n'étaient les siens.

J'étais sur le point de le barrer de cette catégorie quand une pensée m'a retenue. Pourquoi Aiker avait-il été retrouvé sur le siège arrière ?

La question n'étant pas insoluble, je suis partie à la recherche de la réponse.

Larabee s'était installé dans la salle qui pue. À peine entrée, j'ai compris pourquoi : l'odeur du corps était pestilentielle.

Aiker avait la peau d'un marron vert olive que l'exposition à l'air n'embellissait pas. La plus grande partie de ses chairs avait l'aspect de la cire à embaumer.

Ce qui restait de ses poumons était découpé en tranches et réparti sur une planche en liège au pied de la table d'autopsie. D'autres organes en décomposition reposaient sur le plateau d'une balance.

— Ça va comme vous voulez ? ai-je demandé entre deux inspirations.

— Vaste formation d'adipocire : poumons effondrés et pourris. Liquide putréfié dans les voies respiratoires.

Larabee avait l'air aussi frustré que moi.

— On dirait que les alvéoles qui contenaient de l'air se sont dilués, mais c'est peut-être un effet dû aux bulles d'air.

J'ai attendu qu'il finisse d'exprimer le contenu de l'estomac d'Aiker dans une fiole et qu'il la remette à Joe Hawkins pour m'enquérir :

— Noyade accidentelle ?

— Pour l'heure, rien ne me permet d'en douter. Les ongles sont cassés, les mains portent des traces qui ressemblent à des écorchures. Le malheureux a dû essayer de briser un carreau.

— Est-ce qu'il existe un moyen de savoir en toute certitude si la mort est due à la noyade ?

— Pas facile après cinq ans dans le bouillon. Je suppose que je pourrais faire une recherche de diatomées.

— C'est quoi ?

— Les micro-organismes qu'on trouve dans le plancton et les sédiments, en eau douce comme dans la mer. Ces petites bêtes traînent dans le coin depuis le big bang ou presque. Elles sont des milliards. Certains sols ne sont même constitués que de ça. Vous n'avez jamais entendu parler de la terre de diatomée ?

— Ce n'est pas ce charbon actif que ma sœur utilise pour filtrer sa piscine ?

— Si. On le commercialise en tant qu'abrasif et matériau de filtrage. Au microscope optique, c'est géant, a continué Larabee en même temps qu'il ouvrait l'estomac d'Aiker. De jolies petites coquilles en silice de toutes les formes et de toutes les configurations.

— En quoi les diatomées ont-elles un rapport avec la noyade, vous pouvez me le rappeler ?

— Théoriquement, les diatomées varient selon les différents types d'eaux. Si vous en retrouvez à l'intérieur des organes, ça veut dire que la victime s'est noyée. Certains médecins légistes considèrent la présence de diatomées comme une preuve de noyade irréfutable. Il y en a qui prétendent qu'on peut même déterminer dans quelle eau une victime s'est noyée uniquement à partir des diatomées.

— Vous n'avez pas l'air convaincu.

Larabee a haussé les épaules.

— Parce qu'on peut avoir avalé des diatomées autrement.

— Admettons qu'on en retrouve dans la cavité d'un os long. On ne peut pas en conclure qu'elles sont arrivées grâce à l'action du cœur ?

Il a réfléchi.

— Ouais. Probablement. (Il pointa son scalpel sur moi.) Eh bien, nous examinerons un fémur.

— Si on retrouve des diatomées dans le fémur, on pourrait envoyer au labo un échantillon de l'eau du lac, à titre de comparaison.

— Juste.

Larabee avait entrepris de découper l'œsophage dans le sens de la longueur. J'ai attendu qu'il ait fini pour lui poser une autre question :

— Ça vous paraît important qu'Aiker ait été retrouvé sur le siège arrière ?

— Le poids du moteur a pu faire basculer le véhicule vers l'avant et la dernière poche d'air s'est retrouvée à l'arrière, près du toit. D'habitude, quand les victimes n'arrivent pas à ouvrir les portières, elles rampent à l'arrière et y restent aussi longtemps qu'elles ont de l'air à respirer. Il peut arriver aussi que le corps dérive tout seul à l'arrière.

J'ai hoché la tête.

— On demandera un examen toxicologique, naturellement. Le labo examine déjà la voiture et le ponton. Pour ma part, je ne vois rien de suspect.

Les vêtements et les effets personnels d'Aiker séchaient sur le comptoir. Je me suis avancée pour y jeter un coup d'œil.

Un slip. Une chemise à manches longues en tissu rayé bleu et blanc. Un jean. Des chaussettes de sport. Des baskets Adidas. Un gilet à capuche en laine polaire noire.

Regarder ces effets détrempés et couverts de boue, c'était comme de réduire les derniers moments de la vie d'Aiker aux gestes qu'il avait faits pour s'habiller. Avait-il mis ses chaussettes avant son jean ? Son jean avant sa chemise ?

Cette vie brutalement interrompue a déclenché en moi un accès de tristesse.

À côté des habits, le contenu des poches.

Un peigne. Des clefs. Un couteau suisse miniature. Vingt-trois dollars en billets pliés. Soixante-quatorze *cents* en pièces de monnaie. Un portefeuille de la taille d'un billet plié en deux avec l'insigne du FWS et une pièce d'identité. Un porte-cartes en cuir.

Il avait été vidé par Hawkins. En plus du permis de conduire délivré en Caroline du Nord, il y avait diverses cartes de crédit : téléphone, grand voyageur US Airways, Diners Club et Visa.

J'ai pris le permis de conduire, non sans avoir enfilé des gants au préalable. La photo montrait des yeux bruns au regard tranquille, des cheveux blonds qui n'avaient rien de commun avec les mèches abîmées et grotesques étalées sur la table de Larabee.

Que faisait donc Aiker sur le ponton d'amarrage d'un lac du parc national de Crowder's Mountain ? J'ai retourné le permis.

Une carte y adhérait. Je l'ai détachée en grattant légèrement avec mon pouce. Une carte d'achats pour les supermarchés Harris-Teeter. L'ayant reposée sur le comptoir, j'ai regardé le verso du permis de conduire.

Et là, surprise !

— Il y a un truc collé dessus ! me suis-je écriée.

Les deux hommes ont tourné les yeux vers moi. À l'aide d'une pince, j'ai réussi à soulever le coin du papier tout mou.

— On dirait une feuille pliée en deux.

Toujours à l'aide de la pince, j'ai tiré délicatement. Un dernier coup sec et le papier est tombé sur la paillasse. Un texte à demi effacé, mais dont certaines lettres étaient encore lisibles. Je l'ai emporté sur un plateau jusqu'à la loupe fluorescente.

— C'est un mot écrit à la main ! Peut-être une adresse ou un numéro de téléphone. Un plan pour aller quelque part.

— Ou le testament d'Aiker et ses dernières volontés, a suggéré Hawkins.

Je lui ai jeté un regard stupéfait, Larabee aussi. Il a rétorqué :

— Plus probablement une liste de courses à faire.

— Ce type a pu écrire quelque chose et le fourrer entre ses cartes plastifiées en espérant que ça ne s'abîmerait pas, a rétorqué Hawkins sur un ton vexé. Et c'est ce qui s'est produit. Le papier a été protégé de l'eau parce qu'il était coincé entre des cartes en plastique.

Là, Hawkins marquait un point.

J'ai allumé la lumière de l'appareil, Hawkins et Larabee sont venus près de moi. Ensemble, nous avons examiné l'écriture sous la lumière de la loupe.

P   doute.   C   o   d s le coup.
nd à   lumbia.
Fai
On se   à   tte   jour.

Même dans des conditions idéales, il aurait été difficile de tirer autre chose du gribouillis que nous avions sous les yeux.

— La première partie est probablement : Pas de doute, a dit Larabee.

Ce à quoi nous avons acquiescé, Hawkins et moi.

— Quelque chose à Columbia ? ai-je avancé.

— Prend ?

— Vend ?

— Se rend ?

— Un coup, a fait Hawkins.

— C et o... Des clowns ?

— Collins ?

— Peut-être que ce n'est pas un C, mais un O. Ou un Q.

— Ou un G.

J'ai baissé la loupe. Nous nous sommes penchés sur les taches et les salissures et les avons regardées à tour de rôle dans l'œilleton pour tenter d'y découvrir des lettres manquantes. Sans résultat. Des parties du message étaient complètement illisibles. J'ai proposé :

— On se voit quelque part, un jour donné.

— D'accord, ont réagi Hawkins et Larabee.

— À Charlotte ? ai-je suggéré.

— Possible, a fait Larabee.

— Il n'y a pas tellement de lieux qui finissent par t-t-e ?

— Je regarderai dans un atlas, a dit Larabee en se redressant. En attendant, je vais confier ça aux spécialistes du déchiffrage. Joe, vous voulez bien les appeler pour leur demander s'il faut conserver ce papier humide ou s'il vaut mieux le faire sécher ?

Hawkins a retiré ses gants et son tablier. S'étant lavé les mains, il s'est dirigé vers la porte. J'ai éteint la lampe.

Larabee s'est remis à son autopsie. Je lui ai appris que Cagle était toujours dans le coma et lui ai rapporté ma conversation avec Terry Woolsey. Quand je me suis tue, il m'a regardée par-dessus son masque.

— Vous ne trouvez pas que vous mettez bout à bout un peu trop de « Et si... ? »

— Peut-être, ai-je admis en me retirant.

Arrivée à la porte, je me suis retournée :

— Et si c'était justement ce qu'il fallait faire ?

31.

Et si j'avais oublié quelque chose ?

Inutile d'alimenter ma frustration à l'aide de vains exercices à l'ordinateur. Mieux valait refaire les analyses de A à Z. Je suis allée à la chambre froide reprendre le crâne et les mains de la fosse d'aisances.

Résultat ?

Identique : un homme, blanc, dans les trente ans et quelques.

Mais qui n'était pas Brian Aiker.

Retour à l'ordinateur.

Ces os du crâne et des mains avaient été retrouvés à la ferme ; les os d'ours et les plumes d'ara de Spix avaient été retrouvés à la ferme. Coïncidence ?

À Lancaster, on retrouvait un corps sans tête ni mains ; à la ferme, on retrouvait une tête et des mains, mais pas de corps. Coïncidence ?

Brian Aiker avait disparu depuis cinq ans ; le squelette de Lancaster avait été retrouvé voilà trois ans. Coïncidence ?

Brian Aiker et Charlotte Grant Cobb avaient disparu vers la même époque. Coïncidence ?

Deux chargés de mission employés par les services de protection de la faune disparaissaient, des restes d'ours et d'oiseau réapparaissaient. Coïncidence ?

Sors des sentiers battus quand tu réfléchis, Brennan.

J'allais me lancer dans des chemins de traverse quand mon téléphone a sonné.

— Salut !

Slidell.

— Quoi de neuf ?

— Pounder pousse la chansonnette mieux qu'un canari bourré de crack.

— Je vous écoute.

— Tyree dealait la coke pour Dorton.

— Vous m'étonnez !

— Dorton recevait la poudre de contacts sud-américains, Harvey Pearce s'occupait de la réceptionner quelque part sur la côte, du côté de Manteo, et de l'acheminer à Charlotte. De là, elle repartait vers le nord et l'ouest.

— Et Tyree payait Pounder pour pouvoir utiliser comme relais la ferme qu'il avait héritée de sa maman ?

— En plein dans le mille.

— Et J.J., le cousin de Dorton, était employé dans l'entreprise familiale.

— J'ai mieux ! Vous allez adorer. Il y a quelque temps, Pearce se serait laissé convaincre par un Sud-Américain d'acheter un zosiau qu'il aurait ensuite revendu avec un joli bénéfice. Ayant eu vent de la chose, Dorton aurait décidé de se diversifier.

— En tirant profit des talents de chasseur de son cousin J.J. ?

— Oui, et en demandant à Pearce de lui fournir de la marchandise en provenance des Basses Terres.

Marchandise ! Des animaux rares et précieux ! De malheureuses bêtes qu'on abattait pour de l'argent ! En quoi étions-nous la plus noble des créatures, nous, les hominidés ?

— Du coup, M. Dorton, roi des boîtes de strip-tease et seigneur de la drogue, s'est mis en rapport avec un réseau asiatique et il est devenu le roi de la vésicule d'ours.

— Vous avez des noms ?

— Pounder pense que l'intermédiaire est coréen. Il ne connaît pas son nom, mais c'est un type qui a de bonnes introductions dans le milieu.

— Quel genre ?

— Ce trouduc ne sait pas bien. Z'en faites pas. On va lui serrer les couilles, il finira par parler.

— Et Tyree, il dit quoi ?

— « Je veux un avocat. »

— Comment explique-t-il les appels passés à J.J. Wyatt depuis son portable ?

— Il soutient qu'il faut pas toujours se fier aux apparences. Petit futé. Je paraphrase.

J'avais encore une question. Et une peur atroce de la poser.

— Et à propos de Tamela Banks et de sa famille, il raconte quoi ?

— Il prétend ne rien savoir.

— Et pour le bébé ?

— *Kaputt* à la livraison.

La cruauté de l'expression m'a révulsée.

— On appelle cela un « bébé mort-né », détective !

La fureur m'a fait serrer les poings.

— *Scusa.* (Il a chantonné.) J'ai vraiment pas eu le temps d'assister au cours de charme, cette semaine.

— Rappelez-moi quand vous en saurez plus.

J'ai raccroché violemment.

Je me suis laissé retomber contre mon dossier, les yeux fermés. Des images se sont mises à voltiger devant moi.

Des yeux dépourvus de bonté ; des iris dévorés par les pupilles : Tyree.

Gideon Banks et son visage désespéré ; Genève, enfermée dans le silence.

Les os du bébé brisés et calcinés.

Ma fille. Katy bébé, dans une grenouillère toute douce ; Katy enfant, en maillot de bain rose à volants, pataugeant dans une piscine en plastique et éclaboussant l'eau sous ses petits pieds potelés ; Katy jeune femme, en short et T-shirt, assise sur une balancelle qu'elle pousse de ses longues jambes brunes.

Scènes de la vie quotidienne ; scènes que le bébé de Tamela ne connaîtrait pas.

J'ai ressenti un manque, sans bien savoir de quoi. J'ai décroché mon téléphone pour appeler Katy. C'est Lija qui a répondu.

Pour autant qu'elle le sache, Katy se trouvait à Myrtle Beach avec Palmer Cousins, bien qu'elle n'en soit pas absolument certaine, n'ayant pas assisté à leur départ.

Ma fille répondrait-elle sur son portable ?

Non.

Maintenant, j'étais bonne pour l'angoisse.

Que faisait Katy au bord de la mer – un mardi qui plus est ! – alors qu'elle était censée remplacer la standardiste au cabinet d'avocats de Peter pendant tout l'été ?

Et Palmer Cousins ? N'avait-il pas un boulot, lui aussi ?

Palmer Cousins. Décidément, il y avait quelque chose chez ce type qui me mettait mal à l'aise. Mais quoi ?

Le fait de penser à lui m'a ramenée à Brian Aiker.

Et de nouveau, la ritournelle dans ma tête : *sors des sentiers battus, Brennan !*

Je me suis remise à l'ordinateur et j'ai tapé les différentes idées qui me venaient à l'esprit.

Objets : Les restes de Lancaster et ceux de la fosse d'aisances.

Déduction : Ils appartiennent à une seule et même personne.

Une personne qui n'est pas Brian Aiker.

Déduction : Cette personne n'est pas non plus Charlotte Grant Cobb, les tests d'ADN sur les restes de Lancaster ayant établi qu'il s'agit d'un homme.

« *Kaputt* à la livraison » : Slidell m'avait exaspérée avec sa phrase ignoble. Mais finalement, n'étais-je pas injuste avec lui ?

Une fois de plus, je perdais le fil de mes pensées.

Parce que je m'inquiétais à propos de Katy ?

Non, c'est Slidell qui me brouillait l'esprit. Ce type était un bigot, un crétin homophobe. Quel manque de tact vis-àvis de Genève et de Gideon Banks ! Quelle dureté avec Lawrence Looper quand on avait cherché le dossier de Cagle ! Qu'est-ce que c'était déjà, sa métaphore sur les tantouses qui dorment sous la tente et qui s'achètent de la lingerie ? Et sa perle à propos du sexe ? Ah oui : « La nature lance les dés ; toi, tu suis le résultat affiché. » De l'intelligence à l'état embryonnaire.

Allez, Brennan, hors des sentiers battus !

Ce qui paraissait de la coke s'était révélé de la poudre de sceau d'or.

Ce qui paraissait de la lèpre s'était révélé de la sarcoïdose.

Autre slidellisme : « Il ne faut pas se fier aux apparences. » À moins que ce soit une phrase de Tyree.

Allez, Brennan ! Un peu d'originalité !

Une idée, enfin. Peu probable, mais... sait-on jamais ?

Je suis allée prendre dans mon sac la carte de visite trouvée sous le sous-main de Cagle et j'ai composé le numéro imprimé au recto.

— Commissariat général de la police de Caroline du Sud, a répondu une voix de femme.

J'ai demandé la personne dont le nom figurait sur la carte.

— Un moment, s'il vous plaît.

— Section ADN, bonjour.

Autre voix de femme.

J'ai donné le nom gravé sur la carte de visite.

— Il est absent pour la semaine.

J'ai réfléchi un instant.

— Eh bien, passez-moi Ted Springer, je vous prie.

— De la part de qui ?

Je me suis présentée.

— Un instant.

Des secondes ont passé. Une minute entière.

— Madame l'anthropologue. Qu'est-ce que je peux faire pour toi ?

— Bonjour, Ted. J'aurais un service à te demander.

— Vas-y.

— Ton département a examiné un cas pour le coroner du comté de Lancaster, il y a environ trois ans. Un squelette sans tête ni mains.

J'ai répété le nom inscrit sur la carte, expliquant que cette personne n'était pas là, et j'ai ajouté que l'examen anthropologique avait été pratiqué par Walter Cagle.

— Tu as le numéro du dossier ?

— Non.

— Tu ne me facilites pas la tâche, mais je le retrouverai.

Dieu bénisse les ordinateurs ! De quoi as-tu besoin ?

— Tu pourrais jeter un coup d'œil au test de l'amélogénine, voir s'il n'y a rien de bizarre ?

— Quand est-ce que tu en as besoin ?

Percevant mon hésitation, il a enchaîné :

— Pigé. C'était pour hier !

— Je te revaudrai ça.

— Je te prends au mot.

— Margie et les gosses risquent de râler.

— Re-pigé. Donne-moi quand même le temps de regarder.

Je lui ai indiqué mon numéro de portable.

Après, j'ai appelé Hershey Zamzov au bureau de la protection de la faune, à Raleigh.

— Simple curiosité de ma part, vous savez d'où vient la famille de Charlotte Grant Cobb ?

— Elle a été élevée à Clover, en Caroline du Sud. Ses parents y vivaient toujours quand elle a disparu. Pour autant que je me souvienne, ils n'étaient pas très coopératifs.

— Pourquoi ?

— Ils répétaient qu'elle finirait par revenir.

— Du déni ?

— Allez savoir. Je vous demande un instant.

J'ai attendu qu'il me reprenne en tortillant le fil du téléphone.

— Je crois que ses parents étaient très actifs au sein d'un groupe paroissial, a repris Zamzov. Alors, c'est possible qu'ils habitent toujours au même endroit. Charlotte n'a parlé d'eux qu'une seule fois devant moi. Je n'ai pas eu l'impression qu'ils étaient très proches.

Une question m'a traversé l'esprit pendant que je l'écoutais.

— De quelle taille était-elle ?

— Oh, ce n'était pas un tanagra, mais ce n'était pas non plus une amazone. Pour Brian Aiker, vous êtes au courant, j'imagine ?

— L'autopsie a été pratiquée ici, par Tim Larabee. Aujourd'hui.

— Pauvre garçon.

— Il était à Crowder's Mountain pour une mission ?

— Pas que je sache.

— Pour quelle raison, alors ?

— Je n'en ai pas la moindre idée.

Sur ce, j'ai raccroché. Sept heures moins vingt. Je n'avais rien avalé depuis mon petit déjeuner au Coffee Cup avec Woolsey.

Et Boyd n'était pas sorti depuis treize heures !

Boyd a déboulé sur la pelouse avec la détermination des Alliés débarquant en Normandie. Après avoir dévoré le cheeseburger que je lui avais acheté, il a passé dix minutes à tenter de me détourner du mien en me fixant d'un air suppliant, et cinq autres à lécher les deux emballages.

Montrant un peu plus de réserve et beaucoup plus de dignité, Birdie a grignoté un bout de frite et s'est assis, la patte arrière tendue en avant, pour se lécher entre les griffes.

Chat et chien dormaient quand Ted Springer m'a appelée de Columbia.

— Huit heures et toujours au boulot ?

— J'avais des échantillons à finir. J'ai retrouvé ton dossier. Il y a peut-être quelque chose.

— Tu as fait vite.

— J'ai eu de la chance. Tu connais bien le locus de l'amélogénine ?

— Chez les filles il y a une bande, chez les garçons il y en a deux, l'une de la même taille que celle des dames, l'autre légèrement plus grande.

— Réponse B+.

— Merci.

— Sur un gel, l'amélogénine apparaît sous forme de deux bandes, mais il y a une petite variation sympa que tout le monde ne sait pas voir et qui concerne l'intensité. Chez les mâles normaux, elle est semblable dans les deux bandes. Tu me suis ?

— « Normaux », tu dis ? (Je sens déjà que tout va tourner autour de ce mot.)

— Chez les mâles atteints du syndrome de Klinefelter, la bande du chromosome X est deux fois plus intense que celle du chromosome Y.

— Qu'est-ce que c'est, le syndrome de Klinefelter ?

Mon cerveau grinçait, refusant de passer la vitesse.

— Le caryotype 47, XXY, c'est-à-dire quand il y a trois chromosomes pour le sexe au lieu des deux habituels. Dans son analyse, mon collègue n'a pas pris en compte la différence d'intensité.

— Et l'inconnu présentait cette anomalie ?

— Apparemment. Mais la méthode n'est pas sûre à cent pour cent.

— Cependant, ce serait une sérieuse possibilité ?

— Oui. Ça t'aide ?

— Ça pourrait.

Je suis restée assise, aussi immobile qu'un trophée de chasse accroché au mur.

Le syndrome de Klinefelter.

47, XXY.

Coup de dés raté, aurait dit Slidell.

J'ai commencé à naviguer sur Internet. J'étais plongée dans la lecture du site de l'Association du syndrome de Klinefelter quand Boyd est venu me titiller le genou.

— Pas maintenant, mon garçon.

Il a recommencé.

J'ai baissé les yeux vers lui.

Une patte sur mon genou, le museau dressé, il a mordu l'air avec bruit. Je devais y aller.

— Tu ne peux plus te retenir ?

Il a foncé vers la porte. S'étant retourné face à moi, il a mordu l'air une seconde fois et fait virevolter les poils au-dessus de ses yeux.

Dix heures et quart. Assez travaillé.

J'ai coupé ordinateur et lumières et suis partie chercher la laisse du chien.

Il a dansé autour de mes jambes pendant que je quittais la pièce, ravi de sortir faire un dernier tour avant de se coucher.

La maison, plongée dans le noir, n'était éclairée que par les éclairs de chaleur que l'on apercevait à travers les arbres. À l'intérieur, la pendule de la cheminée égrenait son tic-tac dans le silence. Dehors, hannetons et papillons de nuit livraient bataille aux moustiquaires et des sons mats résonnaient dans le silence chaque fois qu'ils les percutaient.

À peine entré dans la cuisine, Boyd s'est crispé. Ses oreilles et sa queue se sont dressées et il a poussé un grondement sourd avant de se précipiter sur la porte en aboyant.

Ma main s'est pressée contre ma poitrine. J'ai soufflé tout bas :

— Boyd ! Ici !

Aucun résultat.

J'ai fait « chut ». Il a continué d'aboyer.

Le cœur battant, je me suis avancée vers la porte, le dos collé au mur, l'oreille aux aguets.

Un Klaxon de voiture. Les hannetons. Des criquets. Rien qui sorte de l'ordinaire.

Les aboiements de Boyd se faisaient de plus en plus énervés. Il avait à présent les poils du cou complètement hérissés. Son corps entier était tendu.

Je l'ai encore appelé tout bas. Il a continué de faire comme s'il n'entendait pas.

Par-delà ses aboiements, j'ai perçu un bruit sourd, puis un léger grattement juste derrière la porte.

Mon ventre est devenu un bloc de glace.

Il y avait quelqu'un dans le patio !

Appelle le 911 ! m'ont hurlé les cellules de mon cerveau. Cours chez les voisins ! Enfuis-toi par la porte de devant !

M'enfuir, mais à cause de quoi ? Et que raconter au standardiste du 911 ? Qu'un croquemitaine faisait le pied de grue devant chez moi ? Que le Sinistre Éventreur me guettait, tapi près de la porte de derrière ?

J'ai tendu la main vers le chien. Il s'est écarté de moi et a repris ses protestations.

La porte était-elle bien fermée à clef ? D'habitude, j'étais plutôt sérieuse pour les questions de sécurité, mais il m'arrivait de manquer de vigilance. Était-ce le cas aujourd'hui, dans ma précipitation à sortir le chien ?

Les doigts tremblants, j'ai tâté le petit bouton ovale de la porte.

Il était à l'horizontale. Cela voulait-il dire fermé ou ouvert ? Impossible de me le rappeler !

Et si je tournais la poignée ?

Non, ne fais pas de bruit ! Qu'ils ne sachent pas que tu es là !

Est-ce que j'avais branché l'alarme ? D'ordinaire, je le faisais au moment de monter me coucher. Mes yeux ont glissé vers le panneau.

Aucune lumière rouge ne clignotait !

Merde !

Les mains agitées de vrais tremblements, j'ai écarté un coin du rideau devant la fenêtre.

Un noir total.

Mes yeux n'arrivaient pas à percer l'obscurité.

L'œil collé à la fenêtre, je me suis penchée à gauche pour scruter le patio. Pareil à droite.

Impossible de rien distinguer.

Allume la lumière, m'a suggéré une cellule de mon cerveau encore douée de raison.

Ma main a tâtonné à la recherche de l'interrupteur.

Non ! Ne montre pas que tu es là !

Ma main s'est immobilisée.

À ce moment, un éclair a déchiré le ciel. Deux silhouettes se sont découpées dans l'obscurité.

Une giclée d'adrénaline s'est propagée dans tout mon corps.

Les deux silhouettes se tenaient dans le patio à moins de soixante centimètres de mon visage terrifié.

32.

Les silhouettes se tenaient immobiles, deux découpes noires sur fond de nuit obscure.

J'ai laissé retomber le rideau. Recroquevillée sur moi-même, j'ai reculé, le cœur battant dans ma gorge.

Le Sinistre Éventreur ? Et avec un complice ?

Respirant à peine, j'ai jeté un autre coup d'œil par la fenêtre.

L'espace entre les silhouettes semblait avoir diminué.

Et diminué aussi l'espace entre les silhouettes et ma porte.

Que faire ?

Mon cerveau terrifié me proposait les mêmes solutions que tout à l'heure.

Appelle le 911 ! Allume la lumière dans la véranda ! Crie de toutes tes forces !

Boyd aboyait toujours régulièrement, mais sans folle agressivité.

Un éclair a clignoté, puis le ciel est redevenu noir.

Mon esprit me jouait-il des tours ? J'avais l'impression d'avoir déjà vu la silhouette la plus grande.

J'ai attendu.

Nouvel éclair, plus long. Une, deux, trois secondes.

Doux Jésus !

La silhouette était encore plus massive que dans mon souvenir.

Ma main s'est déplacée sur le mur jusqu'au commutateur. L'ampoule a déversé une lumière ambrée sur la véranda.

— Silence, Boyd.

J'ai posé une main sur sa tête.

— C'est vous, Genève ?

— Ne lancez pas le chien sur nous.

Saisissant Boyd par le collier, j'ai tourné le loquet et ouvert la porte.

Genève avait un bras levé à hauteur de son visage, l'autre passé autour des épaules d'une jeune femme que j'ai immédiatement identifiée comme étant Tamela. Aveuglées par la lumière intempestive, les deux sœurs ressemblaient à des biches effrayées.

— Entrez.

Tenant toujours le chow-chow par son collier, j'ai poussé l'écran moustiquaire.

Le droit d'entrer ayant été accordé aux visiteurs, Boyd a échangé ses aboiements contre des balancements de la queue.

Les sœurs Banks n'ont pas bougé.

J'ai reculé d'un pas dans la cuisine, entraînant le chien avec moi.

Genève a tenu l'écran ouvert et poussé Tamela dans la pièce avant d'y pénétrer elle-même. Je les ai rassurées :

— Il ne vous attaquera pas.

Les sœurs restaient quand même sur le qui-vive.

— Soyez sans crainte.

J'ai libéré Boyd et allumé les lumières dans la cuisine. Le chow-chow a fait un petit bond en avant et s'est mis à flairer les jambes de Tamela, en fouettant l'air de sa queue deux fois plus vite.

Genève restait figée sur place.

Tamela a tapoté craintivement la tête du chien. Il s'est retourné pour lui lécher les doigts. Des doigts délicats. Une main qui aurait pu être celle d'un enfant de dix ans. Sauf que les ongles étaient rouge sang.

Boyd s'est intéressé à Genève. Elle l'a regardé fixement.

Il est revenu vers Tamela qui s'est baissée, un genou à terre, pour plonger ses doigts dans sa fourrure.

Éberluée, je restais à fixer les deux sœurs, passant de l'une à l'autre, incapable de croire qu'après tout ce temps Tamela puisse se matérialiser ainsi dans ma cuisine.

— Beaucoup de gens s'inquiètent pour vous, ai-je fini par dire en essayant de masquer ma surprise.

— Nous allons bien, a répondu Genève.

— Et votre père ?

— Papa aussi, ça va.

— Comment m'avez-vous trouvée ?

— Vous m'aviez laissé votre carte.

Là, elle a dû remarquer ma surprise car elle a ajouté :

— De toute façon, Papa savait où vous habitiez.

Je n'ai pas réagi. Gideon Banks devait avoir obtenu mon adresse personnelle par quelqu'un de l'université.

— Je suis drôlement soulagée de vous voir saines et sauves. Je peux vous offrir une tasse de thé ?

— Un Coca ? a demandé Tamela en se levant.

— Light seulement.

— Ça ira.

Ton déçu.

J'ai désigné la table. Elles se sont assises. Boyd a suivi Tamela et posé le menton sur son genou.

Je n'avais pas envie de Coca, mais j'ai quand même décapsulé trois cannettes par esprit d'hospitalité. J'en ai posé une devant chacune des sœurs et j'ai pris place à table avec la mienne.

Genève portait un sweat-shirt à col en V à la gloire des Forty-Niners de l'UNCC et le même short que le jour où j'étais allée rendre visite à son père avec Slidell.

Son ventre et ses membres donnaient l'impression d'être ballonnés, la peau de ses coudes et de ses genoux craquelée et gercée.

Tamela portait un dos-nu rouge attaché par des liens dans le cou et le bas du dos, une jupe orange et rouge en polyester et des tongs roses en plastique ornées de faux diamants. Ses bras et ses jambes étaient longs et maigres.

Contraste saisissant d'un hippopotame et d'une gazelle.

J'ai attendu que l'une d'elles prenne la parole.

Genève parcourait la cuisine des yeux.

Tamela mâchait du chewing-gum en caressant nerveusement le museau de Boyd. Elle semblait sur des charbons ardents, incapable de rester tranquille une seconde.

J'attendais toujours.

Le réfrigérateur ronronnait.

J'attendais maintenant depuis assez longtemps pour que Genève ait eu tout le loisir de rassembler ses pensées. Assez longtemps pour que sa sœur parvienne à se calmer.

Assez longtemps pour que je me repasse dans la tête les cinq mouvements de *La Truite* de Schubert.

Enfin, les yeux rivés sur son Coca, Genève a rompu le silence.

— Darryl a été ramassé ?

— Oui.

— Pourquoi qu'il est en prison ?

Un éclair de chaleur a palpité derrière elle.

— Il y a des preuves qu'il dealait de la drogue.

— Il va tirer un temps ?

— Je ne suis pas avocat, Genève. Mais je suppose que oui.

— Une supposition, quoi ?

Bien que la phrase s'adressât à moi, Tamela l'avait prononcée en regardant sa sœur, je ne sais pourquoi. J'ai répondu oui.

— Comment vous le savez ?

Tamela penchait la tête de côté de la même façon que Boyd quand il est surpris.

— Je ne le sais pas en toute certitude.

Il y a eu un autre long silence, puis :

— Darryl, il a pas tué le bébé.

— Dites-moi ce qui s'est passé.

— C'était pas le bébé de Darryl. J'étais avec lui, mais c'était pas son bébé, à Darryl.

— Qui est le père ?

— Un garçon blanc qui s'appelle Buck Harold. Mais ça a pas d'importance. Ce que j'dis, c'est que Darryl, il a pas fait de mal au bébé.

J'ai hoché la tête.

— Le bébé, il appartenait pas à Darryl. Et moi, j'y appartenais pas non plus, quoi. Je sais c'que j'dis.

— Dites-moi ce qui est arrivé à votre bébé.

— J'habitais chez Darryl, enfin c'était pas chez lui mais c'est là qu'il vivait, quoi, dans une des chambres. Un jour, comme ça, je commence à avoir des douleurs. Je me figure que le moment est venu. Mais y a rien qui vient et moi, j'ai de plus en plus mal. Alors je comprends qu'y a un truc pas normal.

— Personne n'a appelé d'ambulance ?

Elle a ri comme si je lui proposais de passer le concours d'entrée à Yale.

— Ça a duré toute cette nuit-là et aussi le lendemain, avant que le bébé y sorte. Mais il était tout abîmé.

— Qu'est-ce que vous voulez dire ?

— Il était bleu et y voulait pas respirer.

Ses yeux ont scintillé. Elle a regardé au loin et s'est donné à toute volée une claque sur les deux joues.

J'ai cru qu'un poinçon d'acier me perforait le cœur. Je la croyais. Je compatissais à sa douleur et à son chagrin. À la douleur de toutes les Tamela du monde et de tous leurs bébés.

J'ai posé ma main sur la sienne. Elle s'est dégagée et a remisé ses deux mains sur ses genoux. J'ai demandé doucement :

— Et vous avez mis le corps du bébé dans le poêle ?

Elle a hoché la tête.

— C'est Darryl qui vous a demandé de le faire ?

— Non. J'sais pas pourquoi j'l'ai fait, mais j'l'ai fait, c'est tout. Darryl, y croyait toujours que c'était son bébé. Il était en plein trip de papa.

— Je vois.

— Personne a rien fait au bébé.

Les larmes brillaient sur son visage. Sous son plastron, sa maigre poitrine se soulevait.

— Il est juste né en voulant déjà êt' mort.

Tamela a encore essuyé ses joues avec une dureté qui trahissait sa colère et son chagrin. Puis elle a serré les doigts et posé le front sur ses mains.

— Vous n'arriviez pas à le faire revivre ?

Elle n'a pu que secouer la tête.

— Pourquoi vous avez décidé de vous enfuir ?

Tamela a jeté un coup d'œil à sa sœur par-dessous ses poings.

— Continue, a lancé Genève. Maintenant qu'on est là, tu racontes tout.

Tamela a laissé échapper plusieurs soupirs en hoquetant.

— Un jour, Darryl, il s'est battu avec Buck. Et Buck, il l'a traité de con et a dit que le bébé, c'était le sien. Darryl, il est devenu fou de rage. L'a décidé que j'avais tué le bébé exprès, rien que pour lui manquer de respect. Il a dit qu'il allait me trouver et m'arranger la gueule.

— Et où êtes-vous allée ?

— J'me suis cachée chez ma cousine, dans sa cave.

— Et c'est là qu'est votre père en ce moment ?

Elle a secoué la tête deux fois.

— Papa, l'est chez sa sœur à Sumter. Elle est venue exprès de là-bas en voiture pour le chercher, mais elle voulait rien avoir à faire avec nous. Elle a dit qu'on était des rejetons de Satan, qu'on allait tous brûler en enfer.

— Pourquoi êtes-vous venue me trouver, moi ?

Les deux sœurs ont détourné le regard.

— Genève ?

Elle gardait les yeux fixés sur la cannette de Coca qu'elle serrait entre ses doigts.

— On lui raconte ?

Tamela a répondu par un haussement d'épaules, l'air de dire « Fais comme tu veux ».

— Ce matin, ma cousine, elle a tambouriné sur la porte en hurlant que son homme, y regardait Tamela de trop près, et elle nous a crié de sortir. Crié que papa l'est furieux contre nous, que toute la famille est furieuse contre nous et que Darryl, y veut nous tuer.

Je ne pouvais pas voir le visage de Genève car elle gardait la tête baissée, mais le tremblement de sa queue-de-cheval me révélait son désespoir.

— Faut qu'on quitte là où on était, et on peut pas rentrer chez nous parce que Darryl, y viendra nous rechercher dès qu'y s'ra dehors...

Elle a traîné sur les derniers mots et laissé passer un moment avant de reprendre :

— On n'a pas d'endroit où aller.

— Je veux pas..., a commencé Tamela, incapable d'achever.

J'ai tendu les bras par-dessus la table et posé une main sur une main de chacune des sœurs. Cette fois, Tamela n'a pas retiré la sienne.

— Vous allez rester ici jusqu'à ce que vous puissiez rentrer chez vous en toute sécurité.

— On vous prendra rien, a chuchoté Tamela.

Voix d'enfant apeuré.

J'ai sorti Boyd pour une promenade de cinq minutes. Puis j'ai passé la demi-heure suivante à installer les deux sœurs dans le bureau, à leur donner des serviettes de toilette ainsi que des draps pour le canapé-lit. Le temps qu'elles soient couchées et Boyd assuré d'avoir sa place dans la pièce malgré les objections de Genève, il était onze heures passées.

Trop agitée pour dormir tout de suite, j'ai emporté mon ordinateur dans ma chambre et repris ma recherche sur le syndrome de Klinefelter. Je travaillais depuis dix minutes quand mon portable a sonné.

— Toi, tu as un problème, a dit Ryan, inquiet du ton de ma voix.

Je lui ai raconté la réapparition de Genève et de Tamela.

— Tu ne fais pas quelque chose d'illégal en les laissant habiter chez toi ?

— Je ne crois pas.

— Méfie-toi. Va-t'en savoir si elles ne font pas front uni avec ce nul de Tyree.

— Je me méfie toujours.

Je me suis bien gardée de lui raconter ma panique à propos de la porte. Et de l'alarme.

— Tu dois être soulagée de savoir les Banks sains et saufs.

— Je crois que j'ai aussi découvert quelque chose d'intéressant.

— À propos du nombre d'or ?

— Tu as déjà entendu parler du syndrome de Klinefelter ?

— Non.

— Tu as de bonnes notions sur les chromosomes ?

— Je sais que j'en ai vingt-trois paires. Ça devrait suffire à me tenir ensemble.

— Eh ! ça fait au moins une chose de normale en toi.

— J'ai l'impression que je ne vais pas couper à un petit cours.

Je l'ai laissé s'imprégner un moment du son de ma voix quand elle se tait.

— Bon. (Craquement d'allumette et profonde inhalation.) Tu veux bien continuer, s'il te plaît ?

— Comme tu viens de le dire avec tant d'à-propos, les individus normaux sur le plan génétique possèdent vingt-trois paires de chromosomes, chaque paire provenant par moitié des deux parents. Vingt-deux paires sont des autosomes, la dernière paire correspond aux chromosomes sexuels.

— XX, tu reçois la layette rose ; XY, tu reçois la layette bleue.

— Tu es un génie, Ryan. Il arrive parfois que quelque chose aille de travers dans la formation d'un œuf ou du sperme. Résultat, l'individu naît avec un chromosome de plus ou de moins.

— Le syndrome de Down.

— Ou mongolisme, exactement. Les gens qui en sont atteints présentent un chromosome supplémentaire dans la vingt et unième paire d'autosomes. D'où le nom de trisomie 21.

— Je sens qu'on se rapproche de M. Klinefelter.

— Parfois, l'anomalie porte sur les chromosomes sexuels, soit qu'il en manque un, soit au contraire qu'il y en ait un de trop. Les femmes qui présentent une anomalie XO ont ce qu'on appelle le syndrome de Turner. Les hommes XXY ont le syndrome de Klinefelter.

— On ne dit pas YO pour les hommes ?

— Non. Car il faut au moins un X pour que la survie soit possible.

— Viens-en au fait.

— Les individus qui sont atteints du syndrome de Klinefelter ont donc un génome XXY. Ce sont forcément des mâles puisque leur génome comporte un chromosome Y. Mais des mâles pourvus de testicules plus petits que la normale et qui souffrent d'infertilité ou d'insuffisance en testostérone.

— Et sur le plan physique, ils sont différents ?

— Ils ont tendance à être grands, à avoir des jambes plus longues que la normale et une pilosité peu développée sur le corps comme sur le visage. Certains ont le corps un peu en forme de poire. D'autres présentent éventuellement un développement mammaire.

— C'est fréquent ?

— Un cas sur cinq cents ou huit cents, selon les études.

Ce qui fait que le syndrome de Klinefelter est l'anomalie du chromosome sexuel la plus courante.

— Des effets sur le comportement ?

— Un pourcentage important des gens atteints de cette anomalie présente une incapacité à l'étude et un quotient intellectuel réduit en ce qui concerne la verbalisation. Mais, en général, ils sont d'une intelligence normale. Des études font état d'une agressivité plus développée ou d'un comportement antisocial.

— Pauvres gosses ! Ils ne doivent pas se sentir bien dans leur peau en grandissant.

— C'est sûr.

— Quel est le rapport entre ce syndrome de Klinefelter et l'affaire actuelle ?

Je lui ai parlé de Brian Aiker et je lui ai rapporté mes conversations avec Springer et Zamzov. Puis je lui ai fait part de mes réflexions hors des sentiers battus.

— Si je comprends bien, a-t-il conclu, tu crois que le crâne de la fosse d'aisances correspondrait au squelette de Lancaster, et tu penses qu'il pourrait s'agir de Charlotte Grant Cobb ?

— J'ai des raisons de le croire, même si ça ne paraît pas évident *a priori*.

Je lui ai exposé lesdites raisons. À quoi il a objecté :

— Zamzov t'a dit que Charlotte Cobb n'était pas si grande que ça.

— Il a dit que ce n'était pas une amazone. Mais imagine qu'elle ait eu des jambes plus longues que la normale, ça a pu fausser l'estimation de sa taille.

— Quel est ton plan ?

— Aller trouver ses parents et leur poser quelques questions.

— Ça ne peut pas faire de mal.

Ensuite, j'ai mis Ryan au courant des dernières nouvelles que m'avaient rapportées Slidell et Woolsey.

— De curieux en plus bizarre.

Décidément, la formule lui plaisait.

J'ai hésité.

Et puis merde !

— Je te revois bientôt ?

— Plus tôt que tu ne le crois.

Ouais !

Avant de m'écrouler dans mon lit, j'ai fait une dernière chose : vérifier sur Yahoo l'itinéraire pour le lendemain.

Non, ça ne pouvait pas faire de mal ! me suis-je dit en écho à Ryan.

Combien nous nous trompions tous les deux !

33.

Le lendemain matin, je me suis levée à sept heures et demie. Le silence dans le bureau attestait que Genève et Tamela étaient encore mortes au monde. Après avoir emmené Boyd faire le tour du pâté de maisons, j'ai rempli son bol et celui du chat. Puis j'ai sorti les corn-flakes et les céréales aux raisins du placard et je les ai posés sur la table de la cuisine, à côté d'un mot écrit en vitesse à l'intention des deux sœurs. Après quoi, j'ai sauté dans ma voiture, direction Clover, en Caroline du Sud.

Le patelin se trouve juste de l'autre côté de la frontière avec la Caroline du Nord, à mi-chemin entre le lac Wylie, qui n'est autre qu'un morceau de la rivière Catawba bétonné, et le parc national de Kings Mountain, où Ryan et Boyd étaient allés en excursion sur les traces de la guerre révolutionnaire.

Hors des heures de pointe, le trajet ne prend guère plus d'une demi-heure. Malheureusement, ce matin-là, tous les automobilistes du Palmetto semblaient avoir donné rendez-vous à leurs cousins Pieds-dans-le-goudron sur la I-77 et convié par la même occasion leurs voisins du Tennessee ou de la Georgie. Il y avait même des invités qui venaient d'aussi loin que l'Oklahoma et Guam. Moyennant quoi, on roulait à la vitesse de l'escargot, en tambourinant sur le volant entre deux gorgées de café.

Avant de se développer en tant que centre textile au début du XXe siècle, la ville de Clover a d'abord été connue comme gare ferroviaire sous le nom de Cloverpatch, en référence au tapis de trèfle qui couvrait son sol. Tapis d'autant plus épais qu'il était arrosé en permanence par l'eau qui fuyait des réservoirs destinés à remplir les chaudières des locomotives. Plus tard, un comité de citoyens décida de raccourcir son nom en Clover afin de conférer un peu de dignité à la ville.

La tentative n'aboutit pas à redorer le blason de Clo-vay, comme dit mon amie Anne, soucieuse elle aussi de donner un peu de piquant à ce nom. Et s'il y reste quelques manufactures de pièces détachées pour les freins et pour les appareils chirurgicaux, la cité ne brille pas par l'intensité de son activité. Une lecture attentive de la littérature publiée par la chambre de commerce locale incite plutôt le voyageur à se rendre ailleurs s'il veut prendre du bon temps : sur les bords du lac Wylie, sur les cimes de Blue Ridge, sur les plages de Caroline, ou même à Charlotte s'il aime le base-ball (les Knights) ou le football américain (les Carolina Panthers).

La campagne autour de Clover abrite encore quelques demeures datant d'avant la guerre, disséminées dans les collines. Mais ce n'est pas là que vous trouverez des parasols rayés et des serviettes pliées à la française. Dans cette ville strictement ouvrière, pour ne pas dire prolétaire, l'ombre du peintre Norman Rockwell se profile à tous les coins de rue.

À dix heures moins vingt, je me trouvais au cœur même de la cité, à savoir : au croisement de la US 321 et de la SC 55, là où la 321 devient, comme de juste, Main Street sur un petit tronçon. Des immeubles en brique de deux et trois étages s'alignent des deux côtés des bandes d'asphalte formant l'intersection.

Consultant la carte dénichée sur Yahoo, j'ai pris la 321 en direction du sud, et ensuite Flat Rock Road sur ma gauche. Après trois tournants à droite, je me suis retrouvée dans une impasse bordée de chênes nains et de pins à longues aiguilles. Pour atteindre le numéro indiqué par Zamzov, il m'a fallu parcourir encore une petite centaine de mètres. Arrivée là, j'ai découvert une double caravane posée sur une plaque de ciment et un manège installé sur la pelouse.

Devant la caravane, un perron avec deux chaises en fer, l'une sans rien, l'autre avec des coussins verts à fleurs. À droite, un potager. À gauche, tout au bout du véhicule, un auvent en toile attaché par des ventouses sous lequel s'entassaient des formes curieuses recouvertes d'un plastique bleu. Plus loin encore, une balançoire rouillée à l'ombre d'une rangée de noyers blancs d'Amérique.

Je me suis garée sur le bas-côté en gravier, j'ai coupé le moteur et j'ai traversé la pelouse jusqu'à la porte de la caravane. En passant devant le manège, j'ai reconnu des personnages de contes pour enfants : Little Bo Peep, Dormeur et Simplet. Il y avait aussi une maman cane ouvrant la voie à quatre copies d'elle-même en miniature.

Une femme squelettique avec des yeux qui lui mangeaient le visage a répondu à la sonnette. Sa blouse d'intérieur fanée en polyester et son cardigan beaucoup trop grand qui boulochait pendaient sur elle comme des habits sur un cintre.

Elle m'a parlé à travers la vitre de la porte d'entrée en aluminium.

— J'ai rien eu cette semaine.

Elle a reculé d'un pas pour refermer la porte intérieure.

— Madame Cobb ?
— Vous faites partie de l'équipe des reins ?
— Non, madame. Je voudrais vous parler de votre fille.
— Je n'ai pas de fille.
Elle a refait le geste de fermer la porte et s'est arrêtée à mi-chemin. Des rides verticales ont creusé la peau tendue sur son front.
— Vous êtes qui ?
J'ai sorti une carte de mon sac et l'ai tenue contre la vitre. Elle l'a lue. Son regard s'est empli de pensées qui n'avaient rien à faire avec moi.
— Médecin légiste ?
— Oui, madame.
À quoi bon compliquer ?
La porte en aluminium a cliqueté quand elle l'a poussée. Un froid de tombeau s'est échappé à l'extérieur.
Sans un mot, elle m'a conduite à la cuisine et a désigné une petite table faite d'un piètement vétuste peint en vert et d'un plateau en bois aggloméré. L'intérieur de la caravane sentait l'antimite, le désinfectant au pin et le tabac froid. Pendant que je m'asseyais, elle m'a proposé un café que j'ai accepté.
Le thermostat n'était pas branché sur plus de quinze degrés. J'avais la chair de poule.
La femme a sorti deux tasses d'un placard suspendu et y a versé le café d'un Thermos posé sur le comptoir.
— Vous êtes bien madame Cobb, n'est-ce pas ?
— Oui.
Elle a posé les tasses sur l'aggloméré.
— Du lait ?
— Non, merci.
Ayant pris un paquet de Kool sur le dessus du réfrigérateur, elle s'est posée en face de moi. Elle avait la peau cireuse et grise, et une verrue en forme de

virgule accrochée à sa paupière inférieure gauche, comme un bigorneau à la pile d'un pont.

— Vous avez du feu ?

J'ai trouvé des allumettes au fond de mon sac. J'en ai craqué une et l'ai levée vers sa cigarette.

— Je ne peux jamais retrouver les choses quand j'en ai besoin.

Elle a tiré une bouffée, avalé la fumée, exhalé, puis elle a pointé le doigt sur mes allumettes.

— Rangez-les. Je ne veux pas fumer trop. (Petit ricanement.) C'est mauvais pour moi.

J'ai fourré les allumettes dans la poche de mon jean.

— Vous voulez me parler de mon enfant ?

— Oui, madame.

Elle a pêché un Kleenex d'une poche de son gilet, s'est mouchée et a tiré une autre bouffée.

— Mon mari est mort, ça fera deux ans en novembre.

— Oh ! je suis désolée pour vous.

— C'était un homme bien, un bon chrétien. Têtu, mais bon.

— Il doit bien vous manquer.

— Seul le Seigneur sait combien.

Un coucou a jailli de l'horloge au-dessus de l'évier et a chanté l'heure. Nous sommes restées à écouter ses dix gazouillements.

— C'est lui qui me l'a offert pour nos vingt-cinq ans de mariage.

— Vous devez y tenir beaucoup.

— Cette pendule imbécile ne s'est pas cassée une fois pendant toutes ces années.

Elle a tiré sur sa Kool, les yeux fixés sur un point entre nous. Un point situé des années en arrière. Puis son menton s'est relevé en biais, comme si elle venait soudain de penser à quelque chose.

Ses yeux se sont posés sur moi.

— Vous avez retrouvé mon enfant ?

— C'est possible.

La fumée montait de sa cigarette droit vers son visage.

— Mort ?

— Ce n'est qu'une possibilité, madame Cobb. L'identification est compliquée.

Elle a porté la cigarette à ses lèvres, inhalé et soufflé la fumée par le nez. Ensuite elle a secoué la cendre et écrasé son mégot dans une petite soucoupe en métal jusqu'à ce que le dernier brin de tabac soit éteint.

— Je ne vais pas tarder à rejoindre Charlie Senior. Je crois qu'il est temps de régler certaines choses.

Elle s'est levée de sa chaise et est partie d'un pas lourd vers le fond de la caravane. Ses chaussons ont chuinté sur le lino. J'ai entendu une porte s'ouvrir.

Des minutes ont fait coucou. Des heures. Toute une décennie.

Finalement, Mme Cobb est revenue, lestée d'un gros album vert fermé par un cordon noir.

— Le vieux ne m'en voudra pas.

Elle a posé l'album devant moi et l'a ouvert à la première page. Penchée au-dessus de mon épaule, elle m'a désigné un bébé sur une couverture à carreaux. Sa respiration est devenue sifflante.

Son doigt s'est déplacé sur un bébé dans un berceau à la mode d'antan. Puis sur un bébé dans une poussette.

Elle a tourné plusieurs pages pour s'arrêter sur un bambin tenant un marteau en plastique.

Le même, en combinaison de jean avec une casquette de cycliste.

Deux pages de plus.

Un garçonnet blond filasse sous un chapeau de cowboy, un holster sur chaque hanche. Le même, en tenue de base-ball, sa batte sur l'épaule.

Trois pages plus loin.

Un adolescent détournant le visage et tendant la main pour se cacher de l'objectif. Il devait avoir dans les seize ans et portait une chemise de golf extra-large sur un jean coupé au genou.

Il avait les cheveux plus foncés, mais c'était bien le garçon avec le marteau, la batte de base-ball et le chapeau de cow-boy. La partie visible de son menton était rose et imberbe, la peau marquée d'acné, les hanches larges. Le corps, un peu féminin, présentait une absence de muscles évidente.

J'ai relevé les yeux vers Mme Cobb.

— Mon enfant. Charles Grant Cobb.

Elle a fait le tour de la table et s'est assise, les mains autour de sa tasse de café.

Nous avons écouté le coucou effectuer soixante tic-tac. J'ai fini par rompre le silence.

— Votre fils a dû avoir une adolescence difficile.

— Charlie Junior n'est jamais passé par les changements des garçons. Il n'a jamais eu de barbe. Sa voix n'a jamais mué, et son... (Cinq tic-tac.) Enfin, vous savez.

XXY. Un garçon atteint du syndrome de Klinefelter.

— Je sais, madame Cobb.

— Les enfants sont quelquefois si méchants.

— Votre fils n'a jamais été examiné ni traité ?

— Mon mari refusait d'admettre que quelque chose n'allait pas. À la puberté, rien n'est venu, sauf que Charlie s'est mis à grossir de plus en plus. Je me suis doutée qu'il y avait un problème, j'ai dit qu'on devrait le montrer à un médecin.

— Comment a réagi M. Cobb ?

— On ne l'a jamais fait. Il y avait deux choses que mon mari détestait par-dessus tout : les médecins et les pédés. C'est comme ça qu'il disait.

Elle a fouillé ses poches à la recherche d'un autre Kleenex et s'est mouchée.

— C'était comme de discuter avec un paquet de cendres. Jusqu'à sa mort, Charlie Senior a considéré que Charlie Junior devait s'endurcir. Il lui répétait ça à longueur de temps. « Durcis-toi, gamin, sois un homme. Les gens n'aiment pas les garçons efféminés. Les gens n'aiment pas les femmelettes. »

J'ai regardé la photo. En esprit, j'ai vu les costauds qui bousculent les plus faibles dans la cour de récré ; ceux qui piquent l'argent du repas aux plus petits ; les langues de vipère qui repèrent les défauts et les fragilités chez les autres et qui s'amusent à les faire saigner, comme on gratte une croûte ; les enfants qui agacent, tourmentent et persécutent leurs victimes jusqu'à ce qu'elles finissent par demander grâce.

J'ai ressenti de la colère, de l'accablement et aussi de la tristesse.

— Quand Charlie Junior a quitté la maison, il a décidé de vivre sa vie en tant que femme ? ai-je demandé.

Elle a hoché la tête.

— Je ne sais pas quand exactement, mais il a fait la mutation. Il...

Elle s'est interrompue et a repris au féminin.

— Elle est venue nous voir une fois. Charlie Senior a piqué une crise. Il lui a dit de ne plus jamais remettre les pieds chez nous tant qu'il ne serait pas rentré dans le droit chemin. Je n'avais pas vu Charlie depuis dix ans quand... elle a été portée disparue.

Elle a eu un sourire de conspirateur.

— Mais on se parlait quand même. Charlie Senior ne l'a jamais su.

— Souvent ?

— Il appelait une fois par mois environ. Il était gardien dans un parc national, vous savez.

— Il travaillait à la protection de la faune. C'est une profession très exigeante.

— Oui.

— Quand lui avez-vous parlé pour la dernière fois ?

— Il y a cinq ans, au début du mois de décembre. J'ai reçu un appel d'un flic pas longtemps après, pour me demander si je savais où était « Charlotte ». C'est le nom qu'il avait pris. Enfin, elle...

— Vous savez sur quoi travaillait votre fils au moment de sa disparition ?

— Quelque chose ayant à voir avec les gens qui tuent les ours. Le sujet le passionnait. Il racontait que des gens abattaient des ours par boisseaux, rien que pour empocher quelques dollars. Mais, je me souviens, il en parlait comme d'un boulot à côté, pas comme de son vrai travail. Comme si c'était quelque chose qu'il venait juste de découvrir. En vrai, je crois qu'il s'occupait des tortues.

— Il a cité des noms ?

— Je crois qu'il a parlé d'un Chinois. Non, attendez...

Elle s'est tapé les lèvres d'un doigt osseux et l'a levé en l'air.

— Il a parlé d'un type à Lancaster et d'un autre à Columbia. Je ne sais pas si ça avait à voir avec les ours ou les tortues, mais je me rappelle que je me suis interrogée plus tard, parce que Charlie Junior travaillait là-haut, en Caroline du Nord, pas chez nous vers en bas.

L'horloge a émis un coucou, indiquant la demi-heure.

— Encore du café ?

— Non, merci.

Elle est allée remplir sa tasse. Je me suis adressée à elle alors qu'elle me tournait le dos.

— Un corps a été retrouvé, madame Cobb. Je crois qu'il pourrait s'agir de votre fils.

Ses épaules se sont affaissées.
— Quelqu'un me téléphonera ?
— Je vous appellerai moi-même quand nous en serons sûrs.
Elle a fermé ses poings et les a enfoncés dans les poches de son cardigan.
— Madame Cobb, puis-je vous poser une dernière question ?
Elle a incliné la tête.
— Pourquoi n'avez-vous pas fait part de cette information aux personnes chargées d'enquêter sur la disparition de votre fils ?
Elle m'a fait face et m'a considérée avec des yeux emplis de tristesse.
— Charlie Senior disait que Junior était parti pour San Francisco ou pour un autre endroit dans le genre, pour y mener la vie qui lui plaisait. Je l'ai cru.
— Votre fils vous avait-il laissé entendre qu'il s'apprêtait à déménager ?
— Non.
Elle a porté sa tasse à ses lèvres et l'a reposée sur le plan de travail.
— J'ai dû croire ce que je voulais croire, probablement.
Je me suis levée.
— Il faut que j'y aille.
À la porte, elle m'a posé une dernière question.
— Vous lisez souvent les Écritures ?
— Non, madame.
Ses doigts trituraient le Kleenex.
— Je n'arrive plus à comprendre le monde extérieur.
Une voix à peine audible.
— Dans mes bons jours, j'ai bien du mal à me comprendre moi-même, madame Cobb.

J'ai senti son regard dans mon dos tandis que je repassais devant le manège. Un regard empli de chagrin, de tristesse et d'incompréhension.

En avançant vers ma voiture, j'ai remarqué quelque chose sur le pare-brise.

Bizarre. Deux pas de plus, et la chose en question m'est apparue en toute clarté.

Je me suis arrêtée.

Mon estomac a fait un bond dans mon ventre, une de mes mains a volé vers ma bouche.

J'ai dégluti et fait deux pas de plus. Trois. Quatre.

Dieu du ciel.

J'ai fermé les yeux, révoltée.

Une image m'a traversé l'esprit.

La croix dans la lunette du fusil. Dans ma poitrine, mon cœur s'est mis à battre le tambour. Mon pouls s'est envolé dans la stratosphère. Mes yeux se sont écarquillés.

Le Sinistre Éventreur était-il en train de me viser ?

M'avait-il suivie jusqu'ici ?

J'ai dû me forcer pour m'approcher du macabre souvenir laissé à mon intention sur le pare-brise : un petit écureuil coincé sous le balai de l'essuie-glace.

Les yeux glacés. Le ventre découpé de haut en bas et les entrailles débordant de la fente. Des champignons sur un bout de bois pourri.

34.

J'ai fait un demi-tour sur moi-même.

La porte extérieure et la porte intérieure de la caravane étaient fermées.

J'ai balayé la rue des yeux.

Une joggeuse accompagnée d'un chien bâtard.

Est-ce que j'avais été suivie ? Un froid glacial s'est répandu dans mes entrailles.

Dégoûtée, j'ai soulevé le balai de l'essuie-glace et attrapé l'écureuil par la queue. Je l'ai lancé sous les arbres. J'avais beau avoir la tremblote, mon esprit enregistrait tout.

L'animal était rigide. Mort depuis un certain temps.

À l'aide d'une serviette en papier piochée au fond de la boîte à gants, relique d'un repas chez Bojangles, j'ai nettoyé le pare-brise avant de m'asseoir au volant.

Sers-toi donc de ton adrénaline. Profites-en.

J'ai démarré sur les chapeaux de roues et remonté la rue en sens inverse.

La joggeuse et son chien étaient en train de tourner au coin. Je les ai imités.

Une femme d'une trentaine d'années en caleçon de cycliste et brassière en Lycra, à qui le sport ne pouvait que faire du bien. Des écouteurs de part et d'autre d'une queue-de-cheval blonde. Une laisse à enrouleur en plastique bleu accrochée au chien.

J'ai baissé ma vitre.

— S'il vous plaît.

Le chien s'est retourné, pas la joggeuse.

— S'il vous plaît ! ai-je crié tout en roulant à côté d'elle.

Le chien a filé vers ma voiture, faisant presque trébucher sa maîtresse. Elle s'est arrêtée, a laissé tomber ses écouteurs autour de son cou et m'a considérée d'un œil méfiant.

Le chien a posé les pattes sur ma portière et a reniflé. J'ai sorti le bras pour lui tapoter la tête.

La joggeuse a paru se détendre un peu.

— Vous connaissez Mme Cobb ? ai-je demandé d'une voix qui ne laissait rien transparaître de mon agitation.

— Ouais-ouais, a-t-elle répondu, essoufflée.

— Pendant que j'étais chez elle, on a déposé quelque chose sur mon pare-brise. Je me demandais si vous aviez remarqué d'autres voitures près de sa roulotte.

— En effet, oui. La rue est en impasse, alors il n'y a pas beaucoup de circulation... Gary, descends, a-t-elle lancé en pointant l'index vers le sol.

Drôle de nom pour un toutou !

— C'était une Ford Explorer noire, conduite par un homme. Pas très grand. Avec de beaux cheveux et des lunettes de soleil.

— Noirs, les cheveux ?

— Très fournis. (Un rire nerveux.) Mon mari les a... clairsemés, comme il dit. Il ne veut pas admettre qu'il est chauve, et bien chauve. Alors, vous pensez si je remarque les cheveux des hommes. Quoi qu'il en soit, l'Explorer était garée juste en face de chez Mme Cobb. Une voiture que je ne connaissais pas. Mais avec une plaque de Caroline du Sud... Gary ! a de nouveau ordonné la femme.

Le chien s'est laissé retomber sur la chaussée pour recommencer à sauter contre ma portière dans la seconde qui a suivi.

— Mme Cobb va bien ? Je me dis toujours que je devrais passer la voir, mais je n'y vais pas très souvent.

— Elle aimerait certainement avoir un peu de compagnie, ai-je répondu automatiquement, préoccupée que j'étais par cet individu aux épais cheveux noirs.

— Ouais.

Ayant réussi à arracher Gary à ma portière, la joggeuse a remonté ses écouteurs sur ses oreilles et s'est élancée.

Je suis restée sur place. Que faire, maintenant ? Je me parlais tout haut pour tenter d'y voir plus clair.

Lancaster et Columbia.

Petit avec des cheveux noirs. Beaucoup de cheveux noirs.

Comme le type aperçu au café en compagnie de Wally Cagle.

Comme Palmer Cousins.

Comme des millions d'Américains.

Comme le Sinistre Éventreur ?

Mais qu'est-ce qui se passait ?

Calme-toi.

J'ai pris une profonde inspiration avant d'appeler Katy sur son portable.

Pas de réponse. J'ai laissé un message.

Lancaster et Columbia.

J'ai appelé Lawrence Looper pour prendre des nouvelles de Wally Cagle.

Répondeur. Message.

J'ai appelé Dolores au service d'anthropologie de l'université de Caroline du Sud.

Enfin une bonne nouvelle : Wally Cagle était sorti du coma. Formidable ! Non, il n'avait pas encore retrouvé ses esprits. Non, personne d'autre ne s'était présenté à l'université pour le voir.

Un merci, et j'ai raccroché.

Retourner à Columbia ? Mais pour y faire quoi ? Espionner Looper ? Espionner Palmer Cousins ? Localiser Katy ? Elle serait furibarde de savoir que je lui courais derrière. Pour faire chier Skinny Slidell ?

Et si j'allais plutôt à Lancaster ?

De Clover, j'avais déjà parcouru la moitié du chemin.

Du coup, je n'emmerderais pas Katy.

Quant à Skinny, il s'en remettrait.

Et puis, à quoi bon filer sur Columbia si Cagle était toujours dans le cirage ?

J'ai donc repris la 321 vers le sud, puis la 9 en direction de l'est, non sans vérifier à tout instant dans mon rétroviseur que je n'étais pas suivie. Deux fois, j'ai cru repérer une Explorer noire. Les deux fois, j'ai ralenti et les voitures m'ont doublée. Au fond de moi j'étais glacée, même si en apparence je paraissais en pleine possession de mes moyens.

À quinze kilomètres de Lancaster, j'ai appelé Terry Woolsey au département du shérif. Un homme m'a répondu qu'elle n'était pas là aujourd'hui.

— Je peux l'appeler chez elle ?

— Rien ne vous en empêche, madame.

— Mais vous n'êtes pas autorisé à me donner son numéro personnel.

— Non, madame.

Merde ! Mais quelle idiote j'étais de ne pas le lui avoir demandé !

J'ai laissé un message à son intention.

— Et le coroner du comté ?

— Lui, je peux vous donner son numéro.

Ce qu'il a fait, en précisant qu'avec un peu de chance je l'y trouverais peut-être. Son ton m'a fait penser qu'il en doutait fortement.

— S'il n'y est pas, essayez son entreprise de pompes funèbres.

Au moment où je coupais la communication, j'ai repéré une Explorer noire. Le temps de composer le numéro du coroner, elle avait disparu. Ma sensation de froid s'est intensifiée.

Le standardiste du shérif ne s'était pas trompé. James Parks n'était pas chez lui. J'ai laissé un message. Le quatrième en dix minutes. Ensuite, je me suis arrêtée dans une station-service pour demander mon chemin.

Le pompiste a consulté l'adolescent qui lui prêtait la main. Au terme d'un long conciliabule, ils ont paru tomber d'accord : tout droit sur la R 9 jusqu'à ce qu'elle devienne West Meeting Street ; après, « à main droite » dans Memorial Park Drive ; et à nouveau « à main droite » quatre cents mètres plus bas.

— Vous verrez le panneau. Si vous passez le cimetière, c'est que vous êtes allée trop loin.

Incapables l'un et l'autre de se rappeler le nom de la rue.

Qui avait besoin de Yahoo ? Pas moi, avec deux navigateurs aussi fortiches !

Cela dit, ils ne s'étaient pas fichus dedans. Un quart d'heure plus tard, après les deux virages « à main droite », j'ai aperçu en effet un panneau soutenu par deux poteaux peints en blanc qui annonçait Park Funeral Home en lettres blanches gravées dans le bois et détaillait les services proposés.

J'ai tourné et suivi une allée sinueuse bordée de buis et d'azalées. Après la neuvième ou dixième courbe, j'ai repéré un espace recouvert de gravier qui pouvait prétendre au titre de parking. Plusieurs bâtiments autour. Je me suis garée.

Park Funeral Home n'était pas une entreprise imposante. Son centre de commandement devait être la petite construction en brique d'un étage, constituée de deux ailes et d'une partie centrale en saillie, avec trois fenêtres de chaque côté de l'entrée et une cheminée sur le toit en tuile et bitume.

Derrière, on apercevait une petite chapelle en brique avec un minuscule clocher et une porte à double battant. Tout au fond, deux autres bâtiments en bois, le plus grand étant probablement un garage, le plus petit une remise.

Lierre et pervenches couraient sur le sol entre les maisons, un enchevêtrement de volubilis escaladait les façades. Les ormes et les chênes prodiguaient au lieu une ombre perpétuelle.

Ombre perpétuelle. À rajouter à la liste des services affichés sur le panneau à l'entrée : enterrements, incinération, soutien psychologique, organisation des funérailles. Au moment de descendre de voiture, je me suis rendu compte que j'avais de nouveau la chair de poule sur les bras. Dernier salut avant le baisser de rideau.

Remballe le mélo, Brennan.

Bon conseil.

N'empêche, l'endroit me flanquait la pétoche.

J'ai marché jusqu'au bâtiment principal. La porte n'était pas fermée. Je me suis autorisée à y pénétrer.

Un vestibule avec plusieurs portes et un panneau gris indiquant en lettres de plastique blanches la réception, la salle de préparation, le maître de cérémonie, les salons 1 et 2. Le 2 était réservé à un certain Eldridge Maples.

« Salle de préparation »... un euphémisme pour signifier mise en bière ? « Réception », le lieu réservé aux vivants ? À en croire les flèches blanches, ces deux salles se trouvaient juste en face.

J'ai franchi la porte y menant et me suis retrouvée dans un vaste hall à la décoration soignée : moquette épaisse bleu lavande, murs rose pâle, porte et boiseries laquées en blanc, de même que les colonnes placées devant les murs, à intervalles réguliers. Colonnes faussement corinthiennes avec rosettes et volutes au ras du plafond. Qu'on pouvait aussi bien considérer comme doriques. Les corinthiennes ne comportaient-elles pas des chapiteaux au sommet ? En tout cas, elles avaient des feuilles d'acanthe.

Arrête !

Les espaces entre les colonnes accueillaient des sofas de style Queen Ann et des doubles fauteuils, chacun flanqué de sa petite table en acajou supportant des fleurs artificielles et une boîte de Kleenex.

À droite comme à gauche, des palmiers en pot montaient la garde de part et d'autre de doubles portes fermées. Tout au bout de la salle, une horloge paysanne égrenait un tic-tac lent et régulier, seule expression de vie dans ce silence assourdissant.

— S'il vous plaît ? ai-je lancé d'une voix feutrée.

Personne n'a répondu. Personne ne s'est présenté.

J'ai recommencé, un peu plus fort.

Aucune réaction, sinon celle de l'horloge.

Décidément, c'était mon jour pour les pendules à balancier.

— Il y a quelqu'un ?

J'hésitais entre la salle de préparation et la réception quand mon portable a poussé les hauts cris. J'ai sursauté et regardé autour de moi dans l'espoir qu'un comportement aussi déplacé de ma part était passé inaperçu. Personne n'a montré le bout de son nez. J'ai rebroussé chemin en toute hâte. Une fois dans le vestibule, j'ai appuyé sur le bouton de connexion et dit « allô » à voix basse.

— Salut !

Slidell. Mes yeux ont fait le tour complet de leur orbite.

On ne lui avait jamais appris à dire bonjour, à ce con ?

— Oui ?

— Z'êtes à l'église, ou quoi ?

Visiblement, il devait mastiquer en même temps un de ses sempiternels Snickers.

— Presque.

— Où ça, nom d'un chien ?

— À un enterrement. Pourquoi est-ce que vous appelez ?

Il y a eu une pause, le temps qu'il retourne ma phrase dans sa tête.

— C'est doc Larabee qui m'a demandé de vous passer un coup de bignou. L'a reçu la réponse des gars du déchiffrage. S'est dit que ça vous intéresserait.

Il m'a fallu un moment pour que je fasse le lien.

— À propos du papier retrouvé dans le slip d'Aiker.

Je n'ai pas pris la peine de le corriger sur la provenance du papier en question.

— Doc dit de vous dire que vous aviez raison pour Columbia, a continué Slidell.

Sans raison aucune, j'ai tourné le dos à l'entrée comme si feu M. Maples pouvait avoir l'oreille qui traîne.

— L'auteur du papier allait bien à Columbia ?

— On dirait. Les gars du déchiffrage ont utilisé une sorte de lumière vaudoue pour faire ressortir les lettres qui manquaient.

— C'est tout ?

Une porte a claqué dehors, du côté de la chapelle ou du garage. J'ai entrouvert la porte d'entrée et jeté un coup d'œil dans le jardin. Personne.

— Z'ont réussi à déchiffrer qu'un seul autre mot : « Cousins ».

À ce nom, un court-circuit a dû se produire dans mon cerveau car une gerbe d'étincelles m'a éblouie.

« Pas de doute. Cousins dans le coup. Se rend à Columbia. »

J'ai cru qu'on m'assénait une gifle pour me réveiller.

Un homme petit et musclé, avec d'épais cheveux noirs ; un chargé de mission du FWS qui ignorait tout du braconnage des ours.

Palmer Cousins.

Slidell parlait, je ne l'entendais pas. Mes pensées clignotaient dans tous les sens. Une conversation avec Ryan me revenait à l'esprit. Les restes de la fosse d'aisances avaient été trouvés le mardi. Le Sinistre Éventreur avait commencé ses photos le mercredi.

Palmer Cousins était au pique-nique du samedi. Il savait ce que Boyd avait trouvé à la ferme.

Était-ce lui qui avait déposé l'écureuil éventré sous mon essuie-glace ? Était-ce lui, ce Sinistre Éventreur, qui s'amusait à me faire peur ? Me suivait-il à la trace ? Retenait-il Katy prisonnière ? Allait-il la blesser uniquement pour m'attraper ?

Mon cœur battait la chamade, la sueur dégoulinait de mes doigts. J'ai jeté :

— Je vous rappelle.

Slidell a bégayé des mots que je n'ai pas écoutés.

J'ai coupé.

Les mains tremblantes, j'ai fourré mon portable dans mon sac et poussé la porte d'entrée.

Pour percuter de plein fouet un torse en béton.

L'homme, à peu près de ma taille, portait un costume noir ébène à fine rayures blanches et une chemise éblouissante de blancheur.

Marmonnant une excuse, je me suis écartée pour lui céder le passage.

Un bras s'est tendu. Des doigts d'acier se sont refermés sur mon bras.

Je me suis sentie tournoyer. J'ai vu des cheveux noirs épais et mon visage reflété dans des verres miroirs. Bouche bée d'ahurissement.

Les doigts se sont plaqués sur mon oreille gauche. Ma tête s'est écrasée contre la porte avec un crac.

La douleur m'a perforé le cerveau.

Je me suis débattue. Les mains me serraient comme un étau.

Les doigts, plongés dans mes cheveux, ont tiré ma tête en arrière. Du sang et des larmes ont dégouliné sur mes joues.

Ma tête, projetée en avant, est allée heurter le bois.

Mon cou s'est cassé en arrière.

Et encore en avant.

J'ai senti la douleur, j'ai entendu le bruit mat.

Après ça, plus rien.

35.

Une odeur de moisi et de mousse vaguement douceâtre, rappelant un peu le foie de veau sauté à la poêle.

Des oies qui cacardaient dans le ciel, ou peut-être sur un lac à proximité.

Où étais-je ? À plat ventre sur du dur. Mais où ?

Mon cerveau ne m'offrait que des souvenirs disloqués. La caravane des Cobb. Une station-service. Une entreprise de pompes funèbres. Quelqu'un du nom de Maples.

J'ai tâtonné par terre autour de moi.

Un sol lisse. Frais. Plat.

J'en ai caressé la surface, respiré l'odeur.

Du ciment.

J'ai passé une main sur mon visage. Du sang séché, un œil gonflé et une bosse sur la joue de la taille d'une pomme.

Un flash. Un autre souvenir.

Du tissu noir à fines rayures blanches. Du blanc antiseptique.

L'agression.

Mais après, que s'était-il passé ?

Début de panique. J'avais beau me torturer la matière grise, elle se refusait à me fournir la moindre explication. Uniquement des ordres.

Réveille-toi !

Maintenant !

J'ai essayé de me relever en glissant mes mains sous ma poitrine.

J'avais les bras en caoutchouc. Et des élancements douloureux dans tout le crâne. Un spasme m'a retourné l'estomac.

Je me suis laissé retomber doucement, la joue contre le ciment froid. Position bien plus confortable qu'à genoux.

Mon cœur tambourinait dans mes oreilles.

Où étais-je ? Où ? Où ?

Nouvel ordre sur un ton impératif.

Bouge !

Roulant sur le dos, je me suis assise lentement. Des éclats de lumière blanche m'irradiaient le cerveau. Ma langue était prise de contractions convulsives.

J'ai rapproché mes chevilles l'une de l'autre et j'ai laissé tomber ma tête entre mes jambes. J'ai respiré profondément.

Nausée et vertige ont diminué peu à peu.

Avec précaution, j'ai relevé le menton et ouvert un œil, le bon, pour tenter de scruter l'espace autour de moi.

Un noir total.

J'ai attendu, le temps que ma pupille se dilate. En vain.

Avec mille précautions, j'ai roulé sur moi-même pour me redresser sur les genoux, les mains tendues dans le noir, je me suis accroupie à tâtons.

Un noir d'aveugle. Et l'aveugle, c'était moi.

J'ai fait deux pas. Mes mains ont heurté un mur en ciment. J'ai fait trois pas sur le côté en me déplaçant à la façon d'un crabe. Un angle droit : le mur faisait un retour. J'ai continué, la main droite tendue devant moi, la gauche s'évertuant à déchiffrer le braille de ce mur en béton.

Ah, Seigneur ! J'étais dans une prison. De quelle taille était-elle ? Assez grande pour que je puisse respirer ? J'ai senti la sueur perler sur mon visage et dans mon cou.

Quatre pas. Mon pied gauche a heurté du dur et j'ai basculé en avant. Mes deux mains se sont tendues dans le noir. J'ai raclé une surface dure et rugueuse et me suis affalée, me cognant le tibia contre un objet posé par terre.

Une douleur telle que les larmes ont jailli de mes yeux. Je me suis mise à trembler. De peur.

Et de nouveau ces contractions sous ma langue et ce goût amer dans ma bouche.

Les bras ballants, les pieds frôlant le sol, je gisais en travers de ce qui, au toucher, ressemblait à un socle de pierre. Ce contre quoi j'avais dû trébucher.

Je me suis laissée retomber sur le ciment. Une larme échappée de mon œil valide a roulé le long de ma joue jusqu'à mon menton. D'autres ont perlé au coin de mon œil tuméfié. Ça m'a brûlé quand elles ont débordé. J'avais la joue à vif.

Une sueur glacée, des larmes brûlantes, le cœur qui battait la chamade.

Et des images qui passaient devant mes yeux. Plus vivement, à présent.

Un homme à tête de bouledogue avec des cheveux noirs épais.

Des verres miroirs. Le reflet distordu de mon visage ébahi.

Un autre souvenir, par ricochet : un flash-back remontant à quarante-huit heures. Un échange de phrases entre Slidell et l'agressive secrétaire de la fac. Slidell demandant : « Qu'est-ce que vous avez vu ? » Et elle répliquant : « Moi-même ! »

Dolores voulait parler de lunettes à verres miroirs !

Doux Jésus ! L'homme qui m'avait agressée était celui-là même qui était venu voir Cagle ! Et Cagle avait passé toute une semaine dans le coma.

Réfléchis !

J'avais la joue en feu. Mon tibia palpitait. Le sang tambourinait dans mon œil gonflé.

Réfléchis !

Succession d'images kaléidoscopiques. Une fille faisant du jogging avec des écouteurs. Mme Cobb. Une horloge à coucou. Les photos.

J'ai retenu mon souffle.

Les allumettes !

J'ai enfoncé les doigts dans la poche arrière de mon jean.

Vide.

J'ai essayé l'autre. Dans ma frénésie, je me suis retourné un ongle.

Les poches avant.

Un mouchoir en papier, dix *cents*, un *cent*.

Pas d'allumettes. Pourtant, je les avais reprises, j'en étais absolument certaine. C'était même à la demande de Mme Cobb. Peut-être que je ne me souvenais pas bien. Rappelle-toi tes gestes. Lentement.

Les murs se resserraient autour de moi. Quelle taille faisait donc ma prison ? Seigneur ! Ma crise de claustrophobie était si violente qu'elle effaçait en moi toute peur et toute douleur.

Les mains tremblantes, j'ai recommencé à fouiller mes poches. Méthodiquement, l'une après l'autre.

Les allumettes étaient forcément là.

Je vous en supplie !

J'ai introduit les doigts dans la petite poche au-dessus de la grande, à droite. J'ai senti un objet oblong, plus épais à un bout et rugueux à l'autre.

Ma pochette d'allumettes !

Combien en restait-il ?

J'ai soulevé le rabat et senti avec mon pouce.

Six.

Surtout, qu'elles s'enflamment !

Six. Six malheureuses allumettes !

Commence par retrouver ton calme ! Après, agis avec méthode. Concentre-toi sur un quart de cercle uniquement. Découvre une lumière. Repère une porte.

M'orientant vers ce que j'espérais être le centre de la pièce, je me suis ancrée au sol, les pieds bien écartés, et j'ai frotté une allumette.

Un grésillement, sans qu'elle s'allume.

Merde ! Plus que cinq !

J'en ai détaché une seconde. Je l'ai grattée en la maintenant appuyée contre la bande rugueuse avec mon pouce.

L'allumette s'est enflammée et a illuminé ma chemise, mais guère plus que cela. La tenant en l'air, j'ai fait un petit pas en avant tout en photographiant mentalement ce qui surgissait devant moi.

De ce que j'en voyais, la pièce paraissait plutôt grande.

Des caisses et des cartons alignés le long du mur que je venais de suivre. Le socle qui m'avait arraché le tibia était une pierre tombale. Plus loin, un casier fait d'étagères en fer montées sur crémaillères. Décollé du mur. Avec un espace derrière.

Le feu m'a brûlé les doigts. J'ai lâché l'allumette.

Le noir.

J'ai recommencé à déchiffrer le mur avec mes mains. Arrivée au bout des étagères, j'ai frotté ma troisième allumette.

Au milieu du mur en face, il y avait une porte en bois !

Penchant l'allumette pour faire grandir la flamme, j'ai cherché un bouton électrique.

Rien.

La flamme s'est éteinte. J'ai laissé tomber l'allumette et marché vers la porte. J'ai palpé le bois à la recherche de la poignée. Je l'ai tournée.

Fermée !

Me jetant de tout mon poids contre le battant, je l'ai martelé de mes poings, je l'ai bourré de coups de pied en appelant.

Pas de réponse.

De terreur et de désespoir, je hurlais presque.

J'ai reculé. Effectuant un quart de tour, j'ai progressé de plusieurs pas et allumé ma quatrième allumette.

Une table a émergé du noir. Des objets posés sur le plateau, des paquets entassés près des pieds.

L'allumette est morte.

Mes centres cérébraux chargés d'interpréter les données spatiales ont mis bout à bout les trois images entrevues pour m'offrir un plan général de la pièce.

La salle faisait six mètres sur quatre.

Bon. Supportable. Ma claustrophobie a baissé d'un cran.

Pas ma peur.

Des cartons et des rayonnages le long d'un mur, une table ou un établi en face, des objets stockés à côté et une porte sur le mur opposé.

Revenue au centre de la pièce, j'ai tourné le dos à la porte et fait quelques pas en avant dans l'intention d'inspecter le mur du fond plus minutieusement.

En tremblant, j'ai posé la tête de l'allumette sur le grattoir. L'avant-dernière. Je ne l'ai pas frottée. Au moment où j'allais le faire, j'ai eu comme l'impression que dans cette partie de la pièce le noir s'était transformé en gris anthracite.

Je me suis retournée. Tout en haut, au-dessus de la table, je distinguais une sorte de rectangle.

J'ai scruté l'obscurité.

Une fenêtre grillagée, couverte de saleté et de poussière.

La pochette d'allumettes remisée dans ma poche, j'ai grimpé sur la table et me suis tendue sur la pointe des pieds.

En fait de fenêtre, c'était un soupirail à ras du sol, enfoui dans un puits de plantes grimpantes au travers duquel j'arrivais à entrevoir des arbres, un hangar et la lune filtrant par une fissure entre des nuages aubergine.

Les cris rauques des oies s'étaient multipliés. J'ai réalisé que s'ils me parvenaient étouffés, ce n'était pas à cause de l'altitude ou de la distance, mais bien à cause de l'épaisseur de terre et de béton au-dessus de ma tête.

Mon cœur a recommencé à battre plus vite, ma respiration s'est accélérée.

J'étais emprisonnée dans un caveau, sorte de sous-sol ou de cave, dont la seule issue devait être un escalier derrière la porte.

J'ai fermé les yeux et respiré profondément.

Remue-toi ! Agis !

Je m'apprêtais à descendre de la table quand j'ai aperçu comme une toile d'araignée scintillant dans la semi-clarté de la lune. Une douzaine de filaments pendaient en se balançant.

Je m'en suis approchée.

L'odeur douceâtre de foie est devenue plus forte.

Au bout de chaque filament était accrochée une masse charnue de la taille de mon poing. Et ces masses étaient suspendues chacune au-dessus d'une petite plaque chauffante.

Des vésicules d'ours !

Et déjà séchées selon toute évidence, car les plaques étaient froides.

Le dégoût et la colère ont balayé ce qui restait en moi d'angoisse due à la claustrophobie.

Agis maintenant, vite. Dans un instant, la lune aura disparu derrière les nuages.

J'ai craqué la cinquième allumette et me suis déplacée tout au bout de la table.

Des armoires à dossiers. Des signaux de parking. Des pique-fleurs à longues pointes acérées. Un cercueil d'enfant. Un coffre-fort en acier miniature. Des rouleaux de faux gazon. Une toile de tente.

Je l'ai déroulée un peu. Entre deux plis, il y avait un pic permettant de l'ancrer au sol. Je l'ai fourré dans ma poche et suis repartie de l'autre côté de la salle.

Trouve une bougie ! Découvre le bouton de la lumière près de la porte. Casse la serrure ou débloque la poignée à l'aide du pic de tente.

Respirant à peine, j'ai frotté la dernière allumette et ouvert les cartons.

Des liquides pour embaumement. Des fixatifs, des durcisseurs.

Près de l'étagère, je me suis accroupie pour fouiller dans une boîte ouverte.

Des protecteurs pour les yeux, des drains, des scalpels, des aiguilles, des seringues. Rien qui puisse casser une porte.

L'obscurité reprenait possession de la salle.

Et si j'essayais d'allumer la plaque chauffante ?

Je me suis relevée.

Les étagères du haut réunissaient tout un parc à thème d'urnes en bronze et en marbre. Un aigle aux ailes déployées.

Un masque mortuaire de Toutankhamon. Un chêne en miniature. Un dieu grec. Une double crypte.

Doux Jésus ! Ces urnes contenaient-elles des restes ? Ces morts, que leur famille n'était pas encore venue chercher, comprenaient-ils l'horreur de ma situation ? Cet aigle en bronze... Était-il assez solide pour fendre la porte ? Est-ce que je pouvais le soulever ?

Les nuages se sont refermés. Le noir a enseveli le sous-sol.

En tâtonnant, je suis revenue près de la table et me suis hissée dessus pour regarder dehors. Arriverais-je à attirer l'attention de quelqu'un ? Était-ce une bonne idée ? L'inconnu aux cheveux noirs ne risquait-il pas de revenir pour en terminer avec moi une bonne fois pour toutes ?

Ma jambe m'élançait. Mon visage me tirait. Des larmes me piquaient l'arrière des paupières. Je les ai refoulées en serrant les dents.

Le paysage devant moi n'était plus qu'une étude sur le noir.

Des minutes ont passé. Des heures. Des millénaires.

Je luttais de toutes mes forces contre le désespoir. Quelqu'un allait venir. Forcément ! Mais qui ? Et quelle heure était-il ?

J'ai voulu regarder ma montre. Impossible de voir seulement ma main.

Qui savait que j'étais ici ? Personne ! L'angoisse m'a lacéré le cerveau.

Soudain, une lumière est apparue à travers les arbres, des clignotements qui tressautaient comme un feu follet et se déplaçaient.

J'ai suivi leur progression jusqu'à une petite masse plus dense que j'ai reconnue comme étant le hangar. Le lumignon a disparu. Puis il est réapparu, venant dans ma direction. Je commençais à hurler quand j'ai vaguement distingué la forme de quelqu'un se rapprochant. Je me suis arrêtée net. L'homme a brutalement quitté mon champ de vision.

Une porte a claqué au-dessus de moi.

Je me suis laissé descendre à bas de la table. Tant bien que mal, je me suis précipitée à l'autre bout de la salle, vers le casier en fer. Je me suis faufilée derrière les rayonnages. Le casier a vacillé. J'ai empoigné le pic de tente et je l'ai tenu solidement, la pointe tournée vers le sol.

Un instant plus tard, j'ai entendu du mouvement de l'autre côté de la porte. Une clef a tourné. Le battant s'est ouvert.

Retenant mon souffle, j'ai scruté le noir par les interstices entre les urnes.

Un homme s'est encadré sur le seuil, une lanterne levée au-dessus de son épaule droite. Un type trapu, musclé, avec d'épais cheveux noirs et des yeux bridés. Et un tatouage au-dessus du poignet, au ras de sa manche roulée : SEMPER FI.

Hershey Zamzov avait parlé d'intermédiaires asiatiques dans le trafic de vésicules d'ours.

Sonny Pounder avait parlé d'un revendeur coréen bien introduit.

Au Viêtnam, Ricky Don Dorton avait eu un comparse parmi les Marines, quand il avait monté son trafic de drogue en se servant des cercueils des soldats morts au combat pour l'acheminer en Amérique.

Terry Woolsey avait des doutes sur la mort de son amoureux, et elle se posait des questions sur l'homme qui lui avait succédé au poste de coroner.

En un rien de temps, une idée s'est forgée dans mon esprit.

Mon agresseur était l'homme qui s'était hâté d'embaumer Murray Snow. L'homme qui avait rendu visite à Wally Cagle. L'homme qui était de mèche avec Ricky Don Dorton dans le trafic de drogue et de vésicules d'ours.

Mon agresseur était James Parks, le coroner du comté de Lancaster. Et il était coréen !

Parks a franchi le seuil et promené sa lanterne devant lui. Je l'ai entendu prendre une inspiration, je l'ai vu se raidir.

Il s'est avancé jusque devant le casier derrière lequel j'étais cachée, un sac de jute dans la main gauche.

Un sac qui s'agitait et se déformait comme s'il renfermait quelque chose de vivant.

L'adrénaline s'est propagée dans toutes les fibres de mon corps.

La lumière a balayé la macabre collection réunie dans ce sous-sol dans un mouvement saccadé qui était bien le baromètre de la colère de Parks. Je pouvais entendre son souffle, sentir l'odeur de sa transpiration.

J'ai resserré les doigts autour du pic de tente. Me crispant inconsciemment, je me suis appuyée contre les rayonnages.

Le casier a grincé en vacillant.

La lumière a bondi dans ma direction. Parks a fait un pas vers moi.

Un autre. Sa lumière a éclairé mes pieds, mes jambes. Remuant tout doucement, j'ai caché le pic derrière mon dos.

J'ai entendu un autre halètement, puis Parks s'est arrêté et a levé sa lanterne. Bien que diffus, l'éclat de la lumière m'a obligée à cligner de l'œil, de mon seul œil qui voyait. J'ai vivement détourné la tête.

— Alors, docteur Brennan, nous finissons par nous rencontrer.

Une voix plate et soyeuse, haut perchée comme celle d'un enfant. Parks ne cherchait même pas à la déguiser. J'ai compris dans l'instant que le Sinistre Éventreur, c'était lui !

Mes doigts se sont resserrés autour du pic. Tous mes muscles étaient bandés, prêts à l'action.

Parks a souri. Un sourire plus froid que de la glace.

— Nous admirons tellement votre lutte pour la faune sauvage, mes associés et moi, que nous avons décidé de vous offrir ceci pour vous exprimer toute notre gratitude.

Il a soulevé le sac. La chose à l'intérieur s'est agitée. Des ombres ont parcouru la toile de jute.

Je suis restée immobile, plaquée contre le mur.

— Vous n'avez rien à dire, docteur Brennan ?

Comment devais-je jouer la partie ? En raisonnant avec cet homme ? En le prenant par les sentiments ? En l'attaquant par surprise ? J'ai choisi le silence.

— Eh bien, acceptez ce cadeau.

Parks a fait un pas de plus, et l'ombre m'a engloutie à nouveau. Je l'ai regardé déposer sa lanterne par terre et commencer à dénouer les liens du sac.

Sans même réfléchir, j'ai introduit l'extrémité du pic entre deux étagères. Pesant de mes deux mains, j'en ai fait un levier. Le casier a oscillé d'avant en arrière, les étagères du haut étant plus chargées que celles du bas.

Concentré sur sa tâche, Parks n'a rien remarqué.

Mon pic m'a échappé.

Parks a relevé la tête d'un coup.

M'agrippant aux montants, j'ai projeté le casier en avant de toutes mes forces.

Parks était en train de se relever quand les urnes ont volé dans les airs.

Il a levé les deux mains, le haut du corps tourné sur le côté. Le temple de Karnak l'a atteint à la tempe. Il s'est écroulé. J'ai entendu un crac : son crâne heurtant le ciment.

Le verre de la lanterne s'est brisé. La lumière s'est éteinte. Il n'est plus resté qu'une odeur de kérosène.

Les objets ont continué de dégringoler et de rouler par terre pendant un laps de temps qui m'a paru toute une vie.

Puis le fracas a cessé, remplacé par un silence effrayant.

Une obscurité de catacombe.

Un calme absolu.

J'ai attendu. Le temps d'un battement de cœur.

D'un deuxième, d'un troisième.

Parks était-il évanoui ? Mort ? Tapi dans un coin, guettant un mouvement de ma part ? Devais-je m'enfuir ? Essayer d'abord de remettre la main sur mon pic de tente ?

Un bruissement est monté du sac de jute : un coup de tonnerre dans ce silence sépulcral.

J'ai retenu mon souffle.

Parks était-il en train de libérer son cadeau malfaisant ?

Un chuchotement. Un frôlement sur le ciment.

Et le silence, encore.

Ce bruit, l'avais-je imaginé ?

Le frottement a recommencé, s'est arrêté, a recommencé.

Quelque chose se déplaçait !

Mais quoi ?

Puis un terrifiant cliquetis a tué dans l'œuf toutes les réponses que je pouvais imaginer.

Des serpents à sonnette !

J'ai vu des corps se débattre. Des langues sortir de gueules pointues. Des yeux brillants dépourvus de paupières.

Un froid glacial a contracté ma poitrine, a roulé jusque dans mon cœur, mes veines, mon estomac, et jusqu'au bout de mes doigts.

Mais quel genre de serpent ? Des vipères ? Des mocassins à tête cuivrée ? En tout cas, des serpents à sonnette. Des crotales ? Une race exotique d'Amérique du Sud ? Forcément des serpents venimeux.

Combien y en avait-il qui rampaient vers moi dans le noir ?

Alors que j'étais seule, livrée à leur sauvagerie.

S'il vous plaît, faites que quelqu'un vienne !

Mais personne ne viendrait. Personne ne savait où j'étais. Comment avais-je pu être aussi bête !

Mon esprit s'agitait en tous sens, incapable de se fixer.

Comment un serpent localise-t-il sa proie ? Par la vue ? L'odorat ? La chaleur ? Le mouvement ? Est-ce qu'il attaque ou cherche à éviter le contact ?

Devais-je rester immobile ? Fuir ? Essayer de retrouver le pic de tente ?

D'autres raclements sur le sol.

La panique a eu raison de ma logique. Écarquillant mon œil valide, j'ai foncé vers la porte.

Mon pied s'est pris dans les étagères renversées et je suis partie, tête la première, dans le fatras éparpillé par terre. Ma main a rencontré de la chair et des os. Je l'ai immédiatement décalée.

Des cheveux. Une flaque chaude et humide sur le ciment.

Parks !

Et le cliquetis s'amplifiait.

Refoulant mes larmes, j'ai roulé sur ma droite jusqu'à un pied en bois. La table !

Lève-toi ! Mets ta tête hors d'atteinte !

Tant bien que mal je me suis efforcée de grimper sur la table.

J'ai aperçu des lumières par la fenêtre au moment même où une piqûre brûlante me traversait la cheville.

La douleur jointe à la terreur m'a arraché un hurlement.

J'ai réussi à me hisser sur le plateau de la table. La brûlure montait le long de ma jambe, continuait plus haut, jusqu'à l'aine.

Le peu de vision que j'avais dans ce noir opaque grâce à mon œil unique s'est entièrement brouillé.

Mes pensées ont vogué au loin, à une époque qui n'était plus celle-ci. J'ai vu Katy, Harry, Peter, Ryan.

J'ai entendu des martèlements de pieds, des grattements, j'ai senti qu'on me soulevait.

Et puis, plus rien.

36.

Tout cela, c'était la semaine dernière. Aujourd'hui, je clopinais le long de l'allée en planches devant la maison de mon amie Anne en m'appuyant sur une canne pour ne pas peser sur mon pied gauche. À mon côté, Ryan trimbalait les transats que nous installerions sur la plage. J'arborais le bikini tant espéré ainsi qu'une élégante chaussette blanche. Je dissimulais mon œil au beurre noir et mes écorchures sous un chapeau de paille à large bord et des lunettes noires à la Sophia Loren.

Ryan portait un short de surfeur. Sa roseur après le premier jour de plage disparaissait maintenant sous une couche de crème solaire suffisante pour protéger Moby Dick. Désormais, il se rapprochait du tabac blond.

Nous passions nos journées à lire ou à bavarder ; Boyd s'amusait à happer les vagues ou bien coursait les mouettes.

— Hooch est vraiment content d'être ici, a dit Ryan.

— Il s'appelle Boyd.

— Dommage que Birdie ne se soit pas laissé convaincre.

Au cours de la semaine écoulée, Slidell, Ryan et Woolsey m'avaient mise au courant des détails qui me manquaient et j'avais pu recomposer le puzzle. Depuis, Ryan zigzaguait entre l'envie de discuter avec moi de ce qui s'était passé et la crainte d'aborder le sujet, me sachant encore la proie de terreurs irraisonnées.

Les serpents s'étaient révélés des crotales des bois capturés dans les Smoky Mountains. Parks aimait les ingrédients naturels. Grâce à Slidell et à Rinaldi, je n'avais été piquée que deux fois. Grâce à Woolsey, j'avais été transportée aux urgences avant que le venin n'ait eu le temps de se propager dans mon corps.

Après vingt-quatre heures de souffrances, je m'étais rétablie rapidement. Les visites quotidiennes de Ryan avaient contribué à hâter ma guérison. Quatre jours après mes déboires dans le sous-sol de l'entreprise de pompes funèbres, j'étais de retour chez moi et trois jours plus tard, j'avais pris la route avec Ryan et un Boyd qui tournicotait sur le siège arrière en nous expédiant des jets de salive. Direction : l'île de Sullivan.

Le ciel était bleu, le sable blanc, et roses les marques autour de mon maillot. Malgré une cheville et un pied gauches gonflés et douloureux, je voguais sur un petit nuage.

Les déductions qui m'étaient venues subitement à l'esprit quand James Parks était apparu sur le seuil de mon cachot s'étaient révélées justes. Parks et Dorton étaient effectivement copains depuis l'époque où ils avaient mis en place leur trafic de drogue au Viêtnam. Rentré en Amérique, Dorton avait investi ses gains dans les camps de chasse et de pêche et dans les clubs de strip-tease. Parks, quant à lui, était entré dans les affaires familiales, l'entreprise de pompes funèbres que son papa et sa maman, tous deux nés à Séoul, dirigeaient à Augusta, en Georgie, et, avec leur soutien, il avait acheté un commerce identique à Lancaster, quelques années plus tard. Amoureux de la nature, il séjournait souvent dans l'un des camps de Dorton avec qui il n'avait jamais rompu le contact.

Son business d'import-export prospérant, Dorton lui avait fait valoir l'intérêt qu'il pouvait y avoir à allier judicieusement le trafic de la drogue et celui de la faune. Entré dans le réseau, Parks avait exploité les marchés asiatiques au mieux de ses capacités.

Jason Jack Wyatt fournissait les ours attrapés dans les montagnes, laissant à Harvey Pearce le soin de chasser ceux des régions côtières et de transporter à Charlotte les parties de leur corps susceptibles d'intéresser Dorton lorsqu'il effectuait ses livraisons de drogue. Parks préparait les vésicules et les revendait en Asie, le plus souvent en échange de drogue, ce qui permettait à Ricky de diversifier son approvisionnement.

— Tu veux de l'écran total ? a demandé Ryan en agitant le tube.

— Volontiers.

Il en a enduit mes épaules.

— Plus bas ?

— S'il te plaît.

Ses mains sont descendues jusqu'au creux de mon dos.

— Encore plus bas ?

— Hmm.

Il a glissé le bout de ses doigts sous l'élastique de mon bikini.

— Ça ira.

— Tu es sûre ?

— Le soleil ne brille jamais aussi bas, Ryan.

Il s'est laissé retomber dans son transat.

Une question m'a soudain traversé l'esprit.

— À ton avis, comment est-ce que Charlotte Cobb a découvert le trafic des vésicules d'ours ?

Ryan m'a répondu au masculin. Après une période d'hésitation, c'est finalement ce genre qui s'était imposé lorsque nous en parlions.

— Il surveillait le braconnage des tortues dans le comté de Tyrrell. C'est en filant Harvey Pearce qu'il est tombé sur le trafic des ours.

Au seul nom de ce type, j'ai été prise de colère.

— Quand je pense que ce saligaud appâtait les ours avec des brioches au miel ! Après leur avoir éclaté la cervelle, il leur découpait les pattes, leur retirait la vésicule biliaire et les abandonnait sur place.

— Peut-être que dans son cercle de l'enfer il sera traqué par des ours, avec rien que des petits pois pour se défendre.

Un autre point me tracassait : le papier retrouvé dans le portefeuille d'Aiker. C'était Charlotte Cobb qui l'avait envoyé à Aiker.

— Je me suis bien fichue dedans, à propos du texte. J'ai cru qu'il s'agissait du Columbia de Caroline du Sud. Ça m'était complètement sorti de la tête que Harvey Pearce était de Columbia en Caroline du Nord. Pour moi, le type louche dont il était question, c'était Palmer Cousins.

— Non. C'était bien le mot « cousins » qui était écrit, mais pas le nom de famille. Le pluriel de « cousin ». Les cousins de Sneedville, dans le Tennessee, le dynamique duo Ricky Don et J.J.

— Les cousins melungeons.

J'ai suivi des yeux le vol en piqué d'un pélican au-dessus de l'eau, les ailes repliées, puis son plongeon au creux d'une vague et sa remontée, bredouille, quelques secondes plus tard.

— Tu crois que l'ara de Spix et le sceau d'or n'étaient que des à-côtés pour Dorton ? Quand l'occasion se présentait ?

— Pour le sceau d'or, il est possible qu'il ait demandé à J.J. d'en récolter, a répondu Ryan. Il devait avoir dans la tête de convaincre ses clients réguliers que ce produit supprimait toute trace de drogue dans les analyses d'urine.

— Et le Spix ? Tu crois que c'est Harvey Pearce qui l'a rapporté d'une de ses virées en Amérique du Sud, comme Pounder le prétend ?

— C'est probable, a admis Ryan, et le malheureux ara n'a pas survécu au voyage. Pearce, Park, Dorton, tout ce petit monde se retrouvait régulièrement à la ferme de Pounder, où Tyree venait aussi, puisqu'il dealait la coke pour Dorton.

— Mais quelqu'un a conservé ces plumes en se disant qu'il pourrait toujours essayer d'en tirer quelque chose.

Je reprenais à mon compte l'hypothèse de l'ornithologue. Ryan a convenu que c'était plausible.

Boyd venait de repérer un gamin à vélo. Il a couru à côté de lui jusqu'à ce qu'il aperçoive un bécasseau, beaucoup plus intéressant à courser. J'ai repris :

— Finalement, Tamela n'avait rien à voir dans le trafic de drogue. Elle n'a fait qu'accompagner Tyree à la ferme... Si tu l'avais vue dans ma cuisine, Ryan. Personnellement, je la crois. Je crois qu'elle dit la vérité quand elle affirme que son bébé était mort-né.

— De toute façon, elle ne peut pas être condamnée. Il n'y a aucun moyen de prouver de quoi son enfant est mort.

Nous sommes restés tous les deux à retourner cette pensée en silence jusqu'à ce qu'une autre question me vienne à l'esprit.

— Donc, Cobb a prévenu Brian Aiker et ils ont commencé à faire des recherches. Et Dorton, ou bien Parks, s'en est rendu compte.

— C'est probablement Dorton qui a donné l'ordre de les supprimer, a supposé Ryan. D'après Tyree, c'est Parks qui a tué Aiker. Il l'a drogué, a conduit les deux voitures jusqu'au ponton et a lancé celle d'Aiker dans le lac. Je ne serais pas étonné que ce soit Tyree qui ait été au volant de la seconde voiture.

— Et c'est lui, Tyree, qui a descendu Cobb ?

— À l'en croire, il n'est pas un tueur, mais un malheureux injustement accusé, uniquement soucieux du bonheur d'autrui. D'où son petit « *bidness* ». Tout ce qu'il admet, c'est d'avoir transporté à la ferme un sac que lui aurait remis Parks, contenant la tête et les mains de Cobb. Tranchées par Parks. Pour rendre l'identification impossible.

— Les deux balles dans la tête, ça te paraît signé Parks ?

— Pas vraiment, m'a répondu Ryan. Quant aux ours, Tyree prétend ne pas être au courant. Selon lui, c'était le « *bidness* » de Jason Jack et de Harvey. Il n'avait rien à voir là-dedans. S'il a récupéré une partie des ours dans la fosse d'aisances, c'est parce qu'elle commençait à déborder et qu'il craignait que l'odeur n'attire l'attention et qu'on découvre les restes de Cobb.

— Sauf que ce salaud a récupéré en même temps une partie de ce qu'il essayait de cacher.

Tout en disant cela, il m'est apparu que je ne savais toujours pas qui avait tué Dorton. J'ai demandé à Ryan s'il pensait que c'était Parks.

— J'en doute, a-t-il répondu. Quel serait son mobile ? Les tests ont montré que Dorton était particulièrement imbibé et qu'il avait de la coke jusqu'aux yeux. On ne saura jamais s'il a été tué ou s'il a voulu planer plus haut, toujours plus haut.

— Personnellement, je n'ai pas d'opinion.

— Dans les deux cas, il est monté au ciel.

Ryan et son humour à côté de la plaque. Ça méritait bien un roulement des yeux. La douleur a été supportable.

— En ce qui concerne Parks, on sait en toute certitude qu'il est allé à Charlotte deux jours après que Sonny Pounder a été arrêté.

Autrement dit, vers l'époque où j'analysais les restes calcinés du bébé de Tamela.

— Pour quoi faire ?

— On ne sait pas. Slidell a découvert qu'il avait réglé par carte bancaire un plein d'essence à la station au croisement de la I-77 et de Woodlawn Road.

— Tu crois que Dorton et lui envisageaient de faire la peau à Pounder s'il parlait ?

— Ça ne m'étonnerait pas. Ce qui est sûr, c'est que Murray Snow a été tué par Parks. Woolsey a retrouvé une boîte de ma-huang dans le sous-sol des pompes funèbres.

— Je ne doute pas un instant que tu vas me dire de quoi il s'agit.

— Le ma-huang est un poison composé à partir d'herbes asiatiques, connu sur le marché sous le nom de « ecstasy à base d'herbes ».

— Et tu vas me dire que le ma-huang contient de l'éphédrine.

— Élève Brennan, venez vous asseoir au premier rang de la classe.

— Parks savait que Snow n'avait pas le cœur solide.

— Il a dû lui administrer le ma-huang dans du thé. C'est comme ça qu'on fait le plus souvent. Et vlan, le battant s'arrête.

— Mais pourquoi ?

— Pour la même raison qu'il a tenté d'empoisonner Cagle. Parce qu'il commençait à se faire du mouron en voyant l'intérêt que suscitait le squelette.

— Et Cagle, comment l'a-t-il empoisonné ?

— Ignorant tout de son état de santé, Parks a préféré utiliser un produit capable de laisser sur le carreau un homme fort comme un bœuf : la tétrodotoxine. Tu connais ?

— C'est une neurotoxine qu'on trouve dans le fugu. Surnommée TTX pour faire plus court.

Ryan m'a regardée comme si je parlais roumain. À mon tour, j'y suis allée d'une petite explication.

— Le fugu est poisson-lune japonais. Pour une même quantité, la TTX est environ dix mille fois plus puissante que le cyanure. Tous les ans, en Asie, des gens meurent d'en avoir avalé. Le plus terrifiant, avec la TTX, c'est qu'elle paralyse le corps en laissant le cerveau totalement conscient.

— Mais Cagle a survécu.

— Il a recouvré l'usage de la parole ?

— Non.

— Donc, nous ne savons pas comment Parks lui a administré ce poison.

Ryan a secoué la tête. Je lui ai demandé :

— Tu es sûr que c'était bien de la TTX ?

— Woolsey a trouvé dans la pharmacopée de Parks une poudre cristalline blanche qui ressemblait à de l'héroïne. Elle l'a fait examiner.

Une mouette qui volait en rase-mottes au-dessus de l'eau s'est posée sur les vagues et s'est mise à voguer comme un petit canard en caoutchouc.

— Et les serpents ?

— Il fallait bien que ta mort paraisse accidentelle... « Aujourd'hui, alors qu'elle se promenait dans les forêts profondes du comté de Lancaster, une anthropologue a été tragiquement mordue par un serpent à sonnette », a récité Ryan sur le ton d'un journaliste de télé... Sauf que c'est lui qui s'est fait baiser, a-t-il poursuivi en reprenant sa voix normale.

J'ai réentendu le bruit de la tête de Parks heurtant le ciment. J'ai frissonné. Selon la police, il était mort de plusieurs fractures du crâne causées par sa chute mais aussi par les urnes tombant sur lui.

À l'autre bout de la plage, Boyd a chargé une mouette qui s'est envolée. Il l'a suivie dans l'eau sur plusieurs mètres, puis a couru vers nous et nous a bombardés de sable et d'eau salée sous prétexte de s'ébrouer. Je me suis couvert le visage de mes bras.

— Tu veux une Heineken ?

— S'il te plaît.

J'ai sorti de la glacière une bière pour Ryan, une bouteille d'eau pour Boyd et un Coca Light pour moi.

— À ton avis, quel besoin avait Parks de m'envoyer ces e-mails signés le Sinistre Éventreur ?

Boyd a levé le museau. J'ai fait couler de l'eau dans sa gueule.

— Il voulait t'écarter de la fosse d'aisances. Pour que tu ne retrouves pas le crâne.

— Suis toi-même le raisonnement que tu m'as tenu, Ryan. Les e-mails ont commencé un mercredi. Comment, à ce moment-là, Parks pouvait-il savoir qui j'étais, ce que je faisais et ce que nous allions exhumer ?

— C'est le mardi que Rinaldi a fait partir sa demande de renseignements sur le squelette sans tête. Dès qu'elle est arrivée à Lancaster, le coroner a forcément été prévenu. De toute façon, nous ne tarderons pas à le savoir. Slidell est convaincu que Tyree finira par se mettre à table.

— Slidell !

— Allez, il n'est pas si mauvais que ça !

Je n'ai pas répondu.

— Il t'a sauvé la vie.

— Ouais.

Boyd s'est effondré sur le flanc à l'ombre de mon transat. Ryan s'est replongé dans son Terry Pratchett, et moi dans un magazine consacré à l'environnement.

Mais impossible de me concentrer. Mes pensées revenaient sans cesse à Skinny Slidell. J'ai fini par abandonner ma lecture.

— Comment Slidell a-t-il découvert où j'étais ?

Ryan a refermé son livre sur son doigt, pour marquer la page.

— En faisant des recherches sur Dorton, Rinaldi avait appris que son copain de contrebande du temps où il était dans les Marines n'était autre que l'actuel coroner du comté de Lancaster. C'est ce que voulait te dire Slidell quand il t'a appelée pour te parler du papier trouvé dans le portefeuille d'Aiker. Te prévenir de te méfier de Parks.

— Et moi, j'ai coupé la communication !

— Si j'en crois Rinaldi, Slidell a râlé un bon moment avant d'accepter d'aller avec lui à l'Annexe. Où tu n'étais pas. Genève leur a montré le mot que tu avais laissé.

— Disant que j'allais en Caroline du Sud.

— Slidell a mis bout à bout cette information et tes chuchotements d'enterrement. Avec Rinaldi, ils se sont trimbalés jusqu'à Lancaster. Pour arriver pile au moment où le crotale te présentait ses respects. Woolsey les accompagnait. C'est elle qui t'a transportée à l'hôpital. Il paraît qu'elle a quasiment enfoncé la porte des urgences avec sa voiture de patrouille. *Dixit* Slidell.

— Hmm.

— C'est lui aussi qui m'a téléphoné pour me prévenir de ce qui t'était arrivé.

— Hmm.

— Et il a reconnu qu'il s'était trompé au sujet de Tamela.

— Vraiment ?

— Il a même apporté un chrysanthème au papa.

— Je te crois pas !

— Un jaune ! Il a fait exprès le voyage jusqu'au Wal-Mart pour en trouver un !

Skinny Slidell ? Apporter des fleurs à Gideon Banks ? Hmm.

— Admettons que j'ai été injuste avec lui. Ça m'arrache les lèvres de le dire, mais c'est un bon flic finalement.

Un sourire a tiraillé les coins de la bouche de Ryan.

— Et Palmer Cousins ?

— D'accord. Peut-être que je l'ai mal jugé aussi. Quoi qu'il en soit, Katy n'est jamais allée avec lui à Myrtle Beach.

— Ah bon ? Et où était-elle ?

— À Asheville avec son père. Elle n'a pas pris la peine de me prévenir parce que je l'avais trop bassinée à propos du Sinistre Éventreur. Elle était vexée que je ne lui fasse pas confiance pour se méfier. Enfin, ça n'a plus d'importance. Elle m'a appelée ce matin. Excitée comme une puce à cause d'un jeune étudiant en médecine du nom de Sheldon Seabourne.

— Ah ! jeunesse volage.

Nous nous sommes remis à notre lecture. Plus j'avançais dans la mienne, plus je me rendais compte de la naïveté de mes opinions sur le mouvement des Verts. À certains moments, j'étais si révoltée par ce que j'apprenais que je ne pouvais plus me contenir.

— Tu savais que plus de neuf millions de tortues et de serpents avaient été exportés des États-Unis en 1996 ?

Ryan a laissé tomber son livre sur sa poitrine.

— Je suis sûr que tu en connais un ou deux que tu aurais volontiers expédiées dans le lot.

— Tu as déjà entendu parler de la Captive Bred Wildlife Association, en Arizona ?

— Non.

— Ils ont pour slogan : « Quand les tortues seront hors la loi, seuls les hors-la-loi auront des tortues. »

— Il me semble avoir déjà entendu cette connerie.

— Pour huit à dix mille dollars, ils se font un plaisir de te vendre un couple de tortues des Galápagos. En fait, tu prends un moineau, tu l'inscris sur la liste des espèces en danger et, illico, un crétin t'allonge deux mille dollars pour que tu lui en procures un.

— Il y a la CITES, a dit Ryan. Et aussi la loi sur les espèces en danger.

— Ça, c'est sur le papier ! Dans la réalité il y a trop de vides juridiques et les sanctions ne sont pas appliquées avec assez de rigueur. Tu te rappelles ce que nous a raconté Rachel Mendelson à propos de l'ara de Spix ?

Ryan a hoché la tête.

— Écoute ça.

J'ai cité des passages de l'article que je venais de lire.

— « En 1996, au Brésil, Hector Ugalde a plaidé coupable de conspiration fédérale dans une affaire de contrebande d'aras jacinthes... Il a été condamné à une peine de prison avec sursis, une mise à l'épreuve et une amende de dix mille dollars. » Tu parles que ça va l'arrêter !

Boyd est venu poser son museau sur mon genou. Tout en le caressant, j'ai poursuivi :

— Tout le monde est au courant pour les baleines, les pandas, les tigres, les rhinocéros. Ceux-là, ils sont sexy. Il y a des quantités de fondations pour les défendre, avec sweat-shirts et affiches à l'appui.

Boyd a suivi des yeux un bécasseau en se demandant si ça valait la peine de le courser.

— Ce que les gens ne savent pas, Ryan, c'est que cinquante mille espèces végétales et animales disparaissent chaque année. Si on ne fait rien, dans cinquante ans, le quart des espèces qui vivent actuellement sur la terre aura disparu. Et pas simplement celles qui foisonnent là-dedans, ai-je dit en désignant l'océan. Rien qu'aux États-Unis, un tiers de toutes les plantes et de tous les animaux est menacé d'extinction.

— Reprends ton souffle.

Ce que j'ai fait, pour mieux continuer.

— Écoute ça : « Sur le seul territoire des États-Unis, plus de quatre cent trente médicaments contenant quatre-vingts espèces en danger ou menacées ont été répertoriés. Un tiers au moins de tous les remèdes asiatiques brevetés que l'on vend aux États-Unis est fait à partir d'espèces protégées. »

J'ai relevé les yeux.

— « Pour la seule Californie, le trafic de vésicules d'ours noir est estimé à cent millions de dollars par an »... Tu te rends compte, Ryan ! Pour un poids identique, la vésicule d'ours rapporte bien plus que la cocaïne. Tu parles que les connards comme Dorton et Parks l'avaient compris ! Et ils savaient aussi que s'ils se faisaient pincer, ils écoperaient seulement d'une tape sur les doigts.

J'ai secoué la tête, dégoûtée.

— Des cerfs sont tués pour leurs bois ; des tigres de Sibérie pour leurs os et pour leur pénis ; des hippocampes pour que les hommes puissent faire repousser leurs cheveux.

— Des hippocampes ?

— Les rhinocéros sont massacrés par dizaines, abattus, électrocutés, attrapés dans des pièges pourvus de pieux effilés, uniquement pour que les hommes du Yémen puissent avoir de beaux manches à leurs poignards. Et dans le monde entier, il en reste à peine quelques milliers, Ryan. Putain, tu peux même trouver des pattes de gorille fumées sur le Net.

Il est venu s'accroupir près de mon transat.

— Ça te touche beaucoup, je vois.

— Ça me rend malade.

J'ai laissé mes yeux voguer jusqu'à lui.

— En juin dernier, une cache contenant une cargaison de six tonnes d'ivoire d'éléphant a été saisie à Singapour. Et maintenant, plusieurs pays du sud de l'Afrique envisagent de revenir sur l'interdiction du commerce de l'ivoire. Pourquoi ? Pour que les gens puissent porter des bijoux. Chaque année, les Japonais capturent des centaines de baleines soi-disant pour la recherche. Tu parles... Des recherches qui se terminent sur le marché au poisson. Tu as une idée des millions d'années qu'il a fallu pour que le processus d'évolution aboutisse aux espèces animales que nous connaissons aujourd'hui ? En nous, en un clin d'œil, on bousille tout ça !

Ryan a pris mon visage dans ses mains.

— Eh bien, nous aurons contribué par nos faibles moyens à renverser un peu la vapeur, Tempe. Parks et Tyree ne nuiront plus. D'autres ours ou d'autres oiseaux ne mourront plus à cause d'eux. Ce n'est pas beaucoup, mais c'est un début.

— Oui, c'est un début.

— Alors, ne lâchons pas le morceau !

Ryan avait des yeux aussi bleus que l'Atlantique, et ils ne cillaient pas.

— Et en ce qui nous concerne, ne lâchons pas le morceau non plus !

— Tu penses vraiment ce que tu dis, Ryan ?

— Absolument !

Je l'ai embrassé. Les bras autour de son cou, j'ai serré ma joue contre la sienne.

Puis je me suis dégagée. J'ai chassé le sable sur son front et je me suis remise à ma lecture, bien décidée à trouver par où commencer mon combat.

Ryan est parti courir sur la plage avec Boyd.

Ce soir-là, nous avons mangé des crevettes et du crabe sur le port, à Shem Creek. Nous avons marché dans les vagues et ensuite nous avons fait l'amour. Et je me suis endormie au son de l'océan éternel que Ryan représente pour moi.

EXTRAITS DES DOSSIERS DU DOCTEUR KATHY REICHS

Pour des raisons d'éthique et de droit, je ne saurais débattre des cas réels ayant pu inspirer *Os troubles*. En revanche, je peux évoquer certaines expériences qui ont contribué à l'élaboration de l'intrigue.

Monsieur Orignal

Dans *Hamlet*, Shakespeare parle du « meurtre le plus bête » (acte I, scène 5), cependant, tous les cas d'étude d'anthropologie légale ne résultent pas forcément d'un acte de violence.

Une quantité d'ossements aboutissent sur ma table d'autopsie : crânes-trophées rapportés sous le manteau de terres étrangères ; squelettes destinés à l'enseignement chipés dans un amphithéâtre et installés dans un club d'étudiants ; soldats confédérés ensevelis dans des tombes non répertoriées ; animaux de compagnie enterrés dans des jardins ou abandonnés dans des vides sanitaires pour y trouver le repos éternel.

À longueur de temps, des corps – entiers ou non – sont découverts et la police, peu au fait des questions d'anatomie, les transfère au coroner ou au médecin légiste. De temps à autre, il s'avère que la victime appartient à la famille des reptiles ou des oiseaux. Le plus souvent, il s'agit d'un mammifère. Il m'est arrivé d'examiner des travers de porc, des métapodes de cerfs, des os de jambon, des cornes d'élan. J'ai reçu des chatons dans des sacs de jute et des mulots mélangés à des victimes d'homicide. J'ai parfois retrouvé des pattes d'ours sous mon scalpel. Des pattes qui ressemblent assez à des mains et à des pieds d'homme.

Les restes dont il est question dans l'intrigue des *Ossements mis à nu* sont entrés pour de vrai dans ma vie pendant une tempête de neige à Montréal, un jeudi du mois de novembre 1997. En fille du Sud que je suis, j'ai bien évidemment paniqué en voyant la chaussée couverte de neige et je ne me suis risquée à dépasser le 45 km/h que dans le tunnel. Résultat : j'ai raté la réunion du matin au cours de laquelle les cas du jour sont débattus et répartis entre les différents scientifiques. Un document m'attendait sur mon bureau : une demande d'expertise en anthropologie.

Sans perdre un instant, j'ai survolé les diverses rubriques – numéro du cas, numéro d'enregistrement à la morgue, nom du coroner, nom du pathologiste – pour arriver au cœur du sujet : j'étais priée d'examiner des marques de découpe sur la jambe et les os pelviens, en vue de déterminer avec quel type de scie le démembrement avait été pratiqué. Le résumé des faits connus incluait un mot français dont j'ignorais le sens : *orignal* *. Coupable de retard, je n'ai pas voulu aggraver ma situation en vérifiant le mot dans un dictionnaire.

Ayant passé ma blouse de laboratoire, je me suis rendue au comptoir réservé aux nouveaux cas. Quand j'ai ouvert la poche contenant les restes, je suis restée bouche bée. Ou bien la victime souffrait d'un désordre pituitaire colossal, ou bien c'était Goliath en personne.

Demi-tour et dictionnaire.

Orignal : n. m. utilisé au Canada. Élan.

Ma victime de démembrement était un élan.

Une lecture plus attentive de la demande d'expertise m'a révélé que l'analyse était réclamée par la Société de la faune et des parcs du Québec, équivalent de notre US Fish and Wildlife Service, qui avait porté plainte contre un braconnier chassant des orignaux depuis des années en se moquant éperdument du quota annuel. Les plaignants voulaient savoir si les traces de découpe visibles sur les os avaient été pratiquées par une scie récupérée dans le garage dudit braconnier.

De grands os. Un grand animal. Une grande leçon en ce qui concerne la précipitation dans le travail.

En l'occurrence, il n'était pas nécessaire de recourir à Shakespeare.

Henry Thoreau suffisait : « Certaines preuves circonstancielles se révèlent parfaitement solides. Par exemple, lorsque vous découvrez une truite dans votre lait » (*Walden ou la Vie dans les bois*).

REMERCIEMENTS

Je souhaite exprimer ma gratitude à John Gallagher, capitaine à la retraite ; à John Appel, détective à la retraite auprès du shérif du comté de Guilford, en Caroline du Nord ; à Chris Dozier, détective de la police de Charlotte-Mecklenburg ; et tout particulièrement à Ira J. Rimson, PE, pour son aide dans l'élaboration de la partie drogue et Cessna du récit.

Nombreux ont été les gens à m'offrir généreusement leur temps et leurs connaissances parmi ceux qui œuvrent à la protection des espèces en danger. Je tiens à remercier tout particulièrement Bonnie C. Yates, spécialiste en médecine légale vétérinaire, chef de l'équipe de la morphologie des mammifères, et Ken Goddard, directeur du Clark R. Bavin National Fish and Wildlife Forensics Laboratory ; Lori Brown, assistant enquêteur, et Tom Bennett, responsable local du US FWS, services américains de la protection de la faune et de la flore sauvages ; les chargés de mission Howard Phelps et Carolyn Simmons, ainsi que tout le personnel de la réserve nationale des lacs Pocosin. Sur la ligne de front, ils luttent pour que nous conservions ce que nous ne pouvons nous permettre de perdre. Que leurs efforts à tous soient ici salués.

David M. Bird, de l'université McGill, m'a fourni de précieuses informations sur les espèces aviaires menacées. Randy Pearce, DDS, et James W. Williams,

J.D., m'ont fait part de leurs connaissances des melungeons du Tennessee. Eric Buel, PhD., directeur du Vermont Forensics Laboratory, m'a permis de développer largement mes connaissances sur l'amélogénine, tandis que les docteurs Michael Baden et Claude Pothel m'ont éclairée sur les diatomées et la mort par noyade.

Je tiens à saluer la patience dont ont fait preuve le capitaine Barry Faile, des services du shérif du comté de Lancaster, et Michael Morris, coroner du même comté de Lancaster, alors que je les accablais de questions. Le docteur Michael Sullivan m'a ouvert chaleureusement les portes du service de médecine légale du comté de Mecklenburg. Terry Pitts, de la NCFD, m'a suggéré plusieurs détails concernant les sous-sols des entreprises de pompes funèbres. Judy H. Morgan, du GRI, m'a fourni des informations appréciables sur la situation de l'immobilier à Charlotte et sur la géographie de la ville.

À son habitude, James Woodward, recteur de l'université de Caroline du Nord, section de Charlotte, a manifesté un soutien sans faille pour mon travail. Merci à André Lauzon, chef de service, et à tous mes collègues du laboratoire de sciences judiciaires et de médecine légale du Québec.

Mille mercis à Jim Junot pour ses réponses à mes milliers de questions.

Merci à Paul Reichs pour ses commentaires sur le manuscrit, et à toute la bande de la plage pour leurs idées de titre et bien d'autres détails.

Enfin, avec un talent et une incroyable patience, ma rédactrice Susanne Kirk a su donner à une écriture parfois approximative une fluidité ô combien appréciée.

Je dois des mercis spéciaux à Jennifer Rudolph Walsh, mon agent littéraire supersonique, qui a accouché de Wyatt Z. le jour même où je mettais un point final aux *Os troubles*. 2003 aura vraiment été une année faste.

Destination finale

Voyage fatal
Kathy Reichs

Le Docteur Temperance Brennan, spécialisée dans l'identification des corps, est appelée sur le site du crash d'un avion dans les Smoky Mountains de Caroline du Nord. En parcourant le site, elle découvre à proximité d'une grande cabane abandonnée, un pied qui n'appartient à aucun des passagers. Le lendemain elle est dessaisie de l'enquête sous de faux prétextes. Même si les notables de la région semblent prêts à tout pour l'empêcher d'en savoir plus, Temperance est bien décidée à élucider cette affaire...

(Pocket n° 12031)

Dernière chevauchée

Mortelles décisions
Kathy Reichs

Dans la guerre des motards qui secoue Montréal, deux membres d'un gang ont été déchiquetés par une grenade. Incapable d'identifier ce qui reste des victimes, l'escouade de police chargée du dossier fait appel à l'anthropologue judiciaire Temperance Brennan. Cette guérilla liée au trafic de drogue laisserait la scientifique indifférente si une fillette de neuf ans n'avait été tuée par une balle perdue, et si le squelette incomplet d'une adolescente n'avait été trouvé près des cadavres de motards...

(Pocket n° 11840)

Le démon des sectes

Passage mortel
Kathy Reichs

Bébés assassinés, corps brûlés vifs, disparitions d'étudiantes... Quel est le lien entre tous ces crimes ? Quelque chose qui ressemble à des sacrifices humains... L'anthropologue judiciaire Temperance Brennan suit le fil d'une enquête qui la conduira à une secte dirigée par un mystérieux et influent gourou belge. Mais la sœur de Tempe est entre leurs griffes...

(Pocket n° 11270)

Cet ouvrage a été imprimé en France par

CPI
Bussière

à Saint-Amand-Montrond (Cher)
en décembre 2008

POCKET - 12, avenue d'Italie - 75627 Paris Cedex 13

— N° d'imp. : 81766. —
Dépôt légal : février 2006.
Suite du premier tirage : décembre 2008.